小读者朋友们：

大家好！

作为本书的作者，能以这样的方式和大家见面，万分荣幸！也希望大家能喜欢本书。

梁清散

讀小說
Reading Novel

不動天墜山

梁清散——著

目錄

第一章　以山為名

這具盡可能擺出人形的屍骨，大概是顧然三年來唯一的作品。

即使屍骨表面早已白得發亮，只要顧然身處不動山，每天仍會耗費幾個時辰，將每一根每一塊骨頭拿起來，仔細檢查。哪怕有一丁點出現暗斑的可能，他都會用手認真精細地為它擦拭。

反正只要身處不動山，時間總是多到讓人腦袋發空。

跪坐在屍骨頭顱邊的顧然，小心翼翼地把手中這節最上的頸骨插回原位，緩緩地去取屍骨的下頜。為了讓每一顆牙都能安穩地在上面，屍骨的下頜向前傾斜了一些，整具屍骨儼然一副有話要講又不知從何說起的模樣。

顧然先是雙手舉起整塊下頜，檢查了它的底部，可以說是一塵不染，潔白如雪。接著他小心地轉動，把內外面都檢查一番，隨即將其放到腿上，從下頜的最左邊取下了一顆牙齒。牙齒的光澤很令顧然滿意。

在檢查到第四顆牙齒時，天色起了變化，顧然的身後泛起了銀光，彷彿是要為擦拭一塊塊屍骨的他照出一條修長的身影。

顧然當然立刻有所察覺，便把捏在手中的牙齒小心翼翼地插回原位，再將整個下頜擺回到頸部以上，藉著銀光左右檢查了一下每一塊骨頭的角度，不甚滿意地調整一二後，站起了身。

終於來了，這次真是等得夠久的。

顧然朝銀光處望去，那是如同從天庭沉淪下來的一輪明月，嵌進了目力可及的不動山邊緣。沉下來的月輪相當巨大，即使有兩成嵌進不動山，剩餘部分還是佔據了那一邊的大半個天，宛如一張因忍不住好奇心而悄悄趴過來偷窺的巨人臉盤。

不動山確實不動，但沒有山，放眼望去一馬平川。不過，在顧然和沉下來的月輪之間並非空無一物，遍地滋生著一叢叢樹狀的結晶體，甚至足以將成年男子的身影隱藏。它們看上去晶瑩剔透，就如西域那種碧青色寶石瑟瑟，但質地卻沒有瑟瑟那般堅硬，更像是酥脆的雲母，根據這一直觀特徵，人們胡亂地起了個名字叫「雲母瑟瑟」。剛有了名，又嫌四字太長，乾脆喚作「雲瑟石」。

茂盛的雲瑟石叢林，便是不動山唯一的物產。不動山的天空，沒有太陽，除去剛剛沉下的月輪，蒼穹之上還有兩輪雖遠但別無二致的明月，足以讓這裡亮如白晝，只是這樣的晝顯得更慘白了些。三輪明月之外，還有七輪或大或小或遠或近的天球，黯淡無光，死灰一般，一處處虛空，懸掛於天際。

這便是顧然身處的不動山全貌了。

既然一輪月已經下沉，顧然便離開了他擺弄許久的屍骨。屍骨不遠處，停著一架兩輪推車，是他用了三年之久的軲轆車。顧然一把將其推起，面朝沉月走進了雲瑟石叢林。

樹狀結晶的雲瑟石不算太高，但也沒過了顧然的視野。三輪慘白光線的月，從三個方向射來，瘋狂生長的雲瑟石把整個叢林映得滿是炫彩光暈。雲瑟石雖然還是石頭，可奪目光彩下竟散發著淡淡的海棠花清香。只是這所謂的清香，一點清澈的意味也沒有。

再走沒多遠，已能看清月輪上映出的景象，顧然便把軲轆車停了下來。

此刻，那已不似一輪月，更像是一口巨大的銀碗。顧然的目光探進碗口，凹進去的碗底顯現出了一座城池，在雲瑟石叢林裡仰望，正可鳥瞰城池全貌。

城的建制算是規矩，沿用了大唐的里坊制，坊巷齊整，只是不像傳說中的棋盤狀長安城，一條條坊巷皆由城北的一處豪闊宅邸輻射而出。

每次俯瞰那座宅邸，顧然都會不由自主地撇撇嘴。那是一族冉姓盤瓠人的宅邸，他們的酋帥冉魁榮是這裡的大祭司，自然影響了城坊的一切。

然而，顧然此時只關注一件事：現在沉下來的是哪一座山城？

實際上，現在映出的這座城，六年前還在大唐的國土上，那時還有一個自己的名字，叫照州，地處大唐劍南道的西北角，松州往北緊鄰吐蕃的群山之中。即便群山環繞，還是有多條安全隱秘的通道，使得照州不僅是唐人之城，各國胡商也在城中遊走，做著自己的買賣，時常還能見到通體漆黑、捲髮闊鼻的昆侖奴，已然不足為奇。這又和鼎盛繁榮的長安城有了些許近似之處。不過，畢竟是一座過於偏遠的邊境之城，又從未受過日漸強大的吐蕃的正面騷擾，幾乎隱蔽在了大唐當朝的視野之外，那些盤瓠人掌管起照州城來堪稱肆無忌憚。

說來或許是命運的捉弄，這樣一座隱蔽繁榮的山城，在六年前忽然天降一道銀光，將照州城完全吞沒。直到三年前，也就是武后登基改號「天授」的那一年[1]，那道銀光再度降臨照州城原址，顧然主動前往被吞入其中，這才得知三年間究竟發生了什麼。

就如現在所見，某種神秘力量竟將照州城硬生生複製了十座，不僅城是一模一樣的，就連人也都是一樣的，只不過十座城民互不相見，只有現在這個被命名為「不動山」的地方能夠銜接。如今，十座照州城僅存其三，也就是那三輪尚發著光的碗形月的本體。

剩下的三座照州城，基本保持了原貌，一條人字形河川從城北穿流而下。那分開的河川，東側名為開明川，西側名為蘆川。蘆川並沒有什麼特別之處，而開明川的東畔，卻基本被籠罩上空的黏稠濃煙遮掩住了。只不過曾經在大唐劍南道上時，濃煙是漆黑的，而現在則是帶著惡臭的黃煙。

是……羅山。

凝視銀碗中的照州城許久後，顧然從各種細節中做出了判斷。

事實上，直到此時顧然也不大明白，為什麼每座照州城都要以「山」來命名。命名的人，或者說擁有命名權的人，自然是照州城之主，冉家的酋帥冉魁榮。毫無疑問，每個分支的冉魁榮都為自己的分支命名貢獻了相同的才智。自從吞沒至此，每位冉魁榮都近乎偏執地迷戀上了命名，甚至就吞入事件本身，他也要賦予其名，稱之為「天墜」。大概只有人人都用著這些名字時，他才能真切地感受到自己是一山

1 公元690年。

之主。

此時，沉下的銀碗彷彿等得不耐煩了，投出一道銀光射入雲瑟石叢林裡。

那道銀光的投射點，在顧然的目力範圍之內，可說是相當近，不需要多走一點冤枉路。顧然暗自竊喜，近年來終於多了一點值得誇耀的新技能，可以通過目測銀碗的距離判斷銀光的大概落點。

既然銀光已經投下，顧然就更不著急了。憑藉多年經驗，他知道每次投下的銀光至少要持續一個時辰，甚至兩個時辰。

當銀光的落點闖進視野，顧然才開始真正的工作。只見他走到一叢雲瑟石前，緩緩抬起腳瞄準了一下，調整著角度，然後又把腳放了下來。腳尖剛剛點地，他雙手一展，上下肢原地抖動著轉起圈來。反正這裡只有自己一個人，跳一支自創的抖動胡旋舞又有何妨？一陣笑意湧上心頭，顧然的袍衫下擺隨之旋動起來，宛如伴舞助興。旋轉得太過自如，他的雙手隨著心中節拍舉到頭頂，變換著各種組合手勢，右膝也隨之抬了起來，繼續借勢迴旋。突然，顧然就像趁著雲瑟石沒留意一般，猛地一腳當當正正踹了上去。

正中剛才的瞄點。顧然滿意地停了下來，見證著那叢雲瑟石應聲而倒。跟自己計算得一樣，倒下去的雲瑟石又撞到了後面的雲瑟石，只消片刻，就倒了四五叢。

戰果不錯嘛。

顧然更加滿意，不過，該收收心幹正事了。

沒再多耽誤工夫，顧然連忙撿起地上那些摔得七零八碎的雲瑟石，然後統統丟到軲轆車上，裝滿一車後，再用一塊麻布蓋在上面，才算完工。

裝滿了雲瑟石碎塊的軲轆車扶手上，掛著四件樣貌各異的小玩意兒，在推起軲轆車前，顧然先把它們摘了下來，擺到地上。

四件小東西都是木製的骨架，外面套著一層布面裝飾：穿著官袍的猢猻，趴在地上東張西望的猞猁，長著八爪的蜘蛛，以及布料簡陋卻多出一對軲轆的樹。它們全都一尺見長，看起來十分精巧。

這些才是顧然真正拿得出手的作品，全是傀儡戲上用的偶人。

天墜前，顧然跟著一個名叫趙劍南的老大哥組的傀儡戲班。戲班看似在劍南道上各處遊走演出，實際卻做著見不得人的勾當——曾經照州城裡那污穢又被世人所無視的勾當。

劍南道上，有不少地方種植米囊花。那是唐人所喜的一種花卉，配上牡丹之類的雍容名花，能在華貴中蘊含幾分內斂，就連大將郭震都專為米囊花寫過詩句。正因唐人對米囊花的推崇，時常會有人到劍南道來大批採購此花，運回中原販賣。然而，偏巧這裡的人們突然發現，米囊花的果實竟可以煉出一種與眾不同的黑色膏脂。於是，人們將這種黑色膏脂稱之為「米囊膏」。

傀儡戲班的真正目的就是米囊膏，其他的胡商也都是為了它，甚至為了一盒膏，幾個商隊間大打出手殺人放火，儼然成了一種日常。畢竟，只要把米囊膏帶回中原，就會有人發了瘋似的無休止搶購。有了米囊膏，等於有了絕對穩定的金子來源。大概是顧然的功夫還算不錯，在那幾年裡，沒人敢對傀儡戲班出手。只是顧然到傀儡戲班來，其目的與成為戲班的護衛，可以說是背道而馳了。

每當顧然想起那段遙遠的往事，都不禁心中發苦，畢竟他原本是和同村的兄弟于樗一起來照州城，意氣風發地想要將米囊膏連根拔掉。甚至在最初的一年裡，身為異鄉人的顧然，還暗中建起了一個無比龐大有效的關係網。可數年之後的現在，于榑已成眼前的白骨，而自己更是淪為了穹籠中的一件工具。

天墜前，雲瑟石的出現是顧然這些異鄉人始料未及的。出現後不久，人們迅速意識到這種石頭不僅樣貌好看，只要把它磨成粉末撒在米囊花田裡，還可以讓米囊花以驚人的速度生長結果，一年採集十次都不在話下。原本使人發狂去買的米囊膏，現在竟多了一本萬利的門道，從照州城弄米囊膏，賺得簡直比直接挖金子還要多得多。

誰不願意天上掉金子給自己花呢？

然後，天墜就來了。天墜堪稱改天動地的災難，而最大的災難，大概就是雲瑟石也遠離了照州城，只在不動山裡生長起來。這也讓恰巧不在照州城的顧然，頹然間孤立無援。

不想再回憶往昔的顧然，小心仔細地將四隻偶人的裝飾布套都脫了下來，開始為前往羅山做最後的準備工作。

這些傀儡跟一般中空的偶人不大一樣，內部多了木齒輪和緊繃的細繩，並且都嵌進了一塊密閉木盒。打開每只核心木盒後，顧然撿了些雲瑟石碎塊，在掌心用力一撚就成了粉末，然後將其紛紛灌滿。

此時，所有準備工作都已完成，顧然將傀儡分別掛於袍衫外的腰帶左右，吃力地抬起軲轆車，卻又停了下來。他心裡湧起某種不祥的預感，不忍離去地回頭望了望那具每日都要精心擦拭的屍骨。

大概是剛才旋轉得有些過猛吧。顧然為心裡的不安尋找著藉口，重返照州城已有三年，曾經的照州城被硬生生分成了十座，現在只剩三座，這種完全超乎認知的事都已經習以為常，還有什麼事情值得吃驚呢……只要自己可以安安穩穩活下去，或許就能找到機會得償所願。

天授三年了，顧然在心中固執地計算著時間，一使勁推起了軲轆車，向羅山投下的那道銀光走去。

第二章　一池一亭

每次從不動山墜過來，乏力、眩暈、噁心等各種不適全面襲向顧然，簡直就像在長江上漂流了一個月。顧然卻並不在意這些，只盼著這次不要落在開明川或者蘆川的河面上，以免更多狼狽事蹟流傳開去。

實際上，墜來只是一瞬間，顧然就抵達了羅山。

是陸地。

顧然長吁一口氣，但……他立即發現有什麼地方不對勁。

非常不對勁！

這讓顧然不由得懷疑剛才的預感是否真的應驗了。

從不動山墜過來會伴隨著一陣眩暈，但就算再暈，也能看到自己身旁不到五步的地方，躺著……一具屍體!?

不用走近檢查，只需看一眼腦袋向另一側過分扭轉的程度，就知道躺在那裡的傢伙絕對已經死透。

天墜之後的照州城，最不該出現的就是非正常死亡。畢竟整座城都被封閉起來，雖然時常還是會有人死掉，但每少一個人終究都是天大的事……

顧然一時間不知該如何是好，而且自己恐怕還是這具屍體的第一目擊人。當他停下軲轆車環視四周時，更感事態可能比自己想像得還要不妙。

羅山已經入夜，周遭漆黑一片，而自己是和一具屍體同處沒有旁人的庭院裡。

顧然忍不住破口大罵了一句。

這座庭院很小，只有一池一亭，圍牆低矮，可以一眼望到院外。不需要更多標誌性建築就知道，這裡是被昔日照州城人稱為「胡亭」的地方。

胡亭位於開明川附近的東市旁，之所以建造，主要是為那些逛完東市的胡商提供一個可以休息交流，同時做些隱秘交易的地方。因為庭院裡總是聚著一堆胡商，也就被叫了胡亭。

胡亭沒什麼特別，但現在如此安靜就太過異常了。雖然時值入夜，天是漆黑一片，但無論是僅存三山中的哪一個，都早已沒了宵禁。胡亭緊鄰東市，夜晚的嘈雜叫賣聲絕不允許此處如此靜寂。四周槐樹瑟瑟拂動著……

不對！顧然頓生警覺，因為他在蕭蕭樹聲中，隱約聽到了身穿鎧甲行走的金屬摩擦聲。

顧然一躍上了軲轆車，向胡亭外望去。

果然看到左近的坊巷裡有三隊三人一組正在巡街的冉家銅甲士。那些身穿黃銅鎧甲的力士全都注意到了顧然墜入胡亭，齊刷刷轉向這邊，背負的銅箱紛紛啟動，湧出滾滾黑煙。

這又是什麼陣勢？

顧然嘖了一聲，立即從軲轆車上跳回地面。

眼見胡亭外的銅甲士步步靠近，顧然還是決定先看看那具屍體再說，哪怕真的栽了，也得栽個明白。

顧然緊鎖著眉頭，到了那具屍體旁。

屍體躺在胡亭的池塘邊，一席黑袍，身邊沒有血跡。因為是脖子被扭斷，臉完全背向了顧然的方向，走近才看到屍體的面部，更準確地說，是看到了他臉上佩戴著的一副闊耳大眼黃金面具……

顧然猛地倒吸一口涼氣。在羅山，或者說無論哪山，可以佩戴這副面具的只有一人——全城的主事大祭司冉魁榮。

雖然不可能有什麼奇蹟，顧然還是小心翼翼地摸了摸面具下的脈搏，確實已經死透……

顧然又惡狠狠地暗罵一聲。此時，銅甲士的聲音愈發近了，蕭瑟的胡亭被某種氣場吞沒擠壓，竟惹得人無比煩躁起來。

難以理解冉魁榮為什麼會跑到東市邊的胡亭來，隨即顧然微微掀起面具確認。面具下露出一張略顯消瘦的臉，徹底打消了顧然心中最後一絲幻想，確是冉魁榮沒錯了。

羅山的冉魁榮死了……死在了胡亭……

怎麼偏偏還是冉魁榮？

事態迅速惡化著，方才竟然還想著安安穩穩活下來，顧然頓覺自己可笑至極。

滿腦袋都是疑問的顧然，根本沒時間再為每一個問題搜找答案。胡亭外的三個方向皆傳來了銅甲提速逼近的聲音。

那些銅甲士，只要啟動背後的銅箱，單一個自己都無法抗衡。空空蕩蕩的胡亭院內，只有自己和一具屍體，哪兒還辯得了清白？

往來不動山的通道都是單向，回去的出口不知多久才會在某處開啟。此時的顧然，和羅山任何一個普通居民沒什麼兩樣。他狠狠啐了一聲，別無選擇地掉頭向沒有銅甲士的一面矮牆跑去。軲轆車太過沉重，不可能帶走，此時首要的就是脫身。顧然一躍跳出了矮牆。

眨眼間，落在身後的胡亭傳來了銅甲碰撞以及大呼小叫的聲音。

時間太過倉促，疑點又太多，當務之急是先去一個今晚可以藏身的地方，從長計議。

衝出胡亭就是東市，雖然因為銅甲士的出現讓東市關閉了，但附近晃蕩的人群依然熙攘。顧然刻意放慢了腳步，不能讓他們覺得自己像是一名逃犯。

軲轆車丟在胡亭，冉家的人終究還是會找到自己頭上，但現在只能走一步看一步了。大概因為步子放慢了些，頭腦終於重新運轉起來。方才在慌亂中所看到的，逐漸在腦海中拼出了一些線索。

冉魁榮的死狀就是一點。屍體的腦袋向右側扭轉了相當大的角度，恐怕是被人一手扭斷了脖子。也就是說，殺死冉魁榮的並不是普通人，至少要有足夠的手勁和相當的技巧。

胡亭裡除了一具屍體空空如也，而那些銅甲士都在胡亭外巡邏，並未進入。以冉魁榮的謹慎性格來看，他不可能不帶侍衛獨自與數人會面。從而可以得出，這個兇手是隻身一人和冉魁榮在胡亭約見。

冉魁榮的穿著也讓顧然有所在意。他不僅身穿只在祭典時才會使用的黑袍，而且佩戴著他的黃金面具去了胡亭。看來冉魁榮相當重視那人，或者說，相當重視在那個人面前體現自己的權威地位。

即便有了些許判斷，但更多疑問還是不停地在顧然的腦海裡冒出來，而泛著惡臭的開明川亦出現在眼前。

從顧然所站之處望去，對岸宛如那些滿口胡話的僧人所說的地獄。擠在川邊的作坊，探出高高低低的水車，全掛上了不知是什麼東西的烏綠色污漬，沒日沒夜地發出此起彼伏吱吱扭扭的轉動聲。開明川外面，就如一頭垂死掙扎的巨獸，伴著自己全身一陣陣的抽搐痙攣，形似巨獸背脊的大小作坊的煙囪，冒出滾滾惡臭黃煙。

即使開明川外惡臭沖天，顧然也絲毫沒有停下腳步，快步走上了過川的木橋。

開明川外沒有建坊，只有兩條半雜亂的街道。

沿著開明川河岸而建的，是那些擁有水車的作坊。作坊無論大小，全都齊平於河岸，結果作坊非沿河的一側就成了參差崎嶇的街巷，隨處都是藏汙納垢的轉角。

這幫逐利的傢伙……煩躁的顧然在心裡罵著。天墜前就是這幫傢伙，在開明川外建了一座座作坊，為的是可以瘋狂煉製米囊膏。天墜後還是他們，只是立即轉投唯一的豪族冉家，成了冉家製造銅甲的源頭。無論什麼環境，他們都能找到最快穩固利益的辦法，哪怕這個辦法有可能會制約到自己，那也都是未來的事情，他們根本不會在乎。

每間作坊都在把煉銅坩堝裡的污濁熱氣排入本就逼仄擁擠的街巷，水車的聲音跌宕迴響其間，刺耳得令人焦躁。泥濘的街巷，越走越覺得眩暈乏力。

不多時，顧然走到一扇擠在兩座大作坊間的小門前停了下來。

雖說小門裡也是一座煉銅作坊，可太過安靜了些，就算它的水車，也都是有一搭沒一搭地轉動而已。

靜寂作坊的門沒有鎖，顧然隻手去推。門一開，一股極不合群的孤獨氣息撲面而來，顯得坊內主人仍是一副不思進取的樣子，顧然不由得鄙夷地嘖了一聲。

小破作坊不思進取到連一個勞工都沒有雇傭過，只有躲到這裡無所事事的作坊主自己一人而已。不過，這作坊主確實有著不思進取的本錢，而那本錢正是顧然為他帶來的。正因如此，這裡成了顧然眼下唯一可以投靠的地方。

真是令人啼笑皆非的利益鏈。

然而，進到這個小破作坊，顧然立即發覺同樣有些異樣。

沒有人？

作坊主名叫元望，無論從他日常戴著的氈帽，還是他永遠掛著的一對大耳環看，都能知道他是一個鮮卑人，他說自己祖上乃是北魏皇室拓跋氏，後來才改了漢姓元。通常來說，不動山接觸過來的時候，元望肯定會窩在這裡等顧然才是。

一見作坊是空的，顧然立刻伸手至腰間，一把抽出八爪偶人的腹中線，精準地將它丟到了地上。八爪偶人一旦啟動，四對肢結會噴出細線將四周佈滿，形成一張疏而不漏的監察網，絕不放過一絲風吹草動。

疏忽了！顧然意識到自己出現了嚴重的疏忽。方才推測兇手時，沒有一點可以把元望排除在外。而元望這個傢伙，別的一無是處，倒是一個用長槍的好手，手上的功夫一點不弱。

突然，八爪偶人的那根線拉了一下顧然的手指。顧然不假思索，立即向一側閃身。背後果然一記突刺襲來！

已經閃開的顧然從容搭手去擒持武器的胳膊。對方自是留有後手，一抖左肩，被搭住的一條胳膊順勢砸向顧然。勢大力沉，顧然只好立刻跳到遠處拉開距離。這是槍法化來的招數，那武器也看清楚了，是一把鋒利的銅鈹。

銅鈹本是插在長槍桿上的槍頭，現在單獨用來猶如一柄短劍。在這逼仄的小破作坊裡，更顯狠辣棘手。

顧然無心戀戰，只在斗室裡騰挪輾轉。不過怎麼也跳不出那銅鈹的攻擊範圍，銅鈹總會再次變換角度猛刺過來，顧然做好架勢準備再度搭手化開的同時，大喊了一聲：「是我！顧然！」

如果自報姓名，這傢伙還繼續攻來，那就只能硬碰硬先脫身再說。畢竟現在只是一對一，沒有被埋伏，那就還有勝算。

不過，顧然一喊竟是奏效了。銅鈹立即停手，哪怕攻勢已出，對方也於腰間用力猛地翻了個身，原地轉了三圈狼狽停了下來。

手持銅鈹的自然是元望。只見他把短劍般的銅鈹掛回了腰間，狠狠地罵道：「你個然驢！你的車呢!?大半夜悄咪咪過來，嚇死老子了！」

「我的袍衫也被你刺破了！」顧然心疼地看著袍衫右側腋下的口子，心裡卻隱隱踏實下來。元望這傢伙是罕見的左手慣用手，冉魁榮的頭卻是向右扭斷，無論兇手是從正面還是背面，發力的都是右手才是。

「別、別岔話，問你呢，這時候幹嗎來？」努力兇惡著的元望，心裡還是發虛，不由自主地又握住了腰間的銅鈸。

顧然心裡一笑，他這樣子就太容易攻克了，遂刻意徐徐道：「剛到羅山，你都能跳一支胡旋舞來迎接我，我就不能直接過來這邊歇歇腳？」

顧然一邊說著，一邊像在發信號似的用手指拉了拉那根連接八爪偶人的線，四散攤開的偶人一番抖動後，迅速恢復原貌。

「那你放這噁心玩意兒幹什麼⁉」元望見顧然把傀儡拾起來掛回腰間，更是抬高了好幾個調門。

「看你叫喚得跟個崽子似的。沒它在，我現在已經慘遭你的毒手了。」

顧然的反駁根本就是移花接木，但元望的腦袋更亂，竟是叫他帶走了。

「那你的車呢？車呢⁉」

元望仍是一臉緊張，看來事情十分不妙。

「我剛到羅山啊！你要我推著整整一車石頭過開明川？你不知道那一車礦有多沉？你不知道這些煉銅作坊對雲瑟石都有多虎視眈眈？他們要合力來搶，你保證能攔得住？」

顧然連珠炮式的反問，讓元望咧著嘴不知怎麼應對，緊握銅鈸的左手竟漸漸鬆開了。

「我……」元望用力抓了抓氈帽，說，「唉，是我錯怪然哥你了，你肯定什麼都不知道。你上次來羅山都是三十天前了，是我錯怪然哥了。唉，別提了，我可能麻煩大了。」

準確地說是三十二天，其間依次去了彭山、咸山、彭山，隨後才因羅山接觸到了不動山，從而抵達這裡。

見元望卸下防備，顧然轉身去把作坊的門關牢，掌上燈，回到門邊的席子上坐了下來。元望也垂頭喪氣地跟著坐下。

「伯叔父他可能知道我這裡了……」

那是真的不太妙啊！顧然立刻明白了元望為什麼會這麼慌。

元望的伯叔父也是姓元，名叫元不問。元望還有兩個哥哥，分別叫元不覲和元不聞，只是這兩個哥哥早已離世，唯剩他成了元家的獨枝。雖然元望不是元不問的子嗣，但他本來也無兒無女，因而元望也算是他關係最近的人。更何況，只要是姓元的鮮卑人，都自稱北魏皇室後裔，這裡邊本就有種血脈相承的認同感。

如果說冉家是用神聖的祭日儀式來控制全城的平民，好讓他們把自己辛辛苦苦種出的糧食以及煉好的銅心甘情願奉獻給冉家；那這幫元姓鮮卑人就是毫不遮掩地強取豪奪，幹得相當簡單粗暴。若不是平民多少還有太陽的信仰需要依賴，再加上冉家是唯一擁有壓倒性戰力銅甲士的集團，元不問早把冉家宅邸推平強佔下來。作為元不問的姪兒，元望自是帶了些許大少爺的氣質，但其中玩世不恭和遊手好閒占了九成。

真是百無一用的大少爺。

只會強取豪奪盤剝平民的元不問當然不會在乎自家人做的買賣，除非太過出格，好巧不巧大少爺元望就是在做最出格的生意。而這門生意正是當年剛剛墜入這裡的顧然，為了給自己找些可憐的同盟，給元望出的主意。

主意其實很簡單，就是讓元望在開明川外，找個隱蔽的小作坊來印惡錢。所謂「惡錢」，只因天墜之後，銅不再充當流通貨幣，取而代之的是用紙印出來的貨幣，而惡錢則是私印的假鈔。事實上，三山都是孤立的，惡錢其實很容易就被發現，但因為雲瑟石等同於黃金儲備，而顧然可以穿行於各山之間，給每山的元望通報其他山的資訊情報，以此確保他每次私印多少惡錢都不會被發現。

然而，元家的錢都是靠搶的，他們又懂得不要竭澤而漁的道理，因此可以說搶得十分克制。要是讓他們知道元望在直接印錢，只會有兩個結局：一個是把這廢物打死，殺雞儆猴；另一個是把這個廢物打死，同時把私印作坊歸為自己所有。反正，無論哪個結局，元望都不希望看到。

顧然盤腿坐在濕答答的蓆子上，有些哭笑不得。雖然自己可能遇到了更不妙的事，但不管怎麼說，兩件事都很糟糕。

「不能亂了陣腳，你現在還不知道你伯叔父是不是真的知道吧？」

元望這次是真的急壞了，蜷縮在席子上竟是說不出話來。

「那反過來說，你是怎麼知道你伯叔父可能知道的？」

元望依舊蜷縮著，拚命抓著氈帽，終於低聲回了一句：「是前天的事。」

前天……顧然還在不動山裡一邊擦拭著那具屍骨，一邊可憐巴巴地啃著從彭山帶來的胡餅。每次回不動山等待，顧然都會覺得自己是在蹲不知期限的苦牢。

「然哥，你不是已經有三十天沒有來過我們羅山了嗎……」

「所以你把上次印的錢都花光了?」

「三十天了啊。」元望委委屈屈地抬了抬眼,「你也知道現在這錢越來越不經花了啊,一張票子連一合[2]米都買不起。」

「太誇張了吧。」這是顧然的本能反應,畢竟他更加瞭解米的價格。不過,因為冉家禁止使用銅作為貨幣之後,用昂貴的紙印出來的錢,是一直在貶值的。這個問題,顧然一想起來就會頭疼,以致於一直逃避面對,而現在恐怕逃不開了。稍頓,顧然擺了擺手說:「行了,不說這些,趕緊講前天怎麼了。」

元望也如釋重負一樣,繼續說了下去。

前天傍晚,花光所有惡錢的元望在開明川內的坊巷間四處遊走。任何人都無法想像,一個在羅山的元姓鮮卑人會沒有錢花,隨時隨地搶錢不正是他們所應該做的嗎?但偏偏元望這個元姓鮮卑人是做不到的,他早讓顧然誘惑著走上一條不歸路。然而那時的元望,眼裡只有窮途末路尋找獵物的惡光,不再管是誰的地盤,立刻薅來幾個錢去買酒的想法將他的理智完全侵蝕。

然而,只才轉過一個街角,元望便已經警醒過來。

「有三個冉家的銅甲士在那裡巡街!不對,不是三個,而是三人一隊,大概一條街就有三隊。滿大街四處冒著嘰裡咕嚕的黑煙。就算是我,看著都……」元望又忍不住去摸腰間的銅鈹,彷彿只有冷冰冰的銅柄才能給他一丁點安全感,「就問你,你見過這種架勢!?」

要是一個時辰之前被元望這麼問,顧然一定也會和他一樣大驚失策。畢竟三年來,冉家和元家已經勉強達成了平衡,冉家在擁有銅礦的絕對所有權和分配權的基礎上,只能強制少量平民到自家田地耕種，至於什麼原則徵役那無所謂，只要留給元家絕大多數自由人讓他們定期盤剝就可以了。畢竟元家都是有著高貴血統的亡命徒，要不是忌憚冉家獨佔了那些機動銅甲技術，擁有壓倒性戰力，不然早把冉家推下臺，獨佔整座城了。可聽元望所述兩天前的陣仗，冉家竟派出那麼多的銅甲士在大街上結隊走動，幾乎是在主動宣佈打破現有的均勢……

「不對，」顧然卻岔開關於銅甲士的話題，「這些和你伯叔父有什麼關係？」

元望嘖了一聲說：「然哥，你怎麼變得這麼無趣？冉家的那些銅疙瘩突然滿大街溜達，就一點兒都不好奇？」

「他們在搜什麼嗎？」

「可不是嘛。」元望皺眉點著頭說，「肯定是在搜什麼，一個坊一個坊地進去，又是打又是砸的。那幫窩囊平民哪見過這個，鬼哭狼嚎，好不熱鬧。」

「你還挺開心？」

「呸！撕了你個爛嘴。」元望也就硬氣了半句，「不過……我也沒想到，我們元家養的那群狗，眼看著冉家的銅甲士大搖大擺在自家地盤上為非作歹，沒一個敢出手的，就那麼愣看著。臉面呢？全都讓他們給丟盡了。小爺我以後做了元家家長，還得給他們收拾這種沒有臉的爛攤子。我跟你說，我現在要

2 唐代度量衡制，十合為一升，十升為一斗，三升為大升，三斗為大斗，十大斗為一斛。

是家長，哼！先在冉家那幫獠子腦袋上挨個紮上窟窿。」

顧然在心中呵呵一笑，要做元家家長幾乎成了元望的口頭禪，三山的元望全都如此。嘴上說得有模有樣，但遇事還不是像現在這樣嚇得躲東躲西……

「行了，趕緊說正題。」關於冉家銅甲士，估計也只能瞭解這麼多了。

「這就是正題。就是因為他們突然滿大街跑，也不知道在幹嗎，我只能趕緊躲著。剛才我不是說了嘛，那幫家狗沒一個頂得上用的，把元家的威嚴全都給敗了……」

你自己還不是一樣繞著走……顧然已經無力打斷這個元家大少爺了。

「你猜怎麼著？躲著躲著，我正巧看到我們家那條最仗勢欺人耀武揚威的狗，就是那個鬼方，帶了四個人過了開明川。全都亂套了啊，冉家的狗在元家的地盤上打砸搶，元家的狗不僅不殺他們的威風，還專門跑來了冉家的地盤上。你說那不是我伯叔父發現我的事，一邊犯慫不敢招惹冉家，一邊派了那個鬼方來抓我洩憤，還能是怎樣？」

元望的推測確實有幾分道理，鬼方突然來了開明川外，絕對是有他的理由，但是不是來抓這個大少爺的，就很難說了……

鬼方這個人，顧然跟他有過幾次照面，人高馬大自不必說，氈帽耳環更是少不了的，但一柄青龍長劍才是最鮮明的標誌，畢竟他是元家手下一等一的劍客。實際上，他本是有名有姓不叫什麼鬼方，他姓拓跋，名叫方方。從他堅決不改漢姓，就能看出他是何種性格，手段又相當狠辣，是個令人聞風喪膽的傢伙。正因如此，人們才會悄悄給他起了「鬼方」的綽號。鬼方在鮮卑文中的本意是「有鬼出沒的地方」，拓跋方方所至之處，只剩鬼沒有人，倒也十足貼切。

但問題在於，即使元不問知道了元望的惡錢作坊，需要派鬼方這種夜叉來抓他嗎？元望的槍法確實不錯，但他畢竟只是百無一用的大少爺。沒有霸氣的人，三五個人一圍，也就束手就擒了，何必大動干戈派出鬼方？想必元不問對這層道理也是一清二楚的。那鬼方出現在開明川外，多半是為了別的事情。

顧然默默梳理著元望提供的這些情報，然後想到冉魁榮被殺的現場，這裡面或有著什麼不為人知的聯繫。但有一點比較肯定，鬼方只用那柄青龍長劍殺人，冉魁榮死於腕力，多半不是鬼方下的手。不過，也不能排除是鬼方安排別人下的手。

謎團依舊沒有一點解開的樣子……

「然哥，你倒是說句有用的呀。」元望已經可憐巴巴地要去抱切紙鍘刀之類必不可少的傢伙什了，「要不然咱哥倆連夜逃跑吧。」

「就你慌成這個樣子，還想一統羅山？」顧然沒好氣地嘲諷著元望，「退一萬步講，你跑能跑哪兒去？能跑出羅山？」

這是這裡絕對的真理。除了顧然這個天墜時不在、後來才進入的外來者，其他人都不能，或者說不再敢穿行到其他的山去了，真可謂，十山各孤，民亦囚徒。

「再說了，就算鬼方現在來了，咱們合力還戰他不過？」顧然心裡清清楚楚。

不知元望是否信服，但他默默地把鍘刀放了下來。他這個作坊雖小，但這套器械也不是兩人就能抱得走的，真要是放棄這裡，恐怕元望就沒機會東山再起了，雖然他現在也沒什麼起色。

「那、那不然……你去找那個趙劍南打聽打聽？」

元望越說，聲音越沒底氣。他也知道顧然對那個趙劍南的看法。

顧然緊鎖眉頭遲疑片刻，終於歎了口氣說：「你先給我找身能穿出門的衣服，我這身袍衫一進門，就讓你劃了個大口子。」

「然哥，我來給您縫縫不就好了。」

顧然閉目養神一樣靜了靜心，把腰間掛著的幾隻偶人摘下來，解開腰帶，脫掉了這件破了口子的石黃色袍衫，又看了看套在裡面的短衫，沒有破口，就直接把衣服丟給元望。

元望手忙腳亂地把扔給自己的袍衫捧了起來，立刻往作坊深處爬去，嘀咕著：「我這裡有好線，給然哥您繡個牡丹上去，保證貴氣。」

「呸！給我省省心吧。」顧然懶得再搭理這位大少爺，不過，他忽然又喊住了元望，「喂！你的線沒問題吧？」

「天墜到現在都多少年了啊，我的哥哥。」元望抓著氈帽一臉委屈，「誰還能留著那麼多年前的線？肯定是我們羅山自己新產的。再說了，小弟我哪捨得然哥到了別的山，連人帶山全都給燒成灰？」

確實，這麼多年過去了，大概天墜前的東西，除了人本身以外，都已更新換代幾輪了。

顧然沒再理睬元望，只是默默地盯著滿是污垢的作坊天花板，心想，怕不會有一天全都塌下來吧？

第三章　羅山趙劍南

天還沒亮，顧然就從元望的小破作坊出來了。畢竟保不齊到了白天，冉家還會派出大批私兵來全城搜查自己，想要回到開明川內，只能趁頭天晚上那幾個銅甲士搜查未果回巢覆命的空檔行動。

羅山也好，其他山也罷，到了夜晚，永遠是滿月當空。只不過，那輪月不是曾經的月，是不動山。每到夜晚仰望月空，都能看到那片雲瑟石叢林泛著眩光。

淩晨的坊巷，正是籠罩在漸漸泛紅的不動山的滿月光下。紅暈帶著絲絲令人不安的鬼魅，但至少走起路來，看得清晰，並不艱難。

從開明川外到趙劍南的居所，幾乎要穿過大半個羅山城，距離相當之遠。為了能趕在天亮之前抵達，顧然只能加快腳步。但在每一個坊巷轉角，他又要極為謹慎地先觀察確認是否會有伏擊自己的銅甲士，這大大延緩了趕路的腳程。再急也要在保證安全的基礎之上，時快時慢地往趙劍南處趕去的顧然，只能默默祈禱，希望一切順利。

說來可笑，去見趙劍南這個老東西，怎麼可能和「順利」這樣美妙的詞掛上鉤……

生養顧然的那個村子名叫匯陽，因為地處照州城越過雪山後通往大唐中原的必經之路上，繁榮過，又從繁榮徹底破敗。如果說在匯陽村破敗之前，那個一無是處、只會鄉間打架的顧然，只是一條鄉間野狗的話，三年前再次回到趙劍南身邊的顧然，就等於是被套上了一條結實的狗鏈，永生不能掙脫。

天墜時，顧然剛好不在照州城，在自認是飼主的趙劍南眼中，這本身就意味著背叛。因此三年前，顧然甘願回到這裡時，被三山的趙劍南在無法通信的情況下狠狠擺了一道。

說來也是顧然自己大意了，在他通過不動山抵達第一站咸山時，根本沒有注意到自己的身上沾染了一塊豆大的血印。咸山趙劍南肯定是一眼發現了這道血跡，才立即教他怎麼找到回不動山的方法，催促他在第一時間去拜訪另一座山的自己。接下來的趙劍南如出一轍。真不愧是同一個老混蛋狐狸，看到印記立刻做出了同樣的判斷。

當顧然回到不動山後，三個趙劍南馬上通過自己的關係網散播了顧然的傳言，說這個多年後才來的傢伙是一個十足的叛徒，不僅當初叛逃躲過天墜一劫，回來時，為了膨脹的私欲，為了獨佔所有山，竟把同行的夥伴殺死在了不動山上。

可是顧然哪來的什麼同伴？只有蒙頭蒙腦剛到不動山時，正撞見的腹部被深深捅了一刀、幾乎說不出話瀕死的昔日兄弟，以致沾染了他的血跡。當顧然回到三山中時，他已是一個人人喊打的不義之徒，根本百口難辯。

大概也是因此，就算昔日兄弟化成了一具白骨，也要把他留下，時刻警示自己。

無心也無法反駁已然深陷的流言旋渦，顧然只有一個去處，那就是投靠到趙劍南的庇護之下，墜入陰影暗地為其所用，直至今日。

不過，顧然知道再久也終究只是臨時，他從來沒有放棄反咬一口的打算。

蘆川即在眼前了。

和開明川相比，這裡簡直是一副清冽景象。沒有開明川外的惡臭黃煙籠罩，透過開闊的河面，可以清晰地望到環繞全城的雪山。天墜前，只要有蘆川，雪山根本不算什麼屏障，天墜後據說也有不少人硬要出雪山，可結果無論是走昔日的蘆川河道，還是直接翻越雪山，都會變成無止境地向上攀爬。這種向上的趨勢就連蘆川這樣一條河流都不例外，進了曾經的山谷，蘆川的河流只能無盡地向上而去，而且沒有盡頭，宛若執迷於登天的狂徒。

現如今的蘆川已經失去了它原本的功用，兩岸長長短短的碼頭全都棄用。不過，畢竟這裡留下來的大多是腦筋活絡的傢伙，不可能讓任何一丁點的土地荒廢。蘆川的東岸，在新一輪的惡鬥談判後，劃分出一片片漁場，有的用於捕撈，有的乾脆圈上養殖。而在蘆川西岸，昔日的碼頭上還都停靠著船，不過，不再是那些商船，而是大大小小全都裝扮得紅紅綠綠的船舫。每到夜幕降臨，家家掛起連串的紅燈籠，一派歌舞昇平的幻象。

清晨的蘆川，仍在沉睡，一片死寂。

三山的趙劍南都住在同樣的地方，蘆川以西最大的寺院裡。過蘆川時，只要站在為了過船的高拱橋上，就能望到寺院正中的佛塔和正殿巨大烏黑的屋頂。

天漸漸亮了，顧然趕緊加快了腳步。穿過幾條坊巷之後，先是看到一塊空場，那裡有一座破敗的戲樓，戲樓早已不再上演任何曲目，而樓前的空場則成了平民們物物交換聊以度日的場所。

過了戲樓，便是寺院。

寺院沒有名字，山門倒是相當氣派，六根烏黑圓木頂起一座門樓，門樓上有窗，全都有粗獷的雕花。厚重的大門，卻敗露出本廟並無香火無心修繕的本相，一扇已經把厚重的合頁墜彎，另一扇乾脆頹於一旁，雨水泡出一股腐味。

寺院是周正的品字結構長院，進了山門，左右各有兩座別院，別院的門遠不及山門氣派，院牆將通往佛院的中道變得更加狹長。別院內各種著幾株海棠，海棠盛開，透過院門也能望見每間別院裡的意境。但住在這裡的人卻毫無賞花的情趣，一部分是昔日傀儡戲班的人，更多的是天墜後趙劍南為了鞏固自己的勢力，招募來的本地無賴。趙劍南當然不怕這些烏合之眾反水，因為他們既不是盤瓠人也不是鮮卑人，想要不勞而獲地立足，只有投靠到趙劍南盤踞的寺院中來。

想來跟顧然的境遇倒也沒什麼不同。

這幫烏合之眾還都在酣睡，顧然安靜地走過了雜草叢生的狹長中道，繞過佛院中央那座已經開始有些傾斜的七重佛塔，並沒有停留，登上臺階，進了通體烏黑的寺院正殿，也就是趙劍南的居所。

老東西畢竟已經老了，天一亮他準會起床。

剛進正殿，就感受到一雙慈愛的目光俯視自己。不過，那是正殿的佛像而已。到底是什麼佛，顧然說不上來，只是感覺那捏著手指垂著眼皮似笑非笑的模樣，十分偽善。

趙劍南自然不會住在偽善佛底下，而是在正殿的東側隔了一間偏房居住。顧然需要繞過的不僅是正殿中的烏黑大柱，還要躲開遍佈於地面的難以察覺的絲線。只要觸碰到任何一根，佈置在正殿屋頂上以及視窗房檐處的幾十架弩機就會齊射，沒人能從中逃生。不過，顧然根本不用擔心這些，因為這些機關全是他一人給趙劍南佈置的，他清楚每一根線的走向。能做到在佈滿機關的正殿裡隨意走動的，也只有顧然一個人，即便是趙劍南自己，也需要在出房間前拉掉機關的總栓，將其關閉。

這就是老東西的謹慎和完全操縱著顧然的自信。

顧然閒庭信步般地繞開所有隱秘的機關線，到了趙劍南的房門前，毫不客氣地推門而入。

一股老年臭撲滿而來，顧然被迫把眼瞇了起來。

幸好房裡有兩扇窗，算不上昏暗，朝陽的光線透進來，足以照亮整個空間。房間牆壁上掛了十來個兩尺往上的大偶人，裝扮上看，有男有女，有人有神，彷彿懷念著昔日的戲班歲月。當然，這些偶人也都是顧然一個人做的。

在眾偶人木眼的注目下，一個毫無特點的老人正倚著挾軾借著一縷晨光，翻看著老東西最為珍視的一本帳簿。

該死的老東西果然在房間裡。

「老夫我，還活著？」趙劍南根本沒有抬眼皮，盯著帳簿，問向唐突闖進房間的顧然。

正心煩的顧然翻了個白眼，無心理他。

「都還活著就好。」

這倒不是什麼啞謎，三山的趙劍南見到顧然從來只關心這一件事——其他山的自己是否還建在。都說人越老就越怕死，而趙劍南恐怕不僅是怕死這麼簡單，他更怕無法掌控全域。

沒有辦法，天墜之後，他或者說他們，就註定不可能再掌控一切。

「顧郎，你什麼時候才能學會敬重老人？」

「等你死了。」

「幫我倒一碗水吧。」趙劍南沒有理睬顧然的冒犯，也依然沒有抬眼，只聲音沙啞地輕聲向顧然說。呸！這也是老東西慣用的伎倆！用一些小小的請求來麻痺對方的戒備心。此時，一縷晨光照在趙劍南背上，顯得他都有些消瘦了……連光影都要利用嗎？

顧然懶得再去揣摩老東西的手段，當確認了老東西還在房間裡，冷哼一聲，便自顧自地出來了。重新回到寺院正殿的顧然，自然不是直接去給老東西打水，而是再次繞開那些機關線，到了偽善佛的寶座前。他迅速從腰間把那隻猢猻偶人摘了下來，伸手穿進它的官袍裡，拉出五根長長的細線拴到五指上，同時扭開了它背後的一個小小的機關旋鈕。

扭開旋鈕的猢猻偶人，頭頂冒出一縷黑煙，控制不住自己似的上下揮舞起雙手雙腳。顧然把躁動的猢猻偶人剛放到寶座立面上，它就宛如一隻活猴般迅速往上爬去，只是它還穿著一身官袍，撅著屁股朝偽善佛上爬去的模樣著實有些可笑。

猢猻偶人很快便爬到了偽善佛的頭頂，顧然中指牽著線向下一勾，猢猻偶人隨之向上一躍，就跳上了房梁。顧然的目標，並不是架在房頂的那些弩機，而是屋頂正上方的藻井。從藻井的正中央垂下一根扭得無比緊實的粗大牛皮筋，牛皮筋的下頭通過一架固定好的木製機關盒，伸出多根繩線通往房梁上的各架弩機。顯然，這根牛皮筋就是為了提供扭力觸發每一架弩機的扳機而設的。

在不觸碰那些繩線的情況下，猢猻偶人小心翼翼地爬到了牛皮筋上。只要爬上去，基本就算完成任務。猢猻偶人不需要對那根扭力十足的牛皮筋做什麼特別的動作，顧然小指拉了拉細線，猢猻偶人雙腿雙手環抱在牛皮筋上，腰部向後一折。

並沒有折出多少角度，顧然就已得到想要的答案。

這台堪稱宏偉的殺人機器，每過十二個時辰，扭力就會完全消失。這期間，即使趙劍南不拉掉機關，哪怕觸發機關線也不會射出弩箭。如今，顧然用猢猻偶人測試了一下牛皮筋繃直的硬度，扭力大概還有四五成，也就是說，上一次拉開機關是在將近五六個時辰之前。機關拉環只在趙劍南的房間裡才有，而趙劍南不可能在不解開機關的情況下走出正殿。五個時辰前還是昨天的傍晚，而自己抵達羅山的胡亭已經入夜，那時冉魁榮的屍體尚有餘溫，顯然剛遇刺不久。

在這六個時辰裡，老東西一直待在房間裡，絕不可能出現在凶案現場。

所以，趙劍南被排除在兇手之外了。至於外面那些無賴……區區嘍囉，冉魁榮絕不可能親自去見。這才是顧然特意跑來趙劍南居所的直接目的，和元望所期待的完全不同。

親自排除趙劍南一夥的嫌疑，顧然心情更是複雜。如果老東西是兇手，自己現在就去冉家宅邸通風報信，沒準兒還能把軲轆車給換回來。而現在，只能再次從零開始。

雖然已經沒有逗留下去的必要，卻也不能就此把趙劍南扔在屋裡離開，那樣的話，老東西絕對會用他那個狐狸腦袋猜出太多東西。

顧然只好收回了猢猻偶人，迅速打來一碗水，送去了趙劍南的房間。

趙劍南沒有對顧然離去太久說一句話，只是抬眼看了看他，接過了水，顫顫巍巍地捧碗到嘴前，緩緩喝了一口，便把碗放到了挾軾一邊。顧然把老東西的一舉一動都看在眼裡，又仔細看了看他拿碗的手臂……就算再有表演天分，這個老東西也不可能有力氣和機會扭斷仍處盛年的冉魁榮。

顧然略帶惋惜地看向趙劍南，只見老東西喝了水又開始看他的寶貝帳簿。

等等……自己進來的時候，老東西就在看他的帳簿。帳簿這麼好看嗎？現在大概剛剛卯時，哪怕老年人覺少，這麼一大清早，連水都沒喝就開始聚精會神看帳簿，這正常嗎？

這老東西……與其說是在看帳簿，不如直接撕開偽裝，明顯就是讓房間一片死寂，來等待顧然主動承認什麼……

顧然心中猛地打了個冷戰，這才意識到自己疏忽了更重要的事。

確認了老東西不是兇手，當務之急則是搞清楚老東西是不是已經知道冉魁榮在胡亭遇害了。

老東西的眼線遍佈全城，不必離開這個房間，就可知曉所有的事情。

銅甲士的動靜確實很大，但他們絕對不會在沒有上級指示的情況下輕舉妄動，特別是酋帥被殺這麼大的事。以侍衛正常的心理來說，絕對會本能地封鎖消息。但……對這個老東西來說，真的存在能封鎖住的消息？只希望時辰尚短，還不夠他去嗅到端倪。

眼下十分不妙，無論老東西知道與否，只要自己多在這裡留上一刻，恐怕就有多一分被套走什麼致命資訊的危險。所以，不如趕緊找機會溜之大吉。

「所以，」趙劍南忽然打破死寂，目光停留在帳簿上的一頁空白處，有一搭沒一搭地問，「你的車去哪裡了？」

該死！原本只是來確認趙劍南昨晚有沒有離開過房間，結果莫名其妙反落入他的套中？但從老東西這句話來看，到底他知道多少，又帶有多深的試探，完全猜不透。

顧然咬著牙，告誡自己絕不能讓老東西看透自己的內心……

「怎麼？你終於也想要雲瑟石了？」

顧然強裝輕蔑和挑釁，以掩飾內心的不安。畢竟三年前被趙劍南擺了一道只能做他的走狗時，老東西就明確說過，不需要顧然給他帶哪怕一塊雲瑟石。如果說天墜之前，雲瑟石只是用來催生米囊花的肥料，天墜之後，已然成了各山各勢力鞏固自家勢力的基石。沒了雲瑟石的加持，地裡的糧食都未必能長得出來。老東西對雲瑟石的關心，卻頂多是有一搭沒一搭地瞭解一下無度使用的冉家又揮霍掉了多少量而已，隨後更是傲慢一笑，不再多言。

本以為多少算是一次回擊，可趙劍南根本沒有抬眼，又翻了一頁帳簿，不屑地哼了一聲，「沒有那輛軲轆車，你在哪座山都混不下去。」

老東西又在打什麼算盤？不如乾脆挑明問清楚算了！顧然剛要攤牌，只見趙劍南身後左上方的一個偶人忽然啰嗒啰嗒動起了嘴，下頜裝的幾塊發聲銅簧片互相摩擦著，生硬刺耳地模擬出了人聲：「先、生……要、開、市、了。」

顧然瞥了瞥眼，這種隨地可見的發聲偶人，大概只有過時的老東西會當個寶。那個用發聲偶人向趙劍南傳話的人，即使不聽他本來的聲音，僅憑他的用詞，就知道絕對是樊紀，那個和自己一同算是趙劍南左膀右臂的傢伙。

樊紀比顧然略小一些，算得上年齡相仿，但看上去卻比顧然老成。可顧然偏要叫他「小紀」，像是硬要在口舌上給他找彆扭般。樊紀兒時在少林寺跟著僧兵正正經經學過功夫，還有一手好箭法，這可不是顧然這種大街小巷打架混出來的野狐禪功夫可比的。然而，這樣一個精英一樣的人物，多少年以來，卻一直屈身做著趙劍南的助手，還把老東西當成授業恩師。此外，顧然也不知為何，樊紀只要一見自己，都會抑制不住地透著厭惡之情，就像顧然會隨時搶了他的位置，獨霸他的恩師一樣。顧然一想到這裡，心裡就直犯噁心。不過，既然有樊紀在身邊，趙劍南還堅持獨居於由機關拱衛的正殿，老東西對樊紀的信任，也就可想而知。

可再怎麼和樊紀不對付，他用發聲偶人和老東西通話，都是此時顧然的轉機。

趙劍南放下帳簿，緩緩起身拉動了幾下發聲偶人頸部低垂的幾根線。發聲偶人同樣是顧然做的，所以他很清楚這是老東西在回樊紀的話。

「樊紀在山門等你，你們同去盯一下場子。」拉完線的趙劍南不容分說地給顧然下達了命令。

想走？且是尚早了。

第四章　精神特產

顧然從來沒有像現在這樣厭惡過陽光，特別是在寺院山門前，烈日陽光下還站著那個傢伙。

來羅山的第一個白天就是近日天，辰時剛到，一輪比寺院正殿還要大的日頭便開始灼燒大地。可哪怕是這樣的煩悶天氣，那傢伙的著衣風格依然不變。一身緋色圓領襴衫袍，襆巾疊得周正齊整，革靴，革帶，腰間懸掛的金銀玉石飾品，樣樣齊全。此時，他站在那裡腰板挺得筆直，像極了常服出巡的官員。反正天墜後照州城早和大唐斷了聯繫，哪兒還有人管得了一個平民穿上了官服？這麼多年來，一本正經裝模作樣的樊紀，真是愈發不是欽差勝似欽差了。

「近日天啊，小紀，您不熱？」

樊紀的襆巾下，肉眼可見地冒著汗珠，可他一點沒有要去擦拭的意思，更別說搭理顧然了。見顧然笑盈盈地過來，他仰著下巴轉身就走在了前面。

看來是老東西剛才用發聲偶人告訴樊紀自己要一起去了。

真是麻煩得很。

穿過寺院的中道，只見那幫烏合之眾紛紛起床，無論是赤裸上身沖著涼水的，還是躺在樹蔭下發著呆的，只要看到顧然路過自己院門口，都會意味不明地看他一眼……

別太疑神疑鬼了，顧然告誡著自己，努力泰然自若地跟在樊紀身後，出了寺院，轉彎到了左近的戲樓空場前。

戲樓還是那副破敗樣子，空場卻熱鬧起來。

若是往日，不過是些平民在這裡自發地交換日常用品。不過，每隔十五天，這裡就會有一次佈施道場，由趙劍南舉辦。所謂的佈施道場，並沒有什麼講經佈道的環節，只有一件事要辦，就是給平民們發粟米。當然，並不是隨便什麼人都可以領到趙劍南發放的粟米，粟米必須用一枚寫著「趙」字的竹片來換。一枚竹片可以換一合粟米，一人一次只能用一枚，且不可在一次佈施時多次領取。也就是說，每個有趙字竹片的人，每十五天可以來戲樓空場領一合粟米走。

趙字竹片自然不是隨意發放的，只有那些向趙劍南抵押借款的人，才可能獲得。大多數結款的人也是去買糧食糊口，不過趙劍南不賣糧食，他要讓這些種地的平民去盤剝他們糧食的元家或者永遠有大量屯糧的冉家那裡去買，趙劍南只收取房貸後的利錢。

事實上，趙劍南倒不是沒有直接從農戶那裡收租子的實力，但他絕不會短視到因此去觸碰冉家和元家的權威。讓別人勞心勞神，自己坐收漁翁之利，這才是趙劍南的一貫作風。三山的趙劍南使出的手段如出一轍，足見其生存信條了。

只是竹片上寫一個「趙」就可以來領粟米，難道不怕有人偽造冒領？老東西自然想得到這一層，但他說反正不差這幾合粟米，只要能讓更多人知道可以到他這裡來借糧錢就好。更何況，每次佈施都有樊紀主持，這傢伙看人是過目不忘，絕對可以保證每人只能領走一合粟米。

顧然仔細看了一下，這次派發的糧食總共一斛七升，每人一合米的話，可以回收三千零七十張趙片。這是他們早已算好的結果。如果有人用假趙片來冒領，那排在後面領不到米的，也只能自認倒楣了。

早已聚在戲樓空場的平民們，見樊紀漸漸走近，饑餓的眼神中，滿是見了活菩薩般的感動。

樊紀目不斜視地穿過人群，所過之處，人海都自覺分開。可顧然就沒這般待遇了，若非他緊隨樊紀之後，那些借著縫隙拚死往前擠的眾人早將他給擠翻了。

被那些死命擁擠的討粟人擠得渾身濕透，顧然終於來到了臨時搭起的篷子處，正位於破敗戲樓前。就像漂在海上終於觸碰到一座孤島似的，顧然一躍就從佈施記帳的桌前躥進了篷子裡。

可算能躲開烈日，有個站得住腳的地方喘口氣了。

佈施臺的左右兩側各是兩名身材孔武的傢伙，算是趙劍南麾下拿得出手的幾名打手。他們不可能像冉家私兵那樣訓練有素，站在這裡筆挺不動，而是朝篷子前聚成扇形的人潮大聲吼叫著：「一枚趙片一合米！」整個空場上的人群沸騰起來，唯有樊紀依舊挺直腰板，一手收趙片，一手用方盒發粟米。大概是因為他的威嚴之姿，竟是從未有人敢去哄搶粟米。

這個時候的樊紀是不會搭理顧然的。顧然在篷子下，隨手抓來一把趙片，在手裡攤成扇形，拚命朝臉上扇著風。他盯著樊紀的後背，又重新思考起眼下的迷局。

和趙劍南手下其他人沒什麼兩樣，樊紀不可能是殺冉魁榮的兇手，即便他強挺著腰板，以他的身份，仍是遠遠不配。所以，當務之急，依然是想辦法離開這裡。

若是剛才，從老東西的房間直接走掉，趁著辰初人們還沒熱醒，大概還有機會趕回開明川外。可現在，來搶粟米的平民們已經快把可憐的臨時篷給擠塌了，幸好那四個壯漢還能充當柵欄，紛紛張開雙臂，把一波又一波前湧的人潮往外推。樊紀倒是一副見過大場面的樣子，處亂不驚有條不紊地分發著粟米，表情還是那麼裝模作樣，但頂著佈施臺的腰已經漸覺吃力起來。

「呵，對不住了。」顧然低語一聲如同告別，直接從篷頂和戲臺間的夾縫翻身鑽到了戲臺上面。

幸好平時給人留下的都是那種任性而為完全靠不住的印象，此時臨陣脫逃一點都不顯得突兀。

戲臺算是一個高點，至少可以越過空場上黑壓壓的腦袋，看到些許坊巷裡的情況。不知是因為佈施道場太過吵鬧，還是因為近日天的緣故，天剛亮便暫態升溫，不到辰正，遠遠近近的坊巷都紛紛醒了過來。有的里坊炊煙裊裊，有的……不對！顧然忽地意識到那不是炊煙，如果說是炊煙，每處都是三股一簇的出現，未免太過奇怪。顧然又盯著隨處出現的一簇簇煙看，它們……還在移動……不用再去猜了，三股一簇還在移動，只有一種可能，是冉家的三人一隊銅甲士在巡街。

果然從沒見過這樣的陣勢，顧然不由得皺起了眉。他們到底在滿城搜什麼？肯定不是在搜殺害冉魁榮的兇手，聽昨晚元望所說，在冉魁榮死之前，他們就開始大規模巡街了。

這已經不是山雨欲來，而是……

現在想要躲回到開明川外更是不可能，也許是時候考慮要不要儘快撤離羅山從長計議了。顧然站在戲臺上，挺直腰環視一番。戲臺雖然破敗，但後面的山牆還是留下了大半，阻擋了看清北面雪山的視線。

顧然將猢猻偶人從腰間摘下，再從懷裡掏出一根細長繩索纏在它的身上。此時，腰纏繩索身穿官袍的猢猻偶人，在繁亂漩渦的中心、樊紀的身後，躡手躡腳地爬上了戲樓頂。

轉眼間，猢猻偶人在戲樓頂上固定好繩索，顧然借力三兩下便翻了上去。

終於豁然開朗。沒了遮擋，烈日也更炙熱，樓下更像是炸了鍋的雞窩。

站到屋脊上，雪山全貌盡可看清。這環繞全城的雪山，不僅無法翻越，每當和不動山接觸開啟通道，山脈走勢也會莫名變化。天墜之後，沒什麼是可以用常識去理解的了。

顧然哪兒還記得來時雪山的樣子，他擦了一把汗，從懷裡又掏出了一件東西，為的就是看看雪山有沒有變化。這是一件形似香囊的掛件，不過，外觀雖然也是鏤空雕花的銅件，但內部結構遠比香囊複雜得多。

他將球型掛件上下拉開，內部的元件即時顯露出來，全是環環相扣的細銅環。這時，那細銅環東西南北快快慢慢地轉動了起來。

顧然提起這只掛件，用所有細銅環的中心，一小塊平衡不動的雲瑟石朝向雪山，耐心等待起來。但細銅環依舊只是發出輕盈的摩擦聲，沒有要停下的意思。這說明，回到不動山的通道尚未打開。

一道破風劍聲突然從顧然背後劈來。顧然警覺地微微轉身，立刻避開了劍鋒。

緊接著，一記尖利刺耳之聲響起，是利器劈了瓦片，然後拖拽著拿起時將其劃開的聲音。

這動靜，甚至讓顧然心疼起劍本身來。

要是偷襲就不要卯這麼大的力氣，用了這麼大力氣還不會收勁……太外行了。

顧然無奈地看過去，正見一尊墓地裡爬出來個猴俑一樣的傢伙，彎著腰雙手持劍，劍尖戳在瓦片上，如同耕地一樣。

這個圍著獸皮裙穿著戎服的猴俑，身高甚至連顧然的肩膀都不及，卻又在腰間掛著那柄銅質長劍的劍鞘，就像是一條不成比例的猴俑長尾，更顯滑稽可笑。

果然是他……

這個猴俑，名叫呵真，一直以來顧然就沒搞明白過，他為什麼總要跟自己作對。

「『不動羅』鑾精緻是吧？」把銅劍從戲臺屋頂裡拔出來的呵真，似乎一點都沒意識到自己出師未捷，還盯著顧然的手大嗓門地說。

幸虧呵真提醒，顧然這才想起自己的那個被稱為「不動羅」的小東西還在細細碎碎地轉著。不動羅可不能有丁點閃失，顧然連忙把它合攏揣進了懷裡。

見顧然收不動羅，呵真以為又有空檔，立即舉劍砍了過來。

動作同樣笨拙，還喊了一聲「冷漠是吧！」，才遲遲撲上來。

顧然歎著氣再次閃開，苦口婆心地說：「別總是用鑾力，還有……你不如先試試刺我？」

「你配教我了是吧？」又變成鋤地狀的呵真，扭著頭咬牙回瞪顧然。

說來也許真是不配的……畢竟這個天墜後唯獨在羅山忽然冒出頭來的青壯小子，多少也算是羅山的一號人物。呵真他憑藉著聒噪的演說才能，竟也招到了十來個同樣的愣頭青弟兄，大呼小叫地要肅清各大家族，還羅山以安寧。但，就他這點本事……只能說一句精神可嘉，再貼上個「羅山精神特產」的標籤，算是不錯了。

呵真嘴上拒絕著，手上的銅劍倒誠實地聽從顧然的指示，劍尖剛一抬起便刺了過來。

可惜聽話的呵真卻只能讓顧然更加無奈，因為這一刺根本不得要領，出手的瞬間就看出他完全刺歪了。顧然連閃身都不必了，側過一點點身位，一隻手搭在劍柄上，矮小的呵真就讓他穩穩拿捏住了。

被拿住的呵真自然不會服輸，但又無計可施，只好回到口舌之戰上。

「你們趙家，真會製造混亂，這戲臺都快被推倒了。」

「有他們亂？」顧然把呵真鎖得死死的，用下巴指了指坊巷各處三股一簇的黑煙。

此時，呵真吃驚地看向顧然，宛若珍禽異獸般，也不顧自己身處絕對劣勢，恍然大悟般高高在上地說：「哦，上一次那是因為你，所以你根本不知道是吧？」

「啊!?我？我怎麼了？」一時驚訝的顧然，一連串地問了出來，「上次？上次是哪次？」

「都三年了，原來你的家主什麼都沒跟你說是吧？」

被呵真這麼一說，顧然多少有些心虛……心一虛，手底下也放鬆了。抓住機會，呵真立即又掙脫出來，掄起銅劍向顧然掃來。雖然呵真對機會的把握和反應值得讚賞，但顧然早對這徒勞無功的打鬥感到厭煩，乾脆直接敲掉了他的劍，一手把他按在了戲臺頂上。

顧然還沒追問，仰面朝天的呵真先發話了：「呵，又不是什麼天大的秘密，我是搞不懂那個姓趙的老頭腦袋裡都是怎麼想的。就讓我大發慈悲地告訴你吧。你最先到的是咸山是吧？」語氣依舊硬氣得很。

按著呵真的顧然不置可否地撇了撇嘴，只想聽到底怎麼回事。

「你跟那個老頭真是一模一樣，什麼東西都只知道往裡藏。就算我沒現在這兩下子，」呵真話裡滿是不加掩飾的自豪，再加上他那個大嗓門，彷彿在向天下人昭告自己的偉大，「哦，咸山和彭山的呵真，也沒有我這樣的成就是吧？」

什麼都要先說一個「是吧」，這比呵真的不自量力還要讓顧然厭煩，況且他那十幾個兄弟叫哪門子的成就……

「就算遠不及我的他們，」呵真似乎根本不在乎顧然的態度，自顧自地說，「我敢保證，也都對你的行蹤一清二楚。」

「好好好，你們所有人都知道我是先到的咸山。要不要我再補充一下後續，接下來的順序是：彭山、羅山、彭山……」

「是。」

「我說的本來就是重點是吧？」

「行了，現在能說重點了嗎？」

呵真就像第一次聽到這個順序一樣，抿著嘴瞪圓了眼睛看著顧然。

「態度很不可取。」呵真的口氣就像占盡優勢的是他自己一樣，「話說，你一個運石頭的，想必成天出入冉家宅邸是吧？別讓我失望，說沒去過。」說到冉家宅邸，呵真全無其他人那種羨慕，反而刻意流露出一種不屑一顧的態度。

「去過，怎麼了？」

「裡面的大祭壇，看見過是吧？祭壇前，有一尊拿雲瑟石做的十枝神樹是吧？」

「對……」顧然不禁翻了個白眼。

那個大祭壇又不是什麼不可抵達的地方，冉家人就是靠著全民參與的祭典來鞏固自己的權威。

不過呵真所說的那尊十枝神樹，倒確實值得注意。

十枝神樹和不動羅，都是顧然來之前由不明人士製作而成，在所有山裡通行起來的。然而，十枝神樹並非每個人都有，只會存放在冉家宅邸。十枝神樹的主體自然也是紅銅鑄成，如同一棵有著十個分支的大樹，而每根樹枝的樹梢上，都有一只用雲瑟石雕成的飛鳥。每只鳥代表一座山，哪座山與不動山接觸了，那只鳥就會發出紫色的光芒。

這樣的十枝神樹，對於曾經的顧然來說，只是天墜後整個世界的晴雨錶而已。

此時，顧然已隱隱猜到發生了什麼事情，但他還是想聽呵真親口說出來。

這個猜測……還不知是禍是福。

「嘩的一下，全都發出紫光。」

「然後我就來了？」

「哪有那麼快？」呵真不滿地皺著眉，生氣自己的演講遭到破壞，「然後是滿大街的冉家私兵，畢竟冉家平時並不敞開大門，十枝神樹也不那麼容易得見是吧？」

呵真說得就像他親眼見過三年前咸山的那一幕一樣。

怪不得三年前剛到咸山的時候，感覺街上像被洗劫了似的，去找自己的舊關係網，他們也都像鼴鼠一樣躲了起來。原來不只是該打的仗，在自己到來前就打完了，所有人更是早早安排好了一切，才去迎接愣頭愣腦到來的自己。

「所以十隻鳥全一起發光就意味著……」

「又天墜了啊。」呵真搶著回答，嗓門之大，甚至引來幾個還沒搶到粟米的平民仰頭張望。

「你小點兒聲。」

「怕什麼？我早晚把你們這些蛀蟲全都除了。我有什麼可害怕的？」

顧然懶得理睬呵真，這傢伙又開始不合時宜地大放厥詞。

果然是又天墜了，以自己上次進來的經驗看，天墜的地點大概還是原來照州城的附近，一道通天的光柱，遠到連松州或許都能得見。大唐已經是武家的天下，為了贏得那個極度喜愛祥瑞的女皇帝的歡心，肯定還會有人抵達祥瑞之地，然後進入天墜山。

顧然又望了望遠處坊巷間的一股股一簇簇黑煙。看來他們和自己的判斷一樣，況且還有三年前自己這個前車之鑒，以及三年來讓他們明白這些後來的人，對於三山來說有多麼重大的意義。

原來那個十枝神樹還有這種功能。可惜自打進到這裡以來的漫長三年裡，沒有再發生過天墜，錯失了第一時間判斷出銅甲士巡街目的的機會。可趙劍南那個老東西必定是知道了，那他對自己的態度……

眼見顧然心亂如麻地走了神，呵真立即像泥鰍一樣從顧然手下溜走了。

「我就不明白了，你為什麼一定要針對我？」顧然看著又去撿劍的呵真，極為無力地問。

「又天墜了，又有人進來了。我們是以肅清全山污穢為己任，當然要加快步伐，先剷除你這種走狗再說。」

「倒是膽識過人。」顧然的語氣讓人聽不出是褒是貶。

就在呵真再度準備劈砍過來，而顧然打算一腳將他踹下去時，突然一聲巨響，從空場東側撲面而來。不僅他倆立即停手，就連空場上那些還在叫嚷著領粟米的人也都本能地一縮脖，齊刷刷往聲源處望去。

本已經擺好架勢的顧然，此時眼睛瞪得滾圓，看著遠處冒起的滾滾濃煙。

剛才的巨響來自一連串的爆炸。

事發的地點是……開明川外。

第五章　銅　塚

現在顧不上呵真的糾纏，見開明川外發生如此劇烈的爆炸，顧然被本能驅使著縱身躍下戲樓頂，直奔事發地而去。

無論是往開明川外匯攏的幾簇黑煙，還是呵真在戲樓頂上大呼小叫；無論是不明所以開始胡亂搶粟米的平民，還是準備武力鎮壓亂象的樊紀，全都拋到腦後。

一連串的爆炸都在開明川外，十有八九是元望那裡出事了。

除了那個廢物，還有誰能在這種節骨眼上，再給本就焦頭爛額的自己添亂……

沒自己在他身邊，那個廢物早晚得把自己玩兒死。顧然暗罵著那個既不頂用又不安生的元家大少爺，腳上卻流露出拚死趕往的急切。

開明川外的眾多煉銅作坊，都是冉家的產業，突發爆炸，作為冉家的第一武裝力量，那些正在巡街的銅甲士即使沒有得到具體的指示，必然也會立刻選擇趕去支援。肉眼可見的銅甲士，已然拉滿火力，在坊巷裡全速前進著。所幸的是，那些冒著黑煙往開明川外進發的銅甲士，無暇理睬和自己打了照面的顧然。

且不說怎麼解決突發危機，眼下一定要在大部隊聚到爆炸地前趕到，那樣多少還有時間想法應對。顧然自是跑不過全速的銅甲士，但那隻猢猻偶人可以幫他抄些近道。一路上，他不斷將拴有繩索的猢猻偶人拋向前方屋頂，猢猻偶人落地的剎那立刻抓牢，內部機關猛力回收繩索。顧然借著這股強勁拉力，在坊間屋頂飛越著，徑直向開明川外奔去。

急速掠過的風呼嘯著，宛如趴在顧然耳邊尖叫著催促他快些趕到的心魔。

此刻，顧然滿腦子都是各種最壞的場景，蘆川則和耳邊飛馳的風一樣，很快撲到了自己眼前。過了蘆川，再穿過羅山的中心地帶，就到了開明川畔。

川對岸，數座大型水車被爆炸震斷，有的整座被川水沖走，有的沒有完全折斷，半掛在岸邊，彷彿湍流中苦苦掙扎的瀕死野牛。此刻，川邊聚了不少受爆炸驚擾趕來的附近居民，朝著對岸指指點點。這些隔岸觀火的平民口中自然說不出什麼所以然，只是被開明川對岸滾滾的刺鼻濃煙熏得連連乾咳。

顧然環顧四周，暗喜自己動作還算快，大批的銅甲士尚未趕到，隨即從乾咳不斷的人群中擠過，衝上橋來到開明川外。

剛剛過橋便是一片火海，顧然彷彿一腳踏入傳說中的煉獄地府，滿地流淌的滾燙銅水，所經之處燃起熊熊烈火，隨處可見受傷哀號或者死亡的勞工，那混合了毛髮和油脂的刺鼻濃煙中，竟帶著一絲海棠花的味道。煉獄裡受苦的，只有這些勞工。顧然嘖了一聲，知道事情越來越麻煩了。

眼見這番景象，顧然更想快些確認元望的安危。而且，這麼多煉銅作坊平白無故爆炸，此事非同小可，廢物大少爺或許知道些什麼新情況。

燃著火苗的銅水在作坊間流淌著，為了安全起見，顧然迅速攀上尚未著火的作坊房頂，往元望的所在地而去。

一番奔波，元望的作坊終於出現在了視野中。門前還沒遭殃，作坊本身算是完好，顧然立即從房上跳了下來，猛地推門而入。

「廢物少爺，還活著嗎？」

只聽昏暗的作坊角落裡發出了泫然欲泣的窩囊聲。

「然哥，你終於回來了，我、我、我……」

此刻，顧然多少鬆了口氣，但立即罵道：「你個大少爺等人扶哪⁉外面都成火海了，你不會跑⁉」

「我跑了，你去哪裡找我？」

你這還賴上我了……

「別廢話，到底怎麼回事？立刻給老子一五一十講清楚。」

「然哥，我……」

「別『我、我、我』了，你是在下蛋呢⁉」

「我……」縮在角落裡的元望爬了出來，「我的不動羅沒了。」

這不動羅對三山住民確實極為稀罕重要，不僅能防止本山跟不動山接觸時被吞入其中活活餓死，更關鍵的是，如果不幸身處接觸點周圍時，它還能避免自己被三大勢力聯合無情絞殺。但眼下還有比爆炸更生死攸關的事情嗎？元望張口第一句完整的話，根本沒說到火燒眉毛的事，顧然竟是被氣得一愣，連發火都忘了。

「你的不動羅，我記得很大吧？」顧然比畫了一下，直徑大概得有一張胡餅那麼大。

「對啊！今早你走了以後我還拿出來，爬到房頂上去測了一下呢。然後，我、我又睡了一個回籠覺，外面突然吵鬧起來，然後就發現不動羅不見了！」元望抓了抓頭上的氈帽。

「廢物。」顧然低聲罵了一句，然後拍了一下自己說，「幸好我還有。你啊，暫時別離開我的視線吧。」

「暫時？小弟我要一生一世都追隨在然哥身邊！」

「誰？我去咸山、彭山你也一起？」

元望立即閉嘴。

「別再說那麼多廢話。外面到底怎麼回事，你倒是趕緊給我說啊。」

「噢……到底怎麼鬧起來的，我也不大清楚。我不是說了嘛，後來又去睡了一個回籠覺……」

「說重點。」

「哎！我被吵醒，先是發現不動羅不見了，本來就慌了神，探頭一看外面，我的天！一眼就看到了那個鬼方。」

提到鬼方這個名字，元望的聲音又顫抖起來。

鬼方？棘手的人真是層出不窮。剛才趕過來的時候，只見一片煉獄火海，根本沒看到任何一個元家的人，恐怕已經撤離了。

此刻，門外的煙氣帶著劈劈啪啪的聲音已經從門縫鑽了進來。

「鬼方絕對是在找我！」大概因為火勢逼近，元望有些坐立不安了。

「何以見得？」

「我聽見了啊！他剛好從左近的作坊裡出來，好幾個他的手下也是，還跟鬼方彙報，一個個都在說什麼『沒有』、『沒看到』。然後鬼方就氣急敗壞地說：『那就給我炸！』之後，他們就拿出幾個竹筒，拉了一下筒頭，點了火往橋那邊幾個作坊裡丟。畜生啊。」

「竹筒，果然是用雲瑟石粉做的爆筒。」

「還有這種危險的東西？那玩意兒看著不大，一筒就能把一個作坊給炸飛。」

「那可是你們元家弄出來的東西……」

話說回來，元望這傢伙的腦子也很不靈光，他難道到現在還認為鬼方是元不問派來抓他的嗎？如果是來抓他的，鬼方早趁他睡覺時把他打暈弄走了，何必炸那麼多作坊。那麼，鬼方這幾天到底在找誰，如果說昨天還是一頭霧水，現在恐怕很容易就能猜到。

當元不問見到那些四處巡街的銅甲士，就已經明白，又有人從外面進來了。蒙在鼓裡的，只有昨天的自己，哦，還有這個廢物元望。

冉家興師動眾地尋找新的天墜者，其目的不外乎是讓自己掌握一條收集雲瑟石的新管道。

可元家那幫亡命徒肯定壓根兒不在乎什麼天墜者，雖然也會需要一些雲瑟石，但他們畢竟完全不事生產，為了保持冉、元兩家的均勢，乾脆直接炸死天墜者完事。

可卻拖了這麼多無辜的人陪葬……

「然哥！」元望突然喊叫著打斷了顧然的思路，「火！火燒過來了！快想想辦法啊！」

不能在這裡耽擱了，先逃走再說。

顧然立即去扯元望，但剛剛還急得跳腳的元望，卻拉住了顧然。

「還想你個腦袋的辦法，你是捨不得這個破作坊不成？撤啊。」

「不對，有動靜。」元望忽而面容嚴肅地說。

警覺大概是元望最大的優點，一時間，顧然也發覺哀號連連的門外有了異樣的動靜。

就在此時，門被轟開了。

「鬼方！」元望瞬間把銅鈹抽出相峙，但本能地站在顧然的身後。

然而並不是鬼方，而是顧然感到更為棘手的傢伙，一個銅甲士。

銅甲士沒有直衝進來，先是透過鎧甲頭盔的縫隙向裡張望，隨即看到作坊裡的兩個人。看不到這傢伙的臉，但肯定是猶豫了一下，才啟動了背後的銅箱，一股黑煙冒出後，抬起雙臂，眼看就要衝來。

逮住停滯的瞬間，顧然將樹偶人朝銅甲士飛射而去，對方還沒來得及做出反應，每枝樹梢上就已劈里啪啦噴出一束束耀眼火星。哪怕這火星穿透不了銅甲的保護層，耀眼的光也多少令其停步了片刻。樹偶人爭來一絲時間，顧然和元望默契地轉身就跑，從後窗躍出上了房頂。

他們腳還沒站穩，作坊裡就已然傳來暴烈的轟鳴，作坊頂猛地被轟開了一個大洞，炸得瓦礫木屑漫天飛舞。

「這又是什麼玩意兒!?」元望大叫著，就被顧然用猢猻偶人一起拉到了對面的作坊頂上。根本沒時間去思考，顧然扯著元望朝開明川外更東邊逃去，三跳兩跳飛也似的離開了。沒了作坊，沒了房頂，總算把煉獄般的銅流火海遠遠甩到了後面。

顧然收了猢猻偶人，回頭看了看冒著滾滾濃煙的煉銅作坊群，在近日天的烈日下，燒得西天一片通紅。這讓他不得不想起了三年前……

「剛才那個到底是什麼玩意兒？」元望抹了一把臉上的灰泥。

「我上哪兒知道去！」顧然只知道現在還不是停留的時候，那些銅甲士很可能火速集結朝他們追趕而來。

不過，剛才那一幕確實奇怪，一點火星都沒有，作坊頂就被炸翻，是銅甲又有什麼新技術？或許是專門應對元家的爆筒而造？想著不禁懊悔，自己居然越來越疏忽去瞭解他們各方的實力了。

「現在怎麼辦？」元望跟在顧然後面，還是問個不停。

「走一步算一步不行嗎？」

關鍵是，現在必須繼續走下去。

早在天墜之前，大概是為了通商的便利，照州城就幾乎沒有了城牆。從煉銅作坊群出來再往外走，滿眼漫過膝蓋的萎靡雜草，遍是荒蕪。沒了房屋，遠遠望見一段殘破的舊城牆，在烈日下泛著慘白的顏色。

兩人不停歇地到了斷壁下，總算有了一處陰影。不過，只在陰影下喘息了片刻，元望便起了身。顧然明白他的意思，沒多說什麼，和他一同爬上斷壁。

登上斷壁，環抱羅山的雪山盡現。烈日刺眼，顧然背對過去，將自己的不動羅掏了出來，對著雪山拉開環扣。

不動羅仍是轉個不停，看來羅山不會很快跟不動山接觸，顧然便將它扣好收回，轉頭問元望：「放心了？」

「倒也未必。」元望抓了抓氈帽。

「未必你個腦袋……」

顧然跳下斷壁，坐回陰影底下，把那隻猢猻偶人拿了起來。猢猻偶人的後背已經發燙，小小的官袍都散出焦糊味，顧然把偶人的官袍脫了下來，燙手般拍打著木骨架，打開核心木盒看了看，剩下不到三成的雲瑟石粉，即將用廢。樹偶人用掉了，猢猻偶人的雲瑟石粉所剩無幾，到羅山僅過一夜，四隻偶人實打實算地僅剩其二。

元望探過頭來看，發出各種奇怪的驚呼。

本就煩躁的顧然，更是沒好氣，斜著眼說了句「看你個鬼」，然後就把官袍穿回猢猻偶人身上。

被呵斥的元望，蹲到了斷壁牆根邊，顧然無心理睬，他卻眼睛一轉，忽而叫了一聲：「然哥！我想到咱們能去哪裡了。」

元望舔了舔乾涸的嘴唇，聲音都有些沙啞。

這傢伙還能有主意？

「然哥，你聽我說啊，我忽然想起一個絕對安全的地方，咱們去那裡肯定成。」

「所以到底是哪裡？」顧然把猢猻偶人整理好，站了起來。

「盧娘那裡啊，然哥你不會不知道盧娘吧？」

顧然一臉疑惑，羅山有幾萬戶民，怎麼可能知道每一個人。

「連然哥都不知道，那豈不是更安全？盧娘仗義得很，女中豪傑，萬無一失。反正就是在南垣坊那裡，好去得很。」

南垣坊……顧然盯著元望看了看，總算明白這傢伙為什麼花錢如流水了。即便不知那女中豪傑是何許人，南垣坊的惡名也是無人不知的。賭場、妓館擠滿十來條巷落交錯的大坊，無一家做著正經生意，無一家不引誘來人揮霍一空。然而，和蘆川西岸的一艘艘船舫相比，南垣坊裡的一磚一瓦都透著粗陋低賤卑劣，甚至連冉家、元家、趙劍南都不願伸手觸及。一個元家大少爺，會去南垣坊找樂子，真不知是他自甘墮落，還是對元家的反抗，著實讓人哭笑不得。

那個盧娘，八成是元望在南垣坊某個妓館的相好。情急之下向其投靠，倒真符合他的一貫作風。不過妓館這種地方，魚龍混雜，還真是天然的藏身之所……一念及此，顧然邁步重新向城外走去，元望見勢立即追著跟上。

若是平常去南垣坊，只要在蘆川與開明川分流而開的三角洲地帶，一直往南走到底即可。但現在，城裡自然是走不得的，唯有在城外繞行，而城外，特別是城的東南角，開明川外的一側……

剛剛走離那段斷壁不遠，一股被烈日激發的銅臭味撲面而來。

東倒西歪，或是破損的巨大廢塊，或是七零八落的殘碎，滿目皆是被遺棄的銅器，泛著青綠色的鏽跡，向南鋪展而去，望不見盡頭，而且也顯然延伸到了城下。也難怪，這些丟棄在開明川外的銅器，或者準確地說，這些全被砸爛的銅器，都是冉家每次祭日活動的成果。特別是到了沖元節，不動山移到了該山和太陽之間，而這不動山沖日是冉魁榮唯一可以準確計算出來的日子，冉家到了那日更是要大砸特砸一番，為城外的禮器銅塚添廢加鏽。

顧然並不懂那些祭祀儀式到底能有什麼實際效果，特別是當他看到那尊和銅杖銅燈堆在一起傾倒斷裂卻尚未染上銅銹的巨大立人銅像時，已然搞不清這種每次祭日之後都要把所有祭祀禮器全部砸爛丟棄，到底算不算敬畏。但反正有一點是不可否認的，昔日照州就盛產銅土，天墜之後，產銅土的雪山成了無限延伸的屏障，也就意味著有了取之不盡的銅土。同時，因為無法再和外界連通，這就意味著除了銅，照州幾乎沒有其他金屬可用了。

兩人默契地從巨大立人銅像齊腰斷開的缺口走進了銅塚。

發青的破爛銅器，滲下來的銅銹，把廢銅間的小徑侵蝕得寸草不生。所幸廢銅堆得相當密集，進到裡面以後，一來可以避開烈日的直曬，保存體力，二來還可以隱匿兩人的行蹤，誰知道哪裡還會冒出幾名銅甲士。只是因為太過密集，銅器又堆得太高，遮天蔽日的，使小徑裡四處都是濕膩膩的，天氣又熱，銅臭再加潮氣，讓小徑裡的空氣更是污濁濕臭。

「這地方是不是有瘴氣啊？我頭好暈，越走越暈。」元望一邊說著，一邊做出東倒西歪暈頭暈腦的樣子。

「呵，你再晃，撞過去讓那張臉把你砸死算了。」

顧然隨手指了指元望剛剛晃過去的廢銅堆上面，一張缺了一半下顎、大概齊腰高、泛著綠光的大銅臉，雙目前突地向斜下方看著，大銅臉上還壓著一輪太陽禮器，而下面只是靠些砸碎的酒器、銅法杖、燈架什麼的撐著，搖搖欲墜，著實危險。

「這臉也太嚇人了！」元望高喊著跟回顧然身後，不敢再亂晃。

「比你的臉強一點兒。」

「你眼睛上長兩條蛇出來啊⁉」

大概是因為逃離開一段距離了，兩個人多少都把心放鬆下了些。

原本兩人以為過開明川會是一個難題，但從銅塚過去再到開明川畔時，發現那裡竟是有橋的。

「大概是冉家的人，為了方便扔那些廢舊禮器搭的吧。」元望一本正經地看著橋說。

確實有這個可能，但羅山城的東南角外搭一座橋真的能方便？過了橋也就快到南垣坊的正下方了。顧然看了看開明川西岸，那邊仍是一片銅塚，但和這邊危樓林立、小巷錯綜似的銅塚不同，那邊沒有再把廢銅分批堆起來，而是散亂地丟了滿地。丟棄的也不是這邊看到的那些禮器，而是或站立或碎開躺倒的一件件銅甲。遠觀過去，那裡應該是因大量操練而報廢的銅甲丟棄場。

過了橋，兩人算是基本暴露在外。不過，距離爆炸已經過去了一個多時辰，開明川外也基本消停下來，應該不存在追兵，只是沒了那些堆起來的禮器遮擋，烈日曝曬下，無論是站是臥是新是鏽的銅甲都閃爍著金屬本真的紅光，比西域的戈壁灘更讓人生畏，比方才的濕臭更讓人眩暈。

在路過一個站立的銅甲時，元望忽然大叫一聲，抽出銅鈸，擺出架勢，嘿嘿哈嘿地在那個銅甲前瞎揮了幾下，才說：「這些站著的銅甲，不會突然動起來吧!?」

「只要你不突然學狗叫，這些玩意兒就不會動。」

顧然說著，卻根本沒有抬頭看他。他完全無心理睬，只忙著四處翻找丟棄在這裡的銅箱，看能不能找到哪怕一丁點殘留的雲瑟石粉。

方才元望還手持銅鈸和站立的廢棄銅甲對峙，此刻竟也和顧然一樣去翻起銅箱，嘴上還念叨著「水……水……水……」，好像真能天降甘霖似的；打開銅箱時，還會偶爾罵一句「燙死老子了」，同時拚命甩手。

烈日之下宛若火獄，顧然翻了七八個銅箱皆無所獲，只好無可奈何地放棄。乾脆扯著正在踢銅箱洩憤的元望繼續趕路。

趕緊到元望說的地方，喝一口水也好，剩下的一切見機行事。

顧然又望了望眼前的銅甲墳場，竟是和自己的前路一樣，一片說不上的空茫。

第六章　金剛力士

「盧！盧！盧！」

從一間茅草棚子般的破爛窩棚房裡，傳出此起彼伏大呼小叫的呼喝聲，彷彿就快把茅草棚給震塌了。

打老遠就知道那是間專玩「呼盧」的賭場了。這讓顧然頗有些出乎意料，元望帶他來的竟是如此一間賭場，而不是什麼溫柔鄉。

此時天已入夜，茅草棚裡點起數個火盆，映得牆上全是張牙舞爪重重疊疊的人影，照得棚子裡通紅一片，火光燭天。

即便在南垣坊，這間賭場的規模也算是相當大的了。茅草棚裡均是用葦蓆隔開的一個個小間，小間裡鋪塊蓆子，各有一個赤裸上身的大漢身處莊位，賣力地跟邋裡邋遢的賭徒們在局上周旋。而在棚屋正中央，全賭場的核心地帶，則鋪著一張大蓆子，四周或站或坐擠滿了扯著脖子喊著「盧」的人。

元望扒開人群的空檔，正巧莊家開採，一票人大聲哀呼，看樣子又是無人勝出莊家滿貫。兩人從人群中擠了進來，正看見盤腿坐在蓆子莊位上的莊家。莊家竟是一位樣貌美豔的女子，不過，她只是樣貌相當攝人，而打扮……髮髻高束，赤足盤坐，下身一條十分寬鬆的麻布長袴，上身一件素色的胡服長衫，沒繫腰帶，袒露胸懷，只有一條長布裹在胸前，雙手抓起散撒在蓆子上黑白兩面的五木，大聲呵著要讓人們立刻下注。

這樣的女人，特別是她袒露頗多，更能顯出其孔武魁偉的身材，怎麼看都不是善茬。

孔武女子一手抓著五木，隨時有可能撒開到蓆子上，一手猛然指向元望和顧然，呵道：「那邊的，不下注就給老娘滾開！」

根本無須顧然他們做什麼，兩側賭徒們立刻起哄將他倆擠出圈外。隨即，圈內又「盧！盧！」地喊叫起來。

雖然眼前一片混亂，但這種危險之地，對於顧然來說倒是安全的。聚在這裡的人，遠沒有那些老實巴交的農戶漁民還有埋頭苦幹的商人們油水大，而且再低賤破爛的地方，只要是在照州城內，所有人都墨守一條鐵律：米囊膏不得留在城內。這就更是無利可圖的地方，早被各家遮罩在視野之外。正因其無利可圖，恰使南垣坊成了一個天然封閉的寨子。

這樣想著，似乎所有嘈雜都沒有那麼煩心了。

「二兒瓜子。」

滿帶嫌棄的聲音忽然響起，音調不高但足以穿透全場喝雉呼盧的叫喊聲，灌進兩人耳中。背後的聲音讓元望反應巨大，他幾乎是肉眼可見地打了個擺子。

二兒瓜子？這是什麼諢名？顧然差點笑出聲來。

「拿下。」

短促的一聲，打斷了顧然的笑意。

再看元望，轉眼已被那孔武女人一手捏住肩膀按在了地上。緊隨女人一呵，四周賭局裡躥出幾個壯漢，一同擁了過來。

見此情形，顧然立即想要把猞猁偶人拿到手裡。倒是臉貼到地上的元望，連忙喊道：「然哥，沒事沒事。」

「哦？原來這位就是殺友進山的顧然顧大丈夫？」

女人話裡全都是刺！

但顧然已經失去了先發制人的機會，又有兩名壯漢聯手將他圍了起來。

「盧娘！有話好說。」

果然就是盧娘。

「叫我什麼？」

「盧大家……盧曹主……盧家主！」

元望的胳膊愈發吃痛，可盧娘並未卸掉半分力，仍是按著元望說：「你小子，知道老娘為什麼拿你？」

「不、不知道……」一副心虛模樣，擺明了就是心知肚明卻不敢承認。

盧娘一隻手死死地用力扭了一下元望的胳膊，另一隻手就拉住了他的大耳環，疼得他連聲哀號。

「小的真不知道啊！」

「成，老娘給你一點兒提示。大前天你在老娘場子裡輸的錢。」

臉貼著地，元望還是偷眼看了一下顧然，顧然並沒給他任何回應。

「哎！哎！小的知錯了！小的那七百錢一定給您補回來，一定！」

「呵？七百錢？」盧娘更加用力地把元望按在地上，俯身貼到耳邊，拉著他的耳環低聲說，「老娘以前是瞎了眼，你小子這個德行，這幾年是不是一直在拿惡錢糊弄老娘？」

「我、我、我……」

盧娘一腳踩在元望後背上，單手撅起他的腦袋，繼續在他耳邊低聲說：「果然沒一張是真的，對吧？」每個字都能聽出盧娘在咬牙切齒，「少算也有十萬錢。你看看怎麼還吧。」

賭場老闆親自上陣，大打出手，整個賭場已然消靜。

十萬錢……去哪兒找啊，元望重新啃回地面後，心裡更是一陣哀號，本以為躲來南垣坊堪稱明智，現在看來簡直是自投虎穴。可盧娘怎麼會突然發現那些錢是假的啊……

「盧，呃，家主哇！」元望努力抬起一點點頭，哀求著叫道，「能、能、可不可以那……那什麼……」

盧娘有些不耐煩，但看元望倔強地抬起頭，還是問了一聲：「什麼？」

元望喜出望外，立刻舔了舔嘴唇說：「可不可以先給小的喝口水哇，小的快……」

還沒等元望說完，盧娘一把將他腦袋按回地上，說：「你小子連惡錢都沒有了吧？好，你們過來。」

盧娘踩著元望直起身來，叫來兩名壯漢，一左一右把元望架起來。盧娘轉身離開時，甩了一句「肉償吧」，便不回頭地走了。

肉……肉償？元望瞪圓了雙眼，但壯漢們根本沒給他求饒的機會，就把他拖了出去。一同被帶走的還有顧然。

「然哥，沒事，盧娘不會害我們的。」元望勉強地笑著同顧然說。

顧然本想回他一句「現在信你才有鬼了」，終於忍住沒說，他不能讓這些壯漢警覺而失去脫身的機會。

被連拖帶拽地趕著走，元望和顧然路過了許多昏暗的小賭場茅草棚以及發著霉味的妓館。然而，彷彿有什麼召走了賭場、妓館裡所有的人，巷子裡只剩下無處可去、借破敗棚子棲身的乞丐。這些乞丐趴在地上，兩眼茫然地伸出骨瘦如柴的手，想從隨便什麼手中討來些東西，哪怕路過的是面目兇惡的盧娘手下，他們也不會在乎。

轉了四五個小巷，倆人到了一片火光燭天的空場，場地中間用一人多高的竹籬笆圍出一塊方形場地。場內那夯實的赤土，確鑿無疑地昭示出這裡是賭拳的鬥技場。

不知是盧娘發出了消息，還是大賭場內的事情迅速口口相傳，此時的鬥技場四周已經擠滿了亟待發洩暴力欲望的賭徒。

見到鬥技場，元望已然明白自己要怎麼肉償，而當他被帶到鬥技場邊時，著實為接下來的自己倒吸了一口冷氣。

「然哥……」元望用力扭著頭叫顧然，「那、那些是……銅甲？」

顧然也看到了堆在鬥技場另一頭的銅甲，無望地點點頭。

唯一算得上好消息的，是那些銅甲都分外殘破，胳膊、腿等裝置散落一地。如果說城外是銅甲墳場的話，那這裡就是銅甲屍骨堆了。

在被帶來的路上，顧然也想過脫身的辦法，但整個南垣坊全是茅草棚房，絕不可能用猢猻偶人在茅草棚頂上飛躍，那樣一來，在途中栽進房裡被打手圍剿的可能性就過大了。而且，哪怕落到這般境地，元望似乎仍舊相信那位盧娘不會害自己。反正現在除了南垣坊也無處可藏，姑且將它當成最後的稻草抓抓看了。萬不得已，真要拚殺出去，總能有辦法。

此時，元望被丟到了籬笆牆角，只見他一屁股坐在了地上，抬頭向上望去。鬥技場的左手邊，架得一丈高的雲臺上，盧娘已經坐了上來。剛好元望和盧娘打了個照眼，即便是遠遠望過去，也能看到盧娘嘴角冷冷上揚的一笑。

將鬥技場圍得水泄不通的賭徒們忽然大聲叫喊起來。

只見那堆滿銅甲殘肢的一角，一個赤裸上身的傢伙從左右閃開的人群中走了出來。這傢伙要比死死盯著元望和顧然的幾名壯漢魁梧碩壯許多，在火把的紅光映照下，兇惡的立眉和棱角分明的身形，活像一尊走到人群裡的金剛力士。

金剛力士在人群的簇擁下，來到銅甲堆邊，胡亂抱拳還禮。此時，三名金剛力士的侍從正費力地挑揀著那些殘肢斷臂。他們從堆裡搬出了幾個，金剛力士只是看了兩眼，就極不滿意地丟到了一邊。隨即，金剛力士乾脆登上銅甲堆親自挑選，從一大堆銅甲中隻手拎出了一條連帶半部胸甲背甲的右臂銅甲出來，高舉過頭頂，大吼一聲展示給眾賭徒以及高坐在上的盧娘看。

展示後，金剛力士便正坐於鬥技場一角，三名侍從為他穿戴那隻右臂。半炷香的時間，右臂穿戴完畢，三名侍從又連忙去銅甲堆旁搬來一隻銅箱。

遠在籬笆牆另一端的顧然，緊緊盯著那只銅箱，卻不禁有些失望。這只銅箱和冉家銅甲士的那些不甚相同，沒有排放黑煙的煙囪，取而代之的是銅箱背面多出來的一個半球體。給金剛力士裝上銅箱後，一名侍從打開了銅箱半球上的一個閥門，另兩名侍從則抬來鼓風箱模樣的物件，將風嘴接上閥門後，便開始往半球裡鼓氣。他們越按壓鼓風箱，越是吃力，而銅箱則時不時傳出撥轉聲。

「好像是一個轉輪。」顧然連忙提醒元望，「恐怕是計算蓄力量的。」

元望咬著嘴唇點點頭，隨即又賣力地哈哈大笑起來說：「沒事沒事，他那銅甲就只有一條胳膊，連石粉都燒不起，能有多厲害？根本不是小爺我的對手，然哥你就放心吧，看我怎麼把他捅成篩子哈哈哈。」

「嗯，確實。」顧然用下巴指了指遠在高處的盧娘，「她果然是不會害你的。」

「對吧！」元望笑得越來越勉強。

「對啊，她怎麼會害你，她只是單純要你死吧。」

「然哥！你別說這麼不吉利的啊。呸呸呸呸。」元望連忙照著地上猛吐口水。

在鬥技場對面，站起身來的金剛力士大聲吼叫著示意準備完畢，元望也因此站了起來。

無計可施，硬著頭皮也要上了，元望大步走到了自己這邊的籬笆門邊。但當他主動要進鬥技場時，卻又被身邊的壯漢攔住。

「卸下武器。」壯漢指著元望腰間的銅鈸說。

元望愣了半晌，嘴角擠出一絲笑來，乾脆不只摘了銅鈸，連同上衣和氈帽一起全部脫光，丟給了顧然。壯漢見元望赤裸了上身，露出了剃得半光不光的腦袋，絕不可能攜帶任何武器，這才滿意地讓開。這個百無一用的大少爺，倒還有幾分骨氣，多少讓顧然刮目相看了。

「盧娘不會害我的。」元望像是在給自己打氣一樣，抿著嘴轉頭向顧然說。

這傢伙真是硬氣不過三瞬，顧然理也不想理，擺擺手讓他趕緊進去送死算了。

兩名鬥士站到了鬥技場中間，雖然鬥技場四周都有火把，將場子照得如同紅日下的白晝，但金剛力士碩大魁梧的身軀投下的影子足以將元望完全覆蓋。他半身的裝甲閃爍著紅銅光芒，讓元望像是巨狒身前插在土裡的一根樹枝。

反差極大的強弱對比讓場下的賭徒們更是興奮得狂躁起來。一陣陣喊叫聲中，眾賭徒紛紛往臨近自己的記事處擠去，拚死再給金剛力士下注。

此時，高高在上的盧娘正饒有興致地看著座下的紛亂，似乎比鬥技場上即將開始的對決更讓她樂在其中。

看到盧娘的態度，元望忍不住在心裡罵了一聲。不用猜都能明白，她肯定在自己身上下了重注。這個賭場老闆的算盤打得太精了，以現在的下注情況來看，要是元望贏了，最大的贏家肯定是盧娘。且不說把惡錢的虧空完全填平，直接有個幾萬錢的入帳是跑不了的。自己要是輸了，當場被打死，也足以讓她消一口惡氣，反正三年來的惡錢她大概也都當真錢給花出去了，裡外都不會虧。

歹毒啊！這個臭婆娘。太歹毒……

元望還在咬牙切齒，隨著一陣沉重的風聲，金剛力士的拳頭已從側面照著他的面頰轟來。

突襲而來的是金剛力士的左拳，勢大力沉，但出手距離太遠了。元望倒是遊刃有餘，低頭縮背就把拳閃開。但就在元望完全彎下背部閃開這一拳時，金剛力士的腿已然照著他頭部的躲閃方向迎面踢來。這一腳速度之快，出腳之狠，根本來不及格擋，元望只能把身體向前探去，夾緊左臂，快呼一口氣，直接去迎這一腳。

正正挨了一腳的元望，整個人飛了出去，重重摔在三步開外的地上。

幸好元望有著端長槍站樁的底子，全身力量頂在夾緊的左臂上，這一腳才沒讓他的肩膀脫臼。

見到元望被一腳踢飛，場下的賭徒們都開始歡呼慶祝。金剛力士仍站在原地，不願欺負弱小似的等元望自行爬起，但元望並沒有急於站起來，這多少是一個喘息片刻的機會。

這個金剛力士遠比想像得更兇猛啊……摔在地上的元望活動了一下肩膀，回想剛才的一記重拳，那竟只是誘敵的虛晃。一腳踢來時，他清晰地看到這傢伙的上下半身居然扭出了半個圓的角度，而飛踢的力道又絲毫不減，僅此腰上之力，就絕非一般壯漢所能比。

他恐怕有著不下十年的功夫。原以為只有蠻力，現在情況變得棘手起來。元望旋身站起，扭了扭脖子，沉下腰腹，認真擺出了架勢。

此時，元望不急於出手，探步就向金剛力士的右側繞去。

他繞行的是金剛力士有沉重銅臂護甲的一邊，因此對方只是轉頭死死盯著元望，身體卻不為所動。元望只是緩緩滑了兩步，沒再多做試探，旋即像初始的位置移動。

方才還在給金剛力士叫好的賭徒，此時也都漸漸屏息。全場除了四周的火把發出劈里啪啦的燃燒聲，就只能聽見元望在地上徐徐滑行的沙沙聲。

當元望再度探步滑行到對方的左側時，金剛力士突然動了起來！

只在一瞬間，就像方才一樣，巨大的身軀撲將而來。

此時，元望本能地向他沒有護甲的一邊閃去。一見元望的動作，金剛力士臉上再次劃出一絲笑意，他那隻粗壯的左拳宛若重錘一般，迎著元望閃躲的方向轟去。

和剛才完全不同的是，這記重拳不再是虛晃，而是實實在在地轟向了元望。

遠遠看著的顧然，見金剛力士實實蹬地發力出拳時，不禁為元望捏了一把汗。

倒是元望一臉輕鬆，完全不做躲閃，左手迅速扶住右肘護頭，就去接這一拳。

與此同時，硬接一拳的元望喊了一聲「還你一腳！」，一記彈腿正中金剛力士的膝蓋窩。

腳感十分舒適，元望滿意得幾乎忘了硬吃一拳後，耳邊登時響起的嗡嗡蜂鳴。

若是平時，這樣的腳感和位置，對手多半已經跪倒在地，畢竟彈腿也是槍法所化，威力驚人。然而……腳是踢下了，對方卻是微絲未動，甚至毫不在意地又是一拳轟在元望護頭的右肘上。

「怪物哇！」元望慘叫著狼狽防守。

更出人意料的是，那金剛力士只是一個勁地用左拳去轟元望防住的腦袋。

雖然完全沒了招式可言，但這暴風雨般的瘋狂連擊，還是一下把全場的氣氛給點燃了。幾乎全場的賭徒都隨著金剛力士的出拳節奏，開始亢奮地叫嚷起來。

隨之而來的是彷彿要裁決元望處刑的喊聲：「用銅臂！用銅臂！」

喊聲一起，便迅速整齊劃一，全場齊喊起來。

然而，金剛力士卻對這種喊聲不予理睬，一意孤行地繼續接連不斷用左拳轟著元望的腦袋。

管他，就喊。

「銅臂！銅臂！」的呼聲漸成排山倒海之勢。只是金剛力士依然不為所動，照著自己的節奏，一拳一拳鍥而不捨地去捶元望防住的腦袋。

然而，在連連後退的元望體式完全崩開的瞬間，金剛力士反倒一下子停了手。原本破了防的元望，都已做好重重挨上一拳的準備，結果對手卻在這個時候停了手，就連挨打的元望都大吃一驚。不過，他立即明白了過來……

金剛力士的左手只是再度後撤，元望本能地再把頭抱緊，卻只聽到長歎似的聲音，自己腹部突然慘遭一記重擊，和之前所有拳腳都不在同一級別，力量之大就如一頭公牛撞到腹部，整個人瞬間騰空飛起。他重重摔在地上，感覺斷了幾條肋骨，痛得連嘔不斷。雖然如此狼狽，元望依然努力抬頭去看到底發生了什麼。

與此同時，聽到全場高亢的歡呼叫好聲風雷般壓過來。

根本不用確認就明白過來了，是金剛力士啟動那隻銅甲臂，給了自己重重一擊！

在不斷同點打擊時，這傢伙把右臂準備好，待元望疲於防守，照準空檔就是一拳。好一個一擊必殺的戰術。

元望趴在地上嘔吐不止，場外賭徒們勝負已定似的連吼帶叫起來。這次金剛力士完全不給元望喘息的機會，直衝上來照著他的腦袋又是一記銅拳。

元望幾乎是本能地抑制住乾嘔，勉強向一邊翻身躲閃，銅拳直捶在了地上，震得翻身喘著粗氣的元望，幾乎又要原地彈起。

一拳緊接一拳，但這次換了銅甲臂，噴著氣拳拳捶下，元望連滾帶爬地在場上四處逃竄，銅甲臂就像打地鼠一樣，把夯實的土地砸得遍是拳坑。

他到底是怎麼啟動銅甲臂的!?

元望逃竄著卻還在思考，既然是半身甲，就一定有什麼機關才能啟動……快想！再不想出來，自己肯定要被捶成肉餅。

快想！快觀察！

他在第一次啟動銅甲臂之前，猛攻的左拳是停了一下的，為什麼會停……隨即，元望終於在吐著酸水的空檔看到了。

每次啟動銅甲臂，金剛力士都要去拉動一下繞在左腋下的帶子，只要一拉，右臂就會立即啟動，噴著氣以極快速度打出一拳。

就在四處逃竄的元望的腸子都要被震出來之際，忽而聽到轉輪啰嗒一聲，是轉動了一個格子。元望終於……滿嘴血腥和酸苦地悟出了辦法。
沒機會去思考成功的可能性有幾成，元望立刻行動起來。
金剛力士再度重拳砸向元望。
這傢伙仰面朝天的樣子，一副終於還是徹底放棄了的姿態。
可就在一拳砸下時，元望忽然又翻身了。在金剛力士眼裡，可憐的元望只是在做毫無意義的垂死掙扎而已。
但元望這次沒有手腳並用地逃竄，而是在地上打了個滾兒，直接像蛇一樣纏到了金剛力士的左腿上。
金剛力士像是在看一個無助的小孩，嬉笑著搖了搖頭，伸手就去扯元望的脖子。畢竟即使是元望的彈腿也傷不了他的……金剛力士的手剛剛捏住元望的脖子，竟看到幾乎無路可逃的元望露出狡黠的笑容，同時只聽一聲噴氣，金剛力士的右臂朝著正前方打出，完全不受控制。
大事不妙！金剛力士再看纏抱著自己的元望，這小子竟然伸手拉住了腋下那根操縱繩……
被掐住脖子的元望多少有些窒息而表情扭曲，卻又在扭曲中擠出了挑釁的笑。銅甲臂在拉動操縱繩的情況下，肆無忌憚地瘋狂放氣，金剛力士的整個身體簡直要被一味向前噴射飛出的銅甲臂撕成兩半。
現在，金剛力士用自己的力量頑強抵抗著，同時更加死命去掐元望的脖子。
看看到底誰挺到最後。
轉輪啰嗒一聲又翻轉了一格。

元望的臉完全漲紫。金剛力士竭盡全力抵抗著要把自己撕碎的力量，豆大的汗珠劈里啪啦瘋狂落下，眉毛更立，牙齦甚至咬出了血……隨後，死死捏在元望脖子上的手漸漸鬆了開。全場的賭徒們驟然肅靜，啞言於當前的一幕。

又是啨嗒一聲。

金剛力士已然透支，只剩最後的一聲嘶喊，就要昏倒。只要不鬆開操縱繩，金剛力士一旦不用力抵抗，結局只有身體被那隻銅甲臂撕裂。

眼看金剛力士全身顫抖，雙眼開始上翻。

一道渾然雄厚之聲從天而降：「夠了！勝負已分！」

是高高在上的盧娘。

沒有人敢反駁盧娘的裁決，場內更是一片寂靜。

元望呼的一聲全身鬆懈，拉了一下操縱繩，直接摔落在地，仰天拚盡全力喘著粗氣。

轟的一聲，金剛力士同樣倒在了一攤汗水和成的泥潭裡，全身抽搐個不停。

第七章　八臂羅剎

「我差點被捶成肉餅子，但那是小爺我的誘敵之計。」

元望高舉著酒碗，幾乎要站到隔壁的席上，差點踢翻了席上酒杯，大呼小叫地講起剛才的「英勇謀略」。

「小爺，您慢點！傷又要裂開了！」

一個駝背的小老頭緊跟在元望身後，揮舞著雙臂求他不要在酒席上又躥又跳，卻又不敢上手去拉，生怕自己會把這位小爺的肋骨拉斷了。

剛才那番比試後，元望幾乎是被抬出了鬥技場，嘴裡還因為斷掉的幾條肋骨而嗷嗷喊疼。小老頭找了個手勁大的醫工給他把肋骨接回去，又連塗帶貼上了一胸口的藥，就直接抬到了酒席上來。見酒席上有酒有肉，臉上掛著星星點點血痕的元望，立即身體不疼了腦袋也不暈了，撲上去先是大口喝了半壺燒春，總算解了渴，便不管酒席主人是怎樣安排，一屁股坐下就開吃，像是什麼凱旋大將軍一樣，可以吃遍整個酒席。

「盧娘，這回小爺給你賺得盆滿缽滿了吧！」

燒春酒性烈，嘴裡塞滿羊肉的元望，說話都有點晃晃悠悠。

席間早已坐滿，大快朵頤的大概都是跟著盧娘下注的賭徒們。這幫傢伙常年縮在南垣坊裡，人人都是一夜間春風得意的樣子，只要席上有酒有肉，抓起來就吃，吃光就喊，喝多了就脫光在席間連唱帶跳，沒一個能比手裡舉著羊腿嘴裡塞著烤肉四處要人承認自己打得精彩的元望更像個樣子。

也有真喝多了的賭徒不知好歹，嘴上說著要摸盧娘的大腿就往上位去爬。全場的賭徒們都忽然清醒了過來，個個兩目圓瞪地看著那個吃醉的傢伙。那傢伙受了關注更是得意，爬得更快，直接到了盧娘的腳前。就在他的雙手即將碰到盧娘的腳趾時，盧娘斜倚在挾軾上，竟然抬起了一隻腳。那醉貨還以為盧娘要他去抱，結果剛一抬頭，臉上當當正正挨了一記飛踹。

鴉雀無聲的全場頓起一陣呼聲，呼聲下醉貨鼻孔噴血，人和兩顆門牙一起飛出了一丈開外。這一腳讓他徹底醒了酒，連忙從地上爬起，沒再管什麼牙不牙的，胡亂抓了半張胡餅，奪門逃了。

收了腳的盧娘，依舊倚在挾軾上，拿起酒碗，讓侍者倒酒，就如無事發生。醉貨跑掉，酒席一切恢復如初。

顧然是看愣住了。倒不是因為盧娘女王般的做派，而是僅此一腳，還是坐在席上看似隨意的一腳，就能把一名成年男性踹飛，這個盧娘絕不簡單。只是混跡在這裡的傢伙們，都是污穢沉澱出來的最為無能無用的最底層碎渣。看看一個個因為偶得了一丁點小利，就吃得滿嘴流油不問世事的傢伙，大概連被趙劍南收編都不配，只能躲到南垣坊裡，互相抱團舔舐失意空虛的靈魂。

僅看現在的宴席亂象……甚至懷疑這幫傢伙連上午開明川外的爆炸都無心知曉，真把南垣坊當世外桃源了。

那麼，那個盧娘也不過是自甘墮落於碎渣坑裡的女王而已。難怪她總有股強顏歡笑的意味，坐在高位上偶爾會若有所思地出神。空有不俗身手，大概全都是命運下的無奈之選。

可這來之不易的藏身之處，又能為自己搶來幾個時辰甚至幾天呢……再看看元望，肋骨折了好幾根，竟還在羯鼓叮叮砰砰的鼓點下，跳起了雙手撐地、倒立著的舞蹈，引來眾人一陣陣喝彩。

算了，元望也是死裡逃生，誰又能知道此後還有沒有命來縱酒狂歡呢……

顧然歎了口氣，拿起茶壺，又給自己倒了一碗。

世人皆好酒，唯獨顧然幾乎不飲，這個習慣反倒惹來他人的不快。

「郎君，您倒是喝酒啊。」坐在顧然斜後方的，是那專門安排來給賓客斟酒的女孩，手裡端著酒壺看著顧然酒碗裡綠呼呼的茶湯，已然不再耐煩。

顧然沒捨得這碗茶，一口喝掉，站起來說自己要出去走走，不必管這一處了。

「這怎麼行！」斟酒女孩反倒一下著急起來，把酒壺抱到懷裡，似乎後悔起剛才不太耐煩的冒犯。

顧然已經站了起來，斟酒女孩眼看拉他不住，連忙往盧娘方向看。不知盧娘是沒有留意，還是有意移開視線，她好像只是在看倒立著蹦蹦跳跳的元望，根本沒有理睬顧然這邊。顧然趁斟酒女孩不知所措，轉身就出去了。

果然那個盧娘還有什麼打算。

隨她便吧。出來以後，顧然沒有停留，四周望了一望，直奔剛才的鬥技場而去。

實際上，此時的南垣坊也不大對勁，即使是絕大多數人都輸了賭局，夜尚未深的南垣坊也不至於如此安靜。但顧然顧不得這些，先去看看自己要的東西更重要。

沒有盧娘坐鎮，那個大賭場變得冷冷清清，三兩席的呼盧賭局，每局上除了莊家，頂多有三四個人在賭，火盆熄了一半多。大概因為人少的緣故，莊家手裡拿著五木要往席子上丟時，都沒了一群人呼盧喝雉的高潮場面。甚至還有一席，遠遠看去就知道沒有在賭樗蒱，幾個人圍坐打起了葉子戲。

過了盧娘的賭場，往前不遠就是南垣坊的中心地帶，是一處空場。

空場一周沒有賭場，都是些做買賣的店鋪小棚。棚下主要是賣些臭魚爛蝦供給賭鬼的日常口糧，畢竟有兩條河流貫穿全城，打些魚來遠比種地要容易得多。在腥臭的店鋪之間，還有三兩家在售賣從城南外撿回來的廢棄銅甲。他們當然不是撿回來直接賣，而是把那些銅甲改造成會活動的手臂，穿在腳上可以滑行的靴子，抑或只是具有恐嚇作用的頭盔，擺在棚子底下的席子上，多少可以吸引別人花些賭資購買。把銅甲殘片打成武器的也是有的，但那大概是賣得最好卻是買家最用不上的東西了。

顧然自是不會被這些店鋪所吸引，因為在空場的正中央，搭著一座高架臺，看來是全坊制高點了。四周的星星點點是一處處尚未收攤的店鋪燈光，唯空場上沒什麼照明。

顧然走近高架臺，仰頭望去，臺上果然是一座大型的不動羅。

高架臺的背面，正巧是泛著紅光的不動山。此時的不動山距離很近，高架臺上的不動羅完全映在了不動山的光影之中。

個人持有的不動羅都是放了一丁點雲瑟石粉作為運轉的驅動力的，只要回不動山的通道即將打開，它就會自行找準本山的黃道以及不動山的白道，不動羅的各道一旦停下來，對準環繞四周變幻莫測的雪山，根據不動羅上的羅盤就可以計算出即將打開的入口位置。

但南垣坊的這座大型不動羅，大概是另外一種，沒有雲瑟石粉，全程需要通過天空上的各山和不動山位置，手動找到黃道、白道的夾角，再去對準雪山找通道入口。因為不是自行運轉的，為了安全起見，每個時辰便要觀測一次，以保證下次觀測前不會有突現的通道把人吞進去。

顧然仔細看了看，高架臺上確實還有一間竹搭的鋪了些茅草做頂的棚子，棚子裡有人看守，但那人顯然已經睡著了，能不能及時觀測都是個問題。看守棚旁邊架著一面大鼓，想來是通道突然出現時向南垣坊發警報的。

徹頭徹尾的落魄戶，當然不可能有財力自製不動羅，為了尋求不動羅的庇護，只能到南垣坊來。一旦到了南垣坊，遍地賭場妓館，沉淪是早晚的事，越是淪陷就越是離不開南垣坊，去找趙劍南借錢也好，或者別的什麼管道弄錢也罷，追逐著總有一天能一賭翻身的幻想，養活盧娘那種南垣坊巨頭。

果然人人都有自己的一套生存之道。假若冉、元、趙三大家真有人能走進南垣坊，看明白這座不動羅臺的實際意義，南垣坊這沒有油水可撈的不毛之地的名號恐怕就不保了。

過了有不動羅臺的空場，重歸喧鬧。狹窄的坊內小巷，全靠兩側的賭場火盆照明，這邊的賭場雖然狹小，此時倒比盧娘的熱鬧許多，賭場裡賭什麼的都有，投瓊的，彩選的，什麼雙陸棋、象棋、彈棋，能分出輸贏的，都能在這裡賭出錢來。還有鬥雞的，賽龜的，棚子底下雞飛狗跳。更有人們親自上陣的，雖沒有方才鬥技場那般聲勢浩大，也是各有各的擂臺，鬥士們赤裸著上身，在臺上鬥著角抵，臺下滿是嘶吼謾罵，汗臭和銅臭同飛。

擠滿狹窄小巷裡的，不只是那些雙目渙散、不知是失意還是得意的賭徒，還有拚命拉客的各賭場小廝。當然，也有些許，不是為了賭場，而是要把人往纏綿之所裡拉，只是那些棚子裡有不少甚至連遮掩的簾子都不完整，路過其間，處處可見掩耳盜鈴的廉價歡愉。

從人聲鼎沸的小巷再往前走，則是忽而重歸的靜寂。靜的正是狂躁終焉的鬥技場，顧然此時的目的地。

這一夜，晴空而無風，唯有方才眾人那衝昏頭腦的汗氣，仍在鬥技場凝聚著，不曾散去。四周的火把，全已熄滅，暗紅的不動山，映得這裡宛若一片還魂的古戰場。

籬笆門是虛掩的，顧然輕悄悄推門進去，走到了密集斑駁的拳坑邊。

顧然俯下身去看拳坑，拳坑的坑形基本相同，從擊打的角度來看，全都是垂直向下。看來那個金剛力士對銅甲臂還是有一定的控制力，但回想一下方才那場惡鬥，就連元望那個榆木腦袋都能看出的破綻，可見還是對銅甲相當不熟悉。這樣說來，哪怕金剛力士控制得再好，也是對銅甲臂的優缺點只知其一不知其他罷了。

鬥技場的地面夯得相當緊實，顧然用手指試了試拳坑，拳峰最深處甚至沒過了食指第一個指節，可見砸在地上的每一拳都是均衡有力的。顧然移步到沒有拳坑的地方，抬腳用力向地上跺了一下，看了看留下的腳印深度，又回憶起左拳砸下時，元望正在支撐格擋。元望的格擋能力，顧然是十分熟悉的，這幾項條件擺在面前，基本可以推算出銅甲臂到底能加持多大的力量。大概是金剛力士原始力量的三倍吧。

甚至有可能到不了三倍。計算出個大概的顧然，微微歎了一口氣。南垣坊的這些裝備遠不如冉家銅甲士的完整，跟晌午那直接轟飛作坊屋頂的神秘殺器相比，就更顯羸弱了。

即便不堪比對，顧然還是從鬥技場另一端的籬笆門出去，到了堆成山的廢銅前。廢銅堆得要比顧然都高些，只是走近看才知道，果然這些只是一堆廢銅，和羅山城南外的銅甲墳場並無區別，甚至比方才空場邊店鋪所賣的都要無用得多，怪不得這麼高的一堆銅甲，都沒有一隻老鼠來撿漏。

廢棄之物毫無用處。

所以，金剛力士那時挑三揀四只是一種營造氣氛的表演？

所幸的是，那個讓金剛力士輸掉角鬥的半身銅甲也一同丟棄在了廢銅堆裡，同樣沒被撿走。

顧然剛剛要去檢查那個半身銅甲，忽而聽到鬥技場邊有動靜。廢銅堆占地面積不小，顧然又正對著聲音來源，即便聽到動靜也來不及躲避，乾脆大大方方直面究竟。

過來的大概有三個人，說的什麼聽不大清，但光憑腳步就足以判斷來人沒練過功夫，零亂且拖遝，顧然不禁放心了些。

只見三個人從巷子裡走了出來，一人拿著掃帚，兩人拿著耙子。

這是要做什麼？

三個人徑直進入鬥技場，向著拳坑而去，一個人用耙子拚命在拳坑上耙，看起來像是要把拳坑統統填好不留痕跡，而站在一邊拿著掃帚的人隨即突然發現了顧然。

顧然多少有些無奈，要知道他們如此不警覺，就該事先躲起來。此時，他只能禮貌地向三個人微笑，表示不必在意自己。可顧然的微笑算是做了無用功，三人見他先是瞬間愣住，之後交耳說了兩句什麼，遂提著工具倉皇而逃。

實際上，他們要是不逃而繼續幹下去，顧然沒準兒會認為他們不過是來打掃鬥技場，維護一下地面情況而已。可現在顯然不是了，他們拿著工具過來，必然是為掩蓋拳坑的什麼資訊，而且還是別人派他們來的。

是誰呢？現在還猜不出，姑且把這個小插曲擱置一邊，繼續自己要做的事吧。

顧然走到金剛力士穿戴過的半身銅甲前，借著不動山的光，總算可以仔細觀察它的真容。

和自己猜想的一樣，半身銅甲臂背後那個半球體和原先的銅箱銜接得極為粗糙。不過，雖然粗糙，但在打鬥過程中應該沒有出現過漏氣現象，不然那些拳坑的深度不可能如此一致。畢竟有那麼幾家做銅甲改造生意的，找個有點手藝能做活兒的人還是不難，只是從結果上看，有不少趕工的痕跡。

顧然蹲下來，去看他最為關心的部分，那個在半身銅甲一側，為了計量而用的轉輪。

贏得角鬥後的元望沒對顧然說任何細節，直到此時，顧然才看到轉輪上用紅筆寫的字。他用手開始撥動轉輪，每轉動一格，都有一定的阻力，可以讓有字的一面停下，不至於一下轉過。

就在顧然仔細觀察時，忽而又有了動靜，從方才來時的巷子裡傳出。

只見，元望被那一直跟隨他不放的駝背小老頭攙扶著往鬥技場這邊走來。即使元望喝得頗有些醉意，他的眼神還是相當犀利，遠遠地就看到了顧然，隨即大喊著「然哥」，催著駝背小老頭快點走，幾乎是扯著自己那根拐棍往這邊趕。

顧然不禁想笑，知道自己在這裡的，只有剛才那三個跑來清理鬥技場的人，而現在元望忽然找到這裡，只能是剛才那三人回去通風報的信。他們自然不可能是元望所指使，而能獲得消息又能通知元望過來的，只有一個人，那就是酒席的主人，盧娘。

這個盧娘一直在搞什麼鬼？

顧然思考著，迎著步履蹣跚的元望走去。

「然哥，盧娘那邊好酒好菜的，你怎麼不吃就跑出來了？」

「想再來回味一下你剛才的英勇神武。」

顧然這麼說，元望當然樂不可支，踩著那些拳坑，又開始了他的演說。顧然一邊附和著，一邊偷瞄那駝背小老頭的反應，只見對方並無理會。

「話說，『二兒瓜子』是什麼意思？」顧然懶得再聽一遍元望那些誇誇其談的心路歷程，隨便找了一個自己有點好奇的話題打斷了元望。

「啊？」

「就是盧娘叫你的那個綽號。」顧然問著，卻沒駐足，顯然是不想再在這裡多做停留，「聽起來，你們的關係應該挺好的才對。」

「哦……那個啊……」元望抓了抓氈帽，略帶羞赧地說，「因為元字拆開就是二兒。」

「哦，那你還真是個瓜子。」

顧然一邊想著那盧娘到底是個什麼樣的人，一邊腳不停歇地走出鬥技場。他的腳步不慢，酒醉且受傷的元望勉強跟得上，扶著他的駝背小老頭卻絲毫沒拖後腿。看來盧娘身邊的人或多或少都有兩下子。

元望還那麼信任她，這就更棘手了……

忽然，一陣哇哇的喊殺聲從窄巷傳來。三人還沒明白發生了什麼，又從窄巷傳來什麼東西的沉重撞擊，隨後則是房子的倒塌聲。

不可能是普通的賭徒賭紅了眼的私鬥，三人對望一眼，一齊問向對方：「怎麼回事？」

俱是一頭霧水，三人一起朝窄巷裡奔去。

恰是在不動羅臺前遭遇。還沒見突襲來的人，就又有一人從對面的窄巷飛了出來，摔在空場。

這種緘默不語把人打飛的戰鬥，演繹著不加掩飾的傲慢，顧然心裡連生厭惡。同時，他也看到那邁著自命不凡的步伐走出窄巷口的事主，襆巾襴衫革靴革帶一絲不苟整整齊齊，竟然是樊紀……

他的腰間掛了一把弩機，看來這傢伙是來動真格的了。弩射，才是這傢伙最得意的武藝。

「顧然，」樊紀的視線迅速將他鎖定，聲音低沉，足以穿透所有嘈雜，「先生請你……」

樊紀話還沒說完，又有三名賭場打手衝向了這個來南垣坊造次的不速之客。

三人三個方向，同時撲向樊紀。

然而，樊紀只是輕描淡寫地挪動了幾下步子，就繞到了正面撲來的打手身後，半轉身地在他側腰擊打了一拳。拳看似不重，但那人頓時全身癱軟，直撞向自己左側的打手，一個滿懷，雙雙翻倒在地。

右側的打手反應很快，立即刹住腳步，轉身再度撲向樊紀，可他甚至還沒有跟上樊紀，左耳已重重挨了一腳，應聲倒地。

如若他還能看到什麼，大概只有樊紀信步向顧然走去時那挺得筆直的背影。

「顧然，」樊紀繼續用剛才的語調一字一句地說，「先生請你再去一趟。」

「小紀，怎麼你還是這身行頭？早上那麼熱，出了那麼多汗，都不沐浴更衣了再出門？」顧然笑著靠近樊紀，猞猁偶人已暗摘於手，「哦，不好意思忘記了，你有一百套同樣的袍子。」

顧然的陰陽怪氣，樊紀根本不予理睬，繼續向對方走去，好似只要他走到顧然面前，對方必然會束手就擒。畢竟，只要是趙先生的命令，他樊紀就沒有完不成的。

一聲野獸般的吼叫，那本在養傷的金剛力士竟然衝了出來。他仍是像山一樣，即使右臂用繩子吊在脖子上，打向樊紀的拳法依舊虛實結合，剛猛中蘊含變幻。

面對金剛力士的猛攻，樊紀終於皺起了眉頭，只有不斷躲閃他的拳腳，不敢去硬碰硬地格擋。可就在金剛力士一擊重腳飛出時，樊紀盯住空檔，急速貓腰直接欺進了金剛力士懷裡，探手到他右腋下，反手一扭，金剛力士慘叫著跪在了樊紀面前，右臂上的接骨枝應聲折斷。

見狀，元望身邊的駝背小老頭撐不住了，甩開元望立即就要衝向樊紀。

「呵！趙家的野小子，也敢在老娘的地盤上撒野！」

一聲高呵，鎮住全場，包括樊紀在內。樊紀鬆開了扭住金剛力士的手，將其丟在一旁置之不理，站起身來扶正了襆巾，彈平襴衫，看了過去。而元望只是聽到那聲呵，就呱呱地大呼不妙起來，酒瞬間醒了，幾乎是抱著腦袋喊：「盧娘要發飆了！」

盧娘仍是那身胡服長衫打扮，但氣場完全變了一個人似的，更準確地說，完全變得不是人了，儼然八臂羅剎，八手八眼籠罩整個夜空，降臨人間。

面對盧娘的威壓，邁著自負步伐的樊紀亦是不敢輕舉妄動，甚至還不自知地微微後退半步，探手去摸自己腰間的弩機。只是這個距離，用弩的話，他根本沒有機會。

不光樊紀，就連周遭的那些南垣坊人，見盧娘步步逼近，也緩緩將那柄環首長刀高高舉過了頭頂，包括半跪在地的金剛力士在內，全都連滾帶爬落荒而逃。

盧娘雙目盯死樊紀，不容他再說半句話，只要進入她長刀的攻擊範圍，一切便交於這柄利刃發落了。顧然自是沒見過盧娘發飆，但看她這刀刀砍下，怕是一刀一世界不分敵我統統度到西天極樂世界，沒人阻止得了。

就在盧娘將斬之際，不動羅臺上傳來一陣急促的鼓聲。

即使是化身八臂羅剎的盧娘，都即刻被鼓聲喚回了常態。

隆隆鼓聲之下，打得七零八落的空場，或者說整個南垣坊，都靜了下來。只要看看在場那些南垣坊居民，他們面對不動羅臺上的鼓聲，不知所措茫然無助的樣子，就知道不動山的降臨與吞沒，對他們而言也是第一次。

殷紅的巨大不動山映著隆隆作響的不動羅臺，眾人佇立，茫茫然等待它的昭告。

第八章　咚咚嗒咚

擂鼓停，一片靜寂，唯有不動羅臺上數個銅環交互旋轉摩擦的沙沙聲，瀰漫全場。

如果是距離不動羅臺近一些的地方，可以望見臺上有兩個人。一個是方才還在值班打盹兒的傢伙，此刻正費力旋轉著各個交錯在一起的銅環；而另一人身材瘦削矮小，蹬著個小檯子，夠著不動羅的望筒，反覆對照四周的雪山和不動山，指揮著旋轉銅環。

終於，不動羅停下了。

所有人都仰頭望向不動羅臺上的兩人，等待著似乎已經知曉的結果。

鼓聲再響，這一次不是擂鼓，而是有節奏地擊響了大鼓：咚、咚、嗒、咚，咚、嗒、咚、咚。

只有八聲，鼓聲後本是佇立的人們，不再理會什麼突襲來的不速之客，紛紛慌張四散。

樊紀見狀也慌了神，一把抓住一個六神無主的打手，咬著牙問到底怎麼回事，鼓聲是什麼意思。實際上，他明白個大概，但還是要問個清楚，不能這麼不明不白地撤退。

那個打手也不在乎樊紀是不是敵人，只想著趕緊走，急躁至極地說：「都敲鼓了還能怎麼回事！要開門了啊，在我們南垣坊。」

樊紀把那打手丟到一邊，努力維持著方才自命不凡的氣度，又正了正襆巾，沒再管襴衫，朝顧然喊道：「明早，立刻去見趙先生。」隨即轉身頭也不回，揚長而去。

樊紀一定隨身帶了自己的不動羅，但在這個空場，不可能有高點能讓他登上去對照雪山的形狀。不管他了……顧然無奈地看了一眼確實走掉的樊紀，隨後問元望那鼓聲到底什麼意思。

「什麼意思？六條和十二巷那裡就要跟不動山接觸了啊！」

元望顯然也很慌張，在場所剩幾人裡，只有冷靜下來的盧娘皺眉盯著臺上的兩人，若有所思。那個駝背小老頭倒是還在，但看起來同樣慌裡慌張，不知是走還是留，看看元望，看看顧然，又看看盧娘，既不敢亂跑，又止不住地左顧右盼。

一直盯著臺上的盧娘，忽然向著上面說了一聲「下來」，此時空場太過安靜，聲音不算大，卻極具穿透，無人不把這兩個字聽得真切。

臺上兩人就如被盧娘控制一樣，應聲從梯子上爬了下來。

先下來的是那個負責轉動不動羅和敲鼓的，只見他穿著窄袖短袍，儼然再普通不過的平民。當然，南垣坊哪有真正的平民，必是賭徒嫖客之流。他下來以後，迎面見到盧娘，顯得更是唯唯諾諾。

接著下來的，比前一個矮小許多，穿著卻是比前一個體面：一件圓領袍衫，繫著腰帶，下身一條緊口褲，一雙翹頭靴，宛若哪家的小少爺。

過於突兀，顧然自是多關注了兩眼。不僅是羅山，三山裡能有穿著這麼體面的少爺，不外乎是冉家或者元家的人。再是庶出的少爺，顧然多少也會有些印象，可是這小個子竟如此面生……不對，藉著不動山的光線又仔細看了看，顧然忽然意識到這小個子並不是誰家的小少爺，而是一個穿著男裝的小女孩。最後幾節梯子，男裝女孩是嘿的一聲跳下來的。

「你們都看著我幹嗎？」小女孩滿臉無辜地看了又看將她圍在中間的顧然等人，周圍的幾個人，要麼像顧然這樣沒法給出反應，要麼是盧娘那樣，顯然不想給反應，只是依舊瞪著她而已。

盧娘已經把她殺氣騰騰的長刀入鞘，但眼神同樣駭人。小女孩躲不開盧娘的目光，把右鬢垂下的頭髮撚在手裡一股，旋得像條髮繩。只見她撚著頭髮歪了歪頭，向盧娘走去。

「阿姐。」小女孩大概要比盧娘矮一頭多。

盧娘沒有回應，就像要小女孩自覺說出她想要聽的什麼話一樣。

「是假的。」小女孩又歪頭撚了撚頭髮，「可阿姐你怎麼一下就看出來的？」

「呵，妳說呢，一個下午抓著不動羅問個不停的人？老鄭。」盧娘轉身叫向元望身邊的駝背小老頭，聲音低沉但不容反駁，「把她包袱拿過來，咱們這裡留不下她。」

「啊？可是……」小女孩委屈起來。

「可她剛剛救了咱們南垣坊啊。」元望跳出來為小女孩打抱不平。

「你什麼意思？老娘砍不死那個裝模作樣的傢伙？」

「不是！盧娘您神勇無敵，區區一個趙家的走狗算個屁……」元望偷眼看了看顧然，才發現他不知跑到哪裡去了。

「別跟我提趙家，一個個的全讓我頭疼。」盧娘又看向小女孩，似乎有著一肚子的怨氣，非得當場全撒出來才痛快，「還有，妳弄的那個銅甲臂，連這個廢物都打不過。」

「銅臂後面的箱裡幾乎沒留什麼部件，但它的樞軸、輪轂都是完好可用的，所以我才設計了密閉的……」小女孩說到感興趣的事情，竟不管氣氛，眉飛色舞地解釋起來。她語速極快，就像只要加快語速眾人就能聽得懂一樣。

「啊？原來是妳弄的。差點把小爺我打死！」元望哪還管她到底在說什麼、自己能不能聽懂，扶著肋骨哀號著打斷小女孩連珠炮一樣的話。

「還是雛形嘛……」為自己說話的大哥哥忽然倒戈，小女孩這才從滔滔不絕的講解中回過神來，放棄似的低下了頭。

「確實還沒有反應。」顧然再度出現在諸人面前，顯然他剛才已經爬上不動羅臺又檢查了一遍。

「我都說過是假的了，你這人怎麼一點兒基本的信任都沒有？」小女孩感覺自己被圍攻了。

「所以妳讓老娘再怎麼通知那幫只顧逃命的廢物？再敲那個鼓？那幫廢物能聽得懂？妳知道老娘為了讓那幫廢物記得住每條街的鼓點，費了多大的勁……」

「挺好記的啊。」元望撓著頭插話。

「你閉嘴。」

盧娘和小女孩全都看向元望，搞不懂這笨蛋到底是哪頭的。

「妳下午來的時候，老娘就跟妳講過我們這兒的規矩，頭一條就是不允許謊報軍情。別跟我說什麼不知者無罪。」

「對呀！盧娘！你們幹嗎要留這種禍害在坊裡!?」元望突然跳著腳激動起來，更讓人搞不懂他到底要支持誰了。

和跳腳元望對比鮮明的，反倒是盧娘，只是輕描淡寫地回了一句：「她說能讓廢銅裝備重新動起來，我就留她下來試試咯。」

「我的親姐姐啊，可真是害苦小弟我了……」元望越說越委屈，委屈得連他的肋骨都疼起來似的。

顧然和其他人一樣，懶得理會耍起寶來的元望，都只是盯著小女孩。

盧娘要跟她講南垣坊的規矩，說明她是初次到這裡。她下午才到的南垣坊，晚上的鬥技場就能拿出那銅甲臂和元望大戰。即使銅甲臂還有相當大的漏洞，但沒有雲瑟石粉的驅動下，能想到靠灌氣給銅甲蓄力……這要是出自羅山人之手，絕不可能直到今天才出現這漏洞百出的雛形甲。初來乍到，獻禮一樣。

顧然又看了看低著頭的小女孩。難不成，這個穿著男裝被盧娘逼得不知所措的小女孩，就是害得羅山幾乎翻天覆地的人？

「辦法倒是有。」對於不動山，顧然堪稱經驗最豐富的人，主動站出來為小女孩解圍，「現在把六條和十二巷的路口封起來便是，少了一個路口影響不了南垣坊，既然大家都不出南垣坊，等下次……」

「殺友進山的顧大丈夫，你也配和老娘說話？」

盧娘打斷得太過唐突，因為她並不是在顧然一開口就打斷，這讓顧然有點摸不著頭腦。

幸好此時，那個老鄭提著一個圓滾滾的包袱回來了，讓即將尷尬到死的局面有了點轉機。只見老鄭將包袱遞給了盧娘，盧娘卻像是拿了燙手的鍋一樣，說著「給我幹嗎」，直接丟給了小女孩。小女孩當然沒反應過來，抑或是知道那個包袱很沉，根本沒想去接。
圓滾滾的包袱被重重地扔在地上，悶悶地發出金屬碰撞的聲音。
「嗯？」聽到聲音，元望反倒瞪起了雙眼，盯著地上的包袱，皺著眉頭念叨著「不對」，徐徐走到包袱前，彎下腰扭著頭看了又看，乾脆擅自把包袱打開了。包袱打開的同時，元望啊的一聲驚呼。
包袱打開，散落一地的並不是什麼女孩子用的隨身日用，而是五六冊書，和一個鏤空彩雲花飾的放大版香囊一樣的銅球。
「果然啊，這是我的不動羅啊。」元望像是抱住親兒子一樣撲了上去，再也不撒手，扭著頭向小女孩問，「怎麼回事!?妳給我說清楚！」
本因包袱被擅自打開發火的小女孩，一時語塞，不知是該罵回去，還是當場認錯。
「夠了！」盧娘喝止眼前新起的鬧劇，「你們都給老娘我滾，滾出南垣坊！」
盧娘說完，轉頭就走。轉身時，由於長刀過長，一下掃到顧然的袍衫衣角，隨即又停了腳步，對著顧然沒好氣地說：「對，你也滾，你們都給我滾出去！誰要讓我再在坊裡見到，老娘絕不留情，一刀把他砍成兩半。」
說完，盧娘揚長而去。
抱著自己的不動羅，咬牙切齒盯著小女孩的元望，忽而被即將緊隨盧娘而去的老鄭拉了拉袖子。如野貓對峙一樣的兩人，才終於有一方鬆懈下來。元望苦著臉看向老鄭，還想問一句「現在怎麼辦」之類的話，卻被老鄭塞了一張紙條在手，沒給他哀怨的機會。

「是盧娘的意思。」老鄭在元望耳邊低聲說罷，追著盧娘消失在空場盡頭的巷子裡。

「所以現在到底該怎麼辦？」元望還是那副哭喪的臉，又去問顧然。

「冷靜一點兒，先看看那上面寫的什麼。」

「哦，對……」元望捨不得放下不動羅，警惕地盯著小女孩，把紙條在手裡揉搓了半天，終於展開來，湊在顧然身邊一起看。

「洛井風巒？」

「就這四個字？」元望著實有些失望，「啥意思？」

「你是白癡嗎？洛井風巒你不認識？四個字的意思就是，你家盧娘都給你安排好了，還不趕緊走。」

顧然無奈地踹了一腳死抱著不動羅的元望，又看了看那個站得稍遠些的小女孩。此刻，空場上只有他們三個人，他不必說得多大聲：「還有妳，發什麼愣呢？也想被盧娘一刀斬了？」

小女孩似乎一直就等著這句話一樣，聽聞立即低頭繞開元望，跟到了顧然另一側，悄聲說：「顧俠，幸會。」

顧然看著這個悄聲說話卻又做了個成年男人才行的叉手禮的小女孩，點了點頭，低聲回應了自己的名字：「顧然。」

「張昭昭，『賢者以其昭昭使人昭昭』的昭昭。」

「招災的『招』吧。」元望沒好氣地接話。

「說點吉利的話不行嗎？」

元望還在罵罵咧咧，張昭昭倒是已經轉移了注意力，「所以，洛井風巒是什麼地方？這個名字……」

張昭昭那滿臉疑惑的樣子，更讓顧然確認她正是這次天墜從外面進來的人。畢竟比起南垣坊這種自我封閉的地方，洛井風巒算得上是天墜後出現的逐漸舉城聞名的地方。

「其實就是個俗家的浴室院而已。」顧然嘴上說著，心裡卻想，沒想到南垣坊的盧娘還和自己也常去的洛井風巒有什麼隱秘的關係。

「俗家浴室院？」張昭昭依舊一臉疑惑。

顧然這才想起，俗家浴室院這種地方大概在唐土還沒有，便又補充了一句：「就是說，不只是僧侶，只要有錢，任何人都可以到那裡洗澡的地方。」

「果然是洗澡的地方……」聽了解釋，張昭昭還在思考著那四個字。

「果然？只聽名字就能猜出來？」顧然多少有點不信。

「顯然是用了後漢張衡《溫泉賦》的典。溫泉、俗家浴室院，這沒問題吧？」

「嗯……」

顧然根本不信洛井風巒掌店的那傢伙能有這種學問，但轉念一想，現在哪是在意這些的時候……

「哼，偷我不動羅這事還沒完呢。」元望緊緊抱住自己的不動羅，等不及似的甩下一句有的沒的話，自顧自地往南垣坊的出口走去，腳步極快，像是真的在逃一樣。

淩晨的南垣坊，歸於死寂的時間，巷裡空無得甚至有些過度。大概是夜間不動羅臺擊鼓的原因，讓那些無處可去、骨瘦如柴的乞丐，都像出來覓食的老鼠一般被嚇回洞去了。整條窄巷，連一聲呻吟都聽不到。

顧然三人不再爭吵，靜默地走著。巷裡沒有鋪石板，碎石和泥坑擠在熄了燈的茅草棚間，狹隘陰暗，有種大亂後重建的破敗。

和其他里坊一樣，坊牆基本形同虛設，早已塌了大半，只留些推了費事的殘垣斷壁。但不少坊外水渠還是有的，用於排泄掉整個坊裡的生活廢水。南垣坊同樣留有北面的水渠，惡臭汙黑，想要過去，只有一座木橋可行。

顧然三人從南垣坊的窄巷走出，沿著臭氣蒸騰的水渠走了些許暗路，終於看到了過渠的木橋。臨近淩晨，大地籠罩在重重濃霧之下，依舊蒸騰著熱氣。木橋並不算長，卻因濃霧環繞，感覺通往的是一片未知之地。在木橋上前行一陣後，水渠對岸的街巷和殘破坊牆才漸漸從濃霧中爬出，卻像被濃霧消聲了一樣依舊是一片死寂。

洛井風巒作為一間浴室院，自然是在水源充足的地方。說到水源，兩條大川當仁不讓，而沐浴之所，必然不會用污穢的開明川水，自是蘆川一邊。雖然已是俗家場所，但還是拿寺院作為門面，選址於廢舊寺院密集的蘆川西畔，也許是要兼顧冉家的生意，選址還要相對靠北些。此時，顧然三人身處城南，距離不算近。路遠險多，一定要在霧散天亮前趕到才能安心。

但這樣盤算著的顧然，剛快步下了木橋，忽然抬手止住了身後兩人的腳步。

不對勁……

巷子兩側的坊牆基本都已坍塌，隱約能看到坊內的木瓦房。這裡臨近南垣坊，多少也染上了貧民窟的習性。越窮的人越是起得早，這是亙古不變的規律。即使是淩晨，眾生沉睡的時間，這條延伸入昏黑濃霧的坊巷卻靜得有些令人毛骨悚然。況且，濃霧遮掩不住的氣味中，隱約飄散著淡淡海棠花香。

海棠花香……

顧然立刻反應過來，可還沒來得及摘下偶人，坊牆之後，四名銅甲士隆隆地跳出了濃霧，真真正正的冉家的銅甲士。

就在顧然打算掉頭跑回南垣坊時，四名銅甲士同時抬起了一隻胳膊，朝向了顧然。僅是一瞬之間，銅甲士手中同時噴出一張巨網，把站在橋頭的顧然罩了個正著。

一股強勁到誇張的力，將顧然拖飛又重重摔在地上。眼看無從掙脫，他回望著還沒下橋目瞪口呆的兩個人，對元望大喊了一聲「照顧好她」，便被拖扯著遠去，消失在濃霧之中。

顛簸在霧裡，顧然感覺自己的視力全無，操作偶人更是不甚可能，況且自己手上的三隻偶人，沒一隻有破網的能力。坊巷依然靜得瘆人，只有四名銅甲士的沉重腳步聲迴蕩其間，震得周遭建築都不禁顫抖起來。

四名銅甲士……如果只是為了埋伏自己，竟然派出了四名銅甲士，自己還真是相當有排面了。

顧然不願耗費體力去抵抗，腳蹬在網底，儘量舒服地躺平，任由他們拖著走。

為什麼偏偏只抓了自己一個人？四名銅甲士，足可以把自己和元望，甚至連那個張昭昭全都一網打盡。換一個思路想，如果三個人都被一網打盡，又會引發怎樣的變局？

一顆石頭剛好撞在了顧然的肩膀上，他吃痛著摸了摸，忽然明白了。變數在元望，他的銅鈸可以輕易割開這張網。

可新的問題來了。用網捕獲自己的辦法，明顯是知道自己身上並未攜帶刃器……顧然一直防著冉家，沒有太深的接觸，現如今誰身上不帶個小刀匕首什麼的，能對自己如此瞭若指掌，只有一個人，趙劍南……

顧然差點在網裡笑出聲來，不愧是這個老東西。樊紀到南垣坊點名道姓要找自己，顯然是趙劍南已經知道冉魁榮被殺了。而老東西的眼線遍佈全城，南垣坊也逃不過他的眼睛，街角隨便一個骨瘦如柴的乞丐都有可能是他的棋子。怪不得這幾名銅甲士可以精準地在木橋口埋伏。

全都連上了不是……

把自己這麼重要的棋子給賣了，是和冉家做了什麼交易？不得不做？還是……顧然猜不透趙劍南這一次出賣自己的目的。

天終於亮了，霧漸漸褪下。顧然總算提起點興致，透過網看看四周。此刻，他們已經來到蘆川最北邊的大橋，過了橋就是冉家宅邸。

全城的坊牆都差不太多，即使不算是殘垣斷壁，人們也能隨意在牆上打洞。做做客流量大一些的坊外大街上的生意也好，單純圖個方便推倒一段牆也罷，看上去都是千瘡百孔，留下的牆反倒成了街邊一尊尊或大或小的夯土像。

可一旦過了橋，景象便全然不同了。

那驟然出現的綿延不斷、完好無缺的夯土城牆，讓冉家宅邸顯現出城中之城的威嚴。

宅邸的正門臨近蘆川西岸，是厚重巨大的包銅邊木門，此刻正緊閉著。左右建有樓闕，將門前圍成寬闊的四方門庭，腳下是夯實的紅土地面。正門左右各站了一名守衛，不過他們只是佩了腰刀，沒穿鎧甲，更沒鑽到機動銅甲裡面。由高聳矗立的闕樓和門樓圍成的紅土門庭，空無一人，兩名佩刀守衛佇立在數丈高的沉重木門前，更顯冉家宅邸的肅穆與不可一世。

四名銅甲士拖著顧然來到正門前，根本不必出示權杖之類的東西，厚重的木門就由兩名守衛緩緩推開了，門內便是冉家宅邸的第一層。

這第一層，不僅顧然，城裡任何平民，農民也好勞工也好名妓乞丐賭徒地痞隨便什麼人都好，但逢沖元節都可隨意進來。這倒不是冉家有多大方，他們真要是這麼大方，也不至於把自家宅邸的牆建得像座城堡了。主要是因為每到沖元節，都會舉辦祭祀大典。畢竟，想要掌控民眾的心，必須得在通靈神明上多下功夫，讓人們觀看祭祀全過程，也是王權的一種表現和鞏固。

三山的冉家都有著同樣的打算。

正門進來後的格局，顧然當然清清楚楚，畢竟三山裡每一處去過的地方，任何細節顧然都是刻在腦子裡的。

一進正門，是一片可以容納上千人的紅土空場，雕有虎、鳥、狗、龜等瑞獸的兩丈多高圓木柱，左右立開，形成一條通往大祭壇的神道。

祭壇有三層，每層有六七尺高的樣子，正對神道有通往祭壇頂層的臺階甬道。祭壇前甬道口兩側，各立了一尊大約一丈高的巨大銅像。誇張的銅像手中各拿了一根法杖，到底那些法杖代表了什麼，顧然從來無心去搞明白。而在祭壇的頂層，最醒目的位置便是那座銅製的十枝神樹。神樹後面，是一隻巨大的銅鳥銜著一輪象徵太陽的銅輪。太陽輪則是祭祀的主要對象，畢竟冉家所信奉的就是太陽。不過天墜之後似乎有所變化，那個太陽輪漸漸變成了不動山的象徵。

沖元節的時候，十枝神樹每一枝上由雲瑟石雕出的神鳥，會一齊放著罕見的幽冥綠光。沖元節天黑無光，祭祀不點篝火，上千人一同觀看象徵不動山的太陽輪前綠光幽幽，確實有震懾人心的力量。

銅甲士當然不會拖著顧然在神道上走，不過也距離神道不遠，路面倒是平坦，躺得還算舒適，令顧然甚感欣慰。路過祭壇時，又一天的烈日已經升起，曬得祭壇上的太陽輪泛著紅彤彤的光。十枝神樹上的鳥，沒有一隻亮起光來，看來張昭昭擊鼓確實是在說謊。

祭壇的西側，又挖出一個深坑，這是每一次沖元節祭典之後要用的，並不是想像中的活埋人牲，畢竟這裡沒有那麼野蠻，而且天墜之後，人口只減不增，不能隨意浪費人力。深坑是用於掩埋銅器的，是那些搬到祭壇頂層、用於祭祀的各種銅器。著實搞不懂冉家都是從哪裡學來的這一套祭祀儀式，想一想開明川外成堆的銅器，大概他們不過僅僅走個流程而已，等祭祀結束人群散去，立即把它們挖出來，運到開明川外扔掉。

繞過祭壇，又是一面夯土高牆和一扇厚重的大門。大門左右不再是普通的佩刀守衛，而是四名穿著鎧甲手持長戈的守衛。

這才是進入冉家真正宅邸的正門。躲了整整一天兩宿，終究還是來了。

顧然在網中躺得倒是安詳。

第九章　回音壁

來照州城這麼多年，顧然從來沒進到過冉家真正的宅邸裡。

當長戈守衛看到四名銅甲士走來時，多少被嚇得一怔，立刻挺直了腰板，生怕做錯什麼而招來這種恐怖傢伙的摧殘。銅甲士拖著顧然走近後，守門的四人才忽然反應過來，慌手慌腳地把長戈立到一邊，去推厚重的木門。

門後到底是什麼景象，顧然實在沒有機會觀賞，因為拖著自己的銅甲士突然提速了。顯然他們是收到了不能讓顧然看清宅邸內部佈局的指示。

隨便一個小坑都會撞得顧然暈頭轉向，他乾脆放棄抵抗，認真地調整身體的姿勢，讓自己不會輕易被撞暈。

又過了一道門，已經在網裡閉目養神的顧然，突然被硬生生提起來扛到了肩上，步上了臺階。因為不再在地面上摩擦，面向後方的顧然多少能看得到來時的路。這是一條筆直寬闊的石板路，那現在自然是上的正殿了。

臺階足有二十級往上，到了臺階最上層，顧然又被丟到了地上。不過，只要從周邊的圍欄就能看出，這裡確實是所謂的正殿無誤了。銅甲士又是一拖，將顧然扔倒在地，邁著機械齒輪咬合聲的大步，走進了正殿。

不說正殿門檻差點把顧然撞暈，只說進到正殿裡，又是一股悠悠然的香氣浸入顧然鼻腔。不知怎的，情緒反倒隨之漸漸舒緩下來，就連全身冒出的汗，都徐徐退去。此時，顧然才隱約回憶起，剛剛似乎確實路過了花田一樣的地方，可沒看清到底種的什麼花兒。不過，這些盤瓠人確實十分熱衷於把鮮花製作成各種功用的香料香膏。

隨他們便吧。

進到正殿裡，銅甲士不容分說就把顧然身上的網給解開了。解開之後，四名銅甲士就像回歸原位一樣，隆隆腳步聲下，左右走開，站在正殿大門兩側的位置。

總算從網裡脫身出來的顧然，立即觀察了一番正殿。殿頂太高，猢猻偶人不可能拋得上去，從頂上逃走是沒希望了。正殿大門又有那四名銅甲士把守，敢把自己從網裡放出來，便有制伏自己的絕對自信。

再看殿內四周，一根根巨大的圓柱前都擺有一盞燭臺，大殿兩側昏暗得讓人摸不清底細，彷彿黑暗深處還埋伏著更多的銅甲士。

當然，這種昏暗更有可能是為了凸顯正位上的尊貴。

正位上簡直是金光閃閃，雖然依舊只是用蠟燭照明，但高臺上層層疊疊擺了數十甚至上百支蠟燭，映在略有些凹凸不平的金箔山牆上，再反射到正殿烏黑大理石地面，上百點光斑影影綽綽如同一潭金湖，波光粼粼。

也許瀰漫大殿的香氣，正是這百十來支劈劈啪啪燃燒著的蠟燭釋放出來的。明暗的強烈對比，讓顧然的眼睛很不適應，他緩了許久，才將正位高臺之上看清。在蠟燭林後面，又有兩層，並不高，頂多兩尺左右，但能看出它們的明確層級。

高臺第一層左中右位各坐著一尊……哦，不是雕像，而是真人。三個人都戴著黃金面具正襟危坐，穿著顏色上沒有太大差別，僅有圖案花紋略是不同，而面具則大相徑庭。

顧然自是想起了冉魁榮佩戴的那個黃金面具，擴耳大眼的樣子，多少是一個人形。而此處的三個，左手邊的是一隻鳥臉，右手邊的是虎臉，中間的是魚臉，全都是動物樣貌。每人背後還有一盞金箔矮屏風，繪有和他們所戴面具對應的動物。

至於第二層也是有座席的，只是無人安坐。座席背後也有金箔屏風，畫著太陽輪般的圖案。

顧然從未如此深入地接觸過冉家，但或多或少參與過不少次沖元節，鳥也好魚也好虎也好，皆在祭壇前的神道上見過，柱子上所刻的瑞獸就是這些，牠們所代表的，大概也有所耳聞：鳥代表巫醫，魚代表占卜，虎代表戰爭。太陽自然超越這些瑞獸，代表了天地神明，高牠們一個層級自是合理。

所以，最上層空下來的太陽席位，乃是冉家酋帥冉魁榮之位，而現在坐著的三位便是長老家長了。

顧然望了一眼臺上正襟危坐的三人，戴著各自的黃金面具一動不動，真為他們覺得累，大概具備這一動不動的本領才能當上祭司吧。

三人從身形上看，幾乎一模一樣，不過多少還能從面具之外的地方看出些許區別，鳥面露出的頭髮略顯蓬亂，魚面則最為整齊，虎面介於兩者之間，僅此而已。

「三位，該說說話了吧……」顧然實在等得不耐煩，又往前邁了兩步，躲開了金箔反射的光斑，率先打破了正殿的靜默。

「他看出我們是真人了？」虎面的聲音從面具後面傳來，多少有些變調。

聽到這樣的話，顧然的表情不由得扭曲了一下。他們是把所有人都當作白癡了吧，這樣的人，恐怕不太容易用常理去談判。

「看出來了。」「看出來了。」

這是回音？顧然一陣恍惚……但從聲音傳來的位置還是可以明確知道，這是魚面和鳥面先後發出的聲音。更迷惑的是，他們的發聲方式無比一致，沙啞、低沉、緩慢，拖著長腔。加上這一動不動的坐姿，以及黃金面具遮掩了面部情況，更是除了方向，沒別的辦法分清是誰在說話。

這是一種什麼神秘的祭祀效果嗎？

「想必三位就是冉家三老。」顧然努力不讓表情流露出來，也不把天聊死。

「顧然，你知道為什麼請你過來嗎？」「為什麼請你過來？」「為什麼請你過來？」

這次還是虎面先發問，緊接著是魚面和鳥面重複。

「知道，也不知道。」

「你不用在這裡裝傻充愣，現在，我們的太陽位空了。」「太陽位空了。」「太陽位空了。」

這麼重要的事情不用重複了吧……

「所以？在下從未來過貴府，不太清楚貴府的座次到底是怎麼個規矩。」

「前天晚上，在胡亭看到了你的軲轆車，裝滿了雲瑟石。所以，你不要再拐彎抹角，坦誠相待吧。」

「坦誠相待吧。」「坦誠相待吧。」魚面先說道。

「那你們可賺大了，整整一車的雲瑟石啊。」顧然本想多嘲諷兩句，但想到三人回音壁一樣的說話方式，不由得頭疼起來，立刻趕在三人說話前緊接著說，「那在下就最坦誠相待地說了，人不是在下殺的，而且在下知道你們也認可這個結論。」

「何以見得？」「何以見得？」「何以見得？」

「首先，在下從不動山到羅山的胡亭時，酋帥已經身亡。這是事實，但在下無法證明，這也就是在下一天兩宿四處亂竄的原因。其次，三位長老派出的銅甲士沒有將我當場格殺，顯然也是想要聽我個說法。」為了能讓自己的表述更有說服力，顧然有意讓自己的嗓音顯得渾厚些，「也就是說，你們本來就有殺人者的線索，但這條線索只能證明在下不是，而很難更深一步挖掘出到底是誰。抓在下來，是希望在下為你們把殺人者找出來吧？」

「哼。」「哼。」「哼。」

看來全被自己說中了，但不必急於乘勝追擊，讓他們做做心理建設再說。

「我們收到了一封手劄。」「在酋帥遇刺之前兩天。」

顧然不太適應地吃了一驚，原來冉家三老不用非得是回音壁，這次是魚面先說，鳥面緊隨其後，而虎面靜默。他們並沒有回答顧然所提出的問題，那麼就是默認了。

不過，顧然不只是在吃驚形式層面的事，大腦飛快思考起這兩句話的資訊。冉魁榮遇刺兩天前，他們收到一封手劄，看來這封手劄的內容直指兇手了，而「兩天前」，那不就是呵真所說的又一次天墜的時間嗎？

「手劄上寫了什麼？」

三人終於有了肢體動作，他們隔著黃金面具的眼洞交換了一下目光後，坐在中間的魚面發言：「信上寫的大體意思是，若想一統三山，請在兩天後戌正三刻到胡亭相談。」

「一統三山!?」顧然差點笑出聲來，「這樣的邀約，冉魁榮他也能信？還真的獨自一人去赴約了？」

「酋帥帶了三隊銅甲士。」依然只是魚面作答。這樣的回答等於默認冉魁榮確實是信了才去胡亭赴約的。

有這封信在，難怪他們認定自己不是兇手了。胡亭之約前，自己只能待在不動山，絕不可能寄信給冉魁榮。

「冉魁榮的本事也不差吧，能不驚動銅甲士殺了他……」

「酋帥力能扛鼎，但他是背後遇襲。」這一次是鳥面在說話。

看來這巫醫檢查了冉魁榮的屍體，得出了和自己相同的結論。

「手劄的字跡呢？這樣也能大幅度縮小範圍了吧。」

「字跡，」虎面說，「是酋帥自己的。」

顧然終於控制不住自己的表情，流露出了大吃一驚的樣子。

「正是如此。」「正是如此。」「正是如此。」

冉家三老貌似對顧然的反應十分滿意，又恢復了回音壁模式。

「所以……冉魁榮給自己寫了一封信，信裡的內容是自己如何一統三山，然後把自己騙到胡亭，自己把自己的脖子從背後扭斷了？這可能嗎？」

「世上不止一個酋帥自己。」是虎面回答。

「完全不可能。所有人都知道，不管是人是物，只要是當初被天墜分出來的，兩山同樣的東西一旦共處一山，那山立刻就會被燒成灰燼。」

冉家三老不置可否地看著顧然，像是要他自行判斷。

「可以看一下那封手劄的原件嗎？」顧然向前走了半步，立即聽到大殿左右傳來銅甲之聲，他連忙止住，又退回了原位。

「沖元節，」虎面忽然說話，「這次的沖元節就是時限，沖元節上，我們會把殺人者公之於眾，當眾處決。」「當眾處決。」「當眾處決。」

下一次的沖元節……在只有燭光照耀的大殿裡，根本看不到外面的太陽。當然了，即便可以看到太陽，顧然剛好是最不可能準確判斷出下一次沖元節具體是哪一天的那個人。

所謂沖元節，也就是不動山沖日的現象，不動山沖日必會有長時間的日食，沖元節的祭典就在日食期間舉行。可問題是，這些曆法都是冉家擬定和計算的，只看太陽和不動山的位置，完全無法推算出來。作為一個頻繁穿梭於三山的人，顧然從沒在意過冉家曆法，只能憑記憶估算，恐怕已不足五十天。

「所以你們的意思是……殺冉魁榮的人已經找到了？」

「所以，」魚面說，「他不能走。」「不能走。」「不能走。」

冉家三老根本沒有理會顧然的問題。

顧然無奈地看著冉家三老，心想自己要是想走，或者說能走，早就跑了。不用他們三個說，現在這種架勢，自己想跑也跑不……還沒等顧然在心裡發完牢騷，大殿兩側銅甲之聲大作，他還不及反應，便被兩名銅甲士按在了地上。

「有話好說啊……」顧然的臉貼在地上根本抬不起來，「在下不會……」

顧然還沒有說完，更無力掙扎，只覺脖子又被硬生生掰了起來，哢的一聲，脖子扣上了什麼東西。

剛一扣好，地面震盪間，兩名銅甲士又隱入了大殿的暗處。

趴在地上的顧然緩緩坐起身來，借著燭光忍著頸項的痛楚低頭看了看，只見脖上戴了一隻銅環。冰冷的金屬緊貼著皮膚，沉甸甸地讓人深感不適。轉了轉銅環，看到一隻銅鎖已把環鎖死了。

「這什麼意思？」顧然站起身問道。

隔著面具，都能感到高高在上的冉家三老在得意地笑。

「你必須要在沖元節祭典上，親手為我們指證兇犯。」虎面說。

「所以你在沖元節之前，不能離開羅山。」鳥面說。

「指證兇犯？在下連兇犯是誰都不知道，怎麼指證!?」顧然拚命抬頭，大聲質問三老。

「我們說過，你不能走。」虎面說。他們又一次無視了顧然的問題。

「這是羅山的銅。」魚面說。

「也是原來照州城的銅。」鳥面說。

「是每座山都有的同樣的銅礦裡產出的銅。」虎面說。

「哦，這麼說，在下就明白了。」顧然只得向高高在上的三位微微一笑，他們所說的「不能走」，原來是純字面意思上的不能走，也就是說不能離開羅山。當然了，去不動山是沒問題的，但只要戴著這個銅環，就不可能進到其他山裡。銅礦以及銅礦產出的銅是不會變，不會少的，也不會在天墜之後憑空產生新的，所以這只羅山的銅環就是其他山的止入符。

剛才銅甲士就像摔杯為號一樣，直接把自己按在地上，二話不說就給戴上了銅環，他們顯然是早有計劃。

顧然用手拉了拉，鎖和環都是全銅的，無比牢實，不可能扯開。而且鎖在脖子上，鋸也不是，砍也不行……除了把鎖打開，否則無計可施。該死！他們這一步棋下得夠狠啊。

冉家三老似乎要看夠顧然痛苦擺弄自己的脖子一樣，直等到大殿僅剩數十支蠟燭，以及銅鎖摩擦銅環的聲音很久後，才由虎面再次打破了寂靜：「現在你可以走了。」「可以走了。」「可以走了。」

顧然還打算說點什麼，又是一張大網，從天而降把顧然罩住。

原本以為終於可以結束了，可當顧然被拖出冉家宅邸，才知道自己是有多天真。銅甲士把顧然拖出大門，卻並沒有鬆手，而是當著街上那些冒出頭來的人們，在竊竊私語下，一路拖著走下去，像丟垃圾一樣，直接丟進了蘆川，而且沒有把網解開。

帶著各種不解和猜測，顧然落入川中，立即感到蘆川水流的洶湧湍急和刺骨寒意。

掙脫、掙扎、束手無策……川水無情，卷著頹然滾向下游而去，直至失去意識。

第十章　獵貓與猞猁

哦，還活著……

顧然勉強睜開眼時，只有如此一聲感歎，甚至還帶有一絲失望。可當他盯著天花板回過神來時，立即把疲憊、乏力統統拋在腦後，這間陌生的房子裡瀰漫著那再熟悉不過的香甜氣味。

不容分說，顧然坐了起來，第一時間摸了摸自己的脖子，那該死的銅環依舊牢牢鎖在那裡。歎了一口氣，又看了看屋外，天色昏暗，身上還是濕漉漉的，看來自己並沒昏太久，至少沒有隔夜。什麼人把自己打撈上來了？不，是把自己救上來，不然現在已經被蘆川沖到無限上升的雪山之間，永遠回不來了。

瀰漫的香甜氣味，那是在天墜後的鐵律下，絕不應該也絕不可能再出現的米囊膏燃燒的味道。這是什麼地方？難道羅山還有比那個南垣坊更隱秘的地方？顧然從浸了一灘水的蓆子上起身，這才發現腰間的三隻偶人都不見了。

顧然不由得呵呵笑出了聲，在羅山，或者說在照州城，果然不會有哪怕一個無私的好心人。

這間房子堪稱家徒四壁，一張蓆一扇窗一道門一個落魄之人，其他一無所有，將其視為一座牢房也不過分。

顧然走到門邊，試探著輕推了一下，門竟出乎意料地開了。不是牢房？可顧然剛探出頭，就發現自己到底是有多麼天真，是有多不願承認事實。

在牢門的右手邊，一個身量近七尺的傢伙站在那裡，顯然是在看守自己，而這位看守不是別人，正是那個讓元望及眾人聞風喪膽、被稱為鬼方的拓跋方方。

「首領有請。」

鬼方雖然嘴上說著一本正經的話，臉上卻流露出抑制不住的優越和輕蔑。

首領自然是元望的伯叔父元不問，那現在身處之地，恐怕就是那批元姓鮮卑人的總巢「元寨」了。呵，各大家族，一邊用銅甲士，一邊用鬼方，哦對，趙劍南那邊還派出了樊紀……倒是都挺看得起我顧然。

所以，自己竟是被這幫鮮卑人從蘆川打撈上來的？

「鬼……呃，方方大俠，能不能先給在下弄身乾衣服……」顧然沒話找話地跟在鬼方身後。

雖然鬼方沒有佩劍，可自己也沒有偶人，兩相比較下，勝算依舊微乎。

「首領在堂裡擺席等候，爺勸你不要讓首領等得不耐煩。」鬼方的語調裡，依然只有貓抓耗子時才有的拿捏感。

「是怕酒肉涼了嗎？怕涼了就早點叫醒在下啊，有酒有肉在下還能睡得著？」顧然被泡水的袍衫浸得連打兩個噴嚏。

也許鬼方回了他一個冷笑，也或許只是錯覺……

鬼方只是大搖大擺地走在顧然的前面，毫無戒備地帶路，但緊跟其後的顧然，僅僅看著他的背影，就已完全打消了動手的念頭。

元寨同樣是一個里坊，就在偏開明川邊的城中腹地。大概多少因為是外來的族群，坊內建築並沒什麼鮮卑人的特色，中規中矩的街巷，只是在看似主要的房屋上塗了些赭紅大漆以示場地的主權。青石板的小路，左右兩側全是夾草土坯牆的房屋。性情暴烈的鮮卑人一群群在房子裡喝酒喊叫，讓昏黃天色和一線天般的青石板路看起來一點都不僻靜怡人。

一路上，不僅甜香氣息四溢，霧氣騰騰的小巷裡，多少也能聞到些海棠香氣。即使顧然沒有看到這些中上層的鮮卑人到底是什麼狀態，也還是猜到個八九不離十了。顧然不由得歎了口氣，感歎該來的終究會來，只是沒想到率先從這裡開始。

沒有什麼特別的規矩，鬼方和顧然一同進了堂。

堂內已經掌起了燈，算是明亮，左右各擺一方座席和一張矮桌，矮桌上酒肉已齊。而正坐，同樣是一張矮桌，卻只有些許水果。一位同樣戴著氈帽、左右耳配著一對大大的耳環、穿著紅底黃藍白相間花紋長袍、黑色抱肚、紮青色寬頻的鮮卑人坐在那裡，懷裡還抱著一隻兩耳尖尖、尖牙露在嘴外、個頭有小孩大小的玀貓。撫摸著玀貓頭的鮮卑人，自然就是他們的首領元不問。只是許久未見的元不問，原本高大魁梧的身材，竟是一副消瘦、衰老、沒精打采的樣子。不過，因為那隻玀貓，也因為他本就具備的一代梟雄氣勢，還是能給人以足夠的壓迫感。

「坐。」元不問把手從玀貓頭上移開，指了指左右兩席。

鬼方直接去了右手邊的席位，顧然只好坐在了左席。

「怎麼沒給顧俠換身乾爽的衣服？」

「不必了。」顧然搶在鬼方說些冷言冷語前回應，「近日天的晚上，在下挺喜歡這樣涼快涼快。」

「顧俠竟有此雅興。」元不問呵呵地笑了笑。

就此入座的顧然已經看到自己的三隻偶人就擺在元不問的身邊，乾脆反客為主好了，「請問在下的偶人可否……」

「哦？」元不問把這個字拉得老長，「顧俠這麼著急就要離開？豈不是浪費了一席好酒好肉。剛剛蒸好的羊頭肉，配上了我們元家特製的五味汁，酒是咱們劍南道的劍南燒春，魚膾剛剛從……」

他越說得詳細，就越顯得做作。顧然乾脆抓起一把羊頭肉蘸了蘸料就往嘴裡塞，畢竟又是一整天沒有好好吃東西了。

「哪一樣不合顧俠的口味，我叫人換了去。」

「不必了，都很好。」顧然大口喝著劍南燒春，辛烈的燒春多少讓顧然暖和過來一些，「吃好了，還請元帥允許在下把自己的偶人都領走。」

「顧俠這麼著急的嗎？說來，你這隻猞猁偶人，和本帥的獵貓很配，送給牠搭個伴如何？」元不問懷裡的獵貓一副事不關己的樣子。

正吃著羊肉的鬼方，突然鬼笑了幾聲，眼裡竟充滿了渴望，就等著顧然拿到幾個偶人，可以和自己大戰一場。

這個鬼方，根本不在乎元不問弄來顧然到底想要幹什麼，他只想肆意妄為地砍人吧……

「就算拿回那麼幾個破偶人，在下能有本事逃？」顧然說得鄭重其事。

「總比讓冉家那些銅疙瘩圍住要容易不少。」元不問撫摸著獵貓的頭說。

「其實元帥您根本沒想過在下會不會逃走的問題。」

「何以見得？」

「因為僅僅拿走了在下的偶人，而把不動羅留下，足以說明只是想給在下一個警示，而並非要為難在下。」

「呵！幾年來，你小子還是這麼自作聰明。」

「過獎了。」

「夠了！」元不問突然聲音尖利起來，獵貓都睜開了雙眼，幽綠色的光在元不問的膝上閃爍晃動，「不要再耽擱時間。本帥把你弄來是為什麼，你應該心知肚明。」

「其實，」顧然又吃了一口羊頭肉，「在下正打算來元帥這裡。」

元不問剝了一瓣橘子塞進嘴裡，盯著顧然許久才開口：「你有什麼資格和本帥談條件？」

「在下沒有要和元帥您談條件。」

「本帥都說了，你這小子只會自作聰明。你以為我們能把你從蘆川裡撈出來，就不會再拴上石頭把你丟回去？」

「可是，元帥您怎麼就那麼湊巧能撈到在下？」

元不問突然抄起一只酒杯，他腿上的獵貓都被嚇得跳了起來，顧然的臉上已然滿是辛辣溫熱的液體。

「你小子從來就沒把我們元家看在眼裡。」元不問就似無事發生一樣，語氣重歸平和，「把我們元家人全都當傻子看待。」

「在下明白元帥的意思，」顧然隻手把臉上的酒液抹掉，「您救了在下一條狗命，在下是應該為您賣命還這個人情才對。」

元不問哈哈地笑了起來，笑得那隻獵貓都從腿上震了下去，隨後在他腿邊蹭了蹭，又慵懶地靠了上去。

「說說你怎麼還這份人情吧。」元不問又吃了一瓣橘子。

顧然剛要開口，元不問再度打斷他：「不用說下次來羅山分給我們元家多少雲瑟石，本帥對那些破石頭早已失去興趣。」

失去興趣？雲瑟石可是三山的硬通貨啊。但元不問既然這麼說了，那就暴露出他是在為別事緊張，緊張得超過了對雲瑟石的渴求，而且這件事讓元家突然盯住了自己，甚至不惜把自己從蘆川裡打撈上來。

突然，顧然整個人飛了出去，直到後背重重撞在牆上，他才反應過來是鬼方給了自己心口一記重拳。兩桌的酒肉全被打翻，鬼方也沒多說什麼，只是把顧然按在地上，用力把他的頭掰起來朝向元不問。顧然的餘光掃到了鬼方，只有這時，他的臉上是帶著笑容的。

「顧俠，你平時說話也這般吞吐嗎？」元不問把獵貓又抱回到腿上，撫摸了兩下牠的頭，「在我們元家，動作慢了說不定是會死的。我們方方的脾氣急得很。」

「趙劍南那個老東西把在下賣了，賣給了冉家。」顧然毫不猶豫地說出了趙劍南這個名字。

「關於那個糟老頭子的事，本帥同樣不感興趣，養你的主子願意怎麼折騰自己的狗，和本帥有什麼關係。」

顧然知道自己手上能打出去的牌並不多，而且也都不算是什麼王牌，但此時只能再主動打一張出去試探。

元不問也看出了顧然即將再打出一張牌的用意，說：「哦，又不打算說了？方方，把他……」

「冉魁榮……」

「不准打斷元帥。」鬼方說著，差點要把顧然的脖子直接扭斷。

「方方，聽他說。」看得出來，元不問十分在意顧然說出的名字。

鬼方鬆開顧然的腦袋後，顧然才不緊不慢地說：「冉魁榮，他死了，被殺了。」

顧然說出後，有意地看著元不問的反應。沒有看到元不問吃驚的樣子，他只是微微揚起了下巴，認真咀嚼這句話意味著什麼。過了許久，元不問才將目光重新移向顧然：「什麼時候？在哪兒？」

是明知故問，還是真不知情？顧然沒時間去猜，只能硬著頭皮繼續：「前天晚上，在胡亭。」顧然如實回答。

「胡亭？」元不問皺起了眉，如果他只是在表演，那未免表演得過於逼真，「冉老賊怎麼會忽然跑去胡亭？」

不過顧然是不會把冉魁榮是戴著黃金面具死的，以及那封有著他自己字跡的書信，主動告訴元不問的。幸好元不問也根本沒有提及，只是嘀咕著：「怪不得這兩天他們處處不對勁，原來是冉老賊死了。被殺了啊，有意思。前天晚上？嘿，那不就是你顧俠來我們羅山的時間？」

這個元不問，別看性情暴烈喜怒無常，腦袋卻異常清醒。

「不是在下殺的。」顧然便把自己的遭遇如實講給元不問聽，除了去過元望那裡。這種講述並沒有什麼可信度，姑且看看元不問的反應。元不問吃掉最後一個橘子後，讓顧然繼續往下說。

「元帥果然英明神武明察秋毫，立刻就知道重點的要來了。」

「少放屁。」元不問抓了一串葡萄。

「元帥是知道的，在下被冉家抓了去。」

元不問吞下一顆葡萄。

「他們已經認定了殺人者是誰。」

「認定？是就是，不是就不是，什麼狗屁認定？」

「元帥英明，到底是誰殺了冉魁榮，他們並不在意。抓到這個人能有多大的作用，更讓他們在意。因為他們的目的是，一統三山。」

「哈哈哈哈！一統三山!?哈哈哈哈！」元不問再次狂放地大笑起來，笑了一陣後，他把葡萄放回盤中，「就憑那幾個動物腦袋？」元不問手裡沒了水果，伸手在桌上挑選時，突然一掌狠狠地轟在了桌上，力量之大幾乎把元不問自己給彈起來，「動物腦袋認定的就是本帥!?」

元不問一聲咆哮，嚇得那隻獵貓一溜煙跑得沒影。

這麼快就已經反應過來?元不問心細如塵，看來要對付他，需加倍小心。被鬼方挾持著的顧然，表現得十分膽怯，幅度小之又小地點點頭。

「人不是本帥殺的，這一點你必須明白。」元不問恢復了一些常態，只雙目中閃爍的光暴露著他的情緒，「無論你樂不樂意相信。既然你讓本帥知道了這件事，本帥就要你明白，人不是本帥殺的，也不是本帥派人殺的。本帥要想殺冉魁榮，根本不需要輾轉到胡亭，直接叫方方去把他們宅邸夷為平地豈不更開心。好了，你繼續，最好不要讓本帥聽到什麼不想聽的東西。最好說說你打算怎麼償還本帥的人情。」

沒人在乎到底是誰殺了冉魁榮，甚至連顧然也是一樣，羅山冉魁榮被殺，只會是一個事件而已，並無所謂誰死了誰殺的。

「沖元節前，在下為元帥找出那個殺人兇手。」

但要解開事件中所有顯而易見和潛在的危機，恐怕正是要找到那名真凶。

「為本帥?你是不是腦袋被水灌成糊了?」

「確實是為了元帥您。」顧然雙目死死和元不問對視，其堅定無論讓元不問意會到什麼，結果都是一樣的了。

以元不問混跡照州城數十年的腦袋，他應該明白，此時自己只能按兵不動等待顧然把真凶找出來，而且也只能相信顧然能在那個時限前找出來。畢竟自己被狠狠地擺了一道，即便起因未必是有意。讓顧然找兇手恐怕只是一個幌子，冉家早就認定第一個討伐物件就是元不問他自己，只是一直缺乏一個正當的討伐理由。所以關於追凶利益最大化的結果，當然就是直指元不問。所謂真凶，日後再說不遲。而剛才顧然那小子說的沖元節……確實，一定會在沖元節之後，新上來一個頂替冉魁榮的大祭司，新的大祭司首先得通過主持沖元節立下威嚴，才能對外公佈冉魁榮死訊，接著再討伐真凶。

知道總比不知情要強百倍。

「那本帥先把冉老賊的死訊曝出來，同樣正中下懷了。」元不問臉上頓現幾分頹然，「畢竟除了他們冉家，知道冉老賊被殺的只有真凶自己咯？」

顧然點了點頭。

「呵！顧俠，你這個人情還真是夠大份的。」

說完，元不問像是把擔心的事全部落實了一樣，靠在了手邊的挾軾上，微微閉眼，迎來了片刻的寧靜。

鬼方鬆開了顧然，顧然立即試探著去取自己的偶人。

「顧小子。」元不問卻沒有理會顧然的舉動，只是叫了他一聲，示意了一下他的脖子說，「要做狗，就只做一家的狗。」

顧然自然是連連點頭，等待元不問最終放行。

結果元不問卻淡淡地說了一聲「拿下吧」，就專心地吃起了桌上的魚膾，只是這魚膾看上去並不美味，吃起來甚至有些疲憊。

鬼方已經把顧然雙手鎖死，又發出了那種鬼笑的聲音，就像他所期待的即將會實現一樣。不過，似乎並沒有他所期待的那麼有趣就是了。

元不問此時才終於又說了話：「顧俠，聰明如你，果然還是被聰明所誤了。」

「此話怎講？」顧然強轉著身子，滿臉不解。

「裝糊塗總要有個限度。」

顧然只是看著元不問，抑或只是在看著他的偶人而已。

「本帥有察子，已經通報過前夜的情況了，三個動物腦袋把你的軲轆車收了，還特意放了些東西到冉老賊的屍體旁邊。」

顧然依舊凝視著元不問。

元不問呵呵笑了一聲，繼續說：「據說是丟了幾個爆開的竹筒，呵，不愧是動物腦袋，他們能懂爆筒的威力？不過，這些都無所謂了，關鍵本帥想看到的是你顧俠沒有被收買的決心。」說完，元不問又呵了一聲。

看來是讓他失望了。

「察子？」顧然卻沒有馬上回應這份決心，「幾時為元帥通報的？」

「昨夜。」元不問簡短地說，「本應當場殺了你，但本帥更想試試看，你會不會和本帥說些真話。」

「在下所言句句屬實。」

「夠了，狗嘴裡能吐出什麼好東西？更何況你這條野狗，必然會在沖元節的祭典上直接指證本帥就是罪魁禍首。不是嗎？」

顧然知道再反駁也無濟於事。

「呵，說了這麼多，本帥倒是有件事一直記掛於心。」元不問忽而悠悠說道。

「元帥請講。」

「冉家那三個動物腦袋既然興師動眾把你抓去，就這麼輕易把你又放了？」

「哪裡放了在下？這兒不是還加了這個……」顧然指著自己的脖子說。

「呵！」

顧然知道這樣的回答滿足不了元不問，況且這個問題同樣縈繞在自己心中，但也試著解釋說：「畢竟在下尚還有點用處，放在下出來，更像是在沖元節前施加給各位的一個威懾……」

「拴住一條野狗，不忘了給大家看看？」元不問笑出了聲，「威懾？本帥要是怕了他們，就不配姓元。只要消除了你，他們能拿本帥怎麼辦？本來本帥也沒有殺人，就讓他們自己玩兒去吧。但你放心，本帥不會殺你，畢竟你是唯一一個能給我們帶來雲瑟石的人。至少暫時還會留你一條狗命。感謝雲瑟石吧。」

元不問靠在掀軾上，揮了揮手。這一次，他是真的把眼睛閉上了，再無聲色。

第十一章　鎖

「幫忙拿一身乾衣服吧！」

被鬼方重新丟回牢房的顧然，連忙把臉塞到牢門的兩根圓木間，向鬼方大喊。

該死的鬼方彷彿對顧然完全失去了興趣，毫無回應地走遠了，甚至沒跟幽暗走廊裡的兩名守衛交代什麼。

真的是太該死了……

顧然一屁股坐在陰濕的地板上，感覺濕氣更甚，為了不讓濕氣入骨，乾脆站了起來。所幸牢房還不算太過逼仄，終究有個可以來回踱步的空間。只是鞋子同樣濕透，地板又是青石，堅硬冰冷，真是脫下來也不是，穿著也不是，令人百般糾結。

早知道會這樣，剛才就應了元不問，多少能乾爽一點。那個元不問……呵，他哪來的什麼察子，還是能從冉家宅邸裡打聽出來消息的察子？元不問頂多算是腦子清醒，不會在大決策上做出什麼愚蠢的判斷，但絕沒有培養察子的能力。所以，所謂察子，又是能把上午剛剛和自己說的話如實打聽出來、告訴元不問的，只可能是那個耳目遍佈每一個幽暗角落裡的人。

趙劍南連連把自己賣了，用意為何，根本猜他不透。

顧然越想越頭疼，看著牢門上掛著的鎖，又想起脖子上的那道鎖。再想想，即便自己可以在三山間穿行，那接著自己的不動山呢？何嘗不是一道巨大的鎖，將自己困了足足三年之久。一道又一道的鎖，把顧然牢牢鎖死在這裡，鎖得顧然甚至開始忘記最初來照州城時的目的，變得就像任何一個在枷鎖下渾渾噩噩活下去的照州人。

在這裡，除了趙劍南那個老東西，他哪裡渾噩了？他簡直一刹那的渾噩都沒有過……

想到這裡，顧然反倒沒有了剛才的頹然，透過比自己大腿還要粗的圓木牢門，先看了看這座牢房的悠長走廊。

自己所在的牢房應該是最深處的一間，正對著整條走廊。滲著陰風的走廊兩側，並排著三間牢房。剛剛進來時就知道，那裡都是空的，沒有關押任何犯人。整棟牢房，只有走廊盡頭的兩名守衛。

不過，自鬼方走後，那兩名守衛就開始有一搭沒一搭地偷喝起酒來，而現在，兩人都是哈欠連天，昏昏欲睡。

雖然牆壁和圓木牢門都堅固得很，絕非人力所能破壞，但……顧然仰頭看了看這牢房的頂，只是幾層茅草鋪了鋪，半個殷紅的天都探進了牢房。這樣設計牢房的屋頂，大概是為了風吹日曬雨淋地加倍折磨犯人，不過此時反倒給了顧然逃之夭夭的機會。當然，前提是顧然的猢猻偶人還在手裡……

兩手空空，全身濕透的顧然不由得苦笑出了聲，自己竟落得如此田地。

機會盡在眼前卻無計可施……當絕望徹底將他籠罩，顧然一拳捶在夯實的牢房牆壁上時，忽而聽到隔壁牢房傳來一聲極低的言語。

還未等顧然有任何反應，那邊又傳來了聲音：「快別捶了。」與其說是抱怨，更像是在自言自語地嘀咕。

顧然當即住手。原來還有獄友？但他立刻察覺到了異樣，剛才察看走廊時，沒一間牢房上著鎖，可沒有鎖的牢房，哪來的獄友……

就在顧然倍感奇異的時候，那裡又傳來了呼喚自己的聲音。顧然往那邊牢門一看，立即無奈地扶住了自己的額頭。

「嘶嘶嘶，嘶嘶嘶，然哥，嘶嘶嘶，這邊，嘶嘶嘶。」元望雙手撐著牢門的圓柱，極低地發著奇怪的聲音。

顧然見到元望，先看了一下走廊盡頭的兩名守衛，他倆俱是酣然睡著，只要不發出太大的聲響，應該不會驚動他們。顧然放下心來後，這才來到自己的牢門前，皺著眉問：「你怎麼跑這兒來了……」說完，不禁咂嘴說道，「你那邊都沒鎖，你趴裡頭跟個囚犯一樣，演戲呢？」

「不是，」元望依然認真地扮演著囚犯，還是把臉擠在兩根圓木柱之間，左手小心翼翼地向走廊盡頭指了指，悄悄話一樣說，「我要是走出來，不是太顯眼了嗎？」

現在也夠顯眼的了……不過，確實小心為妙。

「所以，你怎麼跑到這裡來了？」

「我是來救然哥出去的呀。」

「這我他媽看得出來……」顧然忍不住罵了一聲，趕緊又看了一眼走廊盡頭的守衛，他們倒是睡得正酣，鬆了口氣，繼續問，「我的意思是，你怎麼知道我被關在這裡了？」

「咳，那然哥你直問嘛。」

「……」

「是那個姓張的小丫頭說的，你一定是被我們元家給關起來了。」

「張昭昭？她怎麼知道的？」

一提起張昭昭，元望又是一肚子的氣沒處撒的樣子，咂了咂嘴卻還是繼續說了，「昨晚然哥你不是被幾名銅甲士給綑走了嘛，小弟我照然哥指示，心想眼下只有盧娘指引之地安全，就帶著那個小丫頭先趕到洛井風巒躲起來。」

這一點上，元望倒是有幾分可靠。

「到了洛井風巒，一眼就撞見老駱駝。」

「老駱駝？」顧然不解地問。

「就是駝背的老鄭啊。」

看來元望這小子和盧娘那一批人的交情都不淺。

「他一看你沒過來，連忙問我們情況。正說著，那個小丫頭竟纏著老鄭，要他給自己講咱們羅山的江湖。然哥你說那個小丫頭，一點兒輕重緩急都不懂。」

「……別那麼多廢話。」顧然懶得再理睬元望沒頭沒腦的嘮嘮叨叨。

「哎，是是，小弟知道然哥只喜歡聽重點，小弟立馬給然哥講重點。」元望仍然像個被關了十年的囚犯一樣，抱著牢門柱繼續說，「後來然哥你不是一直沒回來嗎？我們就都著急了。結果那個聽了一天故事的小丫頭立刻攔住了小弟，說什麼沒必要殺去冉家，還說什麼冉家不會殺了然哥的，畢竟還要靠然哥給他們帶石頭過去，又說什麼如果現在還沒回來，必然是被我們元家給接手綁了。」

這麼一說，顧然立馬懂了張昭昭的邏輯，確實冉家既不會殺了自己，又沒覺得自己能翻起多大的浪，說完該說的事，丟出來就是了，如果還沒回去，那只能是另外兩大勢力在搞鬼。而趙劍南已經把自己暗戳戳地賣給冉家，完全沒必要又跳出來綁人，剩下的就只有元家了。

「但你怎麼知道是在這裡？」

「然哥，好歹小弟我也是要做元家家長的人，寨子裡就這麼一處關重囚的牢房。」

「原來在下直接被當成重囚了……好好好，那你怎麼進來的？我可沒看到你從走廊那邊過來。」

「這個嘛……」元望看起來愈發得意，「小弟我小時候，伯叔父一動怒，就把我關到這間牢房裡，所以，」手把牢門的元望使著眼色，回頭望向他所在牢房的深處，「在小弟還小的時候，就在那裡挖了個洞出來，只要被關進來，隨時可以跑出去。哈哈哈哈。」

「挖了個洞……巡視的人難道發現不了？」

「拿青石板擋住了啊，然哥你怎麼忽然這麼糊塗了？」

「哦……」

元不問一直把元望關在最舒服的一間牢房裡，或許也算是一種疼愛了……

「每次關了你，你還都跑了，你伯叔父不管？」

「他？呵！整日只知道鼓搗他的貓貓狗狗，哪有閒暇管這些？想起來了打我一頓，就算他還記得我這個姪兒。」

顧然無意再聊什麼元不問，又看了看握著牢門的元望，說：「算了，就此打住，沒有人會對你們家的奇怪嗜好感興趣……」顧然望了望走廊盡頭的守衛，仍然雙雙昏睡不醒，「你去那邊看看守衛有沒有鑰匙。」

「然哥，那你就太天真了。這個牢房你別看沒幾間，只有我們元家認定的重犯才會關在這裡。」

「那你小時候一定搗蛋到必須死的程度了。」

「不是啦，小弟我是例外。」趴著牢門和顧然對話的元望，似乎根本沒明白顧然的奚落，仍然有幾分得意，「畢竟，這裡關過的人，只有小弟我活著走出來了，哦，還是很多次。」

「行了。元大少爺您的意思是說，在下是得死在這裡？」

「哎呀，罪過罪過，小弟我一萬個沒有這種意思。小弟我只是想說，這牢房裡的每一把鑰匙，全都保管在那個……」元望用力嚥了一口吐沫，「都在那個鬼方手裡……所以即使小弟我現在能神不知鬼不覺到這裡，還是沒辦法把然哥你這間牢門的鎖打開。」

「漂亮！」顧然不禁喝了一聲倒彩，回應元望千山萬水遠道趕來這間牢房，只能跟他解釋這牢門是如何打不開。

「然哥，你別急啊。」元望看著不再把臉貼在牢門柱上和自己說話的顧然，多少也有些著急，「小弟我來，當然是要救然哥你出去的。而且啊，這間牢房，除了小弟我以外，也只有然哥你能出得去。你看，我給你帶來了什麼。」

元望說著，把手背到了身後。

「別給老子再賣關子了！」

「嘿，是這個。」元望滿足地把雙手從身後伸了出來，顧然的那三隻偶人，就提在他的手中。

兩人各在兩間牢房裡，這樣能看見卻夠不到的距離，元望此刻看上去更像是手裡提著幾個相互碰撞得啪嗒作響的偶人，在故意挑釁顧然一樣。

顧然只是狠狠地瞪了元望一眼，不想再多費任何氣力，繼續低聲地問：「你怎麼弄來的？」

「伯叔父他多少算是上了些年紀，喝上一點兒就在他那屋裡睡得跟死過去了似的。拿出然哥的大寶貝們，小弟我還不是輕而易舉。」

元望說著，又晃了晃三個偶人。

看來元家越來越鬆散了。

不過，也是在此時，顧然終於還是在看似輕佻的元家大少爺臉上看到了用力掩飾著的恐慌，大概那六神無主的慌亂，只能用這些沒五沒六的行為賣力掩蓋。

看來事實根本不像元望嘴上說的那麼輕鬆，不知鼓起了多大勇氣、費了多大的力氣，才從元不問那裡把三個偶人偷過來。

真是一個死要面子的蠢蛋。

「不用這麼多，先把猢猻那隻給我就行。」顧然不再反駁元望，低聲說。

「然哥，你怎麼知道小弟我想的方法也是這個？」元望跑到距離顧然這邊最近的那根牢門柱邊，整個肩膀都擠了出來，齜牙咧嘴地給顧然遞偶人。

即使這麼努力，當然還是不可能夠得到的。

顧然簡直懶得罵人，只是深深歎了口氣，「你不如推開那道沒鎖的牢門，往前走兩步試試，也許距離就夠了。」

「啊……」元望用最低的嗓音叫了一聲，抓起了他的氈帽，笑嘻嘻地說，「小弟我太習慣這間牢房是鎖著的啦。」

元望隨即不發出一點聲響地打開了牢門，一到牢房外，立即像隻旱地上的鴨子一樣，躡手躡腳地到了顧然牢門前。還沒等顧然去接，元望已經把猢猻偶人悄咪咪擺到顧然牢門內，然後一溜煙又鑽回了自己的那間牢房。

也許他確實是在挑釁，挑釁的對象卻不是顧然，而是走廊盡頭那兩名喝醉睡死過去的守衛。

猢猻偶人一旦拿到手中，顧然立刻心安，整個人都彷彿活了過來。只見他後撤幾步到了牢房外牆這面，把猢猻偶人向上一丟，偶人悄無聲息地穿出了頂上的茅草，安安穩穩抓住了牢房的牆頭。

就此，顧然縱身一躍，便登上了牢房頂。

牢房的牆很高，登上後可盡覽元寨的全貌。只見此時處處是篝火，燒得每個路口更是殷紅鬼魅，雜亂無章的木房伴著煙薰火燎的劈啪聲，在篝火的火光下搖曳著。

有點過於安靜了，可只要有鬼方鎮守，顧然就不敢輕舉妄動，即便是看元寨，也只是一眼而已，沒再多停留，翻身跳出了牢房。

「呀！然哥！」

顧然一躍一跨間，穩穩來到了元望的牢房。正在撣身上塵土的元望被嚇得平地跳起，但幸好他沒有條件反射地大叫，已然適應眼下只能低音驚呼的處境了。

「行了，別假裝大驚小怪了。」顧然扯著元望，就要他帶路出元寨。

幸好元望在關鍵時刻還是頂得上一點用的，沒再多廢什麼話，便帶著顧然東躲西藏地遊走在元寨中，最終出了這片煙薰火燎篝火通明的寨子。

「出了寨子就安全了。」剛一出來，元望就似乎塵埃落定般，深呼出一口氣，全身放鬆下來。

唯有顧然，壓根放鬆不了。

所幸還是深夜，顧然和元望只是在街道上快步行走，並沒用到猢猻偶人趕路。畢竟在房頂上飛躍，還是太引人注目，而顧然絕不能出現在元家冉家任何一方的眼中。

一切低調才好。

第十二章　洛井風巒

洛井風巒位於蘆川西北方向，從元寨南面趕去，又要遠遠避開元家人的耳目，顧然和元望先是橫渡了蘆川，兜了小半個羅山城，才又回到蘆川西畔，往洛井風巒趕去。

因為繞了不少的遠路，等他們趕到時，太陽已經冉冉升起，取代了鬼氣森森的不動山。

清晨的洛井風巒已燃起了縷縷青煙，青煙上都掛了些淡紅色的朝霞。看上去就像世間依舊太平祥和一樣。

洛井風巒的原址，曾經的那個寺院早就不復存在，在洛井風巒出現之前，已經荒蕪得很。寺院只留下了前院成了洛井風巒，卻也沒了院子本來的面貌。洛井風巒不是溫泉，熱水全靠火燒，為了保溫，曾經的寺院沒了鐘樓、藏經閣，挖了幾個方坑，上面蓋起了頂子，把院子完全包裹在下面。以前的佛殿之類的房子，留下的大概都用於燒火供熱水了。

這樣的浴室院更像是西域胡人的澡堂，和天竺寺院裡給僧人們沐浴的浴室院不大相同。

倒是大門仍舊是原來寺院的山門，氣派得很，但原先掛寺名匾額的地方，現在掛著「洛井風巒」四個字。

擔心熱氣流失，所以大門一直緊閉，只有熟客才知道，只要山門上掛起了簾子，就說明已經開張營業。

而此時，誰還管得了是不是已經開門。

顧然再仔細確認了一下沒人跟著，回頭皺眉問元望：「就直接從大門進？」

元望一臉「然哥你小心過頭」的表情，什麼都沒說，自顧自地就把厚重大門推開了，一個滑步閃身，鑽了進去。

沒有得到回覆，顧然翻了個白眼，也快步進了去，同時把門緊緊帶上。

厚重大門裡熱氣騰騰的水汽撲將而來。

加蓋的大屋頂只顧及了保溫功能，但嚴重影響了室內的採光，洛井風巒裡昏昏暗暗，大清早都得點著燈才能看清。燈光透過瀰漫開來的水汽，更加昏黃的光線變得影影綽綽。

這俗家浴室院裡有三個大澡池，但並沒用牆打造三個單間，哪怕用屏風做了些許的隔斷，從正面走過，依然能把一列列大柱間的澡池看得清清楚楚。

此時，三個池中還只是剛剛燒熱的水，尚未有人，三池熱水蒸騰瀰漫出的一股昏暗的水汽，倒是讓顧然感到一絲與世隔絕開來的安全感。但這不過是那盧娘塞來的一張紙條所指引的地方，到底是不是真的安全，誰又能保證。

洛井風巒到底是哪一年出現的，顧然並不清楚，反正是在天墜之後，自己進來之前。所剩的三山中，只有羅山出現了洛井風巒這麼一家俗家浴室院。三年來，顧然只要到了羅山，總要來泡上一泡，久而久之也算是半熟客了。有點餘閒，誰不想泡在熱水裡舒服舒服呢？
可現在身心疲憊的顧然，連一點泡澡的心思都沒有，只因這洛井風巒是那盧娘交代的地方，姑且信任她趕來藏身罷了。
「客官您幾位？」一個高亢的聲音從水汽中傳來，徹底打斷了顧然稍事休息的暢想。進了大門，右手邊就是一個高櫃，櫃後的人見大門打開，麻利地跑過來迎客，見來的是顧然，立即滿臉堆笑著說：「原來是顧爺。顧爺您有多久沒來小的這裡了？可把小的想死了。小的現在就給您先倒碗水。您今天是打算泡哪個池子？」
來迎客的人，姓何，全家排行二十一，便叫了何二十一，正是打理洛井風巒上上下下的總東家。何二十一穿得十分輕薄，但依然被蒸騰得汗流浹背，常年在潮熱的環境下工作，已經瘦得脫了相。
「一大清早就把水燒得這麼熱了？」
「那可不。顧爺有所不知，咱們羅山的老爺們，有不少喜歡泡頭湯的。咱是伺候老爺們的下人，可不能有半點怠慢，天不亮，就得生火燒水，等著老爺們大駕光臨。」何二十一一邊說著，一邊把搭在脖子上的手帕摘下來，就在顧然面前擰了擰，擰出來灑了一地的不知是為了降溫的水還是汗，而說了這麼一大堆後，才剛剛發現元望似的，突然皺了一下眉，補了一句，「哦，原來元爺也來了。」
「廢話！你小子是沒把小爺我當人看？」
「哪有！小的哪敢！原來您二位一起的呀……」何二十一抑不住的失望，「那裡邊請吧。鄭爺他們都在側院的自涼亭。」

為什麼會這麼失望？顧然又看了看何二十一，他已然把方才的表情藏好，又是一臉堆笑。

先不管他了。既然說老鄭在側院自涼亭，那麼可以認定何二十一和盧娘一夥在私下是有什麼默契的了。看來暫時躲在這個洛井風巒，是一個姑且可靠的選擇。

不過，顧然還是停了一下腳步，拉住搶先走在前面的元望，問：「你們昨天就躲在那麼招搖的自涼亭裡？」

顧然這話問得一點不過，洛井風巒的自涼亭，並不是什麼私密之所，被冉、元兩大家虎視眈眈盯著的人，在只要交了錢誰都可以來乘涼的自涼亭談笑風生，未免太過招搖了些。

然而，元望又是用獨自掌握秘密的得意一笑回應顧然。

通往側院的門，並沒有洛井風巒的正門那麼厚重，僅僅為了保全來之不易的熱氣而做得密不透風罷了。

推開側門，還沒見到自涼亭，一陣清涼微風拂面而來。順著習習清風，只見一座由頂上各翼角淌下八條瀑布般水柱的亭子，亭子背後是一座吱吱作響緩慢旋轉的水車，以及水車旁的一組由紅銅造成的汲水裝置。

顧然對自涼亭的奢華奇觀並不感興趣，努力往亭下的瀑布間瞧，卻沒看到那個小女孩，只看到了一個佝僂著背的矮小身影。

這多少讓顧然心中一慌，但他還是鎮定地向老鄭而去。

突然，元望一把扯住顧然往自涼亭跑，像是自己探險時發現了什麼特別有趣的玩具，一定要立刻分亭給自己的然哥才肯甘休。

顧然則是一頭霧水。

自涼亭這種東西，不說天墜之後的每座照州城裡，就算在原先的大唐國土上都不算多新鮮，只要有足夠的財力，任何家族都能建上一個，彰顯自家的奢華。況且元望這傢伙又不是第一次見自涼亭，有必要激動成這樣嗎？

扯著顧然來到自涼亭前，元望才鬆了手去叫老鄭：「老駱駝，快給我然哥演示一下那個……他擔心一路了。」說完就把剛才故作的神秘全都拋到腦後，再也憋不住般嘻嘻嘻地笑個不停。

「那個」是什麼玩意兒?顧然更是不知所云。

老鄭倒是不為所動，見兩人走了過來，便緩緩地轉身，率先從兩注人造瀑布間進了自涼亭，留下的只是一個不言不語佝僂的背影。

大概因為沒得到老鄭正面的回應，一時興奮的元望又不甘心地轉回頭來向顧然說：「然哥也是洛井風巒的熟客吧?剛才就看何二十一跟然哥很熟的樣子。到洛井風巒泡澡這麼多年，小弟我是一點都不知道，原來這自涼亭另有玄機。」

在自涼亭的背後，依靠水車轉力上下緩慢扇動的巨大扇葉，給亭中送來徐徐涼風。老鄭見元、顧二人進到了自涼亭裡，便走到扇葉的下方，俯身摸索了一番，像是打開了一個地上暗門，伸手探下去，整個駝著的背都側貼到自涼亭的地面，才像是剛好摸到了什麼，然後用另一隻手吃力地撐著地，使上全身力氣向上拉。

就在老鄭把那東西拉到了頭，鬆手起身時，自涼亭的木齒輪咬合聲變得更加鏗鏘有力，而那片巨大的扇葉卻在聲音中緩緩停下。扇葉完全停住的那一刻，水車依舊轉動，而自涼亭的地面猛然間一晃，在木齒輪咬合聲下，竟開始緩緩下沉。

地面一動，元望又興奮地跳起腳來，還叫著然哥，問是不是特別有意思，根本沒想到？

顧然無奈地笑了一下，心想這不過是一個水運轆轤車而已，到底稀罕在哪裡了……不過，自涼亭裡裝這麼一個設備，不知道要通往什麼地方去，單這一點來說，顧然確實沒有想到。果然有些玄機近在眼前，不該知道的時候，是不可能知道的。

「然哥，你知道嗎？」水運轆轤車繼續下降時，元望就又說了起來，「這下面居然建了一聯排的……嗯……就說是房子吧，反正小弟我沒見過那樣的地宮。」

「小爺……」老鄭想要擋住元望的口無遮攔。

「老駱駝你幹嗎啊？」元望甩開了老鄭的手，繼續說，「還有呢，這下面藏了不知多少打手。好傢伙，全是鬥技場上和小弟我對打的那種大漢。」

老鄭深深歎了一口氣，沒再多做什麼，只盼著水運轆轤車能快些到底。

「藏了這麼多戰力，我不組起來去救然哥你，我還算是你的兄弟嗎⁉」

「最後不還是你一個人。要那麼多人，我看更熱鬧。」顧然雖然嘴上嘲諷著元望，但這多少只是一種掩飾，掩飾他內心的連連驚詫。這羅山竟還藏有這麼一支隱蔽的力量，而且就在再熟悉不過的洛井風巒下面。

元望卻是一點沒有領會到顧然語氣的意思，被說得更起勁了，「說的就是啊，熱熱鬧鬧的多開心。」

「現在沒事了，你也安靜安靜行嗎？」

結果不但沒有安靜，元望變本加厲喋喋不休地說了起來，說著昨晚自己是如何在這個自涼亭下面的地宮裡動員眾壯漢招兵買馬，堪稱激動人心的壯舉。

水運轆轤車繼續緩緩下降，顧然終於在聒噪和不斷的歎氣聲中找到了空檔，一把拉住了元望，問：「張昭昭呢？」這才是顧然此時最為關心的。

「啊？」元望愣了片刻，像是在想張昭昭是誰似的，「別提那個小丫頭！提起她，小爺我就來氣！」

「她又怎麼你了？要不是她，你現在還跟你的那些壯漢弟兄找冉家銅甲士轉圈圈呢。能把我救出來？」

「救然哥的事兒另說。」元望依舊是不服氣的樣子，「那個小丫頭怎麼我了？她能怎麼我？她要是能怎麼我，小爺我直接把她捅成蜂窩。呵，那倒是痛快了。」

「什麼什麼？你給我說清楚！」顧然一聽元望的話，一步衝到他面前，扯起他的衣領，咬牙不容反駁地問，「張昭昭她人在這裡，對吧？」

這個蠢貨到底可不可靠！顧然心中一陣焦躁，無處發洩。

被提起衣領的元望完全沒有理解顧然此時的不安，甚至含著幾分委屈地說：「在啊，我能讓她跑了？那小丫頭！她、她、她……她把我的不動羅給拆了。」

「拆你的不動羅？你不是死死抱在懷裡嗎？」原來是因為這個，怪不得在元寨時，元望提起張昭昭，表情那麼難以言喻。既然張昭昭沒弄丟，顧然鬆開了元望的衣領，心也姑且放了下來。

「我哪有那麼蠢。」元望仍是那副委屈的表情，「別說有那個小丫頭在了，往常小弟我也都是抱著我的大寶貝睡覺的，能再讓她給弄走？」

「你還真的抱著不動羅睡覺……」顧然無力去想元望這傢伙到底是傻是癡了……

只聽悶悶的一聲，終於到了底，腳下的水運轆轤車驟然一震後停了。腳下安穩，再仰望上空，自涼亭下透進來的光已然遙遠。然而，卻全然不覺得黑，顧然這才意識到這下面的玄機，竟真的可以稱為地宮。

水運轆轤車停在一條深邃卻不逼仄的地下甬道上，甬道的弧頂看上去就夯實可靠，而左右兩排用刷了紅漆的燈柱挑起的燈，照得整條甬道猶如白晝，幾乎可以稱之為燈廊了。

在顧然不斷觀察四周時，一邊是老鄭推動一根拉杆，將不載人的水運轆轤車送上去，然後像個引路人一樣，走在前面，另一邊則是仍舊喋喋不休的元望。

走在燈廊下，可以看到左右不遠就是一扇木門，只是木門緊閉，並不知裡面的情況。

「然哥，你別總在這種細枝末節的地方找彆扭。」元望揪著顧然胡亂回應他的話不放，「要不是我抱著不動羅，還發現不了。我抱著它的時候忽然發現，怎麼沒有一丁點雲瑟石的味道。我以前挺討厭那股子味，可真沒有了，一下子就警覺了。我心說不對勁吧，趕緊看看怎麼回事，結果……」

「不是拆。」就在他們剛駐足的一扇木門內，傳出張昭昭的聲音，「是研究一下。」

一聽張昭昭的聲音，元望更是火冒三丈，說著「老子一氣之下，就把那個小丫頭給鎖在這間屋裡了」，惡狠狠把房門推開。

但門推開後，他愣住了。

房間裡哪有什麼被鎖住的小女孩，一盞燈下，張昭昭趴在蓆子上正對著一冊書寫寫畫畫。

「喂！小爺我不是把妳鎖起來了嗎？妳怎麼搞開的!?」

張昭昭像剛剛注意到進來了人似的，把筆架好合上書頁才坐起來，撚著頭髮一臉無奈地說：「機關鎖也算鎖？」

元望衝到張昭昭身邊，從地上撿起一堆彈機、彈條、銅片、銅銷之類的東西，捧到手裡伸著胳膊給顧然看，「然哥，你看！這小丫頭什麼東西都要拆！」

顧然看到元望手裡的一把零件，眼睛反倒在一瞬間亮了。

「你這個人總是大呼小叫，要不是我，你能把你的然哥救回來？」

「我……」元望無言以對，只能把牙咬得咯咯作響，「妳別總是轉移話題，現在不是說救然哥這檔子事。」

顧然知道機不可失，繞過元望，把地上的機關鎖零件全部撿了起來，一股腦塞到元望手裡，「行了，人家都說機關鎖不算鎖，還在這裡大驚小怪什麼。」

元望仍然把眼睛瞪得溜圓，但架不住顧然稀裡糊塗地把他推出了房門，說了一聲「乾脆你幫我拿身乾衣服」，就隨手把門關上了。

關上門後，顧然才仔細觀察起這間地下室。

沒有外面燈廊那麼多的燈，但一盞油燈也足以把這間房給照亮。借著燈光，清晰地看到屋頂一側挖有用於通氣的氣孔，看來老鄭他們相當擅長建造地下建築。

掃視了一圈房間後，顧然轉向張昭昭，彎下腰把濕漉漉的衣領往下一拉。顧然的舉動，故作鎮定的張昭昭忍不住一驚，直到她看清那條顯露出來的銅環。

「你的長生鎖挺別緻的……」張昭昭擠出一個笑。

「能幫我打開這個鎖嗎？」

「機關鎖真的不算鎖，我……」張昭昭用力撚了撚那縷頭髮，「你過來，我看看。」

顧然蹲坐在張昭昭面前，張昭昭把油燈拿近，仔細看了看，從手邊拿出一根銅絲，對摺後彎了鉤子，兩端一上一下插進了鎖眼裡，搓了又搓，微微皺起了眉頭。

看著張昭昭認真的樣子，顧然不經意地問了一聲：「話說，妳是從哪裡過來的？」

可這張昭昭就似根本沒聽到顧然的問話，全神貫注地用銅絲鼓搗他脖子上的銅鎖，自言自語地說：

「竟然有人能做出這麼複雜的鎖。」

算了……反正有的是機會打聽。顧然便只是隨著張昭昭又問了一聲：「能打開嗎？」

張昭昭卻不是針對什麼旁敲側擊的問話，而是真的無暇理會顧然似的，只顧著用銅絲在鎖眼裡攪動地挑了起來，一邊挑，一邊還念念有詞地說了起來：「鎖這種東西的機關其實很簡單，一般都是一組孔齒扣住鎖栓，只要挑對了孔齒，鎖栓就能從鎖裡抽出來。還有另外一種，是用一對兒彈機直接扣在鎖栓上，鑰匙是一個固定開口大小的管，插進去剛好能把彈機從另一端推出去……」

顧然心想，這個自言自語講解個不停的小女孩懂得還挺多，但眼看她的小腦門上冒出了微微汗珠，自己的脖子都覺得扭得更疼了。看著張昭昭依舊倔強的眼神，顧然還是忍不住問了一聲：「所以能打開嗎？」

張昭昭終於在嘀咕了一聲「大概這是兩種鎖並用」後，把銅絲從鎖眼裡抽出來，一屁股坐到了蓆子上。

顧然以為她還是放棄了，結果張昭昭只是坐到那裡，微微皺眉地思索除了銅絲，還能用什麼來開這個雙重鎖。

既然暫時不需要自己俯著身子讓張昭昭來開鎖，顧然乾脆也先坐到了地上，說：「也急不得現在一時，慢慢想其他辦法試試看吧。」

「你自己的長生鎖沒有鑰匙？」

「不是長生鎖……」

張昭昭吐了吐舌頭，像在表示什麼歉意一樣，只是眼神中還殘留了些許不服輸的倔強。

「所以，是誰給你鎖上的？」

「這個啊，以後再說。」

就像掐準時間一樣，元望突然推門進來，喊著說：「你們鼓搗完了沒有？」手裡倒是抱著一套乾衣服，天青色窄袖袍衫、褐色窄腳褲什麼的，像極了一個鮮卑人的打扮。

此時，顧然是坐在地上的，抱著一套衣服的元望和顧然之間有了一定的身高差，正好也看到了顧然脖子上鎖著的銅環。

「哇！小丫頭，妳怎麼給我然哥上了條長生鎖哇！」

本來被質問挺不痛快，但聽元望也管那銅環叫「長生鎖」，張昭昭忍不住撲哧笑出聲來。

張昭昭一笑，元望更是要跳了起來，把抱著的乾衣服往地上一丟，撲在顧然身邊，沒好氣地去扯那條銅環。

「還挺結實。」元望嘀咕著，「這是什麼鎖哇？」

被扯得喘不上氣的顧然，無奈地把元望推開，明白元望也是想知道原委，就乾脆直接說了算了。

「在你們元寨的大牢裡就有了，你拖到這時候才發現，還怪人家張昭昭。」

「啊？那時候不是光線昏暗嘛……」元望給自己找著理由，「所以是伯叔父給你戴上的鎖？只是套脖子上有什麼用？」

「不是元不問。」顧然疲於解釋，連忙把冉家三老的計劃粗略地說了一說。

元望似乎聽得有些糊塗，還在問著冉家捉拿殺冉魁榮的人和自己伯叔父有什麼關係，就聽房門被輕聲敲響了。

「顧少爺，」是老鄭在門外，「您的房間已經收拾好了，稍事休息，再議不遲。」

第十三章　他山之人

老鄭一句休息，沒想到竟休出了數天之久。數日以來，顧然什麼地方都沒去，或者說是為了躲避四處搜尋他的元家人，避免把洛井風巒的這個地宮暴露，所以主動自我封閉在了深邃的地下。

一下過去了這麼多天，要說顧然的心裡不著急，那是不可能的，畢竟整個世界也只有他什麼都做不了，元家也好冉家也罷，沒一個是省油的燈，沒一個不會隨時隨地搞出事情來。這種焦急情緒甚至讓顧然開始懷疑自己所處的境地，也在冉家三老的計劃內。只有這樣，顧然才會又被留下活口，又不至於脫離他們的掌控，還什麼都做不了，什麼都顧不上。

好在這些天來，顧然眼前就有一個隨時能讓他打起精神的人。這些晝夜裡，元望不知從哪裡找來些稀奇古怪的工具，每次都信誓旦旦勢在必得地要給顧然解開那條銅環。

只可惜，無論鉗子也好鋸子也罷，甚至還想過用油燈的火來熔掉銅環，可只要顧然的脖子跟銅環是緊貼著的，那這些不必去試就可宣告失敗。

沮喪之後，又是興奮地拿來新的工具，然後重獲沮喪。十天來，元望周而復始地重複著這些，卻一點都沒有放棄的打算，還真是難為他了。

說到開鎖，張昭昭確實也一直在努力。相比元望那樣亂七八糟不管不顧，張昭昭更樂於系統研究顧然頸上的銅鎖。只可惜，久經研究的結論是，因為銅鎖緊貼在顧然的脖子上，無法看到鎖的背面。所以張昭昭一開始的判斷有誤，這把鎖並非只是兩種鎖的混合，鎖芯裡似乎還加了一道搞不懂是什麼的保護齒。也就是說，無論是用慣用的銅絲，還是其他什麼工具，想要通過破壞鎖芯而開鎖，都是不可能的了。

「不應該打不開……總覺得有些熟悉。」張昭昭自顧自地給顧然解釋這個鎖到底有多超乎想像的複雜後，倔強地嘀咕了這麼一句。

此時，反倒是顧然不去跟自己脖子上的銅鎖較勁了，能用上這麼複雜的鎖，冉家三老是鐵了心不讓自己離開羅山。

那麼，不讓顧然離開羅山，到底對冉家三老有什麼好處？光是讓他指認兇手，能讓他們做得這般堅決……就在顧然都開始漸漸忘卻到底是為了什麼而開鎖的時候，忽而恍然大悟了。

這個恍然大悟倒不是什麼頓悟，也是有所誘因的，只是誘因看似並不甚相關。

實際上，雖然過來這麼多天，顧然看似是不能也不敢離開洛井風巒的地宮，但其實到了深夜，他多少還是會上去透透氣。畢竟洛井風巒不可能通宵開著，營業到子時的俗家浴室院，一旦摘掉大門外的掛簾，便只出不進了，過不多久就清場完畢。每夜清場之後，碩大的大屋頂下，自然只有洛井風巒的自己人在收拾打掃，而只要時間掐得夠準，總能趕在池子裡的熱水沒放掉時上來泡個澡。嘗試了三天，顧然已經可以準準地踩著時間點了。

正當顧然在空無一人的浴池裡閉目養神時，洛井風巒的掌店何二十一殷勤地靠近，和顧然攀起話來。

見何二十一笑吟吟地過了來，顧然頓感一陣心虛，畢竟自己已經白白泡了三天，而這何二十一又是一個典型的生意人，鐵公雞一樣的性格，馳名遐邇。

「何掌店，你看這次在下還沒……」

顧然本打算先下手為強，搶先說自己還沒弄到錢，等把雲瑟石的錢討回來就把澡錢給補上云云，結果，他剛說一半，就被滿臉堆笑走到身邊的何二十一給打斷了。

「顧爺，您也太看不上小的了，小的是那種唯利是圖的人嗎？顧爺您是何等人物，想在小的這裡泡一泡湯，小的還能回回都跟您收錢？」

顧然沒提一個錢字，何二十一就說了這麼一大堆，還不是繞著錢來的？不過，顧然顯然知道這次羅山之行，肯定是一個子兒都弄不到了，面對精於算計的何二十一，還是靜觀其變得好。畢竟他還守著下面的地宮，何二十一同樣並不簡單。

「您就踏踏實實泡吧，小的還是老規矩……」何二十一笑著上下打量著泡在池子裡的顧然，繼續說，「小的現在就給顧爺您準備一身新行頭去，現在這身，全是地宮裡的霉氣，穿著它多鬧心。」

顧然連忙抬手阻止，再換一身新衣服，於情於理都大可不必。

何二十一反倒搶先說：「小的為顧爺您服務多少回了，顧爺您還不放心？您不必再囑咐，小的也清清楚楚了，顧爺您要的衣服，那必須是新麻新線，這一點您放心，小的辦事您還能不放心了？」

何二十一說著就跑了出去。

這又是鬧的哪一齣？

顧然實在不大明白，乾脆不再去想，趁著何二十一不在的空檔，從池子裡出來，擦乾了身子，把那沾染了一身霉氣的衣服穿戴整齊。

此時，何二十一也抱了一身褂子走了過來。他遠遠看到顧然已經出來，便把那套衣服放到了地上，三步兩步趕了過來。放衣服下來，看似是為了能快些趕到顧然身邊，實際上還不是因為看到顧然穿戴整齊，捨不得自己那套衣服，一會兒肯定就順勢收回去了。但這一點上來看，反倒讓顧然安心了一點點。

「顧爺，您覺得水怎麼樣？洗得還算舒爽嗎？」趕過來的何二十一，一邊幫顧然重新把髮髻綁上，一邊繼續殷勤地噓寒問暖。

「行了，你別在這裡虛情假意的了。」

「您這是哪兒的話。」

「是有求於我？」

何二十一一下子笑得燦爛。

「呵！想弄一枚趙片？」

何二十一綁髮髻的手沒有停，搖了搖頭。

「哦？難不成你也想分一份雲瑟石？」

「哇！小的可不敢！」

這樣說，確實把何二十一嚇到，手都鬆開了，顧然的頭髮一下又披散開來。

「啊！顧爺，小的萬死。」何二十一連忙把顧然的頭髮梳攏回來，才似乎恢復了一點平靜，「小的就直說了吧。」何二十一又為顧然梳了梳頭，開始重新綁髮髻，繼續說：「顧爺您也算是我們洛井風巒的老主顧了。雖然小的沒有顧爺這麼便利，能到其他山去逛上一逛，但……」

還不清楚何二十一意欲何為，顧然只是靜默著不置可否，不做任何實際意義上的表態。

「但其實小的清楚得很，在咸山和彭山裡，且不說那邊的洛井風巒沒有咱們羅山的紅火，那邊根本就沒有洛井風巒。」

「你怎麼知道？」顧然依舊不動聲色，只是對何二十一的陳述本身表示疑問。

「顧爺您也不必這麼緊張，洛井風巒又不是原來照州城就有的老店，天墜之後才有的東西，其他兩山裡沒有，那不是很正常。」

「確實。」顧然輕輕點了點頭。

「其實啊，小的也不是瞎猜的。畢竟小的做洛井風巒的掌店已經五六年了，說不上多精通此道，對我們這種生意也不是一無所知吧。」何二十一幫顧然綁好了髮髻，又伸手去繫腰帶，「衣服啊，每次您來羅山，都是穿著上一次離開我們這裡時換上的新袿子，這一點點記憶，小的還是有的，記不錯的。」

顧然轉過身來，沒多說話。確實，過去自己無論到了哪座山，除了要把雲瑟石送去冉家換錢外，就只有去趟劍南那裡報到一事要做。本來就沒什麼嗜好的顧然，到了羅山泡一次池子，自然會花得大方些，每次都讓何二十一給自己準備一套新的衣服，漸漸變成了習慣。

這個善於阿諛奉承的小商，沒想到還有這一層的頭腦。

「畢竟顧爺您為了我們剩下的三山，那是勞心勞力風塵僕僕，小的所做都是分內之事。」話是說得真漂亮，之前可是一丁點錢都沒少收過。顧然又看了看遠處擺著的一套新衣，看來這一次是沒辦法換上了。顧然在心裡冷笑了一下，說：「行了，別再兜圈子了。」

最近的人怎麼全都繞著說話，雜七雜八就是不說重點……

「是是是，顧爺您教訓得是，只是小的的請求有些難以啟齒。」何二十一一邊說，一邊露出了噁心的笑容，「其實是這樣的，您也知道，現在剩下的三山裡，哪山的平頭小民活得不慘澹？別看小的這碩大一座洛井風巒，再怎麼苦心經營，到頭來還不是被兩大家隨意盤剝，上供都是沒休沒止。」何二十一把臉皺得比顧然身上的衣服還要霉氣重重。

他一點沒說關於盧娘的事，在不知道他們關係的情況下，姑且互相不捅破這一層好了。

何二十一諂媚地望著顧然，繼續說：「既然小的這個洛井風巒是三山裡獨一份，您能不能想個辦法，在下次離開羅山時也把小的一併帶走？小的去其他山也把洛井風巒給開起來，那樣顧爺您到了其他山，也都能舒舒服服泡池子了。」

「帶你去別的山？你是瘋了，還是突然腦袋被洗澡水灌了？」顧然往天棚望了望，雖然這裡不可能看得到天，但這動作的意思已經表達得很明確了。只要是身處於山的人，都能立刻明白顧然所指，那化為虛空的七山便是何二十一的前車之鑒。

「其實小的吧，倒是有那麼一點點的想法……」何二十一又上前一步，搓著雙手說。

這傢伙早就盤算好了一切？顧然繼續靜觀其變。

「小的如今也是過了不惑之年，說這身體吧，都是在天墜前吃盡了苦頭，早被原先的苦日子給掏空了，就算是有了洛井風巒後慢慢過上點兒人樣的日子，可您看看……」說話時兩眼放光的何二十一，除了骨瘦如柴得讓人看著難受以外，這身子可一點沒有不硬朗，「所以其他山的何二十一，說不準早就熬不住已經死了。勞煩顧爺您去打探一番，特別是咸山，都說早就兵荒馬亂不成樣子，小的不信那邊的自己還能安安穩穩活著。顧爺您說是不是這個理兒？」何二十一說完，自己呵呵地笑了。

聽了此話的顧然，一臉嫌棄再也壓抑不住，撇著嘴說：「你一天到晚都在打什麼歪主意？你就這麼盼著那邊的你死？」

「那邊哪就成了小的我了呢？要還是小的我，我在心裡叫他，他能答應得上？」

「呵，不跟你辯這種沒用的。在下只想告訴你一個事，不是說人死了你就能過去的。你啊，想得太美太天真。」

「顧爺您說笑了，小的當然明白，畢竟小的才是親歷了那七山化為灰燼的人，『各山不得相通』的鐵律早已爛熟於心。」何二十一臉上掛著的笑容，多了幾分真正過來人的不屑，「同一個人，就算是屍首，處於同一山也會燒起來。謝山就是那麼完蛋的，老山民們誰還不知道呢？」何二十一又輕輕地呵了一聲，「但小的想啊，就算沒有洛井風巒，小的人緣還不算壞到沒人給小的收屍安葬吧。所以只要勞煩顧爺您去別的山看看，要是剛好見著小的的墓了，把那具屍骨刨出來，然後帶到不動山，再然後，丟到隨便哪座早就化為灰燼的山裡去，不就得了？」

何二十一的這番話，聽得顧然瞠目結舌。這個何二十一，根本不是自稱一山之主的冉魁榮那樣的人物，區區一個平頭小民也都動起了想要獨跨三山的念頭，而且已經把計劃想得如此周全……恐怕早已有什麼東西在每個山民的心中生根，蠢蠢欲動伺機而為。而這些種子，又因為什麼，突然破土……

何二十一見顧然還沒有回應，連忙乘勝追擊，又補著說：「而且，不管是哪座山吧，那邊的盧娘他們說不準也……」

何二十一的話戛然而止，雙目犀利地盯向了另一池的一角。

顧然也向那邊看去，緊接著立即得到了剛才疑惑的答案，恐怕那些念頭破土的誘因就站在那裡。

「真……」何二十一把「喪氣」二字生生壓碎嚥了下去，繼續說，「顧爺您記得小的的事，咱們改日再續。」

說完，何二十一便抱起地上那套衣服，揚長而去了。

「所以妳都聽到了？」顧然整理著腰帶向池角走去，那裡站著的當然正是張昭昭。

張昭昭倒是沒有流露出一點異樣的表情，即使是剛剛何二十一就從她身邊走過，如同躲避災禍一樣。

「太遠了，沒聽全。」張昭昭也向顧然走去。

沒聽全……哪部分聽見，哪部分沒聽見便是個謎了。回想了一下在南垣坊，這個小女孩雖然年紀尚輕，可僅憑那遇事不慌的本領，就不容小覷。

不想那麼多了，乾脆換個話題，顧然隨意地問：「妳怎麼上來了？」

「是你更怕被人看到吧？」

顧然嘖了一聲，無言以對。

「看你都能上來，我也想上來透透氣，在下面悶死了。況且這麼憋在下面，到底什麼時候是個頭呢？還是得出來轉轉散散心，不然真要發狂了，不是嗎？」張昭昭一連串咄咄逼人卻又句句在理的解釋後，已經走到了顧然的面前，「你不能被外人撞見，趕緊下去吧。正好我要在這裡泡一會兒。哦，對了，到了底別忘了把轆轤車送上來。」

她向一個還帶有些安息香味道的池子走去，說話的樣子就如同她才是這裡的主人。

不過也好，反正她一時還跑不了，畢竟全城有頭有臉的人都想把新的天墜者挖出來。雖然張昭昭還沒暴露身份，但除了這裡，她也無處容身。

雖然這個容身之所過於奇怪了一些。

藏在自涼亭下的這個地宮，幾天來顧然多少走了個遍，要遠比第一次下來時感受到的複雜太多。不只是一條甬道，至少有七八條支道和主道相連通，錯綜複雜。每條道裡都有著數不清的房間，雖然每間房都是木門緊閉，但元望說過，他看到過有那種金剛力士一樣的壯漢出入地宮。一下子在洛井風巒的地下聚起如此之多的戰力，盧娘一夥的用意不言而喻了。特別是洛井風巒距離冉家宅邸又那麼近，而在南垣坊所見，他們對那些銅甲殘骸的熱衷和對戰鬥痕跡的掩埋，一切都證明了他們是在等待蓄勢一戰的時機。

真沒想到這些活得如螻蟻一樣的人，已經有了這麼大的能量，甚至早已滲透到了元家，至少拉攏來了元望，這個百無一用的大少爺。

顧然跳下轆轤車，順手就拉動了旁邊的拉杆，又把它送回上面。下了轆轤車，面前仍是那條掛滿油燈的走廊。即使有再良好的風道，這種完全的地下世界，空氣依然渾濁憋悶。也難怪張昭昭會抱怨說，到底什麼時候才是個頭。

和蓄勢一戰的盧娘一夥相比，躲在這裡的自己反倒是個可笑的累贅吧。

顧然臉上不由得露出一絲微笑，幸好有何二十一這一齣，讓自己至少明白躲在這裡什麼時候是個頭。

只要抓到那個把自己困在這裡的根源就是頭了。

沒想到真的有這麼一個和自己一樣的人，還一直隱藏著行跡搞事情。不過沒關係，顧然淡然一笑，雖然三年來，自己一直沒有察覺，但既然這人現在真的浮出水面來，抓到他的尾巴就不是難事。

既然這傢伙已經用其他山的冉魁榮手刳幹掉了羅山冉魁榮，即使冉家三老想要拿元不問當替罪羊，在他們瞭解到部分真相的情況下，必然也會在暗地裡把他給揪出來以除後患。

那麼，這傢伙現在一定得去避風頭，而最佳的避風港自然是不動山。假若這傢伙還知道顧然鎖上了銅鎖，就更有恃無恐了吧。況且顧然心想，倘若自己是這個人，就算在不動山碰見了，也不會害怕，必然會先談判，看有沒有聯手的可能。

所以，想要揪住這個人的尾巴，只等羅山下次接觸不動山時，在接觸點守株待兔就可以了。

理清現狀的顧然，終於將多日沉鬱在心的悶氣呼了出來。接下來只要等待，靜靜地等待。

而所謂的等待，確實變得平靜，至少顧然的內心平靜了下來。平靜到接下來的日子裡，即使夜間上到地面是和張昭昭一起，顧然都不覺得煩躁了。不過，也有煩躁的人，何二十一再沒靠近過顧然，繼續商討他的請求，只能遠遠地死盯著這邊咬牙跺腳。

或許是顧然想要解開脖子上銅鎖的意願不再強烈，張昭昭也變得放鬆下來，注意力轉到了顧然的不動羅上，說想要好好看看。

「我的不動羅妳也想拆開了？」顧然只是有一搭沒一搭地打趣著說。

張昭昭卻回答得一本正經：「不必，你的只有香囊那麼大，太小了，不適合研究結構。」

沒想到她說得這麼正經，顧然只好哦了一聲，以掩蓋自己的猝不及防。

「畢竟元大哥的不動羅借不出來了嘛，但我還是特別想仔細看看這東西到底是怎麼運作的。」

她也知道元望有多防著她啊……

之後，他們跳到洛井風巒的大屋頂上面，披著無盡繁星，一人提起香囊一樣的不動羅，一人湊在它的前後左右看個不停。只有那個何二十一，更是氣得跺腳又不敢多言。

一晃又是數日，直到這一夜，照往常一樣到了大屋頂上後，顧然把不動羅掏出來，懸線上上打開。可就當那一小塊平衡不動的雲瑟石朝向一面雪山時，輕盈的摩擦聲只是窸窸窣窣響了些許時間，隨即突然停住了。

不動羅終於停下，並有了定位的那個夜晚，正是休息的第十天夜間。

第十四章　守株待兔

「二三七六。」

顧然提著剛停下的不動羅，念出了上面轉出的數字。

由於顧然的不動羅太小了，又是懸提在空中，張昭昭踮著腳尖才將將看清上面的數字。此時，她透過不動羅中心的小塊雲瑟石看了看對面的雪山，思索了片刻，嘀咕著說：「原來只要跟不動山接觸，不動羅就會保持平衡不動的狀態，好有意思。」

像是演示給張昭昭看一樣，顧然把不動羅提在手裡，晃了晃。

在上下打開的外殼裡，不動羅裡那些相互套扣的細小銅環全都和中心的雲瑟石一樣，無論整體如何轉動，它們都只朝向著不變的方向，保持著不變的角度。

不過，顧然注意到，從剛才上來屋頂，就沒有看到四周的雪山形狀有什麼變化，那麼只能說不動山接觸過來是在他們上到屋頂之前了。隨即，嘀咕了一句「二三七六，可真不近啊」，也不管猢猻偶人的雲瑟石所剩無幾，一手將還在好奇地看著遠處雪山的張昭昭架了起來，開始在屋頂間飛躍。

如果接觸點早已出現，那就更要立即趕到。不然如果被那隱藏起來的三山穿行者率先進了不動山，戴著銅鎖的自己就更無計可施了。

猝不及防被夾著就飛馳在屋脊之間的張昭昭，終於調整回呼吸，在耳邊不斷掠過的風中大聲問：

「你不怕被元家人再逮到了？」

「別說話，喝風。」

確實不怕了，只要先一步抓到那個始作俑者，元不問那邊不在話下，冉家三老再不願意看到這樣的結局，但人擺在那裡，策劃好的上位計劃自然無法一意孤行，怎麼也得緩上一緩。

至於現在帶著張昭昭一起，雖然她才剛到這裡不久，可畢竟也是天墜後進來的人，對三山的重要性不言而喻。即使冉家元家現在都還沒找到她，也無暇去找，但總有興師動眾找她的一天，特別是把那個隱匿多年的三山穿行者處置掉後。

不過，那傢伙做這些事的目的到底是什麼呢？

顧然暫時無法思考得這麼深入，因為他已挾著張昭昭抵達了接觸點附近。

羅山接觸回不動山的點，跟從不動山到三山時完全不同，用眼睛是看不到的。但三年來，不動羅一直精確地幫顧然指引著接觸點，從沒有出現過偏差。

接觸點出現在洛井風巒東南直線方向二千三百七十六步[3]處，顧然挾著張昭昭一路幾乎直線地飛馳而去，時而打開不動羅看上一眼，當數字轉回到個位數時，基本也就到了。

他們抵達的地方，並沒有什麼特別之處，只是開明川內側的一處半舊的坊間。

子時將過，人們早已入睡，坊內無一點燈光。不過，因為是羅山去接觸不動山，即便沒有那壯觀的巨大銀碗，與不動山的距離也比往日近得多。殷紅的山光更是明亮而鬼魅地灑在這片入睡的土地上。

顧然和張昭昭落在五步之外的屋頂上，這本就是為了瞭望而建的二層木樓，視野很不錯，既能看到坊內的全貌，及時發現趕來抓人的元家人，也可以盯著接觸點的位置，不放過一草一木。

這次的接觸點，並沒有落在民宅內，而是在坊巷的一個路口。因為早已出現，那路口拉了四道刷了紅漆的籬笆過來，圍了一個方形區域，防止有人進入不動山。

其實，要不是在地宮和洛井風巒的大屋頂下看不到天，顧然早該察覺到這次接觸了。畢竟天色突然變紅，遠處的雪山像雲一樣變換形狀，這些現象都會提前出現，算是預警。

一旦預警出現，接觸點的位置就基本固定下來，冉家元家包括趙劍南三方勢力，會立刻行動起來，將這裡疏散成一個無人區，除了顧然，任何踏足其中的人都會被無情絞殺。

但這與其說是為了避免平民不幸誤入不動山，更不如說是因為七山隕落的前車之鑒，讓三方勢力達成了絕不可再染指不動山的鐵律。

此時，疏散已經完畢，三家的人也默契退場，坊巷裡空無一人，只有蕭瑟的風，掃著層層塵土，掠過漆紅醒目的籬笆。

希望那傢伙還沒有進不動山……

3 唐代距離單位一步，是以唐太宗李世民的雙步，即左右脚各走一步的距離為準，大約為1.5米。

越是這樣想，顧然反倒越是覺得心慌，好像自己唯一的救命稻草，已然被一陣清風給吹得不知所蹤。

就在顧然睜大雙眼，不放過一草一木地環視四周時，忽然真的看到了一個身影。然而，這個身影只能讓顧然從一瞬的激動跌至大失所望的低谷。因為他太有特點，只要一覷就知道那是哪位。是一條孤零零拖著長長尾巴猴俑一樣的身影。

呵真並沒有像顧然和張昭昭這樣，站在高處，而是側身在紅色籬笆所在的巷子另一頭的轉角處。

他此刻怎敢出現在這裡？因為什麼來的？是為了追蹤我？這次來到羅山，已經發現呵真特意針對自己，這又是為了什麼？

雖然顧然腦袋裡冒出了很多的疑問，但有一點他是肯定的，那就是，呵真不可能是他要等的那個三山穿行者，即使其他山的呵真沒羅山的這麼惹眼，但多少都有一定接觸，畢竟出了羅山呵真之後，他不得不把其他山的呵真都摸一摸底。

顧然清楚地明白這一點。也是因為十分清楚地明白，看到呵真就像個守墓陶俑般站在巷角，像是一直只盯著自己這邊，就更加心煩。

這是什麼情況，還上演一幕螳螂捕蟬？

顧然無奈地撇了撇嘴，無暇再去顧及呵真這邊，繼續盯著漆紅籬笆周遭的任何風吹草動。

不多時，遠處傳來梆梆的打柝聲，一個時辰竟是轉瞬即過，而這裡，只是漆紅籬笆孤零零地立在巷口，什麼事都沒有發生，再沒有人前來。

打柝聲漸行漸遠，顧然卻愈發心煩。

難道那傢伙真的已經去了不動山？自己還是來遲了一步？抑或……顧然又看了一眼巷尾，倒是那呵真依舊不離不棄，還在那裡……

「呀！」張昭昭突然一聲驚叫，自己被顧然一把抱開。

一支箭，鏘的一聲釘在了正脊上。

那支箭的尾羽釋放著嗡嗡餘音，張昭昭終於反應過來發生了什麼，臉頓時有點慘白。

單手抓著屋簷的顧然，回瞪向箭射來的方向，正看到一個身影背著一張大弓閃身不見在了坊巷之間。

媽的！根本不用看到臉就知道那是誰，整個羅山能用得了那張大弓的只有一個人，樊紀……

樊紀的身影已經消失在了坊巷深處，不留下一絲無關緊要的情緒。

為什麼這個該死的傢伙會出現在這裡？還放了一記差點要他們命的冷箭？所以，老東西又在搞鬼？抑或，就是因為老東西在背地裡搞了什麼，所以那個三山穿行者才沒有出現？真是這樣的話，那就更麻煩了，該死的老東西手裡到底掌握了多少情報……

「喂，你過來看一下。」張昭昭向顧然輕聲喊著。

顧然本來還在心裡罵著趙劍南，此時才意識到剛剛還在身邊的張昭昭已經爬到了屋脊上。

「箭上掛著東西。」

先一步在箭邊的張昭昭，用力想要把那支箭從正脊裡拔出來，但顯然無論她用了多大的力氣，甚至用腳蹬在正脊上，用全身的力氣去拔，都無濟於事。待到顧然爬上來一看，那支箭竟是斜向上把正脊木釘出一道深深的裂痕來，射得如此深，怎麼可能還拔得出來。半個正脊都裂開的口子，就像是這支箭故作炫耀姿態，品性就跟射出它的那人如出一轍。

正如張昭昭所說，箭上掛著什麼東西，是一根竹筒，穿在箭杆上。

呵，樊紀那傢伙竟能把破壞了配重的箭射得這麼準，更是相當該死了。

不過，看來竹筒裡會有解答為什麼會射這支箭的線索。顧然伸手直接把箭杆折斷，取下了那根竹筒。而從竹筒裡取出的東西……顧然不得不苦笑出來。竹筒裡塞了兩樣東西，都是顧然萬萬沒有想到的。

一張字條，和……一把鑰匙。

此時張昭昭也湊了過來，隨即驚呼說：「怕不會就是你脖上銅鎖的鑰匙吧！」

「怎麼看出來的？」顧然雖然這麼問，但猜它也是，不然現在給什麼鑰匙呢。

猜也無用，顧然拿起鑰匙就往自己脖子上的銅鎖裡插。喀的一聲，竟真的打開了。張昭昭和顧然四目相對許久，才確認那搞了十天之久的鎖，竟真的就打開了，竟真的意外重獲自由。

顧然把銅環像詛咒之物般丟到屋頂瓦片上，連忙打開那張字條看。

借著不動山的紅光，看到字條上只有一行字：他山冉魁榮擇一帶來，可解危機。

這……

字條上的筆跡顯然出自趙劍南那個老東西，沒有一點力度，字字顯出他老態龍鍾的模樣。

這……確實是一個辦法……

顧然本能一般警覺起來，他知道任何安排出自老東西之手，必然有詐，但……

「喂！」一定是顧然拿著字條發呆太久，張昭昭一聲將其喚醒，「我說，既然鎖打開了，接下來你打算怎麼辦？」

雖然張昭昭只是一句問話，但有了明確的指向。

確實不是發呆的時候，現在自己只有一個選擇，根本無須猶豫。

守株待兔一個多時辰，什麼都沒等來，再等下去，萬一那傢伙早已進了不動山，而接觸點又斷開，麻煩就更大了。不動山就那麼點大，如果那傢伙先一步去了不動山，無論如何都能把他找出來；如果他後於自己進山，自己在不動山繼續守株待兔就行了。

「走吧，去不動山。」顧然狠狠地踢了一腳屋頂上的銅環，隨後把字條塞到懷裡，拉起張昭昭跳下了樓頂。

幸好不動山裡還存有些許胡餅和水，足夠兩人過上些時日，在顧然帶著張昭昭去往漆紅籬笆時，最終盤算的只是如此而已。

不過，顧然還是回頭又看了一眼巷子的盡頭。

呵真那傢伙果然還在那裡，一瞬間他們四目相對。雖然兩人都沒有出聲，但顧然從對方眼裡看到了某種山雨欲來的不祥之色，宛若一場無聲的宣戰。

顧然彷彿聽到呵真說：「下次來，天地都將變色。」

隨即，顧然帶著張昭昭一躍而入漆紅的籬笆，不想再被那沒來由的不安所支配。

又是那種令人眩暈的反應，要不是手裡還抱著張昭昭，胃裡翻江倒海得真想一股腦兒把肚子裡所有苦水全吐出來。

不知張昭昭會不會反應更強烈，畢竟她這才只是第二次穿行。顧然努力回過神來，看到自己癱倒在一叢雲瑟石下，而張昭昭卻是毫無異樣地坐在自己旁邊，觀察著自己。

剎那間，顧然忽然想起自己身處何地似的，根本顧不上露沒露窘相是不是丟臉，立即坐了起來，雙目死死地盯向了巨大銀碗般的羅山。

可惜，再沒有什麼從羅山過來。

那只巨大的銀碗，帶著每一條清晰可見的街道、開明川外的一片焦土以及紛亂的冉家宅邸、元寨，開明川、蘆川、南垣坊等等，所有令人頭痛的地方都漸漸升起，離開了不動山，就似從未有過一樣。

第十五章　舊　友

「搜山。」顧然把牙咬得咯咯作響，不再多看漸漸遠去的羅山一眼。

不動山本就不大，除了中心地帶不停冒出一叢叢枝繁葉茂的雲瑟石以外，不再有其他任何可以阻擋視線的東西。雖然不動山的四周邊緣總也走不到頭，但只要望一望，就能清晰地看到是否藏有別人或其他異物。因此，所謂的搜山，只要把方圓不到一里地的雲瑟石林找上一圈即可。

很快，搜山的結果就有了。

一個人影都沒有……

顧然一屁股坐到了地上，懊惱地開始回想這些天的全部經歷。

還有一個三山穿行者是必然的，不然手劄的事情就無法解釋，三老更沒必要給自己上一個銅鎖，讓自己絕了去其他山的念頭。但，既然這個三山穿行者根本沒有提前跑到不動山來，那現在解開銅環一頭鑽回不動山，原本順理成章的事，現在怎麼想都更像是著了趙劍南的道，被耍了，被耍得團團轉……

再抬頭去看遠去的羅山，甚至彷彿聽到了一陣得意的狂笑。

該死！太該死了！

「那具屍骨是誰?」守株待兔完全落空之後,張昭昭卻突然問了毫不相干的事。

心煩意亂恨得牙癢的顧然愣了一下才意識到,自己在搜山的時候,完全無視了那副屍骨。現在,它就在不遠處躺著,和十幾天前離開不動山時一樣,毫無變化,也不可能有什麼變化。

此時,被硬拉回現實的顧然全無了心思,只是隨口應了一句「是舊友」什麼的,說完突然發覺是不是自己多嘴,但……說都已經說了。

「你殺的?」張昭昭已經走到了屍骨跟前。

「嗯?」顧然裝作若無其事的樣子,只想拉著張昭昭,離得遠遠的。

「盧娘說的啊,你是殺友進山的顧大丈夫。」

「哦,所以我也是一個窮凶極惡的人?」

「不能妄下結論。」

張昭昭像是在看一隻街邊小狸一樣,一點不帶畏懼地蹲到屍骨邊,一邊探著頭東看西看,一邊還念念有詞嘀咕起來。

「右手拇指比一般人,哦,不只一般人,右手的比左手的都短上不少。看來是右利手,練過武,但不是持兵器的功夫,而是專練徒手的拳法。」說著,張昭昭突然回頭問顧然:「和你是同門?」

「我們哪有什麼門派,都是野地裡打出來的拳腳功夫,不過,這和妳有什麼關係……」

「你這位舊友叫什麼名字?」張昭昭不理會顧然後面的反駁繼續問。

「于榑。」顧然再次說出這個沉睡多年的名字。

「不是同門，那也是你們匯陽村的？」

聽到匯陽村這個名字，顧然頓時睜大雙眼，那個真正的家鄉，空氣中瀰漫甜膩煙氣而徹底破敗成鬼村一樣的家鄉，悵然若失地問：「妳是從哪兒知道這個名字的？」

「你是從匯陽村來的，這不是全城人都知道的嗎？」對於張昭昭來說，這個問題根本不成問題，她繼續蹲著認真端詳那具屍骨，「咦？左側最下面的肋骨上是不是有一道劃痕？」

顧然沒有理她，她卻也沒有動手去確認，便下了結論：「大概是從下往上刺穿了腸子和胃，死得相當痛苦啊。」張昭昭站了起來，回過身看向顧然，「所以，于樽不是你殺的。」

顧然差點笑了，看似全無所謂地說：「匆匆瞄兩眼這具白骨妳就能知道？在下可是臭名昭著殺友進山的……」

顧然一如既往地認下汙名，但心裡不禁為張昭昭這句「不是你殺的」而有些動容。所有人都認定自己是殺友進山的敗類，而這唐突出現的小女孩反倒一眼就看出真相，未免有些唏噓……

「你沒有刀。」張昭昭言簡意賅地打斷了顧然的自我感動。

一時間，顧然啞口無言，于樽在血泊裡掙扎的場景幾乎又浮現出來。

「不僅沒有刀，」張昭昭還是為簡短的回答做了解釋，「你應該也沒練過任何兵刃的功夫。」

「呵？」顧然無奈地笑了一聲。

「太明顯了。你每天都掛著那幾個怪模怪樣的偶人，生怕有人害你，可見你活得多麼小心謹慎。你但凡會一些兵刃功夫，怎麼可能不帶一柄利刃？你要是帶了，還會被網住沒辦法逃掉？」

顧然一臉的無言以對。

「所以，」張昭昭撚了一下頭髮，看似放鬆了一些，嘴上卻一點沒有放鬆，「既然于榑不是和你一起進山的，那八成和其他人一樣，每座山都有一個于榑才對，那麼——」

「妳怎麼……」顧然強行打斷了張昭昭的話，卻又被張昭昭打斷。

「你想問我怎麼知道于榑不是和你一起進山的？你我都不是傻子，就別在這種顯而易見的地方明知故問了吧。」張昭昭皺起了眉，「到你進山時，這裡早就有了禁入不動山的鐵律。那麼，如果于榑是和你一起進的山，你一個不會帶利刃的人，用什麼刺死一個同樣是練徒手功夫的人的？」

「妳說得都對。」顧然徹底放棄了抵抗。

「那你不好奇是誰殺了那個于榑，那個于榑又為什麼會死在不動山？」

「好奇，可眼前有夠多讓人腦袋炸裂的事了。」此時，顧然的腦海裡往事翻湧而上，攪得他心亂如麻。

想當初，剛從匯陽村出來的他們，立志要從源頭斷絕米囊膏的傳播，將毀了全村的罪魁禍首消滅於這個世上。天墜使他和于榑被迫分開，再次相見時，好友卻已倒在一片血泊中痛苦掙扎，而入三山尋找其他于榑的自己，卻反被趙劍南控制和利用。

「哦？真的是三年嗎？」張昭昭卻又抓住了其他的點。

宛若一套拳打來，顧然疲於招架處處破綻。但令他更驚訝的是，這個小女孩連這點都看出來了？是從屍骨的現狀看出來的，還是？顧然不想多說，只能硬轉了話題：「我還沒問妳呢，妳是為什麼跑到這裡來的？妳一個小女娃自己來的？目的是什麼？」似乎只有一番連問才能讓自己有些底氣。

「來找我阿爹。」

回答得這麼果斷!?越是光明磊落，對於顧然來說，似乎越覺得可疑。

「妳阿爹是誰？」顧然繼續追問。

「以前在益州做中州博士，我阿爹單名一個遂字。」

竟然是他！顧然悵然若失一般望了望天。張遂，一個久遠的不願提及的名字，一個讓人一想起來就會頭疼的人……也還真是一個老相識了。

見顧然的反應，張昭昭迫不及待地追問：「你認識我阿爹？」

「確實認識，可惜……」顧然遲疑著要不要把自己所知道的張遂全都告訴她。

這個張遂，官職小得芝麻粒大，卻仗著自己在益州，整日上書說要懲治照州城熬製的米囊膏。可是對於大唐來說，米囊花有什麼可懲治的？又值武后大權將握，酷吏橫行遍佈大唐，隨處舉報濫用私刑，最容易被酷吏盯上的自然就是張遂這樣官職卑微、腦筋又軸，一門心思只知道往下鑽的人。結果不勝其擾的張遂，乾脆跑到了照州城，說是要憑一己之力把照州城給端了。

張遂是垂拱二年[4]來的照州城，比趙劍南一夥晚了一年。只是他來照州城後沒多久，就沒了那股銳

4 公元686年。

氣。大概是知道，光憑自己不可能對抗得了冉、元二家而漸漸放棄，變成了整日鼓搗各種奇奇怪怪銅人木偶的怪人。他那些銅人木偶，會自己動，送水的奏樂的倒是有趣，可惜沒一個結實的，沒跑兩步就散架是常有的事。可是這樣一個怪人，偏偏總要和顧然過不去，撞見顧然，或者說是撞見那時趙劍南的傀儡戲班，他就會大罵出口，說他們是出賣自己出賣大唐的敗類。

顯然是一個瘋癲的傢伙了。

顧然看了看張昭昭，那個張瘋子把這麼可愛的女兒丟家裡，真是不太正常。

但那都是天墜之前的事，等到顧然墜入不動山，返回照州城，三山之中早已沒了張遂半點消息。

「可惜什麼？你倒是說啊。」張昭昭等得不耐煩了。

「可惜天墜之後，我再沒見過妳阿爹了。」

張昭昭瞪圓了眼睛，等著顧然繼續說。

「別這樣瞪著我……照州城那麼大，一個人銷聲匿跡不是很正常？更何況，天墜之後，十山裡都發生了多少次戰爭，誰知道妳阿爹能不能……」顧然忽然頓住，擔心這番言語會刺痛小女孩，轉念一想，她終究還是要面對，便繼續道，「畢竟每座山都是同樣的人，即使隔絕開來，也會發生些大同小異的事。很可能在某次混戰中，妳阿爹就都……」

「不可能，」張昭昭打斷了顧然，語氣卻沒有半分無法接受現實的激動，反而頗為理智，「如果我阿爹不在，不動羅怎麼解釋？」

張昭昭篤定地說：「你們那個不動羅，顯然就是我阿爹才能弄出來的東西。」

「怪不得妳一上來就把元望的不動羅給拿走了。」顧然一副恍然大悟的樣子。

「看到你們的不動羅時，真以為是看到了希望。那東西只要看一眼，就知道大唐只有我阿爹一個人可能構想得出來，絕對是出自我阿爹之手。」

「妳肯定四處問了不動羅到底是誰造的？」

「嗯。」張昭昭點點頭，「但沒人知道，都說是親友相告的。」

「親友……」顧然哼了一聲，「可惜我也沒辦法給妳提供任何有用資訊，我到這裡時，不動羅已經為各大勢力所用了。」

「沒指望你能告訴我，不然我早問了。」

聽著張昭昭無所謂的回應，顧然心裡忽然想起了一個聲音：等等……

這麼說來，回到這裡的三年來，確確實實沒有再見過張瘋子。這麼一個瘋瘋癲癲的人，突然就能銷聲匿跡？

這時，顧然心中有了一個大膽的猜想：或許那位三山穿行者，正是張昭昭的阿爹張遂張瘋子！

只有三山穿行者，才會盡可能隱去自己的行蹤，不然就會像顧然這樣，被各方力量拿捏在手中，套上道道枷鎖。況且，若真如張昭昭所說，不動羅出自張遂之手，那說明她阿爹對這樣的世界肯定早有研究，更不會像自己這樣毫無防備地落入他人之手。

另外一個三山穿行者，呵，不正是給羅山冉魁榮傳了手劄，隨後又將其擊殺的該死傢伙……這豈不是踏破鐵鞋無覓處，全都連上了！

「好，那我得空了陪妳打聽打聽妳阿爹的下落，雖然未必會有什麼好消息……」

「謝謝。不過，重中之重你還是先把兇手找出來，給自己洗清罪名吧。」張昭昭的情緒轉變得極快，語調輕鬆得儼然是顧然的得力助手。

嗯？張昭昭一句話，讓本已放鬆下來的顧然又是一愣，她說的兇手，是哪個兇手？殺了羅山冉魁榮的兇手？還是眼前這裡，三年前殺了于榑的兇手？

眼前這個小女孩到底可不可靠？

想到這裡，顧然試探著說道：「既然接下來我們要結伴尋人，妳可要跟我交些實底才行。」

「你還想知道什麼？」

「妳怎麼發現天墜的入口？」

「天墜時從天而降那麼耀眼的一道光柱，只要在附近十來里的地方，找到入口還是容易的。」

「不對，再遠的話，到了益州那邊，肯定是看不到天墜光柱的。妳是怎麼提前知道劍南道有天墜，又是怎麼提前到了附近等待天墜的？」顧然緊盯著張昭昭，這一次絕不能讓她蒙混過關。

張昭昭顯然什麼都不打算隱瞞，回答得坦坦蕩蕩，平和中正：「因為我阿爹很早就去了照州城，大概在我七八歲的時候就去了，為了找到阿爹，那座不存在的城我守了很久。」

顧然看了看張昭昭，頂天了也就十二三歲，不過也有可能稍大些，無法判斷她的真實年紀。

「又成了只知道看著，讓我一個人說話，傻死了。」雖然張昭昭這樣說著，但她還是停不住似的繼續說起來，「可算說話了。剛來不動山，我雖然看到了你，可完全不敢搭話，只能餓著肚子小心觀察，見你進入光束，就跟你前後腳跑到羅山去。話說，你們起名的習慣可真是太怪了。為什麼都叫什麼山呢？」

「反正不是我命名的。」

「這個我看得出來。」張昭昭一臉的認真。

「所以妳也看到胡亭的死屍了？」

「廢話……一出來就看見了。」

「妳還挺機靈，知道立刻跑，沒讓那些銅甲士給逮個正著。」

「你以為我是傻的？」撚著頭髮吐了吐舌頭。

顧然忽然又盯回張昭昭，用確認的眼神問：「等等，妳沒有跟其他人說那具戴著黃金面具的死屍的事吧？」

「你以為我是傻的？」張昭昭又說了一遍同樣的話。

顧然讓氣氛重新陷入了沉默。

「你這麼凶巴巴盯著我幹嗎？我可是救了你命的喂。」張昭昭不滿地說，「所以我從胡亭跑出去，就一直跟著你到了，嗯……對，開明川外。」張昭昭不等顧然反駁什麼，又把話題轉回到她想要的點上去。

而顧然多少有些驚訝，那天晚上竟然被這個小女孩跟了一路，真是丟臉，那晚自己究竟是有多慌亂……

不過，看著小女孩對答如流的樣子，想摸清她腦袋裡到底都在盤算什麼，一時恐怕不可能了。不過看她的樣子，實在不像心懷惡念之徒，且走一步看一步吧。

此時，顧然一屁股坐了下來，仰望著天上閃亮的某座接下來會接觸而來的山，試圖讓緊繃的情緒放鬆下來。

接下來的時間，姑且就耐心等待好了。

之後，他倆就一直坐在于樽的屍骨旁，啃著不動山的存糧，靜候著下一座山的降臨。

過了一天，來接觸不動山的是一輪虛空，大概是姑山或者禮山。顧然只是看了一眼，便走開了，無心再去仔細分辨。

又過了一天半，終於一輪明月，在雲瑟石林新的眩光下，緩緩沉了下來。

沉來的山裡已經入夜，街巷四處都點起了火把，火光連成了線，坊間街巷變得加清晰。

看著這山緩緩沉下，張昭昭不由得張開嘴，發出了一聲驚歎。

任何一個第一次從不動山看到這山的人，都會有如此反應吧。這不只是因為想要把夜晚照成白晝的連連火把，更是因為整座山都閃耀著和其他山迥然不同的金光。

接觸而來，投射下來的光柱都混雜著閃閃金光。

如此獨特地閃耀著浮誇金光的巨碗，顧然不必細看也知道是哪座山。定是彭山無疑了。

第十六章　神聖金光

顧然沒有避開張昭昭，當著她的面，把剩下的三隻偶人都裝滿了雲瑟石粉。可能是興趣使然，在顧然填裝雲瑟石粉時，張昭昭看得十分認真，不時還會點頭稱讚一下。

全都填充完成之後，顧然又隨手在身邊掰下兩塊雲瑟石，遞給了張昭昭，讓她帶在身上，以備不時之需。

隨後，顧然便拉著張昭昭，踏入了投射在眼前的金色光柱。

腳下一片泥濘，看來是剛剛下過一場雨。顧然嫌惡地挪了挪步子，卻又一腳踩進另一個泥坑……真是讓人煩躁。最近恐怕是和水犯沖吧。

剛踏入山中，顧然就環視了一下四周，發現並無任何異常，更沒有一具臥躺的屍體，竟下意識地鬆下口氣，知道給自己的時間多少還是沒變。

「你們這種地方，一處處的都怎麼回事？」剛剛從眩暈中緩過神來的張昭昭，聽著隨處可聞的低沉鼓聲，皺眉嘀咕著。

「頭如果不暈的話，先走起來。」顧然並沒有理會或遠或近的鼓聲。

「去哪裡？這麼著急？」

「去打聽妳阿爹的消息。」

「這麼晚也能有地方打聽得到嗎？」

顧然看看閃著金光的夜空，說：「到彭山的時間確實不好，深更半夜的。」雖然這麼說著，他卻已經走在了前面，「但只要能趕在別人之前出手，就不會敗北。」

好像是他現編出來的警句？說出口時都有些刻意……張昭昭這樣想著，還是跟了上去。

顧然的步伐很快，胸有成竹地走在前面，而張昭昭則是忍不住四處觀察起了彭山，總覺得和羅山一樣但又處處大不相同。

從這次落點所在的小巷出來，鼓聲愈發清晰，還夾雜著整齊的踏步聲，和偶爾一聲的人聲齊鳴。

和羅山一樣，沒有了里坊制的制約，很多坊牆也都開了各種方便進出的門。而在兩坊之間相對寬闊得多的街道，左右各是一排火把釘在夯土牆上，把街道照得紅彤彤的，有如烈日夕陽下的黃昏。彷彿彭山人是有多畏懼黑暗一樣，火把熊熊燃燒發出劈啪聲。

火把映照下的大街，沒走多遠，倆人便親臨第一處金光所在，也是鼓聲的源頭之一。

所謂的金光，更像是朝向天空照耀的，只是在街道上看去，有著和其他坊牆沒有太大差別的夯土牆內，才是閃耀著金光的院子。

走近了看，感覺院內的金光還會根據鼓點而晃動搖曳。

張昭昭對這樣的院子多少有些望而卻步，畢竟根本不知裡面到底是在搞些什麼，但見顧然走得自如，便追了上去。路過那個院子時，乾脆停步看個究竟。

院門算是很大了，或者說實際上並沒有什麼正經的大門，而是在左右兩邊的牆根各立了一尊紅銅立人像，既算是門前的守靈，也當作了門檻。兩尊銅立人像，身長足有八尺，細手細腳長腰擴耳，怎麼看都不是常人的比例，怪得令人生畏。

既然院門很大，院中光景當然一覽無餘。

和張昭昭想像得大不相同的是，院子裡竟沒有一處建築。夯土圍牆裡，有的是一條正對大門筆直的石板長道，長道的盡頭是一座有三層臺階的石臺。長道兩側同樣立有銅立人像，左右兩列的銅立人像身形和門外的一致，而髮飾和著裝則各有不同。兩列相對的人像，各持一支火把，火把燃燒著，宛若左右開來的引路使者。

毫無疑問，這條石板長道是一條神道，而神道盡頭的那座石臺，無疑是一處神廟的祭壇了。祭壇上，又是一尊銅立人像，不過遠比神道上的高很多，雙手持一柄幾乎等身高的銅法杖。巨大銅立人像身後，祭壇的正中，是一輪斜角朝天的太陽輪。在祭壇上，所有的一切都覆滿著一層映著兩列火光的金箔。

然而，這影影綽綽的火光，卻不是街上看到的金光閃爍的源頭。

祭壇和神道上，還有著許多的人，神道上的人全都是短衣裙裳裝扮，有束腰，手臂上紋滿了刺青紋身圖案，一同跟著鼓點跳著獨腳轉圈的舞步。而鼓點就來於祭壇上。祭壇上同樣有人，除去在巨大銅立人像下的一個黑衣黑袍戴著銅面具明顯是本壇祭司的人以外，還有兩個同樣短衣打扮的人在太陽輪兩側，雙手扶著太陽輪，朝向天空的角度。

本壇祭司念念有詞，身後的鎏金太陽輪閃動著火光，像是要對漸漸離開的不動山訴說什麼請求，神道上的人們低聲哼唱著某種彼此熟悉的旋律。等他們走到神廟門前，才能隱隱聽到附在鼓聲之下的吟唱，聲音很低，但聽得耳畔嗡嗡作響。

然而，神廟裡的眾人似乎都沉浸在儀式之中，對神廟門外的來人毫不在意。

張昭昭看不明白這些人是在做什麼，也不知道他們到底是因為不動山接觸過來才有這樣的祭典，還是每晚都要舉行。她又看了看街巷的其他方向，僅僅是越過坊牆和房屋頂，也能看到還有很多地方閃著金光。

原來這就是在不動山上看到的閃閃金光。

顧然繼續向前走著，張昭昭不再多看莫名的神廟，跟了上去。

「彭山是不是有點誇張？」張昭昭忍不住說道。

顧然當然知道她在說什麼誇張，「什麼都貼金，是盤瓠人的特別愛好吧？」

兩人正好路過一處不大不小的冉家神廟，神道口的牆上還掛著銅鈴，孤零零地在唱唱跳跳的儀式外，丁零一響宛若招魂。然而哪怕如此，卻也是鎏金銅鈴，不與尋常鈴鐺同流。

「滿街都是金器，不怕被偷嗎？冉家的威懾力竟到這種地步了？」

「呵，威懾力？妳還真看得起那些哼哼唧唧蹦蹦跳跳裝神弄鬼的盤瓠人。」

讓顧然這麼一說，趕路的張昭昭嘟起了嘴，忍不住撚起了頭髮。

「在這裡，金子能有什麼用？」顧然繼續道，「是能吃？還是能燒火煉銅？什麼都幹不了的東西，根本沒人會動偷走的念頭吧。」

張昭昭一臉恍然大悟的樣子，連連點起頭來：「只有衣食無憂的冉家才有資格愛金子。」

「別把頭髮揪掉了……路還遠著呢，加緊著點吧。」顧然急著趕路，發現張昭昭還在思索金子和生存之間的關係，只好補了一句解釋，「眼下，也只剩有盤瓠人還堅持認為金子可以淨化一切。」

「淨化？」

「看多了妳就明白了。」

確實路還遠得很，張昭昭緊跟在顧然身後，又過了許多路口，以及或大或小不計其數的神廟，眼看就要對這些喪失新鮮感時，終於來到了那條親切的，黑黢黢映照著繁星的河——蘆川。

過了蘆川大橋，街景依舊，隨處可見閃爍著金光的神廟，再往北去，就是一眼能看到最為巨大的一道金色光柱，直射向漸漸遠去的不動山。

倆人就如飛蛾一般，往那最明亮的金光方向走去。

高聳矗立的闕樓和門樓所圍成的紅土門庭，就算是初來乍到的張昭昭也認得出，這就是冉家宅邸的大門了。

大門內同樣鼓聲擂擂，比起之前的卻要聲勢雄渾，而門後那巨大的堪稱神聖的金光，將門樓的屋簷都映得燦爛無比，更顯不可一世。

然而，和其他神廟不同的是，這裡大門緊閉，彷彿真正的祭典唯有在密閉空間舉行，才能通靈通神，一旦開啟，就會破壞神域一樣。

在門庭的高大圍牆上，反倒一根火把都沒有，牆根也沒有設立任何照明用的燈柱，使得最為耀眼的金光外的門庭，成了全彭山最為黑暗的所在。

顧然走到左手邊的門樓下，摘下身上的猢猻偶人，在手裡掂了掂，測算著重量，又仰頭估算著門樓和自己之間的距離。

門樓足有四丈高，一般人很難把猢猻偶人丟那麼高的吧……同樣估算門樓高度的張昭昭，卻並不太關心顧然能否丟上去似的，而是問著別的問題：「所以你進去以後是打算？」

「妳說不動羅肯定是妳阿爹鼓搗出來的，而全城最清楚這些天象運轉的，」顧然示意了一下門內，些許金光和鏗鏘鼓點正從門縫裡透出來，「當然就是他們冉家，而掌管冉家一切知識的，自然就是冉魁榮那個盤瓠偽神，咱們不找他去打聽，還找誰打聽？」

「你對別人的評價都非常不客氣嘛。但你確定就這樣去找？」張昭昭的意思當然是說像顧然這樣偷偷摸摸地潛入。

「正所謂夜長夢多，先機難求。」

顧然說著，又仰頭，看了看高度。張昭昭倒也真心想見識見識顧然的真本事了，畢竟能把一個偶人丟到四丈開外的門樓上，絕非常人能為。只見顧然向後撤了一步，彷彿表演一樣，拉開一個弓步，使出全身的力氣，向上拋的手用力向背後拉去，張弓搭箭一觸即發。

隨即，發射。

但張昭昭卻一下看愣了。

根本沒有那種利箭離弦而出直奔雲霄的樣子，顧然仍保持了張弓搭箭的姿勢，握著偶人的右手只是勾手輕輕向門樓的夯土牆上一丟，輕巧得就如丟了一個紙團。

「什麼啊！」張昭昭只剩下哭笑不得。

顧然卻不以為然，早就恢復了正常身形。趴在牆上的猢猻偶人，根據顧然指尖勾動的節奏，一步步向上爬去，像一隻真的猴子一樣。

「沒辦法，誰讓咱們沒有一車雲瑟石，按正規流程，大門都進不去。」

這才是他必須連夜趕過來的原因吧。張昭昭無力多說，只好看著顧然操弄偶人。然而，顧然忽然低呼了一聲「不好」，指尖一拉，好不容易爬上去不到一丈距離的猢猻偶人在牆上一躍，飛回顧然懷裡。

張昭昭正想問發生了什麼，可就在顧然回收偶人之際，四道閃著紅光的身影，從高牆上飛身躍下。根本來不及反應，四個身影已經重重落在了地上，掀起一陣紅土撲面，把顧然和張昭昭圍在了牆根，無路可逃。

「是我疏忽了！」顧然低聲懊惱地說了一句，「他們在牆上掛了繩鈴……」

但懊悔無用，他們現在只能面對四名銅甲士從天而降的局面。

在羅山見識過銅甲士的威力，張昭昭緊張得躲到了顧然身後，雖然她也知道即使如此，銅甲士一旦發動進攻，他倆很快就會化為夯土牆上的兩攤血醬。

顧然無助地把手伸向偶人，但顯然都是無力的掙扎。

驟然間，鼓聲大作，竟是像潮水般湧來。這鼓聲就像一道指令，四個銅甲士背後已經冒出的縷縷黑煙隨之停息。

就在顧然陷入不解時，宅邸的大門打開了，隨著大作的，一片金光從裡面噴薄而出，灑滿了紅土地面。

自從大門開啟，四名銅甲士就再沒動過，宛若定格了一樣，而從大門內走出的……

顧然看見後心中不禁一笑，這下有意思了。

在金光的照耀下，只見來人一身青色長袍，袍上有雲雷紋，腰間束帶，頭頂戴冠，手持一柄鎏金法劍，佩戴一張純金的黃金面具。面具表現的不是什麼人物，而是一張虎臉。

雖然祭典還在進行，可因牆外有異，虎面不得不離開祭典現場，出來查看。而且出來的是虎面，而非另外兩個動物腦袋，也非是齊心的三人一同出現。顧然立即回想了一下在羅山見到三老的情景。雖然三人總是一副同說同話的樣子，但記憶中幾次搶先問話，使得另外兩人連忙迎合的正是虎面。看來當時感覺到的不協調感確實沒錯，三人齊心可能只是表像，而眼前的虎面，正破壞著應有的平衡。

顧然想到這兒，知道必須牢牢抓住眼前的轉機。

虎面執劍赤腳而來，顯得相當魁梧高大，就連身材都在破壞著三老的平衡感。顧然全然放鬆下來，等待虎面走入銅甲士的圈內。

即使隔著面具，依然可以清晰地看到他那瞪得如同虎眼的雙目。虎眼只是瞪著顧然，又瞥了一眼被顧然護在手後的張昭昭，便把手中那柄法劍高舉過頭頂，眼中滿是想迅速解決門外的騷動，然後馬上回到祭壇繼續主持祭典的意味。

只看虎面雙手握劍的姿勢，就知道躲開他這一劍絲毫不難，但身邊還有四名銅甲士，一旦躲閃甚至反抗，銅甲士必定會立刻發動，就算不被那柄法劍砍中，還是逃不開四面捶來的銅拳。

顧然把張昭昭往身後拉了拉，心想虎面確實不認識自己，這點是利是弊尚難判斷，但現在必須先過了虎面這一劍的關再說。

高舉鎏金法劍的虎面與顧然四目相對，虎眼中更多了幾分厭棄和焦急。

就在這劍即將砍下之際，顧然轉瞬從懷裡掏出一張字條，展開在了虎面眼前。

這個距離非常理想，四名銅甲士看不清字條上的內容，而虎面可以看得一清二楚。

字條頓時起了作用，虎面高高舉過頭頂的法劍定住了。

太好了！押中！

他山冉魁榮擇一帶來，可解危機。

字條當然就是這個。羅山趙劍南給顧然留下的字條，沒想到剛到彭山就情急用上了。而此時，既然虎面的劍沒有因為看到字條內容而果斷砍下，就說明顧然是真的賭中了。

「呵，這是那趙老頭的字跡？」黃金面具下終於透出了聲音。

虎面話音剛落，只聽潑灑著金光的大門方向，傳來的一聲「劍下留人」。那聲音不緊不慢，絲毫沒有本該有的緊迫感，更是令人惱火。

虎面和顧然同時狠狠嘖了一聲，一同看向了聲音傳來的方向，只見金光中走來了一個瘦削的老頭。

該死的老東西偏偏會在這裡出現。顧然立刻把那張字條收回懷裡，虎面也只好先放下劍來，示意了一下四名銅甲士。銅甲士背後再度冒出黑煙，一聲轟鳴之後，只是躬身一躍，竟是直接跳上了四丈高的土牆，留下滿庭紅土飛揚，不見於眼前。

不用說，銅甲士跳離這一幕，直讓張昭昭看呆了。

趙劍南終於走到了虎面身旁，像家主責備家人一樣，搶先到了顧然面前，皺著眉問道：「顧郎，你這是要做什麼？」

「哦？」倒是收了劍的虎面先應了趙劍南的話，「原來這位義士就是趙先生的那位運石頭的高徒？」

趙劍南並沒有急於回應虎面，而是盯著顧然收字條的衣襟看了看，又掃視了一眼張昭昭，才眯起眼朝虎面說：「恕老夫無能，沒有管教得當。」

「哈哈哈哈！」虎面突然狂笑起來，「豈非天助余[5]也？」

趙劍南不置可否，甚至有些介意虎面這種不分場合的豪放。

看來老東西是和虎面密謀著什麼。所以虎面一出來，老東西就跟著來了。

「顧？」虎面到了顧然這裡。

「在下顧然。」

尚不知老東西和虎面到底在謀劃什麼，不過，既然虎面看了字條就停手了，自然謀劃的是和冉魁榮死生相關的事，不外乎篡權謀位，虎面向上走一步，老東西多分一勺羹之流吧。呵，所以無論具體是什麼，完全可以利用是沒錯的。

「有個冉字嗎？算了，無所謂，這些都不重要。」

肯定不重要啊，而且也不是一個「然」字。顧然自然不會去糾正這些，硬生生把這種無力感往自己肚裡吞……

「既然都是自己人，」看來虎面很中意顧然一直沉默的態度，早就擺出一副三人中的領袖態度，掌控著全域地說，「顧然小老弟，你這大夜來翻牆，意欲何為啊？」

說是自己人，還要先質問一番，這虎面多少讓顧然有些哭笑不得，只好先如實說出目的，「在下是……來拜見酋帥的。」

虎面哦了一聲，像是領會了顧然的言外之意，顧然更覺無奈。漫長的「哦」突然被虎面自己一聲冷笑終止：「看來顧郎只是一個有勇無謀之徒，還帶著這麼一個累贅。」那黃金面具裡流露出來的輕蔑，就像一切失敗全在張昭昭一樣。

「在下也有難言之隱。」

「哈哈哈哈！沒想到那個殺友進山、兇惡無度的顧然還有這樣柔情的一面。」虎面像是抓到了顧然的軟肋一樣，又哈哈笑了起來。

而趙劍南只是一直盯著張昭昭，一點山水不露，不知道老東西到底看出了多少門道。

還未等顧然說上點什麼，虎面突然嚴肅簡短地說：「二十六神廟。」

5 余，是上古第一人稱代詞，後文中所出現的「卬」「台（音：怡）」皆是上古第一人稱代詞。

就連趙劍南都顯出一絲不解。

這樣的反應虎面相當滿意，依舊保持著嚴肅的腔調：「顧郎你不要以為自己做的事情人不知鬼不覺。」

在不明真意之前絕不發言，是顧然基本的生存之道。

「你是默認還是不敢承認，余根本不會在乎，余只要讓汝等知道，余對你每一次從不動山過來的那些小算盤清清楚楚。」

顧然裝作畏懼地後撤了半步。

「你給我們冉家的雲瑟石並不是全部。」

顧然低下了頭。

「所以啊，你要見酋帥可以，余可以為你引薦，但是，余的引薦是有條件的。」

有條件才有交換，當然是好事。

「余要你把每次偷偷分給元家那些鮮卑人的一成雲瑟石都給余歸還回來。余並不是什麼不通情達理的人，」說著，虎面又執起那柄鎏金法劍，像是對什麼人真能有威脅一樣，「不會要你歸還所有雲瑟石，」說著伸出沒有執劍的左手，張開巴掌在顧然面前翻了一翻，繼續說，「十馱雲瑟石，從元家那裡給余弄來，三天後申正，在二十六神廟交給余，余便為你引薦酋帥，絕不食言，就這麼簡單。三天後，二十六神廟。」

沒想到這野心謀權的虎面會這麼在意雲瑟石，雲瑟石對於他們盤瓠人內部到底是什麼樣的意義，顧然確實不得而知。在這一點上，也只能見機行事，先應允了再說。

「顧郎，希望這次你不要搞砸，屆時老夫也會一同前往二十六神廟。」

「哦?這不太方便。」虎面竟如此簡短地否決了趙劍南自作主張的決定。

一時間，一直眯著眼的趙劍南竟然瞪向了虎面。

看起來，無論虎面和老東西之前有過什麼樣的密謀，都因為自己的出現而發生了變化。他們到底在謀劃什麼，虎面要那麼多雲瑟石又是為了什麼，這些顧然不可能立即知曉，唯有一點，顧然十分清楚，那就是自己的目的只有一個:面見冉魁榮。

既然目標沒變，咬住的東西，就不會鬆嘴。

這才是顧然的一貫作風。

因為虎面的一句話，在場四人一時陷入了沉默。無論是顧然還是趙劍南，似乎都在腦袋裡飛快謀劃著。唯有虎面毫不在意，一臉輕鬆。看場面平靜，乾脆收了法劍，留下一句「屆時再會」，便疾步走回宅邸院中。

「顧郎，」趙劍南緩緩到了顧然身邊，語氣關切地問，「羅山出什麼事了嗎?」

「那邊的老不死一直沒有死，就是大事。」

「哦，老夫沒有死，那就放心了。」

「別又在這裡裝神弄鬼。」

「看來三年過去了，你還是一點兒都沒理解。」趙劍南語速依然遲緩，依舊是無事發生般的平和，

「還有，不要嫌老夫囉唆，你早晚會因為你的態度吃大虧。」

「你是在關心我？」

「畢竟你在外面丟的是老夫的臉。」

「呵！你還真會給自己貼金。」顧然有意往透著金光的大門裡看了看。

「這麼好的小女娃子……」趙劍南卻已經把目光投向張昭昭。

「你在打什麼主意!?」

趙劍南並沒有理會顧然，只是關切地問張昭昭：「從不動山過來，頭暈不暈？」

「只有一點點，很快就好了。謝謝爺爺關心。」張昭昭禮貌地回答。

「多好的女娃子，以前顧郎每次來，都會跑來和老夫抱怨頭暈得想吐。不過，那都是幾年前的顧郎了。現在，」趙劍南和藹地笑著，「老夫在顧郎眼裡只是一條可以隨意踢開的老狗。」話雖說成了這樣，但老東西卻表現出一絲滿意，說了一聲「老夫也倦了，我們改日再聚」，便像是趕著去參加祭祀的最後環節一樣，轉身向金光大門而去。

顧然心中一涼，沒想到處事不深的張昭昭，這麼輕易就被老東西給套出了新天墜者的身份。

看著老東西遠去的背影，可能是因為上了年紀，腳步完全踩不上大祭壇傳來的鼓點，顯得滑稽而孤獨。

當然，這很可能只是他的又一層表演而已。

第十七章　散

覆水難收，事已成定局，顧然拉著張昭昭便走。

溢出金光的宅邸大門並沒有再關上，完全可以窺見裡面的情形。和大街上所見的任何神廟一樣，裡面就是由銅立人像左右列隊延伸而成的神道，筆直地通往高大的祭壇，神道上同樣是擠滿了舞動的人。不過，也有不同之處，這裡的銅立人像都佩戴了黃金面具。

和其他神廟相比，這裡的祭壇也好，神道的寬度也罷，都要誇張許多。祭壇疊了三層，每層的地面都包上了金箔，再加上最上層那極為巨大的太陽輪，故而能反射出如此耀眼的金光。

三層祭壇每一層都有人，最下面的是擊鼓人，中間層便是虎、魚、鳥三位黃金面具祭司，而最上層，手中高舉黃金權杖佩戴黃金面具的，看來就是顧然想見的冉魁榮了。張昭昭望見那高高在上的冉魁榮，多少感到惋惜，確實已經近在咫尺，現在不得不離開，從長計議。

「這裡的習俗是每晚都要有這種祭祀？」

「當然不是，那樣的話，冉魁榮那個盤瓠偽神哪兒還有時間享樂？只有和不動山接觸的時候，才會開始這種祭典。」

「剛剛聽虎面說這叫『大夜』，所以不動山都是撿著晚上才接觸到彭山的？這不合理吧。」
「肯定不是只有晚上才接觸。只是白天接觸過來的話，祭典有別的名字。」
「不會叫『大晝』吧……」
「就是這麼沒新意。」
兩人說著話，離開了冉家宅邸。路上再見神廟時，祭典紛紛進入尾聲，已經有祭司下了祭壇，神道上的眾人更是停下了舞步。
二十六神廟，顧然想著那個約定地點，基本確定了位置。彭山的街道雖然不是每條街都筆直南北東西，但依然能夠以冉家宅邸為中心，按經緯來劃分，所謂二十六神廟，也就是經六緯二那個點上的神廟。位置偏北一邊，距離開明川不遠。
看來那一帶都是虎面的勢力範圍，這一點新的資訊倒是也有點用處。
「所以，」一直跟著顧然走在路上的張昭昭忽然問道，「現在咱們是去哪兒？不會是直接去元家要石頭吧……」
「當然不是，而且誰說要去……」顧然頓了一下，「先去我住的地方休整一宿，明早再出發。」
「原來你有地方住的。」
顧然一時語塞，原來在她心裡，自己是一個完全沒有安身之所的流浪漢……
到底打算幹什麼呢？張昭昭跟在顧然身後，倒是覺得越來越有趣了。千萬別讓我失望哦。
「我很厭惡被人說是累贅。」張昭昭忽然說。

「廢話。我也不喜歡。」

顧然說完，便繼續帶路了。

一番穿街過巷，路過許多偃旗息鼓的神廟後，張昭昭眼看著房屋條件變差，猜測應該快到顧然的居所了。

不出所料，當顧然說「到了」的時候，他們穿過了一條一線天的青石板小巷，停在一道門前，只見是一間普普通通不新不舊的屋子。

推開門時，多少有些出乎張昭昭的意料，看似有些陳舊的木門，打開時卻沒有一絲吱扭聲，靜悄得有如踩在棉花裡。不過，當她看到屋子裡的樣子，立刻覺得門的問題合情合理了。

屋裡佈局四四方方毫無特點，而佈置則堪稱真真正正的家徒四壁。

除了地面鋪著草蓆，全無任何傢俱，甚至連特別的顏色都沒有，也嗅不到任何特別的氣味，更看不出屋主人的一丁點生活習慣和性格。

張昭昭驚訝於眼前的景象，這就是那個在腰上掛著一堆怪模怪樣偶人的顧然的居所？

但她進屋後並沒說任何多餘的話，聽著顧然的安排，找了一個角落，坐了下來。

「不好意思，沒有被子，將就一下吧。」在另一頭的顧然說完，便倒過頭睡去。

張昭昭倒也並無所謂，在這裡好歹有屋頂有草蓆，總比在不動山，睡在眩光的雲瑟石下面要好很多，隨即對著顧然睡去的背影吐了吐舌頭，也陷入了夢鄉。

天明後的彭山，是熱鬧嘈雜的。

再度跟著顧然到了彭山的街巷上時，張昭昭多少有些驚訝了。即使不是大夜的清晨，和羅山相比也是一點都不一樣。

在羅山，上午的街巷裡也會有來來往往的人流。人們要去的地方並不難猜，距離開明川近的一邊，一般就是過河去煉銅作坊，其他地方的，則多是去了城外農田。在農田邊上，會有冉家設立的哨崗，一方面當然是防止那些肆意妄為的鮮卑人，說不定什麼時候就會抽風一樣跑來搶糧；另一方面也要定期分發給來上田的農戶一點點雲瑟石粉，以便他們能在當天把石粉播撒到農田裡去。

當然，在分發雲瑟石粉的當日，日頭落山的時候，哨崗都要對每個離開的農戶進行極為嚴苛的檢查，甚至包括每個人的牙縫，以及肛門、鼻孔、耳洞、嗓子眼等等，任何有可能藏匿石粉的孔洞都不放過。有意思的是，每一個不動山週期，冉家都會給那些在城外上田的農戶分發一小部分的糧食，多少可以讓他們活著繼續勞作。久而久之，也就形成了羅山自己的天墜後秩序。

在羅山時，張昭昭感覺那樣的秩序確實有它存在的合理性。而出乎意料的是，到了彭山，本以為也會有同樣的秩序，然而只要清晨走在大街上，就可知道所謂的秩序大不相同。

顧然的居所在一處擁擠不堪的里坊中，整個坊裡被私搭亂建的房屋搞得崎嶇雜亂，然而就算是在這種深巷裡，一大早照樣能聽到四處響起的鐘聲。

在鐘聲合鳴的清晨，張昭昭和顧然出了居所外的那條夾道，就看到了所有被鐘聲吵醒的人。或者說，人們不是被鐘聲吵醒，而是被鐘聲所召喚來的。走在路上的平民皆是渾渾噩噩，並不明白走下去的目的地到底是個什麼所在的樣子。

跟著人流往外走，出了坊倒是立即知道召人的鐘聲從哪裡來，人們又是要往哪裡去了。仍然源於那些神廟，也是去往神廟。人們走入就近的神廟，隨後便都在神道上席地而坐。祭壇上沒了那個戴著面具的祭司，但仍有兩人手扶著太陽輪，調整著太陽輪朝向朝陽的方向，另有一人在昨夜擂鼓的對面，賣力地敲著一口大鐘。

敲鐘人見神道上坐滿了人，便止住動作，下了祭壇，坐在人群中，和所有人一起，望著冉冉升起的朝陽，開始念念有詞地詠誦起什麼。

「他們在念叨什麼？」

「誰知道，都是彭山冉家那幫人自己編造的口訣。天墜之前的照州城，可沒有這些東西。」

「在彭山，田都是誰去種？」

「還是他們，一會兒等他們都念叨完了，就該幹嗎幹嗎去了。畢竟在彭山，每天去上田還能混一頓夕食，去得積極得很。」

張昭昭嗯了一聲，沒再多問什麼，繼續跟著顧然在人流中穿行。

可是，還沒再走多遠，顧然一手攔住了張昭昭。因為突然站住，身後的人差點把張昭昭撞倒。捂著被撞的頭，張昭昭再看向顧然時，發現他已經進入了警覺狀態。她連忙又往顧然警覺的方向去看，卻並沒有看到什麼異常，和這邊沒什麼兩樣，就是一群人往相近的神廟緩緩走……忽然，張昭昭也看到了人群中不和諧的點。雖然只有兩個，但突兀得只要注意到就無法視而不見。那兩個人站在湧動的人流中，有如潮水中的兩塊頑石，不但頂著人潮，還隨意抓起路過身邊的人，拉到面前一看再看，又挑甜瓜一樣不滿意地丟回去，再去抓下一個來看。

兩人都是青色短打衫褲，戴著頂氈帽，以及再明顯不過的耳環。不用說都知道，必是元家的鮮卑人。

他們是在找什麼人？張昭昭心裡剛剛這樣一問，發現顧然已經把自己拉回到人流裡去，不緊不慢地繼續跟著前行的腳步。

「該死。」顧然微微躬身，以便張昭昭能聽到他的嘀咕，「有人向元家告密……」

現在看來確實非常有可能了。張昭昭一邊跟著走，一邊點了點頭。

街並不算長，照這樣走下去，走不多久就要到那兩個鮮卑人跟前了。但現在街道裡擠滿了人，在人流的湧動中，逆流而上會更加顯眼。

向前向後原地不動，怎麼都不行了。

張昭昭這樣想著，忽而感到顧然微微向前推了一下自己。

耳畔響起顧然的急促交代：「現在妳跟著人流往前走，他們不認識妳，只要不跟著我，就不會被發現。兩個時辰後，在開明川外元望那個小破作坊見。和羅山的位置差不太多，妳肯定能找到。不要東張西望，跟著往前走。」

話音剛落，就感到身邊的人流掀起了波瀾，人們被什麼猛地擠了開來。與此同時，兩名鮮卑人一邊大喊「那邊，在那邊」，一邊撥開人潮向這邊撲來。

張昭昭不敢回頭，但聽也知道顧然已經一躍上了房頂。鮮卑人從身邊橫衝直撞過了去，背後一團亂的叫罵聲，張昭昭再回頭去看，正見兩個鮮卑人仍然連嚷帶罵地疲於追趕。屋頂上的顧然，一溜煙消失在了屋宇之間。

「呼，我看他其實是逃跑第一名。」一時解除危機的張昭昭跟著驚魂未定的人潮繼續向前走著，長吁了一口氣。

這一股人流同樣湧入一處神廟，神廟裡同樣有盤瓠人在帶著住民們詠誦著什麼，外界發生天塌下來的事，似乎都不會對他產生一絲干擾。

擺脫了摩肩接踵的人流，再往前走，街道也寬了不少，顯然出了顧然居住的里坊。路寬了，人也少了，張昭昭反倒茫然了。

張昭昭不是那種遇事會慌的人，不然她也不會獨自一人跑到這種地方來。但此時，在她腦袋裡，只有兩個問題：我在哪兒？要往哪兒去？

特別是連太陽到底是不是從東邊升起都無法確定的這種地方，如何去顧然說的自己肯定能找到的開明川外，確實成了一道難題。

不過，這個問題，根本難不倒張昭昭。她腦袋裡立刻有了確定方向的辦法，確定了方向，自然就能去往開明川了。

方法其實十分簡單，靠的就是那些現在還在嗡嗡作響的神廟。

昨晚虎面提過的二十六神廟，當晚她就問了顧然神廟前的數字是什麼意思。當時只是好奇，沒想到現在竟就可以利用起來確定方位。既然神廟是以冉家宅邸為中心街道經緯編號，那麼向南走，神廟編號的十位數會變大，向東則是個位數變大，這樣一來，只要走上三四個神廟，方向就能確定。

一道謎題輕鬆解開，張昭昭走向嗡嗡作響的神廟的步伐明顯輕快了許多。

不對。張昭昭突然又站住，腦袋裡冒出一個新的疑問。

為什麼是兩個時辰之後？

這個時間未免太久了。

因為清楚知道自己一直在蘆川西岸，距離開明川外確實有一點距離，但以在羅山的經驗來看，步行過去頂多也就花一個時辰，再低估張昭昭，也不至於要兩個時辰這麼久。

所以，兩個時辰裡所打出來的富餘量，自然就是顧然留給自己的了。

現在元家已經警戒起來，高度防備下他還怎麼去元家要雲瑟石？所以，他是在那麼短的時間裡，有了什麼別的計劃？倒是想看看顧然這個逃跑狀元，去搞什麼不可告人的事情。

神廟的詠誦儀式結束了，街道上頓時又熱鬧起來。就像顧然說的一樣，這些從神廟出來的人，根本不用回家拿什麼農具口糧，直奔左近的農田而去。這新的人潮，倒是要比方才的紊亂得多。紊亂倒也有好處，不至於像一早那樣，只能順流而行，現下來來往往間，總有縫隙可以穿行。

因為這些人都是往各個方向的城外去，街上很快恢復了不鹹不淡的平靜。所剩的，或是無田可種的閒漢，或是有物可賣的小商，抑或是……又冒出來搜街的鮮卑人。

有趣的是，這些鮮卑人雖然並不去神廟，但在全民詠誦期間也不敢造次，正式開始時，各自都縮在了不起眼的地方等著，直到結束才再次出動。這樣想來，不知顧然是不是利用這段時間，跑得更遠了。

雖然街上多了很多的鮮卑人，但張昭昭反倒一點都不緊張。顧然的判斷沒錯，只要不和他一同行走，就不會有人認得出自己。

走了將近一個時辰，泛著惡臭的開明川撲面到了眼前。和羅山沒什麼兩樣的大概只有開明川外了，同樣是擠滿了大大小小的水車，同樣是在彼岸沒日沒夜冒著惡臭黃煙。

過了開明川大橋，就和顧然所說一樣，作坊佈局基本和羅山無異。那麼，找到約定的地點，更是易如反掌。特別是元望那間小破作坊的木門，雖然破，但幾乎沒被煉銅冒出的酸煙熏黃，更是容易確認得很。抵達目的地了。

在元望的作坊門前看了看，無論是比相鄰作坊都低矮的坊頂，還是木門本身，全看不出一點顧然到或者沒到的痕跡。張昭昭又悄悄趴在門上聽了聽裡面的動靜，卻被各家水車吱吱扭扭轉動的刺耳聲響吵鬧個不停，也聽不出個所以然。

作坊小巷的地面黏膩濕滑得厲害，踩在上面就覺得全身難受，而且偶爾還會有推著綠色銅礦石的小車隊從身邊路過，更是讓站在作坊門外的張昭昭感到不安。

乾脆先進去再說？

可是……這裡是那個元望的作坊，元望可是姓元的鮮卑人，現在滿大街都是在找他們的鮮卑人，這樣自投羅網真的可以嗎？算了，就相信一下顧然吧，既然他讓自己來這裡會合，總不會是要自己傻了吧唧地在門外等著，而且這樣看起來更可疑，更危險。可能元望即使姓元，也是顧然唯一信得過的人，所以才會情急之下，選擇在這裡會合。顧然信得過的人，自己也只能信得過了。

張昭昭撚了撚頭髮，沒有敲，直接推開了那扇木門。

門沒有鎖，推開一看，作坊裡的佈局和羅山的幾乎一模一樣，且一眼就看到了那個信得過的人。一個戴著氈帽、配著耳環的鮮卑人，盤著腿坐在鍘刀旁，咬牙皺眉數著手裡僅有的兩張紙幣，翻來覆去地數，彷彿多數幾次，兩張就能變成四張一樣。

此時，他數得過於認真，竟連門外進來一個人都沒發覺。

張昭昭看著認認真真數錢的彭山元望，忍不住說了一句：「再印一沓子不就得了？」

「然哥還沒告訴我能印多少啊！哇!?妳誰啊!?」

兩張彌足珍貴的紙幣飛上了天，一柄利器轉瞬按在了張昭昭的脖子上，隨時都會直刺進去。

「我、我是和顧然一起從羅山來的。」張昭昭小心地控制著咽喉，避開脖子上抵著的利刃。

「然哥？羅山？妳逗我？」

張昭昭賣力地用餘光瞄元望手裡的兵器，一柄本該插在長槍頭上的銅鈹。

未等張昭昭回應，元望忽而想起什麼，遲疑地說：「難不成？」銅鈹依然緊緊地抵在那裡，毫不鬆懈，而眼睛直盯著張昭昭看，好像這樣就能看出什麼一樣，突然繼續說，「前一陣子，冉家那幫傢伙亂哄哄地說什麼外面又天墜了，可能又有人進來了。進來的人，難不成就是妳？」盯著張昭昭的眼神裡帶著些許不信。

「是我。」張昭昭小心翼翼地回答，同時察覺彭山的元望果然也跟自己的本家有悟，直到此時，元家滿城搜查顧然等人的事一嘴都沒提。

「證明給小爺我看。」

在擒住張昭昭的彈指之間，元望摸清了這小女孩毫無功夫底子，銅鈸也不再那麼無懈可擊地抵在她的脖子上。

「你的不動羅，」張昭昭終於可以自如一些說話了，「有一根樞軸，一根天柱，兩條天運環……」

「什麼玩意兒!?」

「裝雲瑟石粉是從下面抽出一根六方銅柱，柱子頂端有三個小凹槽，頂上三粒雲瑟石推進去，旋轉銅柱石頭自然碾成粉。打開不動羅的方式是……」

「夠了！」元望大叫著撲向小破作坊的一角，瘋了一般翻起角落裡的雜物，最終找出一個圓滾滾的銅球，像寶貝一樣抱在懷裡眼巴巴看著張昭昭，「我信妳了還不成嗎？妳也太清楚了吧。」

說著都要掉下眼淚了似的。

第十八章　珍寶滿屋

「你們兩個這麼熟了嗎!?」

彷彿踩著兩個時辰到一般，顧然推門就進了元望的作坊，一眼就看到元望和張昭昭面對面盤腿坐著，對著堆了一地的銅件有說有笑。

「哎呀，然哥！」元望見了顧然，就像看到有人送進來一箱紙幣般，激動得原地跳了起來。

張昭昭見顧然脖子上還淌著汗，全然不似故作的那般冷淡那麼涼爽，看來是從什麼地方拚命飛奔，才在約定的時間來到這裡。

「這個小女娃在給我講不動羅裡每一個玩意兒都是幹嗎用的呢。我可是長了見識。」元望三步兩步就把顧然拉到了那堆精細的銅件前，真到了跟前，元望又忽然慌慌張張拉住顧然，「哎呀，然哥你可別踩了我那個那個那個……」

「鐘鼓輪。」張昭昭接話說。

「對！鐘鼓輪，你可別踩了它，沒它咱的不動羅根本沒法轉。哎呀，那個那個那個也別給踢彎了啊。」

「天樞。」

「對！天樞，天樞必須是筆直筆直的。」

元望終於把顧然拉到安全的地方，才鬆了口氣似的說：「然哥，看見沒有，這小女娃多厲害，快，告訴然哥，這個叫什麼？」

「你自己能記住一個嗎？」

「嗯……我記得，記得……」元望用力抓著氈帽，「補、補、補什麼來著？」

「撥牙……」

「對對對！補牙！」

顧然看著倆人一言一語，倒是要比羅山時省心得多。大概還得感謝遠在羅山的元望幫張昭昭熟悉了他一貫的作風吧，只是可憐了元望的不動羅，終究逃不開被拆的命運。

「行了，現在沒工夫在這裡學什麼天學了。」顧然終於還是打斷了他倆的互動。

張昭昭立即回看向顧然，知道終於要繼續什麼了。

「現在就出發，跟我走。」顧然說著，已經踱步到了門邊。

張昭昭立刻跟上，就像是要去逛什麼好玩的園子一樣。

「你不跟來？」顧然打開了一點點門縫，回頭問仍在原地蹲著的元望。

元望正在一根一根認真地往懷裡撿散落一地的不動羅銅件，認真得旁若無人，更不用說理睬顧然。

被無視的顧然倒也不氣，極為隨意地又補了一句：「這回印惡錢的數，三天以後再說吧。本來打算在路上就跟你說的。」

顧然說得輕描淡寫，元望卻抱著懷裡的銅件跳了起來，「不是，等等，然哥，我跟你去。」又左右為難地把眉毛扭在了一起，想抓氈帽又沒有手抓地看向張昭昭，「女娃子先幫我把這些都裝上嘛，快嘛。」

「我們走。」顧然面無表情拉著張昭昭推開了門。

就聽身後稀里嘩啦地銅件落地，元望三步兩步追了上來，嘴裡一直嘀嘀咕咕：「沒事沒事，女娃子說要幫我改一個小的，沒事沒事。只要我跟緊然哥，什麼事都沒有，沒事沒事。」這麼多個「沒事」，感覺像是說給自己聽的。

「我們要去哪兒？」張昭昭趁元望還在自己嘀咕著，低聲問顧然。

「目標沒變，還是去拿石頭。」

帶著元家大少爺去元家拿石頭？可惜元望就在旁邊，張昭昭沒能問出口。而從行進的路線來看，似乎目標確實沒變。走出黏膩的煉銅作坊夾道，顧然便帶著兩人上了開明川大橋。

張昭昭提前到的元望的惡錢作坊，所以後面一個時辰街上的變化，她並不清楚。現在看來，顧然一定是做了什麼。和一個時辰之前不同的，不是遊走在街上的小商小販變多了，又漸漸變得熱鬧有了些人氣起來，而是少了一撥破壞者，那些三兩成群肆意搜街的鮮卑人都不見了。怪不得此時的顧然放心地帶著自己走到大街上不怕被盤問。

到底做了什麼？至少不會是因為帶上了一個百無一用的元家大少爺這麼簡單。不過，也許元望還是有一定作用的，畢竟區區一個時辰的時間，不可能通知到全城的鮮卑人回巢。

大概是一道雙保險？真是小心謹慎的顧然。

雖然彭山的街景和羅山大不相同，但跟著顧然過了開明川，繼續走下去的路卻越走越覺得眼熟，直至看到一道矮牆出現在眼前……

越過矮牆，還能看到裡面的一座小亭，亭下聚著三三兩兩，遊手好閒無事可做無田可種的胡人。

「就是彭山的胡亭沒錯。」顧然見張昭昭看到胡亭後遲疑的步伐，輕聲解釋道，「沒事，這裡的冉魁榮還活著。」

「冉魁榮怎麼了？」元望的耳朵似乎異常之好，立即跳著追過來問。

「沒怎麼……昨晚還見他在大祭壇上又唱又跳。」顧然說。

「他那也能叫跳？」元望說著原地打著圈，跳了起來。

轉了第四圈時，發現顧然他們根本沒在看他，連忙停了舞步，又追了上去。

從胡亭往北走不遠，就是全城最大的市集東市了，東市裡佈滿了各家商販的攤位，但基本上都是胡商和來東市淘換東西的胡人。

胡人們操著各種古怪口音的大唐官話，在市場裡嘰嘰呱呱三兩成堆地聊著，根本不像是什麼市集，更像是胡人混子集散地。不過，混子只是表面而已，這些胡人從天墜之前就集中了照州城絕大部分的財富，鼓搗著照州城裡每一個或大或小的市集，全靠他們滿嘴嘰嘰呱呱的古怪官話。只是現在，所謂的財富，除了無法獲得的雲瑟石之外，只有冉家的糧食、根據糧食發行的貨真價實的紙幣，以及最令人眼中冒光的趙劍南運作出來的「趙片」。

越走越窄，越走越陰暗，就連一路聒噪的元望都隨著環境靜寂下來，靜寂到甚至忘了問到底要去哪裡。

顧然繼續帶著二人前行，直到被左右樓宇遮蔽得不見光亮的小巷盡頭，他才終於停在了一扇極不起眼的木門前。

張昭昭自然不知彭山的元寨位於何方，但肯定不在如此逼仄之處。顧然這是要帶著他倆去什麼地方？她又看了看元望，元望也是一臉懵，顯然知道的並不比自己更多，便歇了追問的心思。

木門周圍沒有一扇窗戶，門縫裡也沒什麼光亮透出來。可空間裡的所有細節都寫著「這是顧然要去的地方」，張昭昭乾脆抱肘站在一邊，不想再動一步，用眼神讓顧然趕緊推門進去。

葫蘆裡裝的到底是什麼，趕緊倒出來就好了。

顧然左右看了看，然後隻手推門，閃身進去了。張昭昭緊跟其後，元望也一同蒙頭蒙腦鑽了進去。

這間沒有窗的屋子，跟想像中一樣，不僅更加潮悶，還滿是霉臭。

捂著鼻子進到裡面的張昭昭，這才發現這間屋子其實並不是沒有燈，而是在中間拉著一整張掛在天花板上的布，把裡面的燈光遮擋得嚴嚴實實。

顧然挑開這層布，帶著張昭昭進到了屋子的正廳。

可能是全無準備，平日總是大呼小叫的元望，此刻只是把手抵在銅鈹柄上，悄無聲息地跟進了布簾裡。

一進來，眼前所見多少還是把張昭昭和元望驚到了。

萬萬沒有想到，發了霉的洞窟竟是一個藏寶窟。燈光並不是十分明亮，但奇珍異寶肉眼可辨：火珠瑟瑟、夜光珠瑪瑙杯、錦衣綢緞玉簪銀梳，只要是算得上的寶物，全都散落滿地，無序得近乎鋪張。

「喂。」

就在他倆盯著滿地珍寶不知該如何感歎時，燈光暗影的角落裡突然發出這麼一聲，彷彿是一團煙才會發出的聲音，著實嚇得張昭昭低聲驚呼了一下。但當她往聲音的方向看去時，才更是倒吸一口霉氣。

即使燈光昏暗，那角落還是看得清個大概。張昭昭本以為那裡只是掛了一件花飾怪誕的褂子而已，完全沒想到那裡竟坐著一個人，一個……皮膚全黑的人。

僧祇奴？這還是張昭昭第一次見到僧祇奴，活脫脫坐在自己面前的僧祇奴。仔細看了看，更覺有趣起來，昆侖奴偶爾倒是見過，而僧祇奴要比昆侖奴黑得多，頭髮也更卷，但身材更為瘦長。

「不要盯著別人看，很不禮貌。」顧然拉了拉張昭昭的肩膀，隨後打了個招呼，「果然還是窩在這裡，小心頭上長出蘑菇來。」

「喂！」那僧祇奴責問道，說話間竟彷彿身影已閃至別處，「你怎麼能帶陌生人來。」

他是用了什麼特殊的發音方式？聲音甚至使得他黢黑的本體都變得飄忽不定，宛若煙塵，隨時都可能散掉。

「我說你能不能好好說話？」

僧祇奴只是嘴角一抽，呵了一聲。不過，這一聲已不似剛才那般瘮人。隨著實實在在的呵聲，他又把凹陷在烏黑眼眶裡的眼珠子盯向了張昭昭，厚厚的嘴唇動了幾下後，才繼續用正常的聲音發出奇怪的語調：「我這裡不做奴婢販子生意。不像你，殺友進山，什麼都做。」

一時間，張昭昭不知該為這個有原則的僧祇奴感到高興，還是為自己被看成奴婢而感到悲哀。

顧然無所謂地撇了撇嘴，繼續說：「不是賣什麼奴婢給你。賣給你，你出得了手？」

「困在這裡以後，什麼東西出得了手？」顯然他是指滿地的珍寶，而此時他好像才發現元望似的，又看回顧然說，「今天一大早元家人還全城找你，說什麼只要逮著你就地宰了，還能拿你一根手指去元寨換一合米。我看賣你可比賣奴婢賺多了。」

顧然只是呵呵一笑，並沒對他所言有什麼特別的反應。不料，這個僧祇奴反倒哈哈大笑起來，笑畢才說：「你膽子真是越來越肥了，到底是什麼給你這麼大的自信，知道我乙巴達就不會當場賣了你？」

「哇！」元望在顧然身後猛地叫出了聲。屋裡眾人，包括這個自稱乙巴達的僧祇奴在內，都被叫聲驚到。

「閣、閣下就是大名鼎鼎的俠盜乙巴達!?」元望瞪圓了雙眼盯著乙巴達，幾乎就要五體投地。

元望竟會用「閣下」這個詞了？就算是顧然都大吃一驚。

「在下早已不是曾經的乙巴達了。」

顧然輕輕地啐了一口，「不用在這裡還沒老就賣起老來。我認識他的時候，他還是這麼高的一個小黑孩。」顧然隨便比畫了一下高度，「他當俠盜那會兒確實風光，這一屋子的財寶，幾乎都是他從各大豪閥家裡偷出來的。」

「俠盜乙巴達，那是天生的俠盜。」元望毫不掩飾自己的仰慕，「跳可數丈，奔如野馬，夜裡還不用穿夜行衣，天生的大俠盜。劫富濟貧，仗義疏財，那是小弟我心中的一座高山。」

原來元望還有這一番正義感？張昭昭倒是大為吃驚。

「大盜還差不多，」顧然忽而故意歎了口氣，「唉，可惜啊可惜，天公妒英才，咱們乙大俠盜沒風光幾年，照州城就天墜了。這一墜不得了，把乙大俠盜困在了區區山裡，往來的商隊沒有了，駐紮的豪商落魄了，這樣的地方，乙大俠盜能去誰家行俠仗義？行俠來的東西又能賣給誰？」

元望同樣一雙眼盯著乙巴達，就像他真能回答顧然的這些問題一樣。

「天墜以後，這滿屋子的財寶都出不了手了。」反倒還是由顧然來回答了，「畢竟，銷贓沒有在被盜人眼皮子底下銷的。後來咱們乙大俠盜只偷兩樣東西，趙片和雲瑟石。趙片能直接去換糧食，雲瑟石嘛，賣給元家什麼的，讓他們去燒著玩咯。」

「行了！」乙巴達一屁股坐回原位，顯然氣鼓鼓起來，「快說你的正經事，我這個小廟留不下你這個龍王爺，還特意請了元家的人來坐鎮的龍王爺，小廟更消受不起。」

所以，元家的雲瑟石是顧然悄悄私留給他們的？還是乙巴達賣去的？抑或兩者皆有？此時的張昭昭不由得琢磨起來。

「那我就直說了。其實我這次來，是想找你借點兒東西用用，以後加倍奉還，絕不食言。」

「呵，你顧大爺也惦記起小弟這裡的珍寶了？」

「哪敢哪敢。在下可沒惦記你的這些寶貝，放心吧。」

「所以你到底想要什麼？」乙巴達深陷的眼窩皺得更深了。

「雲瑟石。」顧然果斷地說了出來。

乙巴達一聽，裂開了嘴，半天才擠出話來說：「你什麼意思？唯一一個可以去不動山給我們運雲瑟石的顧大善人，現在來找我這個盜賊借雲瑟石？還是『借』。你不覺得可笑嗎？」

「在彭山，除了冉家，能囤上大量雲瑟石的也只有你了。」

顧然解釋時，乙巴達一直盯著他，似乎不想放過他臉上任何一點可以解讀的細節。

「在下最近遇到了些棘手的麻煩。」

「哦？」聽到這句話，乙巴達忽然兩肩放鬆回來，雙手抱肘，歪了歪頭又探過身子，「原來是這樣。你說你會加倍奉還？」

「看來你果然有。」

知道自己又進了顧然的套，乙巴達氣急敗壞舉起手邊一顆瑪瑙，可想了想，並沒有扔出去，小心翼翼放了回去，才繼續說，「可看你眼下這處境，」說著，乙巴達瞥了一眼張昭昭，「真有命能活到下一次來彭山？」

「嘖，看你這話說的，我顧然……」

「你要多少？」乙巴達像個正兒八經的商人一樣，拿捏著分寸打斷了顧然的話。

顧然伸出五指，在乙巴達面前比畫著翻了一下手掌，沒有說話。

「嘖，十塊雲瑟石，不是小數目。」

「是十馱。」顧然堅定地伸著手掌說。

頓時，原本盤腿坐著的乙巴達，頎長的身軀像彈條一樣原地彈起。乙巴達跳得太高，腦袋甚至撞到了低矮的屋頂，至少震下五隻潮蟲。張昭昭嫌棄地連連揮手，就連元望都不禁後仰躲開面前爬來的蟲子。只有乙巴達，手指著顧然張大著嘴，半天說不出話。

乙巴達的跳腳反應確實誇張，但顧然對此早有預料，輕鬆地說：「原來你供不起十馱的雲瑟石？」

「老子只是一個賊，不是驢。十馱⁉老子拉個車去偷，都偷不出這麼多來，你一下子找老子要十馱雲瑟石？冉家的牆有多高你不知道？老子就算再能跳，一次背得動幾塊石頭跳出來？你想仔細了再開口找老子要石頭！」

乙巴達越是暴跳，顧然的眉眼裡也就越是帶著笑。

「可我看你每個月都能賣大概一馱雲瑟石給別人。」顧然用下巴指了指他所說的別人，元望此刻正盤腿坐在潮濕的蓆子上。忽然被指，元望一臉懵懂地看著顧然的下巴。

乙巴達倒是直言不諱：「對呀，我都賣給元家了，手頭哪有那麼多存貨。」

「如果一次只能背三兩塊出來，你供得上元家的用量？」

「你、你什麼意思？」

「還有，你一個月敢去冉家宅邸幾次？我每次給冉家送去的雲瑟石大概不到四馱的量。這個量，都不用說偷走一馱，如果你一次拿三兩塊，沒幾次就能發現見少了。全彭山能出入冉家宅邸的，我看所有人都會認為只有你乙巴達一人吧，要是冉家發現自己的雲瑟石少了，掀了整個彭山也會把你乙巴達給揪出來。到那時，我相信那些鮮卑人根本不可能保你，不反手先除了你，都算仁慈。」

「你到底什麼意思？」

「這不是明擺著的？你每個月能給元家供一馱的雲瑟石，想必還有其他貨源，不管你是偷來的還是怎麼弄來的，全彭山的雲瑟石數量我是最清楚不過，顯然都是假雲瑟石，不是嗎？」

「老子現在就去元家告發你們在這裡！」乙巴達一下又跳了起來。

「你不敢。」顧然只是淡然一笑，「在下知道這麼多，你還敢讓在下直面元家的人？特別是在下這邊還有他們元家的大少爺。」

「原來是那個廢……」乙巴達看了看剛剛還為自己五體投地的元望，咬著牙沉吟著，「你到底要什麼？」

「雲瑟石啊，十馱雲瑟石。」顧然說。

乙巴達仰天長歎一聲，說不出話來。

「看你這樣子，還得再修煉修煉。我又沒說一定要真的雲瑟石。」

乙巴達睜圓了眼睛，彷彿眼前突現了一線希望。

「告訴我，你是從哪裡弄來的假雲瑟石就可以了。」顧然輕描淡寫地說。

聽著這話，乙巴達又把他那排白得嚇人的牙齒咧了出來，過了許久才終於又說了話：「採石隊……你知道吧？」

「有所耳聞，這幫傢伙永遠躲著我辦事，看來這次能抓到他們的尾巴了。」

話已至此，乙巴達再沒什麼死咬著不說的，「採石隊沒那麼神秘，至少想見到他們的人沒那麼難，他們時常會在東市辦開石市。」

「開石市？就是那個用一堆破爛石頭當裏著雲瑟石的岩石，騙一群白癡去賭石，讓他們賺得盆滿缽滿的開石市？奈何他們必定要等我離開彭山才會開市，我是一點兒親臨現場的機會都沒有。跟你說，其他兩山也有採石隊，全是這套辦法。是覺得我會當面揭穿雲瑟石不可能裹在岩石裡面嗎？還真是一幫心思縝密的傢伙。」

「其實他們也做一些益事……」乙巴達想要張嘴辯解，卻被看著自己的顧然用微笑噎了回去。

採石隊這幫傢伙算是徹頭徹尾的天墜產物。

要說益事，或許他們把「絕不可能穿越雪山」的資訊傳進城裡，算是做出了一丁點的貢獻。但在顧然眼裡，那幫傢伙不過是一群為了蠅頭小利往雪山裡跑的亡命徒而已，根本不值一提，也毫無益處。更何況，他們就是仰賴著傳播回來的恐懼，給自己造利，真是在拿賤命直接兌錢財了。

「話說，你們鼓搗假石頭這麼久，居然沒有被發現？」

「大概是走運吧，」乙巴達苦笑一下，「不過，要知道那些假石頭，只要不是用來種田，和真石頭對半摻，燒著用，根本看不出什麼區別。」

一直恭恭敬敬坐在一邊的元望倒吸一口氣，再沒了方才的敬意，破口罵道：「媽的，石粉摻假了，不動羅轉不準你負責嗎!?」

「元大少爺，你的不動羅有不準的時候嗎？」乙巴達倒也沒有客氣。

一時間，元望咬著牙語塞。

「說重點。不去開石市，怎麼能接觸到他們？」顧然不給乙巴達喘息之機。

乙巴達立即又低下了頭，但怎麼也躲不開顧然那充滿壓迫感的微笑，乾脆如實交代：「銅山驛……到了那裡就能找到他們現在的據點。」

「銅山驛？那不是冉家的地盤？」

「在咱們這裡，有石能使鬼拉車。」

「哈！拉車的不是鬼，全是在下。」

「不是，不是這個意思……」乙巴達用手搓著自己一頭的捲髮，顯得懊惱不堪，「雪山總在變，所以他們的據點也沒有固定。」

「你是不是哪裡理解錯了，我需要去他們的據點？」

「據點就是冶石現場……」乙巴達無力地癱在蓆子上。

「既然他們會給你留信兒說明新據點的位置，看來那些假雲瑟石也不是你偷回來的了。乙大俠盜居然只會去做交易換活路，豈不是有損俠盜威名？」顧然說著，刻意地環視起那些百無一用的奇珍異寶。

「適可而止吧……」乙巴達說著，卻還是把手伸向一個小匣子，從裡面拿出一塊黑黢黢的石頭丟給了顧然。

顧然接過石頭看了看，石頭一面並無什麼特別，而另一面則是用利刃剖開，剖面透出晶瑩的結晶體光亮。如果只看岩石包裹下的結晶體，質地也好，光澤也罷，幾可亂真。唯有剖面裡的結晶體，四四方方的形狀，多少有些過於周正，顯得奇怪起來。

「用這個就可以當作通行證。這塊石頭是他們假石裡的上品，有資格拿到這種上品的，就有資格去找他們。但找得到找不到，全憑本事，你們也是。」

「呵，我們走吧。」顧然沒再接乙巴達的話，哼了一聲，沒再問做什麼算是有本事。

乙巴達沒有起身送客的意思。

但就在這個顧瘟神即將挑開布簾離開時，他又不知趣般地轉回了身。

「對了，你，」顧然盯著乙巴達凹陷的黑眼問，「近期有沒有張遂的消息？」

「啊？」乙巴達一時沒明白顧然在問什麼。

張昭昭也同樣驚訝，顧然竟會忽然問起她阿爹的消息。

可惜明白過來的乙巴達，並沒有給出張昭昭渴望的一絲資訊，「現在看來，那個張瘋子還是沒你瘋。」

「所以，有還是沒有？」

「沒有。」乙巴達十分肯定地說，「我說的『沒有』，是沒有張瘋子的消息……都多少年沒見過這一號人了。」

「好，謝謝。」

顧然帶著張昭昭出了房間，正聽到身後乙巴達咬牙低吟道：「謝你自己爹去吧！」

「你剛剛把他嚇得不輕。」三人出了那間霉氣氤氳的房間後，張昭昭低聲說。

「以前我牽著他身上一根線，是我的一個察子，後來……哼！早想治治他了。」

張昭昭點了點頭，看似不再說什麼，卻忽而又低聲說了一聲「謝謝」。

只有元望，蒙頭蒙腦跟著兩人出來，滿腦袋全是對偶像的幻滅，根本沒有在意他倆又在說些什麼暗語。

第十九章　銅山大兄

銅山驛在開明川外，也就是說，三人又要走折返路，先過了開明川大橋，穿過整個煉銅作坊區，然後才走上前往銅山驛最近的小路。

因為銅山驛比較偏北，出了煉銅作坊區，不會走進那片一直延伸到南邊去的銅塚，而是一片寸草不生的荒原。荒原上，有一條被車輪壓出溝溝壑壑的路，筆直地向著遠山而去。在這條車轍溝壑的路上，一隊隊人流推車往復。推車人自然都是那種紅頭紅臉的作坊勞工，他們的車裡或是從作坊裡運出的滾燙的爐渣，或是從遠山推回的滿車的孔雀石。

這些勞工根本無暇關注顧然三人，而顧然也怕那麼深的車轍會讓張昭昭不慎崴到腳，於是帶著他倆走在車轍路的一邊。

實際上，從現在的車轍路是望不到遠山的，就算是最高的雪山，也難看到。這倒不是因為什麼神秘力量，而是由於一車車爐渣傾倒冷卻後，漸漸成了有著滾滾波浪層層青綠色的廢銅湖面，向更遠的地方不斷湧去，不過它們已經凝固，只是擺出了奔湧的樣子，直到永恆。

第一次見到這樣的景象，張昭昭不禁張大了嘴。

顧然走在前面，只是低聲說著「趕路」，就向著凝固的廢銅波浪而去。

凝固的廢銅波浪越滾越高，走得近了，也就把遠處的景象給擋住了。顧然三人此刻要穿過廢銅波浪。路都是有的，運送孔雀石而留下的車轍清晰可見，而且幸好不是近日天，天上也不再飄雨，除了半冷凝固但依舊遲緩流淌的爐渣偶爾冒出些火苗，在四周烘烤外，氣溫還算清爽。這樣的路，夾在兩股凝固波浪之間，像是在海中開出的一條路，但這條眾人墨守規矩而開出來的路過於狹窄，又與礦石隊逆行，顧然他們因此走得十分艱難。

逆行了將近一里路，終於從青綠色廢銅之湖中走了出來。

一旦出了廢銅之湖，自然是豁然開朗。雖然運礦石的隊伍依然源源不斷從遠處而來，但那寸草不生的荒原景象再度現於眼前。

向前望去，是整整一座孤零零的山，像是被身後群山拋棄了一般跪坐在那裡，露出平整的縱切面，閃著瑩瑩綠色，就像被剖開了三四成的山，正在滲血出來；而連綿不絕的採石勞工，採集的正是山上的綠色血塊。

而在隊伍的遠端，可以看到一間不大的棚房，棚房前有籬笆攔路，每個從山上下來的勞工，都要推車通過棚房前的籬笆關卡，才能往開明川外的煉銅作坊而去。

「那就是銅山驛？」張昭昭問道。

「是的，遠處那座似被削過的山，就是銅山。以前照州城所有的銅，都是從這裡來的，呵，現在看來所剩快不到一半了。」

「那也能叫『驛站』？」張昭昭似乎對顧然的解釋並不滿意，「叫關卡才對吧。」

「別那麼多廢話。驛站也好，關卡也好，還不都是姓冉他們一家的財產。」顧然說著事實，沒一點好聲氣。

穿越荒原到了銅山驛前，並未發現任何異常的跡象。因為面對的是毫無戰鬥力的採石勞工，冉家並沒有興師動眾地安排銅甲士把守銅山驛。在籬笆門左右的，只是三五個輪班的帶刀侍衛，以及一名記帳先生。

除了這幾人外，其餘都是銅山驛的過客。帶刀侍衛自然都是盤瓠人，也就是說，唯一可能的突破口，就只有那個明顯不是盤瓠人的記帳先生。畢竟在盤瓠人的地盤裡，只有不姓冉，才可能有外人的可乘之機。而不善於經營的盤瓠人，恐怕吃虧也就吃虧於此了。

顧然讓元望和張昭昭在一邊等著，自己去了記帳先生那裡。

原本打算拿半塊真的雲瑟石去試試，但顧然想了想，認為並沒這種節外生枝的必要，索性把乙巴達給的那半塊假石頭直接掏了出來。

採石勞工源源不斷地從銅山出來，停在了關卡一樣的記帳先生跟前。坐在一張長桌前的記帳先生，則是絕不放過任何一個採石勞工的態度，要求必須把每輛車都停靠在他眼前，接受他不必起身的嚴苛檢查。他會用豆子一樣的小眼睛，死死盯著停下車來的採石勞工，直盯到對方慌亂不堪，確認對方沒有說謊，沒有謊報，才在帳上記上一筆，然後不耐煩地揮揮手，叫下一個來接受他的注目。

不是一個好對付的人，想必乙巴達的接頭人就是這個豆子眼記帳先生了。

不顧排隊等待檢驗的採石勞工接連不斷地咒罵抱怨，顧然直接插隊擠進了記帳先生的棚子，一身汗臭地直接坐到了記帳先生對面，把半塊假石頭放到了長桌上。

然而，記帳先生竟然根本沒有抬頭，而是在採石勞工的一片罵聲中，極低聲地說：「太顯眼了。」

這當然是顧然故意的，只有這樣豆子眼記帳先生才不會仔細看自己。雖然顧然與他素未謀面，但無法保證他不會認出自己來，保險起見，儘量讓他不敢抬頭才是最好的做法。

顧然沒多說話，也等到了記帳先生的動作。

記帳先生沒有抬頭，只是用沒執筆的左手在長桌下面摸索了一陣，終於摸到了什麼，快速拿出來對到了顧然的手裡。隨即，他用力地揮起了手，不知道是在趕顧然，還是招呼棚子外那個已經等得不耐煩的採石勞工。

顧然看了看手裡接過來的東西，是一隻木俑。先不管木俑的雕工到底有多粗劣，這顯然就是和採石隊接頭的信物了。

在外面等待著的元望和張昭昭見顧然出來，連忙上前問接下來是要往哪裡走。

顧然把手裡的木俑顛了顛，拿給了他們看。

「我的媽呀，什麼玩意兒!?比然哥你的偶人還瘆人。」探頭來看的元望不禁叫了一聲。

顧然一巴掌拍在了元望的後腦勺上，也把木俑拿起來仔細看了又看。

對顧然這個傀儡師而言，這木俑雕得著實粗陋，除了人形的外觀，連姿勢和面目都基本難辨。幸好還有眼睛鼻子，多少能分得清正反兩面。木偶的雙手交叉於腹前，但更令人注意的是覆滿全身的菱形花紋。如果說是衣服的花飾，這種菱形圖案也有些太少見了；如果說只是隨意亂刻上的……

「背面的花紋裡是不是藏了字？」一直探頭去看顧然手中木俑的張昭昭正巧仰頭看著的是木俑的背面。

聞言，顧然立刻把木俑翻了過來，木俑的背面同樣是聯排的菱形花紋，而在花紋裡……確實有字。讓張昭昭這麼一說，元望同樣要看木俑的背後，他見顧然已經看見什麼，立刻把木俑搶了過去，也要看個仔細。

「然哥然哥，這後面真的有字。」就像第一個發現有字的人是他元望似的，「這上面寫著，呃……二？五……目、十……」

「你在說些什麼？」

聽元望念完，顧然更是一頭霧水。接著，他又把木俑奪回手裡仔細看了看，也一時罵不出來。直觀感覺上來說，元望讀得確實沒毛病，除了那個「二」字，左寬右窄的結構，實在是歪歪扭扭得有些怪。

張昭昭也沒聽懂元望念出的文字到底是什麼意思，遂把木俑要了過去，乾脆自己看個究竟。她把木俑拿在手裡，橫豎看了又看，舉起木俑說：「不是元大哥這麼讀的。」

如果是顧然這樣說，元望肯定要先頂上幾句，而此時他卻是一副虛心求教的樣子，等著張昭昭解釋。羅山的元望真應該學學這邊了，顧然心裡哼了一聲，也想聽聽到底是什麼意思。

「應該是從下往上讀。」

「從下往上讀，也不明白吧。」元望抓著氈帽嘀咕著，「十目五二？啥意思？」

「因為這裡面還有兩個字是倒過來的。」張昭昭把木俑捏到一隻手裡，用另一隻手指著它背後的字繼續解釋說，「這個不是『目』，而是向左倒過去的『四』，而這個『二』是向右倒的『八』。」

「哦！還真是，怪不得這個『目』字右邊拐了彎。」

「別打岔，讓她趕緊解釋到底怎麼回事。」

「這樣的話，從下往上轉著讀，便是這樣：十、四、五、八。這樣不就立刻明白了？」

「沒明白……」

「別廢話了，聽她講。」

張昭昭拿著木俑繼續說：「既然有兩個數字左右倒過去，那麼我們完全可以認為這是方向和距離的指示。」

「有道理啊！」元望忽然拍著手稱讚，結果又遭顧然瞪了一眼。

「可是十是十什麼呢？四又是四什麼？」

顧然環視了一下四周的環境，一邊是銅水堆起的銅浪山，一邊是一片荒原和遠處的銅山，思索了一下，說：「這附近寸草不生一覽無餘，目力可及之處什麼都沒有，恐怕不會是『步』或『丈』這種近距離。」

「所以是『里』。」張昭昭肯定了顧然的判斷，「所以我們只要按照數字所指的方向走，就能到採石隊的據點了。畢竟那位乙巴達說『找不找得到全憑本事』，所謂的本事就是定位能力，暗示得已經很明顯了。」

「在這裡能確定方向的，只有銅山吧。正對著銅山開始走，應該就是做這個木俑的人把木俑放在銅山驛的用意和提示。」張昭昭拿著木俑解釋著，「那麼先向銅山走十里，左轉走四里，再右轉走五里，接著繼續右轉走八里，應該就到了。」

「哦！言之有理，那還不快走？」此時，元望第一個跳起來作勢要走。

「慢著。」張昭昭攔住了他。

「為什麼？小爺我早就想找採石隊的那幫混蛋算筆舊帳了。」

「你剛進乙巴達那破屋子時，可不是這麼說的。」

「然哥……」剛才還擼起袖子鬥志滿滿的元望，頓時又洩了氣似的，把腦袋垂了下來。

「好了，聽她把話講完行嗎？」

張昭昭聞聲立即開始了講解：「我們確實完全沒有必要按木俑後面所指的路線走。畢竟照指示的路線算下來，我們得走二十七里路。」

「啊？這麼遠嗎……那還真是能累死，呃不，是渴死小爺我了。」

「別再插話，給我安靜聽著。」

「是……」

「既然知道了路線，這前面一馬平川，直接去終點不就好了？」張昭昭指了指斜向的右手邊，「這樣只要跑十五里半的路就行了。是不是輕鬆多了？」

「還真是。」元望也往張昭昭所指的方向望了望，雖然什麼都看不見，但做出了已經一眼洞穿荒原、要向遠方的採石隊討帳的樣子，「輕鬆了很多。」

「成吧，那就別耽擱了，就算不是近日天，到了中午也夠熱的，抓緊趕路吧。」顧然說著，已經走在了張昭昭所指的路上。

第二十章　竹林中

但十五里半的路，依然讓顧然三人走到了正午。

昨天淅瀝瀝下過雨，此時被重出雲層的日頭一曬，整片荒原都蒸騰起來，更是令人難耐。

元望抓著氈帽，乾脆摘下來，在手裡把氈帽的汗全部擰出來，甩了甩又戴回頭上，往似乎仍然遙不可及的雪山望了望，嘀咕著問：「這麼走到底對不對哇？」

「你是用嘴走路的嗎？」

顧然雖然這麼說著，但也不禁抬頭望了望。雪山還是要比銅山驛時近了許多，雪山腳下的竹林都能看到些樣貌了，但放眼望去，除了綠色屏障一般的竹林，人的蹤跡是一點也無。再回頭看看來路，已無法保證一直走的是一條直線，這麼遠的路，行走角度上差之毫釐謬以千里，等進了山腳下的竹林，四處都是竹叢屏障，再想找採石隊的蹤跡，恐怕更是難上加難了。

只有張昭昭，雖然也是在泥裡走得步履沉重，但卻一如既往地堅定。就算是顧然和元望這兩個常年習武腳底下有功夫的人，也漸漸落在了她的後面。張昭昭走上一會兒，就會向著雪山的方向用不同的手勢比比畫畫，又朝向太陽的方向比畫，隨後堅定地向她認定的方向而去。

走到這一步，顧然看著周遭的荒蕪，也只能相信張昭昭了，畢竟天墜後的雪山他也是頭一次走近，到底會是什麼樣兒，根本無從想像。

可當他真到了雪山腳下，更是發現眼前之景，確實沒有想像到過。

所謂雪山腳下，不僅是字面上的描述，只要抵達這裡，恐怕都會情不自禁地說上一句「原來這條線那邊就是雪山了」之類的話，才能表達出看到荒原和雪山之間幾乎明確的界線時所持的心情。

界線過於明確，荒原一邊是橘黃的泥沙，而雪山一邊則是烏黑油亮的土壤。就如兩江交匯間的清渾交界一樣清晰，在整座雪山腳下綿延開來。

雪山，也下過雨了。到了山腳下，可以看到一叢叢竹子間流淌著混有泥土的黑水，只是黑水並沒有流入橘黃的荒原泥沙裡，而是淌入了山與地交界間的裂縫裡。而裂縫的邊緣，清晰可見從土裡掀翻出來的，纏繞在一起的一叢叢竹根，宛若一道屏障。

顧然忽而意識到，自從天墜後回到這裡以來，自己早已把四周的雪山當作一種幻象，直到此時，真真正正站在了雪山腳下，才終於重新回憶起它曾經一直有的實實在在的樣貌。顧然又往那道綿延開來的裂縫裡望了望，深不見底，或者根本沒有底，更是成了每一次和不動山接觸時，變換形狀的雪山是實實在在地運動著的明證。

張昭昭輕身一躍，就跳過了山腳裂縫，站穩之後，先回頭朝太陽再次比畫了一下手指，最後一次確定好方向，就從兩大叢竹子之間，翻身進了山林。

「趕緊過去啊！人家女娃子都沒帶猶豫的。」顧然說著就要把元望一屁股踹過潺潺流水的裂縫。

「然哥！」幾乎從未見過元望如此激烈地反抗過顧然，他一躍就躲開了顧然還沒有完全踹出去的腳，驚魂未定了許久，才喘息著說，「然哥，你別開這種玩笑啊。過去了，山萬一突然捲起來，小弟我直接讓山吞了，跑都跑不掉！」

「別在這裡瞎找原因，我昨天才剛到彭山，你見過第二天就又接回去的？」顧然雖然這樣說著，但自己的腳也同樣止步於那道裂縫。

「然哥所言極是，您先請過。」元望箭步讓開。

顧然心裡罵了一聲，但感覺再不追進去，說不準一頭鑽進去的張昭昭會在竹林中走不見，猶豫不得，只能硬著頭皮進了。隨即，顧然率先跳過那道深不見底的裂縫，沒管元望有沒有跟上來，翻過裂縫邊暴露在外的層層竹根，緊追張昭昭去了。

進了真正的山體，立刻看到了張昭昭艱難行進的背影。倒不是因為她有多在意等待後面兩個在山外猶猶豫豫不敢進來的男人，實在是路太過難走。

和普通的竹林大不相同的是，普通竹林裡的竹子雖然長得粗壯起來照樣是遮天蔽日，密集如一棟棟籬笆牆，但至少竹子是一叢一叢長出來的，叢竹間天然就有了小徑，可以繞行。而現在這片林子裡，不僅陰暗潮濕，還落葉堆積，讓竹叢間的小徑走起來，深一腳淺一腳地打滑，行走相當艱難，甚至還有一叢叢竹子連根翻起，橫躺在小徑之間，甚至是卡在什麼上面，才不至於整叢從山上滾落下來。

顧然腳下好歹有些功夫，很快就追上了張昭昭。在手腳並用的前行過程中，也不忘觀察翻倒的竹叢。竹子被連根翻起並不少見，仔細看還有不少竹子折斷在土裡，顧然摸了摸那些折斷的竹子截面，又摸了摸那些從土裡翻出來的竹根。竹根尚且潮濕並未腐爛，截面還有很多新茬刺出，顯然都是剛翻出來斷掉不久，結合雪山所能發生的事情，便可知道是昨晚不動山和彭山接觸時造成的了。

每次從不動山過來，都不可能知道雪山到底有沒有變動過，現在終於得以證實。

只是，為什麼不動羅不能通過雪山變動確定過來的接觸點呢？現階段能想到的只有兩種可能，其一，雪山是在接觸時才動；其二，不動羅並沒有這個功能。到底是哪一種，都得進一步確認。

顧然緊跟幾步，趕上了張昭昭，又回頭看了看，元望還算可靠，也跟了上來。

翻上眼前這一垛翻倒的竹叢，張昭昭突然駐了足，等顧然和元望也都爬了上來，他們兩人同樣為眼前的景象所震驚。

如果說剛剛進山時，還是偶爾看到連根翻起的一叢叢竹，那麼此時所見的，就該稱為是竹林墳場了。

在他們面前的不再是什麼竹林，遍地都是向兩個方向倒下的成垛的竹子，而在竹林墳場的正中間，大概就是它們的焚屍爐了。一道巨大的裂縫將眼前的山體左右分開了似的，山溪滾滾灌入巨縫，沒有被翻出的竹根，像是在地府邊緣苦苦張手求救的云云怨靈。

只有留神不要跌到巨縫裡去，張昭昭又努力看了看方向，小心翼翼地從站著的高地爬下去，繞開巨縫繼續向著她認定的方向走去。

真的還能有路嗎？或者說張昭昭她解析出的木偶資訊真的準確嗎？顧然顧不得猶疑，只好跟著上去。

彷彿整座山都聽到了顧然的質疑，再繞過前面遮天蔽日的幾叢竹林後，人的痕跡赫然出現。

前面又是一道裂縫，不過和剛才的巨縫不甚相同的是，這裡要窄了許多，可以說只是一道裂痕更為準確了。雖然裂痕同樣深不見底，但確有跨越裂痕的痕跡。只見裂痕上，架著一根根現成的竹竿，每根竹竿下都深深地懸掛著一隻竹筐。藉著昏暗的光線望了望竹筐，裡面裝的都是些破碎的琉璃和砂石。

一直領路的張昭昭，似乎更在意找到採石隊，在裂痕前只是一躍跳過去，就往前走了。

「這是幹嗎呢？釣魚？」追上來的元望往裂痕裡看了看，把頭迅速縮了回來。

「也許是釣石頭。」顧然也只是看了一眼，就跳了過去。

元望全身抖了一下，才撇著嘴說：「石頭喜歡吃的東西還真怪啊……」

躍過裂痕再往山上走，坡度逐漸變緩，繞過一叢竹林，忽而就見到了人影。

幸好顧然已經抵達張昭昭身旁，突發事件也來得及應對。幾人同樣對突然從竹林裡鑽出的三人大吃一驚，迅速互相對視了幾下，立即拎著手裡的鋤頭銅鏟撲將過來。

來者不善！

當然，他們的動作不可能比顧然和元望快。

他們一窩蜂撲來，反倒省了顧、元兩人衝過去的氣力，只是一瞬之間，三人各挨了顧然兩拳一腳，沒有多餘的動作已經倒地無法動彈；另兩人則被元望左右手擒住，讓他們互相撞了個頭碰頭，腦門冒血地在地上打滾，也沒了逃生欲望。

「爬了大半天的山，總算撞到幾個活物。」顧然蹲在了那個被他捶了心口、喘不上氣、臉憋得發紅的傢伙身邊，將其半揪起來，「你們都很凶嘛。」

紅臉的傢伙還在痛苦地喘息，說不出話。

顧然又抬眼看了看周遭，這裡果然又大不相同。

五個人原先所站的地方，本來該是山的一個緩坡，但這個緩坡隆起了和方才裂縫相仿的一壟瓷實的土包，而土包上寸草不生，竹子紛紛向兩邊折開倒下。和前面所見的巨縫一樣，顯然都是雪山變換形狀的結果。想想，如果是在雪山形狀巨變的時候身處此處，無論是掉入撕裂開的巨縫裡，還是捲進翻起來的土浪，應該都是很恐怖的死法……

更令顧然在意的是他們的武器——鋤頭銅鏟，僅從打扮來看，就能肯定他們不是什麼農戶，況且有哪個農戶會在這種地方開墾荒地。那麼，他們是在這裡挖什麼東西？

「應該就是這裡了。」張昭昭並未被混亂的場面所影響，繼續著她自己的判斷，肯定地說。

聽張昭昭確認位置後，顧然更是沒了耐心，抓著紅臉直截了當地問：「所以你們就是採石隊的人？」

紅臉痛苦地仰起頭，終於能說出話來，苦著臉問：「你們怎麼找到這裡的？是要買石還是……」

「買石？你們這些造假石的還弄出一個生產販賣行來了！」

紅臉忽然瞥了一眼元望，臉色大變，幾乎驚呼著問：「你們是元家的人⁉」

原本在一邊的元望聽聞，一腳就踹到了紅臉的面門上，又惡狠狠吐了他一臉口水，才氣鼓鼓地說：「元家的人？小爺我以後是要做元家家長的，你膽敢把小爺我當那些跟班看⁉」

「喂！」顧然瞪著元望剛說出「這樣把人打死了」，就聽他們來時的路上傳來一陣清脆的拍手聲。

就算是臉上淌出了血，鼻子裡也冒起了血泡的紅臉，也都一同往聲音的方向看去，而從那裡漸漸現身的人影，讓顧然和元望同時倒吸了一口涼氣。
「終於抓到你們了。」人影拍著手現身，臉上滿是挑釁輕蔑，又帶著些許獸性般興奮的笑容。
氣焰正旺的元望連連後退，嘴裡全是顫抖的嘀咕：「鬼、鬼方、鬼方怎麼會跑到這、這裡來……」慌亂得差點一屁股坐到土坡上。
「呵呵，未來的家長，你幹什麼一直往後退？這可讓爺怎麼給您行家長禮呢？」實際上鬼方說話時，只是盯著躺在地上的幾個人，根本沒給元望一個正眼。
「沒、沒、沒事……改日再……」
「改你媽個頭！」
「是是是，不、不改了……」
「你能不能有點骨氣？」即使是顧然都看不下去，一步到了元望身旁，捶了他肩膀一拳，讓他多少振作起來。這個時候消沉更沒勝算，況且顧然一眼就看到鬼方是帶著他那柄長劍來的。
「哼，倒是這個拉車的有點骨氣。」鬼方說著，卻把目光掃向仍躺在地上的五人，「實話跟你們說了吧，爺跟著你們到這裡，是要找這幫老鼠的。想找到這幫老鼠真是不太容易，幸虧有你們幫忙，終於讓爺把他們的老鼠窩都找見了。所以嘛……」鬼方又看回到顧然二人身上，「算是回報，爺讓你們都死得痛快一點。照理說，一劍穿心應該是最痛快的，爺倒是經常這樣刺人，可從來沒能問出死時到底痛不痛。不過嘛，死得那麼快，應該是還沒覺得痛就嚥氣了吧。咱們說好了，死的時候跟爺說一聲痛不痛，也好解解爺的疑惑。好歹你也算是個俠士，該有這本領。」

別看鬼方一直在念念叨叨，手腳卻絲毫沒有停滯，一步步向顧然二人靠近，長劍也已從鞘裡抽了出來。顧然和元望自然也不會坐以待斃，元望把銅鈸抽出握在手上，雖然明顯還在發怵，但至少把銅鈸握得足夠緊，多少算是可靠。而顧然，已經將肯定用不上的八爪偶人摘下，左手套上線握住猢猻偶人，右手也上了線，動了動手指，猞猁偶人爬到了肩上，全神備戰。

沒想到在羅山說的話，這麼快就在彭山成了現實……

只一瞬，鬼方的長劍呼嘯刺來，直奔元望心口。元望見勢，像是要震跑全身的膽怯，大叫一聲，擺開銅鈸就去撥刺來的長劍。

勢大力沉飛馳而來的長劍只是一抖，輕巧改變了路線，繞開拚死一格的銅鈸，劈向了元望的右耳。一陣拳風從鬼方背後撲來，蹭著元望右耳的長劍，被迫抽離。鬼方閃開偷襲，撤開半步，饒有興致地看向剛才的戰圈。

顧然拳上套著什麼東西，打空後停在了元望驚恐的臉前。

只聽元望和鬼方幾乎同時叫了一聲，一個是驚魂未散，一個是興奮不已。畢竟從未有人見過顧然用他的這隻猞猁偶人，而此時，那隻大貓就趴在顧然的右手上，四肢環抱小臂，把腦袋向前探著，完全超過了顧然的拳頭，在鬼方的臉前張著利齒，一口就要咬下他的鼻子。

顧然見並未得手，不禁嘖了一聲，只是動了一下手指，猞猁咔嗒一聲合上了嘴。

一切只發生在彈指之間，鬼方看定顧然的招式，手裡的劍已經再出。這次是照著顧然刺來，顧然早有預料，左手向後一甩，猢猻偶人就纏在了身後的一根竹子上，一股蠻力直把被劍尖指著鼻子的顧然拉飛。

見自己的劍又一次刺空，鬼方毫不猶豫，右腕一抖掃向了元望。元望自然不會乾看著，後仰著讓開劍鋒，後腳一蹬轉勢向鬼方撲去。他知道，鬼方用的是長劍，自己是銅鈸，如果在鬼方的舒適距離，自己半點便宜討不到，只能吃力防守到被破防，唯有貼身才有一絲勝算。

此刻，元望就像一條長蛇，在鬼方的肘間腋下滑來滑去。可惜無論如何緊貼鬼方遊走，銅鈸也好拳腳也罷，全然傷不到鬼方，要麼巧妙扭開，要麼直接被鬼方的手肘或者劍柄敲開。反倒是自己的臉、心口、後心口、腹部，種種位置被抽縫抓到機會的鬼方拳打膝擊，轉眼間遍體鱗傷。

一時間，元望不得不放棄這種打法，一個墊步向鬼方身邊跳開，再連連幾步，完全撤出了鬼方的攻擊範圍。

一陣繩索急速收卷之聲響起，只見顧然從高空斜向飛腳俯衝過來，而他的腳上，又是那隻猞猁偶人，抱著顧然的右小腿，張開利齒飛撲過來。

鬼方幾乎是本能地給出反應，瞬間跳起。但如果只是本能，又無法解釋緊接著的動作，因為他幾乎是瞬間預判了落點，提前跳開，在顧然還沒落地時，已經揮劍朝他砍去。再反應如閃電，也無法改變高速俯衝的落點，眼看顧然只能硬吃上鬼方一劍，就連劈出一劍的鬼方都面帶得手了的笑容，結果在顧然一腳插在地上的同時，只聽一聲刺耳的鏘，火光迸濺，一滴鮮血也未掉落。

「呸！」顧然像是要咳出血般地吐了口吐沫，「幸好有一根硬木。」

鬼方劈下的一劍當然勢大力沉，但更令人一驚的是，那隻猞猁偶人不知何時爬到了顧然的背上，用自己的後背硬吃下了鬼方的這一劍。

「哈！這回是真有意思了！」鬼方一劍沒能砍死顧然，反倒更加興奮起來，嘴上說著，劍又向顧然砍來，似一陣暴風驟雨，一轉眼連砍下十幾劍都是有的了。

而那隻狰猁偶人此時已經迅速爬到顧然手上，讓顧然單手硬扛鬼方的攻擊。

鬼方顯然砍得越發起勁，一邊瘋狂揮擊，一邊像瘋獸般笑出了聲。

無人敢吱聲的情況下，遠在一端的猢猻偶人已經悄悄爬向鬼方的腳邊。

「呼。」

就在狂笑的鬼方像剁肉餡一樣砍向顧然時，突然一跺腳，那隻悄無聲息的猢猻偶人就被踩在了腳下。

「你這些小爬蟲還真煩人啊。」

話音落，又是呼的一聲，猢猻偶人碎得四分五裂。

「咦？這隻怎麼比你手上那隻脆這麼多？」

鬼方的手和嘴都一刻不停，而背後的元望再度撲了上來。

不敢再用粘身戰法的元望和只能依靠附身偶人近戰的顧然，焦灼地跟鬼方戰在了一起。

實際上，所謂焦灼並不準確，即使一丁點拳腳功夫都不懂的人，也能看出這簡直就是一邊倒的戰鬥。

雖然鬼方以一敵二，但他三兩劍出去，就會有一劍逼得對手兩人中的一個去為搭檔彌補破綻。沒過十來回合，顧、元兩人幾乎只剩疲於補救招架的份兒了。

當元望像是被鬼方的氣場彈開一樣崩飛時，顧然終於抓到了苦苦等待的機會，猞猁偶人爬在右腳，迎著鬼方的上段一記掃踢，一口咬在了長劍上，呀的一聲，猞猁的嘴合上，被其拚命鎖死。

「你這玩意兒有完沒完!?」鬼方的笑聲被不耐煩的情緒所替代。

鬼方哼了一聲，不再多說，一攪手裡的劍，眼看要將猞猁偶人的嘴攪斷，然後直刺對手面門。突然間，就連命懸一線的顧然都意想不到的一幕發生了。

伴著幾不可聞的一聲啪，長劍的攪力頓時消失。

那把輕易就讓兩人陷入苦戰的長劍被顧然奪到了手中，那個鬼方則以奇怪的姿勢蜷縮著倒在了地上。

「賊娘！居然偷襲爺！把爺放出去，卑鄙！」雖然已經蜷縮在地上，但鬼方罵罵咧咧的嘴一點都沒有停，身體還在不服氣地掙扎。

不必多說，元望立即衝了過來，把鬼方徹底按在地上鎖死了他的關節，令其不可能再掙扎動彈。

鬼方還在罵著，顧然則看向了方才發出聲音的方位，是還站在那裡的張昭昭，依舊保持著剛才的姿勢，雙手舉著……早已摘下來丟到一邊的八爪偶人，像是在使用一架弩機發射弩箭。

「我、我稍稍改了改這個……」雙手舉著八爪偶人的張昭昭，顯然也十分驚慌，並沒有壯舉後的淡定。

了不起！怪不得沒能看出鬼方是被什麼制伏，原來是堅韌又幾乎看不到的機關線改成的網。自己怎麼從沒想過，原來那個八爪偶人還可以這樣用，下次應該不會這麼狼狽……不，即便如此，也不希望再和任何一山的鬼方交手了。

「偷襲算他媽什麼本事⁉」

顧然沒有理會鬼方的謾罵，先去方才的戰場中心，把那隻踩得七零八落的猢猻偶人撿起來，沒有太在意從偶人核心裡撒出來的雲瑟石粉，收了長長的繩索就又回了鬼方那裡。

拿著繩索，三下兩下就把鬼方綁了個牢實，然後才終於放心似的蹲到了依舊叫罵不停的鬼方身旁問道：「方大劍士，你為什麼要跑到這種地方來？」

「呸！爺姓拓跋。你這種背後偷襲的小人，也配和爺稱名道姓？爺一劍砍……」

鬼方還沒說完，元望已經一腳踩在了他的頭上，怪叫著：「小爺我忍你這個鬼很……」

顧然忙把元望推開，顯然他這一腳並不是隨便踩踩，而是已經運力要把鬼方的腦袋直接踩碎。

好不容易把元望安撫住，顧然又蹲回鬼方身邊客氣地說了一聲「得罪了」，但聽起來又有點像是冷嘲熱諷地挑釁。畢竟，真正把鬼方五花大綁的，還是顧然這個臉面上看起來和善可親，一點攻擊性都沒有的人。

「呸！」鬼方像是在啐顧然，又像是在吐嘴裡的土。

「方大劍士，」顧然根本不在乎鬼方到底姓什麼，「在下再問一次，為什麼跟著我們到這裡來？算了，在下換個問法更直接一點，也有助於方大劍士講個清楚。一開始，你就說過是來找他們的。」顧然讓臉貼泥地的鬼方也能看到依然坐在四周驚魂未定的五個傢伙，「他們是什麼人？為什麼要跟著我們跑到這種地方來抓他們？」

「跟你們這幾個小賊有個狗的關係。」

元望一下又躥了上來，一腳踹在了鬼方的胃上。再硬的硬漢也扛不住這一腳，鬼方抽搐了幾下。不過，令人不寒而慄的是，乾嘔之後的鬼方，臉上忽而帶上了意味不明的笑容。

「笑、笑你個鬼！」元望忍不住又要去踢，但沒能下得去腳，於是後退了半步。

「採石隊。」鬼方還在笑，忽然就給出了答案。

「那麼他們做了什麼，能引來方大劍士親自出馬？」顧然不想被鬼方的態度干擾，儘量平靜地問。

「做了什麼？」鬼方咧著嘴反問道，「就算爺是第一次到這種鬼地方，也是一清二楚那後面一定有鬼。你們不想去親眼看看？爺保證，他們只要帶你們往深處走走，絕對能讓你們大呼不虛此行，順便想一劍宰了他們，哈哈哈哈。哦對了，你們沒有劍，要不要爺借你們一柄？」

說著要借劍，鬼方卻乾脆地把頭扭開，再想問出什麼都不可能了。

張昭昭早已確定這裡就是那個木俑所指的地點，那麼鬼方所說的更深處能有什麼？猜是猜不出的，不如再繼續走下去看看。

顧然先到了元望身邊，交代讓他在這裡好好看住鬼方。

元望當然想要跟上去，可想到鬼方的恐怖，只好點頭接受安排。

顧然又囑咐了幾句「鬼方還有用，不能殺了」之類的，便在鬼方瘆人的咯咯笑聲中走到了採石隊的那五個傢伙那邊。五個傢伙依然不知所措，也無力起身逃走，顧然到了他們團團相擁的地方，只是低聲說了句「帶路吧」，沒有一絲恐嚇和威脅，但不容反駁。

五個採石漢相互看看，還在猶豫，顧然又面無表情地補了一句：「至少我們比那個傢伙和善多了。」

不用指出「那個傢伙」到底是誰，五人便紛紛齜牙咧嘴站起身來，一瘸一拐磕磕絆絆相互攙扶著帶路繼續往竹林深處去了。

本來只是來借些石頭，誰能想到會鬧出這麼大的動靜，像是要來圍剿什麼一樣。

不過，既然鬼方都那麼說了，看來採石隊絕不是什麼省油的燈。

世事變化，總是突然，又可笑。

第二十一章　東臨晶石

所謂的更深處，也就是雪山的更高地帶。

採石隊五人帶著顧然張昭昭兩人，在腐敗的竹葉上攀爬。他們越往山上走，裂痕和隆起的褶皺依舊，但竹林漸漸變得稀少，視野也逐漸變得開闊。又翻過幾垛東倒西歪的竹子，也就再到了一層的緩坡。

翻竹子垛自然並不艱難，只是採石隊五人說著翻過去就到了的時候，顧然和張昭昭還是不約而同地停了片刻，想起鬼方最後說的話，給自己多少做了些心理預設，才追著五人爬了上去，撥開阻擋視線濕淋淋的尚未腐爛的竹葉，看到了鬼方所說一定會大呼不虛此行的景象。

顧然還是愣住了。

眼前一片緩坡，沒有一棵竹子，顯然是人為開墾出來有如耕地一樣的方方正正一片地。而土地上已然播種長成了鬱鬱蔥蔥一片的作物，每一株作物都頂著一朵綻放開來的血紅之花……

「米、米囊花!?」本是做好一切心理預設的顧然，還是驚呼出了聲。

而在這片米囊花田中，還有著七八個農夫樣子的人，背著筐在給即將成熟的米囊花播撒著什麼粉末。

根本不用猜就知道，那些粉末就是雲瑟石粉。如果沒有雲瑟石粉的促進作用，昨天才重新成形的雪山上，是不可能生長著盛開的米囊花的。

太可笑了！自從天墜之後，無論哪座山都對米囊花嚴令禁止。畢竟製造米囊膏的窩點，最清楚米囊膏的危害，天墜之後無法賣到外界的米囊膏被禁止也是必然的，畢竟有冉家下的絕對不可逾越的禁令。僅此一點來看，那些盤瓠人多少算是懂得什麼是潔身自愛的自保。

而現在……採石隊竟是在做著這種勾當。

顧然忽而想起羅山的元寨裡那股子隨處可聞見的甜膩味道，明顯就是米囊膏燃燒後的味道。羅山的鬼方怕不會也在四處往死裡找採石隊的米囊花田吧？

藏在雪山竹林深處的秘密，竟然是米囊花田！

匯陽村、于榑、刀光、哀號、無盡的呻吟……所有封存的記憶瞬間在顧然眼前閃過。多年沒有過的一股滾燙血漿衝上心頭，顧然恨不得一劍宰了這幫又讓米囊花捲土重來的混蛋，但最終，只是抓住旁邊一個採石隊人，咬牙問道：「你們領頭的在哪兒，是誰？」

被抓住的人一陣慌亂，根本不敢造次，立刻用下巴往花田遠處指了指。

拚命讓自己冷靜下來的顧然，順著方向望去，確實有一個穿著一身蓑衣，生怕濕漉漉的竹林弄濕自己的人，沒有背著筐下地，也沒有拿著鋤頭之類的農具。

可能是剛剛的動作太大，蓑衣也發覺了竹林這邊的動靜，向顧然他們的方向看來，目光正與顧然遙遠的雙目相對了片刻。只是一瞬，蓑衣立即掉頭就跑，就連花田裡還有受顧然所制的同伴都不顧了。

見蓑衣逃竄，更確定他就是領頭人了。但是沒有了猢猻偶人，不可能一步飛去追。顧然罵了一聲，直奔蓑衣逃竄的方向，沒有繞路，踐踏著盛開的米囊花田直線追去。

花田面積不小，待顧然貫穿整片花田跑到另一端時，蓑衣早就跑得沒了影。再回頭看其他人，統統都各自逃散，只剩下丟在田裡的籮筐，和站在原地打算過來的張昭昭。

顧然又罵了一句。現在再進竹林去追，林子裡地形複雜，再加上對方早來一天的時間，對地形自然相對更熟悉，不可冒險是顧然本能選擇。

幸好他們只顧逃命，沒有把一時落單的張昭昭擄走，算是萬幸。顧然只好這樣安慰著自己，遂去檢查這幫傢伙丟盔卸甲後散落在地的棄物。

顧然先把那個蓑衣跑掉時丟下的行囊翻了翻。裡面全是些替換用的破爛草鞋餅子水壺之類沒什麼大用的東西，另外還有一枚趟片。跑了的傢伙，這可是損失慘重。在趟片下面，顧然忽然發現插在一個口袋裡的一柄……黃金小刀？顧然抽出小刀嗅了嗅，忽然雲瑟石、米囊花、採石隊、銅山驛、元寨鬼方等等一切……都連起來了，腦袋裡頓時有了一個全新的思路，不禁哼笑一聲，立即將小刀收入懷中。

果然如鬼方所說，不虛此行了。

起身的顧然看向花田那邊，只見張昭昭走進了幾乎沒過胸口的花叢，撥開一束束血紅色的米囊花，在一個被丟棄的籮筐前蹲了下去。

顧然也走回了花田裡，路過最近的一個籮筐時，他還是看了看裡面，籮筐裡確實裝著雲瑟石，既是用來催生米囊花的，必然是真石。於是，他把所剩無幾的雲瑟石背起來，也算是另外的收穫。

再去看張昭昭，發現她正蹲在花叢中，打開一個丟在花田裡的包袱翻找起來，像極了顧然曾經看多了的從戰場屍體上翻值錢東西的野孩子……

背著意外所得的雲瑟石，顧然到了張昭昭身邊。

張昭昭一邊翻著包袱裡的東西，一邊還嘀咕著：「不可能沒有。」

「在找什麼？」

「不動羅啊……」張昭昭一副嫌棄顧然明知故問的表情。

顧然幾乎都忘了這個小女孩一直以來的目的。算了，讓她自己找吧，實際上再找出更多的不動羅能有什麼用？關鍵還是不動羅的源頭更重要……顧然剛剛站起身來，忽然聽到仍蹲在那裡的張昭昭叫了一聲：「啊！原來在這裡啊。」

顧然不禁轉身要看到底從哪裡找出的不動羅，卻被張昭昭一聲「別亂動」給止住了。隨後，就感覺自己背著的石筐被揪了揪。顧然又回頭看，張昭昭已經從他的石筐裡取出了一枚銅球。

他們的不動羅原來是塞在了石筐裡，看來必須隨身帶不動羅的習慣已經根深蒂固。

張昭昭已經十分清楚不動羅的運轉方式，把銅球一樣的不動羅提在手裡，上下一拉就打開了。

顧然正想說點什麼，張昭昭提著已經打開亂轉個不停的不動羅詫異道：「不對呀。」

「什麼不對？這不就是不動羅嗎？」

「不是，這個和你們的不動羅不大一樣。」

「不一樣？」

就在此時，突然山中一道火光，轟然爆炸。

爆炸得過於突然，就連顧然都被震得後退幾步。待兩人重新站定，一眼望向滾滾燃起的濃煙，不約而同道：「是元望那裡。」

兩人立即向來時的方向奔去。

並不知張昭昭是怎麼想的，顧然終於意識到了眼下最大的危急，他完全沒有把在羅山就見識過的爆筒，和現在彭山的鬼方聯繫到一起。既然羅山的鬼方有威力巨大的爆筒，誰能保證彭山的鬼方就不會有呢？方才和鬼方大戰時，他只是用長劍應戰，讓顧然徹底疏忽了。

顧然的腳程畢竟比張昭昭快上不少，即使還背著一筐雲瑟石，也還是他先回到了方才惡戰的土坡上。

那裡已經是一片火海。

顧然環視一周，鬼方果然已經不見人影，而不知是欣慰還是更加替元望焦心的是，起火的地方只有一處。也就是說，跑掉的鬼方只丟出了一個爆筒，爆筒的目標也只有一個，那就是看守自己的元望。

顧然責罵著自己，衝到燒得劈啪作響的起火點，立刻看到了一臉黑灰地從濃煙中往外爬的元望……一邊爬，還一邊黏糊糊地喊著「然哥」。

看到元望好歹還是活的，顧然終於鬆了口氣，趕過去瞅了一眼元望身上的衣服，也都完好，看來爆炸並沒有真正波及到他，便放心地一巴掌拍在他後腦勺，問到底發生了什麼，鬼方人跑哪去了？

「然哥！你真是太鐵石心腸，想一巴掌打死小弟我這個死裡逃生的人嗎!?」

「廢話怎麼那麼多！」顧然又舉起了手。

元望委屈地又往遠離火勢的方向爬了爬，才一翻身坐下，狠狠地朝著剛才綁著鬼方的地方吐了一口積鬱在喉的黑痰，咳著說：「那個鬼玩意兒！咱們不是把他給綁起來了嗎？從然哥你們走了以後，他就一直躺在那裡罵，罵得我腦袋都嗡嗡響了。我想惹不起我還躲不起了？乾脆就到那邊的坡上躲他了。」元望說著，指了指仍冒著黑煙的地方，「這下可好，我剛爬上那個坡，鬼玩意兒就不知怎麼弄的，在地上滾了一圈，一個竹子筒就往我那邊丟了過去……之後，就是然哥你來看到的了。幸虧啊！幸虧我爬得夠高，鬼玩意兒再有本事，也甩不了那麼遠，算是保了條小命……」

此刻，無論鬼方是滾過來用火燒斷繩索，還是乾脆直接滾著先離開這裡，反正他已經跑得無影無蹤，不可能再追回來了。

也許是看顧然盯著綁鬼方的地方若有所思，元望忽然又沒了剛才的硬氣，悄聲地問：「我們是不是……完了？鬼方跑了，我們一定會被鬼方砍死的，早知道剛剛我就把他捅死算了。」

「好好說話，什麼就『我們』『我們』的。你這小子要是死了，絕對是天真死的。鬼方要是被殺了，你伯叔父會猜不出是你幹的？」

「然、然哥，你可不能棄……」

「喂，你們看這裡。」不知什麼時候，張昭昭已經爬到火勢漸漸熄滅的爆點位置，指著一片焦黑的地方，向顧然他們喊，「這裡面，有很多石頭！」

這麼一聽，顧然立即過去查探究竟。

鬼方的爆筒威力相當可怕，它爆炸的地點，硬生生把原來隆起的土坡削下去一層的頂，而就在被削開的土坡上，露出了很多閃亮亮的石頭茬。

走近一看更有意思了。雖然鬼方的爆筒把土裡的石頭炸得沒什麼原貌，但依舊可以清晰地看出，那些晶瑩剔透泛著炫彩的石頭全是四方形狀的結晶石。

顧然從土裡拔出一塊露了頭的石頭，拿在手裡看了看。這一塊被看似黑黢黢的岩石包裹著的結晶石，和自己懷裡的那塊「通行石」基本沒什麼兩樣。區別只是，手裡這塊不是那麼整齊的四方形狀，更像是兩塊四方晶石硬壓到一起。顧然又拔出一塊來看，品質更差不少，不僅晶石斜著一層層的分層相當明顯，而且每一層的顏色都不均勻，看上去斑斑駁駁有點噁心。

「原來這個土坡就是採石隊用來造假石的地方。」張昭昭也從土裡弄出了兩塊黑乎乎的石頭，相互一撞，兩塊石頭就破碎開來。

「看來真是一樣的。但這怎麼弄的？」顧然撚著手裡的晶石，確定它的質地酥脆得很。

「咱們路上不是經過那麼一個地方嗎？」張昭昭看向了元望，「元大哥還說那裡是在釣石頭，那道裂縫，你們還記得吧？」

竹竿下面懸掛著一筐筐琉璃之類的東西，確實印象深刻。

看兩個人都還記得，張昭昭繼續說：「現在看來，就是這麼回事了。先把琉璃什麼的放到裂縫裡，等著雪山再次劇烈變形，當然了，不一定每條裂縫最後都能拱出土包來，但反正有的是裂縫，總有那麼幾條可以成形。誰知道裡面發生了什麼，又是擠又是壓，反正就把琉璃給弄成這樣子了。看起來，有的還真挺以假亂真。」

張昭昭說著，又去撿出兩塊石頭來，但看了看依然不滿意，丟到了一邊。

這才是顧然他們艱辛而來的真正目的，弄一些假石頭回去，怎麼也能湊夠十馱的要求，只是既然在林子深處有真石頭，不如也都拿來用上，可能更好。

顧然喊著坡外的元望，叫他跟著張昭昭去取另外幾筐雲瑟石，然後過來裝假石。很快元望就前後背著兩個籮筐、手裡還提著兩個空籮筐回來了。一直沒有聽到打鬥聲，大概逃走的採石隊人都沒敢再返回花田去回收雲瑟石，這樣倒省了不少氣力。只是回來的元望臉色很不好看，或者說是更不好看了。看來，他是對自家已經被米囊膏侵蝕，有所知曉了。

接過元望背回的筐，顧然計算了一下，方才採石隊留下的雲瑟石規整規整到一個筐裡，大概不到一馱的量，剩下的筐完全可以裝它七八馱的假石。但是，一來元望情緒不高，這一天基本沒啥指望了，二來十馱石頭顧然元望兩人本來也不可能一次背完，於是決定乾脆先把真石都背回去，如果還有餘力，再隨便撿些品相好的假石，也就當日收工完事。

三個人可以回的自然還是元望的那間惡錢作坊，那裡算是眼下最安全的去處了。

直到回到作坊，在拆得散亂的不動羅旁放下石頭，元望都沒有提起精神來。

這傢伙原來還有這麼重族群的一面。

算了，隨他去吧，三天時限轉瞬即過，元家會不會突然又出來抓人也好，老東西暗藏什麼小動作也罷，要擔心的事多了去，根本顧不上元家大少爺的情緒問題。

所幸的是，第二天，即使仍然無精打采，當顧然叫著元望繼續去雪山裡搬石頭，他還是應了。一路上，一貫各種忌憚的元望，什麼都沒多說，就跟了顧然進了雪山。

採石隊的人早就不知去向，米囊花田他們沒再涉足，也沒必要再跑到那麼深的地方去，雪山裡只有顧然和元望按照張昭昭推理挖出的一處處假石場。異常安靜的元望，確實讓他們運石頭的效率高了許多，沒跑幾趟，十馱真真假假的雲瑟石就給湊齊了。

「然哥。」又回到惡錢作坊後，元望在幫忙將攢夠的真假雲瑟石一同裝車的時候，忽然叫了顧然一聲。

畢竟這兩天元望大不同往常，正兒八經的元望也沒讓顧然有多吃驚。

「十馱的石頭，你明天是要和什麼人去做交易？」

「沒什麼好瞞你的。」於是，他便把和虎面之約以及之後的遭遇大概跟元望講了講。

「看來我家一直在給然哥找麻煩。」

他說的自然是第二天一早元家人滿大街抓顧然的事。

「倒也沒大所謂，只要明天別冷不防鬧出什麼么蛾子就行。」顧然說的確實是心裡話。

「所以，小弟我有一事相求。」

「講吧。」面對一本正經的元望，顧然竟是打趣不出來，但也多了一分輕鬆。

「請讓我明天到二十六神廟現場。」

「你想做什麼？」顧然盯著元望的眼睛問。

「不會給然哥添任何麻煩，只是作為將來元家的家長，有責任出現在明天的二十六神廟。」

突然如此有擔當的元望，讓顧然大吃一驚，以致於本應拒絕的請求，不由得還是同意了。

「只有一點。」顧然說。

元望看著顧然，等他的指示。

「二十六神廟西邊是一處廢院，院裡早就沒了人家，但有座鐘樓還在。登上鐘樓剛好可以看到二十六神廟的全景。你去那裡守候，到了鐘樓你會明白我的用意。」

顧然說完後，立即在想，不知道自己這個一時之選，又是不是一時的衝動？特別是在兩天的行動中，顧然已經改變了最初的佈局，而臨陣安插元望這個不安的因素，到底是一步錯棋，還是一招奇襲？

第二十二章　二十六神廟

申正，夕食的時間。

城外的田間會管上田的人們一頓夕食，算是相當優厚的待遇，城民更是樂於在田上吃上一頓。陽光正好的下午，城裡反倒冷冷清清。

冷清，倒是讓顧然一行覺得安心一些，畢竟他們要從開明川外拉著重重一整車的雲瑟石，就算鋪蓋著東西遮掩，能裝下十馱石頭的大車本身都過於惹眼了。

顧然和張昭昭提前了整整半個時辰從開明川外出發，沿川邊走坊巷，用了將近三刻的時間，終於把十馱石頭運到了二十六神廟。

二十六神廟，和其他神廟看起來並無特別的差異。不過，既然虎面特指了這座神廟，這裡對他來說自然有特別之處。比如說，這裡臨近開明川，附近的平民多不是去城外上田，而是到開明川外煉銅。據說，冉家三老中，只有虎面能調動武力，現在看來，煉銅可能全在虎面麾下了。

勢力相當大了，難怪心思活絡起來。

裝滿石頭的車，顧然硬是要推到神廟深處祭壇右側才行。不是大晝大夜期間，又不是早晨，神廟裡空無一人，只有神道兩側的銅像，靜默地看著顧然艱難地推著車走過神道，準備著一場大戲。

車也安排妥當，顧然看了看太陽，估算著大概還有一刻鐘的時間就到申正。

再不多時，往西邊望去，映在漸漸向西的日頭光影下，隔壁廢棄的鐘樓上層，出現了元望的身影。雖然一路上，元望並沒有和他們同行，畢竟如果被虎面的人碰見必然打草驚蛇，但看來他是前後腳到的這裡。

張昭昭也往鐘樓上望了望，正好看到元望剛上到鐘樓，發現他本是一副堅定神態，進到鐘樓上層轉瞬就變得有些疑惑。先是又像往常一樣抓著氈帽東張西望，再似乎和什麼人說了兩句話，才讓疑惑退去。隨後，便從鐘樓二層的窗子翻身跳到外面遊廊，閃身隱在廊柱後，露出極不顯眼的一個側身，向顧然做了一個準備妥當的手勢。

看來鐘樓裡原本就設了什麼埋伏，現在由元望來接手傳信。

越是有看似縝密的安排，越是覺得顧然過於謹慎，甚至是緊張了。

顧然向元望回了「知道了」的手勢後，一屁股坐在了祭壇的臺階上，雙肘支在膝上，望著神道的盡頭，神廟的入口，像極了一位等待決鬥的俠士。

銅像的身影在神道上緩緩轉動、拉長，靜得天上飛過的鳥，都帶著風聲。

終於，在神廟的入口處，出現了拉長的身影，徐徐靠近。

但看到身影，顧然卻微微皺了皺眉。坐在顧然身邊一同等待的張昭昭，一開始並不懂是為什麼，但隨後就明白了。身影，並非一人，而是兩人。一高一矮，一個身形挺拔，一個微有些佝僂著背，消瘦且老邁。

身影後的人，出現在了神廟的入口。

顧然還是咂了一聲舌，眼前顯然不是他所希望的來者，甚至是期盼一定不要來的。

「顧郎，不要坐在人家的祭壇上，這樣很不敬。」走在神道上的趙劍南，面目真切地對顧然說著。跟在他身後的，當然又是那個頂戴襆巾一絲不苟的樊紀。

「幾日不見，小紀從文臣變武將了？」顧然指著樊紀背著的那張大弓說，那張弓和他的一身錦衣長袍極不搭調。

樊紀只是高傲地微微仰頭，跟在趙劍南身後，對顧然的話不為所動。

「還是這麼無聊。」顧然沒有起身，又對緩緩走來的趙劍南說，「老東西，虎長老不是說你來不方便嗎？」

「呵呵，老夫剛好路過，想起那夜之約，像顧郎這樣沒有分寸的態度，老夫想一想就擔憂得很，乾脆進來幫你把持一下。」

「所以老東西你是打算站在我這一邊？」顧然只是有一搭沒一搭地問。

「哪有什麼此邊彼邊。」

說話間，趙劍南已經走到了祭壇前，而樊紀則是自覺地向停靠在祭壇一邊的車走去。一直在顧然身邊的張昭昭，跳起來要去攔樊紀，顧然一把拉住她，「隨他便吧，看他敢拿走一塊？」

趙劍南呵呵笑了一聲，樊紀到了車邊，挑開蓋在車上的鋪蓋，輕輕地撚了撚石頭表面，又聞了聞指尖的氣味，便把鋪蓋原封蓋上，面無表情，像是一車雲瑟石的真正守衛一樣，站在了車前。

幸好蓋在鋪蓋下的厚厚一層都是真的雲瑟石，想要翻到那些假的，還多少需要費大把力氣。顧然心裡僥倖，嘴上卻不依不饒地說著：「老東西，你要來把持的不是我吧？」

趙劍南只是不置可否地笑了笑。

「您老真是喜歡熱臉貼人家冷屁股，這麼大一點兒事，居然還親自出馬。」

「顧郎，老夫記得早就教過你，做我們這一行，最重要的就是懂得看勢。有能信得過老夫的人，那是老夫莫大的榮幸。」

「哈哈哈，在下也真信你個老東西，說下手就下手。」

「此話怎講？」趙劍南反倒微微笑了，皺紋顯得都像一種偽裝。

「一群鮮卑人一大早就開始搜街的事，你沒發現？畢竟反手一刀可是老東西你的拿手好戲。」

也許趙劍南想要回顧然一句什麼，但已經沒有時間。就算側身對著顧然的趙劍南，也看到了神廟外一縷黑煙靠近。

用銅甲士拖車的話，確實要輕鬆得多。真是一個不惜招搖過市也要省力輕鬆的傢伙。

只是，出現在神廟門前的身影，又讓顧然吃了一驚。

就連趙劍南看到身影都不禁向後仰了仰，似乎同樣不敢相信。

只有一個人？只來了一個銅甲士？三天前的大夜，那個約好在此交易的耀武揚威的虎面，最後只派來一個銅甲士交接？

「老東西，看來你又自作多情了，人家根本不打算親自來。怎麼樣？忠心都被狗吃了的感受如何？」

趙劍南日漸消瘦的面頰沒有任何表情，只是盯著裹挾黑煙在神道上一步步走來的銅甲士。

「別在這裡故作鎮定了，想罵就趁著現在有嘴快點罵吧，不然等會兒萬一沒機會了……」

趙劍南依然不動聲色，對顧然不理不睬。

老東西最該死的就是這種深藏不露的態度，不過，這同樣暴露了老東西對只來了一名銅甲士的事實有多吃驚，才會讓自己的表情全部深藏，變成了真正的沒有表情。

銅甲士後面確實再沒人影，難道虎面也和冉魁榮以及另外二老一樣，絕不食人間煙火，以保神性？真是如此，未免太過可笑。本就禁錮在各自山中，如今又自我禁錮在那座有花草而已的宅邸裡。

向祭壇逼近的銅甲士，卻忽然停步。背後銅箱帶動，右手上揚，把銅盔掀了起來。

「顧郎，好久不見，別來無恙？」掀起的銅盔裡傳來洪亮的聲音，一張即使沒有黃金面具依然是一張立眉、怒目、闊鼻、厚唇、寬腮的虎臉出現。

「好久不見？虎長老真是貴人多忘事，我們不是大前天晚上剛見過？」

這是顧然第一次見到銅盔下面的臉，多少有些不真實。說話間，坐在臺階上的顧然一躍跳到祭壇上，使自己至少和身在銅甲裡的虎面，在高度上沒有太大的劣勢。

「呵，顧郎還是這麼嘴上不饒人。」虎面把「嘴」字說得很重。

「承蒙您一直擔待著。」

銅甲虎面和顧然一邊唇槍舌劍，一邊一步一步繼續向前走來。

「看來顧郎相當守信，十馱雲瑟石都能弄到手。」

「虎長老親自披銅甲來拉車，這種親力親為的精神，太令在下欽佩。」顧然這樣說著，毫不鬆懈地盯著銅甲虎面的一舉一動，畢竟現在的情況和自己最開始所預設的有不少出入。比如，沒想到老東西會出場，也沒想到早該出場的到現在還沒出現，真是太靠不住了……

「那麼就請顧郎把車交接過來，余也好帶顧郎去見酋帥。」

就在虎面說出這句話的同時，顧然一眼看到了真正的蹊蹺，說著雲瑟石車的虎面卻瞥了一眼祭壇的左側，車在祭壇右側，左側是……張昭昭。

「這就奇怪了，車就在那裡，說得像是我不給你似的。」顧然一邊繼續搪塞虎面，一邊悄悄把手指套進了兩隻偶人的線裡。

原來是這麼一齣項莊舞劍！

該死！銅甲虎面距離自己已經不到十步，現在再向鐘樓示意，根本來不及趕來救援，老東西出現時就該想到他們再度聯手。如果早發覺他們意在制伏自己擄走張昭昭，早意識到該來的人遲遲來不了，應該早些讓鐘樓那邊……

「好大的陣勢。」

突然，神廟外傳來一聲高亢的喝彩，響徹一觸即發卻驟然靜寂的神廟。

顧然立即望向神廟入口，只見有兩人大步走來。

二人皆身材高大魁梧，並且都身著花紋長袍，頭頂氈帽耳配耳環。走在前面的，肩膀上還趴著一隻玀貓。玀貓顯然還是不大的幼崽，目光卻犀利得可以捕食一切。走在後面的，腰間是一柄長劍，雙目緊盯著站在祭壇上的顧然。

雖然後面那個傢伙臉上的笑容陰森得瘮人，但顧然心中終究還是鬆了口氣，總算到了，差一點就全都白布局了。

「虎長老？」走在前面的元不問，路過銅甲虎面身邊，特意看了一眼掀開的銅盔裡面，「在這種銅疙瘩裡，又悶又熱又憋屈的，太不符合長老身份了吧。」

元不問只是這麼一說，根本沒有在意虎面的回應。

方才還因為身穿銅甲居高臨下掌控全域，此時讓元不問一說，頓時變得滑稽尷尬不倫不類。

即使身穿銅甲的虎面，也沒有把握可以暫態制伏身邊走過的兩個鮮卑人。而更沒有把握的是遠處的樊紀，怎麼肯定他能制伏得了顧然，或者說怎麼肯定他會在此時出手？

雖然這些鮮卑人在自己眼裡不值一提，但元不問畢竟是一方老大，何況帶了鬼方來，哪知道他會不會還有埋伏，姑且還是講一點基本禮數，以免弄巧成拙。於是，虎面只得狠狠地哼了一聲，讓他們從自己身邊走過。

元不問從虎面身邊走過，直奔祭壇一邊的裝石車。因為鬼方就在身邊，他根本無視了樊紀，直接走到車前，揭開鋪蓋看了看，朗聲笑了出來，說了一句「看來今天收穫頗多」，就直接登上了祭壇。鬼方沒有上祭壇，像是閒逛一樣到了虎面、顧然、樊紀幾人之間站住。

這樣的走位登時制約全場，只是鬼方一直盯著顧然，更準確地說，是盯著顧然手裡的那隻被張昭昭改造過的八爪偶人。顧然心中忍不住發毛。

不知這兩天前設下的救兵到底能不能救得了自己……

登上祭壇的元不問往祭壇後面走了幾步，靠坐在太陽輪的基座上，把獵貓抱到了懷裡，向著祭壇邊和神道上的幾個人事不關己地說：「你們繼續聊，不用管本帥，你們繼續。」

天氣多少還是熱的，顧然都能看得到悶在銅甲裡的虎面，臉上的肉緊緊繃住，鼻翼大大地張開，寬碩的兩頰淌出了汗。

「顧然汝等小兒！」虎面突然態度驟變，「私藏雲瑟石，故意擾亂全山秩序。現是人贓俱獲，恰逢元帥親臨，就請元帥為證，余便將顧賊在此就地正法。」

虎面說得義正詞嚴，甚至令顧然插不上話。

「好個含血噴人。」顧然並不焦急地說，「雲瑟石又沒有規定必須是你們冉家的，你竟自行為元帥做了決定？」

「嗨呀，本帥一來就吵架，真是不虛此行了。」元不問故作輕鬆，「不過，本帥倒是有一件事沒看明白，怎麼憑空出來這麼多的雲瑟石？」

元不問說完，不等在場任何人的回答，立即叫了鬼方，讓他再去驗石。

鬼方目不斜視地從樊紀身邊走過，到了車邊，抓住一角用力一揮，整個鋪蓋都給掀了起來。也許是因為用力過猛，鋪蓋掀起時帶飛了幾塊最上層的雲瑟石。雲瑟石清脆地摔碎在了祭壇邊沿上，一股海棠花香隨著飛濺的粉末四散。

「挺真的嘛。」鬼方看著摔碎的雲瑟石笑著說，並沒有止步於此，伸手就往裝石車的深處去掏。只見鬼方把手擠到石頭夾縫裡，一點點往深處鑽，如果鑽不過去就微微用力捏碎擋路的石頭繼續。看動作就知，已經捏碎了好幾塊石頭……

「媽的！」鬼方突然大罵一聲，把手從石堆裡猛地抽了出來，又用力甩了甩，貌似都快甩出血了。就像燙了腳的貓一樣，瘋也似的甩了半天手後，才叫著說：「裡面充數的是琉璃吧！」

「所以你小子是在用假石頭來糊弄本帥？」元不問撫著獵貓問向顧然。

「知假販假，顧賊當誅。」虎面語氣堅定，但顯然從他眼神中能看出心底的吃驚。

面對元不問的質問、虎面的挑撥，顧然向元不問叉手說：「用了假石確實是在下不對，但這一車十馱的石頭，本是虎長老所要求。虎長老要在下三天內湊齊十馱雲瑟石，三天，十馱。」顧然特意把這兩個數量詞又著重說了一遍，「就算虎長老也知道在下必然無能為力，便給在下出了主意說，可以從元帥那裡弄來。」

「顧賊！你少在這裡顛倒黑白。」虎面打斷著顧然，向前走了一步，「余之意……」

「給本帥站住。」元不問立即喝止了虎面，就連鬼方都立刻拔出了長劍，以致於他到底要反駁什麼都不重要了。

虎面頓時駐足不再前行。

元不問自覺地進入了主持全域的狀態，厭惡地看了一眼虎面，轉頭說：「姓顧的，你繼續。」

「元帥自然很清楚虎長老在那晚對在下的安排。」顧然別有用意似的看了趙劍南一眼，繼續說，「這件事在大夜翌日的清晨，元帥就已經知道了吧。」
「呵，確實。」元不問又平靜地撫著獵貓的腦袋。
「幸好在下及時趕到元帥府上，把事情原委解釋清楚，不然豈不釀出天大誤會，被某些虎頭虎腦的傢伙用區區幾塊雲瑟石挑撥？不過，話說回來，」顧然根本不給虎面喘息的機會，話鋒急轉，「虎長老，作為冉家長老之一，您原來並不知道彭山實際上有這麼多的假石？」
「余怎麼知道你是從哪裡弄來的假石。」
「你真不知？」
「假石還不如街邊的卵石有用處，余知道怎麼弄假石有什麼好處？」
顧然看著虎面瞪圓的眼珠子，真如一雙虎眼一般，看不出一絲謊言的恍惚，也就是說……可能虎面真的對採石隊一無所知？但既然被迫走到這一步，也只能孤注一擲了。
「但，以在下所知，」顧然把手伸入懷中，拿出一只不大的麻包，但沒有展開，歪了歪頭繼續說，「全彭山所有假石都是源自一個地方，而那個地方和你們冉家關係不小。畢竟在下的假石是從他們那裡弄來的，自然會多問幾句他們的近況。」
「顧賊你少在這裡血口噴人。」虎面已經完全陷入了顧然的節奏。
顧然並不急於打開剛剛掏出的麻包，而是從通行證到找到採石隊，隱去所有關鍵人物地講了一遍。講述這些只為一個目的，銅山驛屬於冉家，而冉家對採石隊的存在置之不理的原因只有一個，這採石隊本就屬於冉家。

「絕不可能！冉家怎麼可能和採石隊那些低賤的亡命之徒有關？可笑！太可笑！」虎面眼下只剩無力的反駁。

顧然終於把那只小包打開，動作小心而緩慢，因為只有這樣才不會不慎刺激到全場所有精神緊繃的人。麻包展開後，顧然將其中所裹之物通過鬼方呈給元不問，說：「請元帥先過目，這是在下從採石隊的行囊中發現的。」

「好像真的越來越有意思了。」元不問接過此物，本是一臉輕鬆看戲的笑容，頓時面部完全緊繃，猛地站了起來，連懷裡的玀貓都被丟下。元不問從麻布裡拿出的是一柄樣式再普通不過的小刀，唯獨一點讓小刀一點都不普通——小刀通體鎏金，閃亮亮的金。

小刀的樣式更有看頭。從刀刃到刀柄，完全是一體的。沒有套在木柄裡的刀莖，更沒有刀紋，也就是說，小刀不是鍛而是鑄出來的，更進一步說，一把鑄造出來的小刀，根本沒有太多的實用價值，刀刃頂多只能切開果實的外皮而已。

元不問一眼就明白了鎏金小刀的玄機，用兩指捏著刀柄，提到鼻前聞了一下刀刃，立即像是燙了鼻尖一樣，極盡嫌棄地丟了出去。

鎏金小刀被丟回到顧然腳邊。在地上彈跳時，小刀吸引了玀貓的注意。玀貓像是發現獵物一樣，弓腰晃了晃屁股就要撲出去，元不問立即一把將玀貓揪了回來，顧然趁勢給鎏金小刀補了一腳。

見顧然這番動作，元不問並無什麼反應，只等鎏金小刀滾到虎面腳前，才用不可反駁的語氣說：「既然虎長老讓本帥作見證，那本帥就先要問問虎長老這柄鎏金小刀是怎麼回事了。」

虎面盯著腳前的鎏金小刀，一雙虎眼瞪得更圓。

「虎長老，你愣著幹嗎呢？給本帥解釋解釋那把鈍刀上一股子陳年狗尿騷味是怎麼回事。」元不問所指正是割開米囊果後流出的生米囊膏的氣味，對這種氣味，照州城裡無人不知，無人不曉。

「虎長老，你不會現在突然告訴本帥，咱們彭山還有第二家用金器吧？」元不問一手按著獵貓的頭不讓牠撲出去，一手撫摸著牠。

虎面怒目更深，更說不出話。

反倒是一直靜默的趙劍南忽然緩緩地說：「老夫有句話，不知當講不當講？」

「當然不當講。」顧然立即說道。

「虎長老今日至此，本是為顧郎而來。」趙劍南自不會聽顧然的，繼續說起了他認為當講的話，「原本不是什麼大事，不懂分寸的顧郎卻驚動到了元帥，害得元帥勞神勞力。這是其一。」趙劍南說得不緊不慢，就如他在主持公道一樣，「其二，顧郎雖受老夫照顧多年，但本性難移，好賭之心終難洗淨，以致於現在竟去弄了半車假石來對賭，讓虎長老下不來臺。其三……」

「老東西！你在這裡說這些屁話是何居心!?」顧然按捺不住，試圖打斷老東西的連篇叨絮。

趙劍南依然不氣不怒，緩緩地說：「老夫並無他意，只是想說方才所列種種，都需要有人為其負責。」

一直盯著鎏金小刀的虎面，為趙劍南一番話點頭。

本以為事態已經照自己所預期的方向發展，結果卻被老東西一通攪和，現在所有人都像又回到起點一樣，糊塗得不知自己為什麼身在此處……

「看來顧郎你在老夫這裡什麼都沒學到。」趙劍南說著後退了幾步，意味深長地說，「不過，無妨。」

顧然正要反駁什麼，突然就看到西側圍牆有個身影一躍飛了進來。身影左手握著閃著紅銅光芒的利器，向虎面直刺過去。

太過突然，就連被突襲的虎面也沒能來得及做出更多反應，只是用左臂的銅甲去扛。所幸刺來得太過兇猛，中途已經無法變線，算是硬擋住了這一擊。

不再顧及什麼元不問鬼方，被襲的虎面轉身大喊一聲：「何方偷襲小兒！」背後銅箱冒出一股黑煙，銅盔同時扣回頭上。

銅甲虎面的銅箱驟然發出一陣暴躁的轟鳴聲，顧然這才忽然意識到這個聲音有多耳熟，立即向突然襲來的元望大喊：「小心手臂火炮！」

話音方落，強大衝力就從銅甲手臂裡噴出。

幸好顧然先喊一聲，被銅甲彈開的元望才沒有再悶頭撲上去直撞銅甲炮口。但即使再反應神速的閃身，衝力還是勢不可擋地擦到了元望。隨即元望像個竹蜻蜓一樣，旋轉著飛了出去。

另一側運石車邊的鬼方倒是興奮起來，哈哈哈地尖聲鬼笑著，提劍撲向了銅甲虎面。

顧然顧不了那麼多，跳下祭壇就往撞到銅像上的元望衝去。所幸倒在地上的元望還喘著粗氣，顧然連忙幫他檢查傷勢。傷勢倒不算太重，不過是斷了兩條肋骨，和羅山元望竟是如出一轍的傷勢……沒準三山的同一個人，正被一條冥冥之中的命運之線緊緊相連。

神道變戰場，戰聲四起，銅像、太陽輪、祭壇的一角、遠些的神廟圍牆，都被銅甲虎面炮轟得四向坍塌。

不必去看都知道，此時的虎面操控銅甲到了怎樣瘋狂的地步。但鬼方還是遊刃有餘一般地在銅甲虎面身邊跳來跳去，身材魁梧卻無比靈活，躲閃開了每一炮的攻擊。然而，躲閃自如的鬼方，發起的攻擊卻同樣並不奏效，無論是劈是砍還是刺，各個角度都被銅甲生硬地彈開。

虎面並不是訓練有素的銅甲士，所以瘋狂之下並無章法，因此給了鬼方能和他周旋這麼多回合的機會。

劍叮叮噹當還在被彈，彈到最後，就連鬼方自己都惱了起來。

「混帳！根本砍不動。」鬼方罵了一句，一個後躍跳出了戰圈。

一直沒有參戰的顧然見此動作心中大呼不妙，拉開距離對鬼方來說反倒大為不利，畢竟距離可以讓虎面有更多的時間去瞄準，一旦瞄準再射，八成是要正面吃炮了。如果沒了鬼方……

然而，鬼方並不需要任何人擔心。只見他遊刃有餘地遠撤一步，又是連連跳了三步。可就在站定一瞬，他就又有了動作，一隻竹筒拿在手中，直奔準備給予自己最後一擊的虎面而去。

原來鬼方留了這麼一手，真的恐怖若鬼神。

但顧然可能還是高興得太早，雖然一切都只是一瞬之間，但一瞬前的希望，在虎面已經蓄好能量的一炮下，又被轟飛了。

銅甲炮的衝力並沒有正中即將爆炸的爆筒，只是擦到一個邊，所以爆筒像剛才的元望一樣，打著轉飛上了天。

只見閃電一般，一支利箭破空射來，正中還未爆炸的爆筒，複奔一炮稍息的虎面而去。就在釘著爆筒的箭撞上銅甲的刹那，巨大的轟鳴之聲響起。虎面頓時被炸飛，濺出兩丈開外，重重撞到一尊銅像，摔在地上。

銅甲胸口深深凹陷進去，也有很多位置爆裂開來，裡面的虎面連爬起來也做不到了。

此時，顧然看向箭來的方向，不可能有第二個人能把箭射得如此精準。

只見樊紀，高高站在被轟得扭曲露出了片片銅色的太陽輪上，一抖手腕，一張大弓又背回到肩上。背了弓卻還是一腳踩在太陽輪彎向後的輪邊上，彷彿他這一箭征服的不是虎面，而是太陽。

不過，顧然對樊紀擺出的造型不感興趣，他更在意的是這個裝模作樣的傢伙，到底是什麼時候爬上的太陽輪，又為什麼要出手，明明剛才的趙劍南還在說什麼「錯都在顧然，要有人出來負責」這樣的鬼話……

顧然猛地又看向方才就後退了幾步的趙劍南，老東西像是早預料他會看過來一樣，滿意地對他點了點頭，彷彿是在讚許顧然這番安插非常上道。

又都在老東西的算計之中嗎？該死的牆頭草為什麼總能擺向優勢的一邊。是什麼時候？是在發現元望從鼓樓衝下來之前，也就是鎏金小刀出現的時候，就已經悄悄擺過來了吧。

顧然忽然明白老東西所說的教了什麼又學了什麼，也許自己真的漸漸被他給同化了……

第二十三章　正　義

只是顧然知道自己還是有堅定的底線。

鬼方對失去戰鬥力的一切都會頓時喪失興趣，樊紀又是裝模作樣不肯屈身做事，所以最後把動彈不得的虎面從銅甲裡掏出來的人，只能是顧然。

當然，張昭昭還是在幫他的。

如果說在顧然撬開銅甲時，她只是蹲在那裡對著銅甲本身左看右看，而顧然把虎面拖出去後，她開始對銅甲下手東拆西拆，這也算是一種幫助的話。

從銅甲裡抽身的虎面重新喘上了氣，不再似方才那樣奄奄一息。顧然並沒有粗暴地拖他過去，而是用肩扛著虎面的手臂，帶他走回到祭壇前。虎面身上浸出的血打濕了顧然的褂子。

有那麼一瞬間，顧然想起了把血染在自己身上的于榑……

「虎長老。」早就回到扭曲太陽輪前坐好，抱著訓練有素處亂不驚的獵貓的元不問，滿意地看著祭壇下的虎面，才繼續說，「那麼我們現在繼續聊聊那柄鎏金小刀吧。」

顧然不喜歡充當元不問的打手，只是把虎面丟在那裡，便離開了祭壇，回到元望身邊。虎面傷勢不輕，自然也站不住，一屁股坐在了臺階下面，沒有被按住，也沒有跪在那裡，多少算是保住了一絲顏面。

鎏金小刀就擺在喘著粗氣的虎面面前，這是顧然為元不問做的最後一件事。虎面對著鎏金小刀又盯了片刻，突然大笑，笑著笑著又深深地咳了起來。

不知是剛才的大戰讓虎面頓悟了什麼，還是現在的處境讓虎面明白不可能再有機會重歸平衡，咳嗽平復之後，虎面不卑不亢地說：「那鎏金小刀，正是余隨身之物。」

「哈！突然承認反倒更加可疑。」

「余一人做事一人當。」

「倒是一條好漢。」元不問反倒失去了興趣一樣，把手按在獵貓的頭上繼續說，「既然是冉家長老，虎長老你應該知道意味著什麼。在咱們彭山私自種植製作米囊膏，一旦發現，證據確鑿，就地正法。這是咱們彭山這麼多年來立下的規矩。就算你是冉家的長老，也不能例外。」

「廢話怎麼那麼多？」虎面的那張虎臉上，除了從額頭流淌下來的血跡，只剩不耐煩的抽搐，「什麼時候輪到你一個鮮卑流民來主持全山了？」

「哈哈！」被虎面惡語相激，反倒讓元不問恢復了一點精氣神，「你說得很對。」元不問徐徐地撫摸了一下獵貓的頭，獵貓發出了滿足的呼嚕聲，隨後轉身像是在人群中尋找一樣，看了一眼雙手抄在袖子裡的趙劍南，點了點頭轉回來繼續說，「趙先生也在場，物證，公證人，哦對了，還有顧郎這個人證都在。既然虎長老自己都承認了，不算是本帥獨斷。」

元不問仍是不容辯駁的口吻，坐在祭壇前的虎面，似乎也並不打算再狡辯，只是突然瞪向了顧然，似乎在說「你覺得道義上過得去，余無話可說」，但卻和倚在銅像腳下的元望對視到了。

只是一個對視，斷了肋骨的元望立即又跳了起來，叫著大罵：「老玩意兒，你一個米囊膏販子，讓我們逮著，還在這裡趾高氣揚起來？你個狗賊算什麼東西！那天在山上，小爺我和然哥親眼看見一片一片的米囊花田，你哪來的底氣裝腔作勢？」

「你小子也給本帥少安毋躁。」

元不問的語氣並不嚴厲，但話一說出，剛剛還齜牙咧嘴跳著腳罵個不停的元望，立即像隻受驚的小貓一樣，可憐都不會裝地縮回了剛剛的銅像腳下。

「實際上，本帥有一事不解，不知虎長老可否賜教？」

虎面哼了一聲。

「虎長老乃是冉家長老，又掌管兵力大權。可是今天至此，為何只有虎長老一人？還是自行穿戴著銅甲赴約，本帥一進神廟就疑惑不解，既然虎長老現在怎麼都得說點什麼，不妨先為本帥答疑解惑如何？」

虎面任由血從眼睛裡流過，仍舊一聲不吭地瞪著元不問。

「怎麼忽然這麼沉默？」元不問抱著獵貓探了探身，「算了，乾脆由本帥來猜一猜，虎長老只要說對還是不對就好。其實是不是這樣的……」元不問像是真的在思考一樣，轉著腦袋等了片刻才繼續把早就猜到的事情說了出來，「虎長老雖然看似有兵權，但並沒有直接動兵的權力，想調用一兵一卒，全都要通過冉魁榮那個傢伙才行。呵呵，所以，要想瞞著冉魁榮私自取得石頭的話，就只能自己披掛上陣。」

虎面的臉色已經隨著元不問所謂的猜測變得更加不好。元不問看在眼裡懂在心裡，「真是可悲的長老啊。那麼接下來的問題又來了，虎長老為何一定要自己偷偷來取石頭？本帥其實也略有耳聞，虎長老你早有異心。自己有了足夠的石頭，強行調兵，才不會讓兵變有後顧之憂。」

虎面臉色完全沉了下來，同時毫無遮掩地怒視著趙劍南，而趙劍南似乎根本沒有注意似的，老人一樣垂著眼，面無表情。

「虎長老不必如此緊張，本帥這些都只是猜測而已。本帥之所以這樣猜，只是有一事不明，從一開始就是打算問一問這件事而已。」

「元賊，有話就快問，不要再兜圈子。」

「嗨呀，虎長老嘴這麼臭的嗎？怪不得在長老裡最不受重視。」

虎面沒再回應，連哼一聲都不再有。

「本帥的問題很直接，就是明顯看到矛盾在眼前，如鯁在喉，不得不問。你聽好了，你現在既然一沒實際的兵權，二無哪怕一塊可以自由支配的雲瑟石，你跟本帥說什麼雪山裡種的米囊花全都是你一個人所指使？沒有足夠的雲瑟石，你能在雪山裡種出米囊花來？米囊花是你種的，雲瑟石就是你自己的，那顧小子說了，旁邊半車真石頭就是從米囊花田裡取回來的，你剛剛是欣然接受了的，你自己兜了一大圈拿回了自己的石頭還不發飆，你是在糊弄傻子嗎!?」元不問突然一聲吼，驚得獵貓一溜煙從他懷裡跑掉，鑽到了鬼方的腳後。

不僅獵貓，即使顧然都被元不問震得汗毛立起。而虎面似乎打算緘口到最後，絲毫不為所動地盤腿坐在那裡，一副任其發落不再爭辯的架勢。

見虎面如此態度，元不問更是暴躁，結果趙劍南徐徐向前走了兩步，算是阻止了就要衝上前去強行逼供的元不問，依然是不緊不慢地微微笑著說：「虎長老不必這樣苦著自己，畢竟國有國法，家有家規，既然我們都是彭山人，就得守好我們彭山自己的規矩。對於米囊膏，我們彭山是絕不允許再出現的，這一點虎長老當然也是清清楚楚。我們在這裡並不是針對虎長老你，而是要對米囊膏斬盡殺絕。」

趙劍南說得義正詞嚴，就像昔日照州城最大的米囊膏商不是他一樣，就像他已經成了善的化身。

就算是元不問都忍不下趙劍南的樣子，但卻發現除了強行打斷，根本沒機會插話進去，趙劍南一句「老朽不才」，就如數家珍一樣，開始連綿不絕說起了他發現的藏有米囊膏的坊名。

老東西的腦袋到底是怎麼長的，都說越老越該糊塗了，但老東西不僅沒有糊塗，甚至比一般人還要更明白許多。那些有米囊膏的地方，不只是坊名那麼簡單，甚至連每一個秘密交易所是在哪座坊裡的哪條巷子、哪個路口的哪間房裡都說得清清楚楚。

突然說出這麼些交易地點，就連元不問都大吃一驚，一會兒看看臉色越發不好的虎面，一會兒又看看說個不停的趙劍南，甚至都有些蒙了。顧然同樣在心裡重新權衡起來，會不會自己一直還是小看了老東西的力量，若真如此，恐怕老東西遠比自己所瞭解得還要恐怖……

然而，就在眾人都大為震驚時，顧然察覺自己疏忽了一個再重要不過的細節——元望的反應。元望同樣在聽著，腦海中出現了一個個點，遍佈半壁彭山的點，隨著點不斷增多，怒氣一點點燃成了燎原之火，然後盡數指向了他所認定的罪惡源頭。

當顧然注意到蓄滿怒火的元望時，已經來不及阻止了。

突然爆發的元望從顧然身邊跳出，手持銅鈸不可控制一般地向虎面撲去。

在所有人都沒反應過來之際，元望已經手起鈸落，裹挾著千鈞之力的一記橫掃，虎面整個腦袋頓時掉落在地。瞪圓了雙眼的虎面腦袋，帶著噴薄而出的血，直接滾到了元不問的腳邊。

「你小子壞了本帥大計！」元不問跳起來大罵，嫌惡地躲開了虎面活生生的腦袋，怒斥著元望，「不成器的小子！看來流放三年，你根本沒有絲毫長進！」

元不問咬牙切齒地說著，站到了血泊的邊緣，又斜目看了一眼虎面的腦袋，臉上仍凝固著死時一瞬的震驚表情。

「三年！三年前我手刃那個賣商有錯嗎？後來還有人敢明目張膽地賣賣嗎？」元望從未如此頂撞過元不問，「現在我手刃罪魁禍首，把他掛出去，讓人們都看看，就算是什麼長老，只要敢種米囊花，就是這樣的下場！你倒是說說，我有什麼錯！」

「朽木！」元不問甩袖不再看元望。

「等等，三年前？」顧然猛地注意到了什麼，走到了元望身邊問。

「哦，然哥應該不知道，那時候然哥還沒來。」見顧然發問，元望話語間不似剛才那般充滿戾氣，「不對，當時然哥應該是剛墜入不動山，我看那幫盤瓠人滿大街吵吵嚷嚷鬧個不停，說什麼又天墜了，有可能要進來人了。不過後來，然哥不是先到的我們彭山就是了。」

「所以，」顧然盯著元望的眼神都不對了，「被你殺了的膏商叫什麼名字？」

「這……小弟不知道啊，當時米囊膏基本已經絕跡，卻得到報信的說竟還有一條漏網之魚。」見顧然那般眼神，元望竟有點慌了。

顧然維持著理智繼續問：「換一個說法，所以你其實沒有看著他死對吧？」

「然哥……你怎麼知道的……」

「手刃？實際上活不見人，死不見屍了才對吧？所以這次你一定要砍了那個虎面腦袋才放心。」

元望沉默了。

沉默等於承認。

承認的意思就是……

「全都是一堆爛攤子。」元不問聽得不耐煩，把腳邊的鎏金小刀往顧然那邊一踢，「爛攤子你們自己收拾。本帥會給冉魁榮那個混帳寫一封手書，作為伯叔父算是仁至義盡。你小子以後，自求多福吧。」

元不問又回頭看了看一直不再說話的趙劍南，低沉地說：「老東西，別以為本帥不懂你那些拿不上檯面的小手段。」

趙劍南並沒有回什麼，依然微微笑著，像是這裡的主人在送賓客。

「我們走。」元不問向鬼方使了個眼色，鬼方便抱起腳邊的獵貓，和元不問一同走出了狼藉不堪的二十六神廟。

「你為什麼從來沒和我提過？」

「然哥……這是小弟我的正義。」

顧然俯身撿起沾滿了血跡的鎏金小刀，同時像是隨口一說地回問：「你的正義？」

「也是彭山的正義。」

「彭山還有正義？很好，你們都有正義，只有在下，一介殺友進山的顧賊，沒有正義。」顧然用眼神示意了一下血泊中的虎面頭顱，「你的正義可真是太正義了，正義到不惜殺人來實現是吧？為了保全你們姓元的家族，不惜每一次都要靠殺人來伸張正義，是吧？」

「然哥……」這次元望沒有再躲躲閃閃，直面顧然的目光說，「這和我們元家並無關係。那時候你還沒進來，根本沒見識過米囊膏到底有多殘酷。小弟我是親眼見過的！就在小弟我面前，一個只有這麼大點，骨瘦如柴的小孩，」元望說著，用手比畫了一下身高，「一看就是家裡人在抽米囊膏，結果小孩都上了癮，造孽啊。就是那些無法無天，還在暗地裡做米囊膏生意的傢伙造的孽。小弟我親眼見到，那個小孩居然偷了膏商的米囊膏，又讓膏商給逮到，當場就要被打死，小孩捨不得，竟一口把膏吃了！吃了！那麼大一點點的小孩，當場暴斃，就在恰巧路過的小弟眼前。然哥，你覺得見過這些的人，不該當場伸張正義嗎？不該從此盡己所能伸張正義嗎？這種正義和我們一個元家的家族興衰根本沒有關係。」

聽著元望自說自話著他昔日所見，從匯陽村跑來照州城的顧然不由得只覺可笑至極。

「你一個靠著在下提供消息印惡錢的賭徒，還真是把正義貫徹到底。」

「這是兩碼事……」

「對，兩碼事，殺人伸張正義，和殺的是在下的摯友，這本來就是兩碼事。」顧然的語氣突然平淡至極，只是為說而說一樣。

元望一下愣住，他從來沒有想過會是這樣。

「所以，原來是你，呵。」

實在可笑，于榑是賫商？昔日的夥伴、摯友，于榑他一定有自己的計劃，結果全讓這個廢物的正義給葬送了。

顧然避開元望，抬眼看了看張昭昭。那個同樣知道自己是從匯陽村來的小女孩，此時只是在專心致志地一點一點把破爛銅甲拆得更零亂，似乎根本沒有聽到一言半語。

待元不問一行完全走遠，二十六神廟外又有了動靜，一行人亂亂糟糟跑了進來。這一行十來人一進神廟，立即分了兩隊，一隊像是撲向腐屍的鴉群一樣，奔向了虎面的銅甲，嚇得一直蹲在破爛銅甲旁聚精會神的張昭昭低聲驚叫一聲，連連後退才躲開了眾人踩踏的腳步。這一隊人裡，基本都是魁梧壯漢，只有一個個子矮小的傢伙有些顯眼。不過矮小的傢伙迅速隱到了壯漢們的身後，沒能看清他的臉。而另一支隊實際上只有兩人，不緊不慢來到了癱坐在地的元望身邊。

走在前面的，是個人高馬大樣貌卻美豔驚人的女子，她手提一把環首長刀，僅看長刀的長度就知道其威力非同小可。女人當然就是彭山的盧娘，而在盧娘身後一同走來的，則是佝僂著背的小老頭老鄭。

「我說殺友進山的顧大丈夫，你們這一齣鬧得未免有點太大了吧？」盧娘嘴上仍舊不饒人，但她並不知道就在剛才，顧然心中對自己這個稱呼有了嶄新的認識。

只不過顧然並不打算現在再針對三年前的事有更多糾纏，因而只是抬起頭來，向盧娘苦笑了一下。

「倒是謝謝大丈夫啊，在最危急的時候都扛得住，沒讓我們暴露在元家人面前。」盧娘嘴上說著謝謝，但臉上卻依然寫滿了成見，「不過，既然我們如約出動，是不是大丈夫你也要履約了？」

「昭昭，過來一下。」顧然張口喚道，「妳教羅山盧娘他們造的那個銅臂，也能教他們造一下吧？」

「啊？那個還不成熟，不是三下兩下就讓那邊的元大哥給打敗了嗎？」

「你們說什麼呢？什麼銅臂？聽起來像是用冉家那些銅甲造的？那邊的小弟我這麼厲害？」元望像是抓到了救命稻草的話題，猛問個不停。

顧然無視著喋喋不休的元望，繼續和張昭昭說：「沒事，這些我和盧娘都說過的，盧娘他們無所謂，能把廢銅再利用就行。」

「好，那我和鄭爺爺講吧，鄭爺爺聽得懂。」

「然哥……你是怎麼找到盧娘他們的？」

元望還在努力想讓顧然理睬自己，但卻是盧娘回答了他：

「你家然哥真是聰明絕頂。說是通過羅山那邊的盧娘判斷出來的，真是挺有一手。還說什麼盧娘就是有能把一群志士聚集起來的能力，然後就想到了剔糞這門生意，然後通過大滲井找到了我們。呵，據你然哥說，羅山那邊的盧娘可不像老娘這麼苦命，還開了什麼賭場。他們倒是過得滋潤。」

剔糞確實是一門大生意，又是一般生意人根本看不上的。剔糞人的隊伍相當可觀，他們整日遊走在大街小巷，把人畜的糞便收走，運到統一的滲井去處理，就算不用作肥料，冉家那種一山之主也不得不給他們分錢，以保全山清潔。既然彭山沒有南垣坊，也沒有洛井風巒，那麼能聚上一群在全山自由走動的人，也只有大滲井那裡了。

「然哥英明神武！」

元望孜孜不倦地找機會和顧然搭話，結果就連盧娘都像達到目的無心逗留一樣，在眼巴巴抬眼看的元望面前轉身便走。老鄭帶著張昭昭到了一邊，學習銅臂的改造思路，其他人如清道夫一樣，把破爛的銅甲拆得更加零碎，一人一塊幹練地運走，消失在了二十六神廟，無人理睬坐在地上愈發尷尬的元望。

顧然走到了血泊邊，看了一眼毫無生氣卻仍舊一臉震驚的虎面頭顱，抬起頭看向一直站在祭壇上似乎旁觀一切的趙劍南，咬著牙說：「老東西，這都是你幹的好事。有必要一定把人殺了嗎？」

「顧郎，」趙劍南緩步邁下了祭壇，到了顧然身邊，「老夫什麼時候殺過人？」

顧然嗤之以鼻地哼了一聲，突然意識到了什麼，轉頭就問趙劍南：「三年前是不是也是你，透信給那個笨蛋的？」

「三年前？」趙劍南像是在檢查屍體一樣，圍著虎面血泊的邊緣繞了半圈，嘖著嘴又轉回身來，繼續說，「老夫上了年紀，哪記得那麼許多。」

「所以于樽也是因為你才被殺的。」顧然確信了。

「于樽啊……好久遠的名字。」

全都連上了。

自己剛剛墜入不動山，還是蒙頭蒙腦的時候，正好接觸過來的彭山上都發生了什麼，這下全都變得清晰了。老東西借元望之手，殺掉了于樽，然後借機污蔑自己殺友進山，徹底控制住了自己這個三山穿行者。等等，不只是彭山的于榑，羅山和咸山的于榑也根本不見人影，看來都出自老東西的手筆。三山的老東西還真是「同氣連枝」啊……在他眼裡，所有人都是他的提線偶人嗎？

「顧郎，」趙劍南眯眼看著顧然說，「你給那個虎面看過一張字條吧。上面寫著什麼？是不是可以給老夫一看？」

雖然被老東西冷不防問到，顧然還是立即給出了反應，撇嘴一笑地回說：「哈！可以呀。」

顧然答應得這般痛快，倒是讓趙劍南有些吃驚，也許老東西心裡已經打了很多種逼顧然說出口的腹稿。

「其實也沒什麼老東西你不知道的資訊，畢竟全山怎麼可能有老東西趙劍南不知道的事情呢？是羅山的老東西寫給我的。」

趙劍南只用微笑等待顧然說完。

「寫滿了羅山老東西安插在冉家的察子名單。」顧然還以微笑，不等趙劍南有所反應，他立即連珠炮地說出了多個冉家宅邸裡的地點，沒有直接把名字說出來，做足了看破不說破的樣子。

這些地點也好，顧然所說的名單也罷，當然都是顧然在虛張聲勢，或者說就是一次賭局。剛剛說的幾個地點，全是顧然推測出來的，畢竟羅山趙劍南能把銅鎖的鑰匙弄到手，必定在冉家安插了不止一個察子，唯有聯合行動才能辦到。而能弄到鑰匙的，不外乎就是身職於庫房、內務之類幾處的人。但只是一個拿出鑰匙的動作，自然也不會暴露出過多的隱藏資訊。

只要動作一出，必然就有破綻，這也是老東西曾經給自己上的一課。

「呵！老夫不可能做出這種事。」聽著顧然一個個名字地報著，趙劍南故意又笑了笑。不過，嘴上說著不信，眼神卻明顯遲疑飄忽了。

只是一瞬的飄忽眼神，顧然此生頭回讀懂了老東西的一點點心思，原來他怕的是這個。

第二十四章　知無不言

最終，顧然把虎面的頭顱撿了起來，畢竟這是眼下進冉家宅邸的重要道具。

當然，一顆本家長老的頭顱，肯定不可能成為暢通無阻的通行證，如果真的冒冒失失拿顆頭顱去了冉家宅邸，不直接被銅甲士捶成肉餅都難。現在，元不問的那封手劄，準確地說是洋洋灑灑聲討虎面的檄文，是他進冉家的重要助力。

一夜之間，元不問的檄文已經張貼在全山每一座神廟的門前，將冉家虎面長老私種米囊花之罪行昭告全山人，清晨的神廟詠誦因此全部休止。之後，鮮卑人把所有神廟佔領，像是一盤大棋突然提子反轉一樣，彭山大變樣貌。雖然其嶄新的格局遠不及元不問所期待，但至少棋盤上的冉、元兩家恢復了對立平衡。

顧然從沒想過會在這樣的背景下去見冉魁榮，更沒想過為了去見冉魁榮，竟鬧得滿城風雨大動干戈。但既然走到了這一步，龍潭虎穴也得闖一闖了。

顧然帶著一顆頭顱一個女孩，走進了冉家宅邸。

比起上一次在羅山，顧然被套在網裡進冉家宅邸，這一次顯然從容了不少。一個門前守衛看到顧然手裡的頭顱，先是慌忙請示了一番後，便帶著顧然兩人，進了第二道大門。

進到第二道大門之後，顧然仔細觀察了一番冉家宅邸這道厚重木門後，到底是什麼樣子。

所謂宅邸，依然是坊制建築群，大門正對的自然是里坊的主幹道，十分寬闊，路面夯實平坦，連一點車轍印都沒有，不知是冉家宅邸裡不讓行車，還是有專人每天打理道路。主幹道兩側，全是整齊的二層磚木小樓，有的開門做著坊內、族內的買賣，有的只是自住。

街道上的人絡繹不絕，透出一股與外界隔絕的繁華。這些住在冉家宅邸裡的人，全是盤瓠人打扮，即使不姓冉，也都是他們族群的人了。跟元家每人臉上都寫滿了「強取豪奪」四個大字不同，這些盤瓠人看上去更像養在園子裡的珍禽異獸，祥和又木訥。

大道走到盡頭，宮殿群樣子的建築迎了上來。同樣有夯土牆，使更深處的生活和普通的盤瓠人們隔開。不過大門沒有外面兩道那麼厚重，守衛連刀都沒有佩戴。看來冉家對本族人還是挺放心的。

帶路的守衛和最後一道門的守衛交接兩句，然後彼此交班，由新的守衛繼續給兩名外來人開門引路。

進了這道門，一陣濃郁的海棠花香撲面而來。

海棠花香，呵，顧然不禁冷笑一聲。

再看門後的世界，更是一片世外之境，歲月靜好。依然是一條筆直的道路向前延伸，道路西側是一大片的池塘，有座中原式的樓閣建在池塘邊，池面被烈日照射得波光粼粼，裡頭竟還有三五成群的白鷺戲水。道路東側是大片的花田，這就和中原人大不相同了。紅一壟黃一壟，這種形式的花田，大概是把花當作物來種植了吧。

在羅山冉家宅邸裡聞到的花香，看來正是這裡種植的各種花所煉出的香料。

在花田的一角，堆滿了晶瑩的雲瑟石。雲瑟石堆旁，有磨盤研磨雲瑟石粉，磨出的粉末由幾名侍女背走。在花田裡也有侍女在小心翼翼地播撒著雲瑟石粉，那些不知名的花，就在雲瑟石粉的哺育下瘋狂生長。

這些盤瓠人原來如此不珍惜雲瑟石，把石頭都用在了華而不實的花和香料香膏上。再想想一族長老虎面，卻為了能有調兵的力量，拚死去爭區區十馱石頭，最終還把自己的命搭了進去，不得不再次感歎虎面毫無出路的可悲一生。

呃，等等，香料香膏……

顧然忽然覺得眼前的花田並沒有那麼與世隔絕的高雅了。花田、雲瑟石催生、熬膏、焚香……這些全部放在一起，多麼眼熟，除了花不是米囊花以外，不正是如出一轍的工藝流程？難不成，這些盤瓠人一直以來在自己宅邸的最深處，孜孜不倦地尋找著米囊花的替代品？

不過，這只是無根的猜測而已。

走過花田，總算又有了建築，飛簷斗拱的再常見不過的大殿建築。通體漆黑的大殿，顯然就是冉家宅邸的正殿，在羅山第一次面對面見到回音壁一樣的冉家三老的地方。

再次登上二十來級的臺階，正殿大門沒有守衛把守，領路的守衛讓顧然他們在門外等待。

守衛跑進正殿過了許久，久到已經飛來了四五隻蒼蠅圍著叮咬虎面的腦袋，那守衛才匆忙從正殿裡冒出個頭。只見守衛手裡拿了一個金缽，讓顧然把虎面腦袋放進去，再進正殿。

一顆剛剛割下來一天不到的腦袋，成了入場要收繳的票貼，多少有點唏噓，又似乎正是它該有的歸宿。

顧然把虎面的腦袋連同那些糾纏不休的蒼蠅一起，放到了金缽裡，那名守衛側身一讓請二人入殿，自己則獨自捧著腦袋走了。

正殿裡，和羅山的冉家宅邸沒什麼兩樣。殿頂極高，左右黝黑深邃，躲了多少銅甲士在裡面都不足為奇。而正前方，兩層的高臺上，點著一層層一排排的蠟燭。剛剛讓自己在外面等了那麼久，這些蠟燭該不會就是現佈置的吧……

上層高坐著一個魁梧壯碩的人，他背後的金箔矮屏風畫著日輪圖案。此人在燭光的烘托下，讓在場所有人看得清清楚楚，況且沒有佩戴黃金面具，只一眼就知是冉魁榮無誤了。

未佩戴黃金面具，看來冉魁榮是將祭奠和會面分得十分清楚，遠比其他三個要靠黃金面具以示權威的長老的格局大了不少。

如此看來，虎面輸得一點不冤，他還差得遠。

二層的位置，不僅虎面位置空著，另外兩個繪有鳥和魚圖案的金箔矮屏風前也是空的。看來現在的冉魁榮，更想和手提虎面人頭的顧然單獨會面。

「顧然，山南西道巴州匯陽村生人，垂拱元年隨傀儡戲班到照州城，領班名叫趙劍南。看似戲班，實則做著米囊膏生意，直至天墜。三年前，再度回歸，現在做起了運送雲瑟石的買賣。」

正殿裡過於空曠，高居其上的冉魁榮，聲音帶上迴響，顯得相當威嚴。

雖然顧然的過去不是什麼秘密，但冉魁榮能把匯陽村都說得這麼清楚，還是讓顧然一陣不舒服。可見冉魁榮的這個開場白效果不錯，讓持人頭入宅的顧然瞬間沒了氣勢。

「在下沒有賣過一塊雲瑟石，稱不上買賣。」

冉魁榮並不在乎，俯瞰著張昭昭，問：「那麼這位女娃，又該如何稱呼？」

「張昭昭，『賢者以其昭昭使人昭昭』的昭昭。」突然被點名，張昭昭一點沒被震懾到，如往常一般說出了自己名字和出處。

「昭昭，好名字。」冉魁榮在燭光照耀下一動不動，有如一尊會說話的神像，「『爛昭昭兮未央』，和印身後的日輪相得益彰，妳應該在這裡做神女。」

讓冉魁榮這麼一說，張昭昭差點笑出聲來，一時間冉魁榮故作的一切變得滑稽起來，一句話就暴露出他空空如也的內心和狹隘可悲的視野。張昭昭拉了拉顧然的衣角，低聲說：「我來吧。」

反正自己和張昭昭費盡千辛來見冉魁榮，最終的目的是一樣的。而且以張昭昭的態度和她日常懟人的能力來看，她還能把高高在上的冉魁榮從自命為神的位置拉回到凡塵俗世來，自己之後跟冉魁榮對話就更容易些。讓張昭昭先打一撥進攻試試深淺，也未嘗不可，反正自己手裡還握著牌。

「我來這裡時間不長，但已經萌生了很多問題，不知可否請……」

張昭昭說著，忽然頓住看向顧然，顧然立即明白她的意思，極低的聲音說：「酋帥。」

「不知可否請酋帥，幫我解幾個疑惑？」張昭昭挺著胸膛，仰著頭問道。

「女娃膽識過人。印就許妳三個問題，三個問題內，印知無不言。」
「酋帥大度，那我問第一個問題了。」
冉魁榮依然裝作神像，紋絲不動。
「銅甲是怎麼動起來的？」
「哈哈哈，」冉魁榮不禁笑了起來，「妳是認真在問這個問題嗎？來之不易的問題。」
這次換作張昭昭不動聲色，堅定地看著冉魁榮。
「呵，既然妳這麼執著要問，印是不會給妳再多問一次的機會的。」冉魁榮滿不在乎地擺了擺手，「銅甲如何動起來，印不會管到這麼下層的事，也許外面金缽裡的那位反倒能給妳一個答覆。哦，那位已經不能說話了，而且可能他也不知道。這是印回答妳的第一個問題。」冉魁榮說完，依舊板著臉看著張昭昭。
「真是小氣鬼。」張昭昭只是嘀咕了一聲，立刻繼續仰頭說，「好，那麼我來問第二個問題，為什麼要把虎長老的頭放在金缽裡？」
張昭昭的第二個問題毫不遲疑地問出，冉魁榮真的坐不住了，他感覺自己是被愚弄了，連正襟危坐都變得可笑至極。這兩個人費盡心機，甚至不惜殺了自己的左膀右臂，只為見自己一面，這樣的人不外乎是要錢要勢兩者所求。無論是要錢還是要勢，冉魁榮都想好了對策，把整個彭山的神廟都破天荒地交給顧然這個外族人去打理，足可以滿足他的私欲了吧，畢竟神廟所能募來的糧食布匹相當可觀。這自然有冉魁榮自己的如意算盤，讓顧然去管理神廟，不費一兵一卒把重新得勢的元家給制約住，沒準還能收復失地，豈不划算？可是現在，這一套如意算盤似乎都被打亂了。

大費周章前來見自己的兩個人，就只是為了當堂嘲弄一番？這太不合理了，不合理就可疑。

冉魁榮盡可能保持不動聲色的樣子，甚至不能表現出有所動怒，「金，可以淨化一切污穢。」

張昭昭一點沒有因為冉魁榮回答得過於簡短而感到異樣，反倒似乎得到了最滿意的答案，並立即給了顧然一個眼神。

哈！這個賊丫頭，原來在這裡等著呢！

第一個問題，根本就是虛晃一槍，無論冉魁榮怎麼回答，都不得不面對自己接下來的質疑。

轉瞬即逝的時機不容錯過，顧然上前一步說：「原來是這麼回事啊，要用金器來淨化世間污穢，難怪咱們神廟的太陽輪都要鎏金。向太陽發送咱們彭山的資訊時，肯定要通過黃金淨化，也難怪祭祀時幾位長老都要佩戴黃金面具，更難怪這種東西，一定要鎏金了，畢竟淨化太重要。」顧然把那柄鎏金小刀掏了出來，在燭光下熠熠閃亮地給高高在上的冉魁榮看。

冉魁榮掩飾不住地倒吸了一口涼氣。這也是顧然所預料到的，畢竟堂堂虎面聯手下銅甲士要用的雲瑟石都得向冉魁榮取要，那淨化之用的聖物金器，必然是死死掌控在冉魁榮自己手裡。

顯然，冉魁榮在腦袋裡拚命權衡盤算，並猜測眼前這兩個人到底知道多少，又在虎面那裡撬出了多少。這兩個人遠比自己所預料的難對付，確實是自己輕敵了。

「哼，既然顧郎都把事情調查得這麼清楚了，」冉魁榮突然不再故作姿態，身子一歪回到了人的樣子，「看來比卬所預想得還要更有備而來，那麼就不要在這裡兜圈子了，開出你的條件。」

冉魁榮想要重啟談判，那就只好把兩人當作什麼都知道來對付。

「果然還是酋帥度量大，不像那個虎面，支支吾吾就是不給句準話。」顧然說，「其實我們並沒有特別所求，來找酋帥，只是想當面討教幾個問題而已。」

「所以你的意思是鬧得滿城風雨才當面見到卬，都是卬的錯？」

何止是滿城風雨這麼雲淡風輕的詞可以描述……

「酋帥言重了。我們其實只是想問一下，」顧然把自己的不動羅掏了出來，懸在手間，「這個到底是怎麼來的？」

「你自己的不動羅，你自己不知道是怎麼來的，反倒千方百計跑來問卬？」

「呵，酋帥真會避重就輕。剛剛一進來，酋帥就把在下的底細給說了個淨，酋帥自然是知道在下從垂拱元年到天墜前一直就往來於照州城，照州城那時有沒有不動羅，在下當然一清二楚，而且不動羅本來就是天墜後產物，酋帥不會否認這一點吧？」

「你要說什麼，直說。」

「是酋帥總不想直說，不是嗎？」

冉魁榮有些坐不住了，這個顧然怎麼回事，雪山的米囊花田讓他抓到把柄本來就很棘手了。不過，從元不問的檄文可知，虎面那傢伙自己扛下了全部罪責，就算他確實有心謀反，現在看他還算是以家族利益為先的一條漢子。如今，米囊花田之事已經蓋棺定論，再拿出那把鎏金小刀，並不可能重新波及自己。只要搞事情的都分到更多利益，誰會在乎真相到底是什麼，但顧然這傢伙居然還能這麼硬氣，是他根本不懂這個道理，還是他有什麼底牌沒有亮？

該死！冉魁榮心裡罵著，卻不能表現出來，垂下眼說：「吾族視太陽為眾神之始，本就善於天學。」

「哦？善於天學？」張昭昭突然說，「那麼請問酋帥，五星為何？五星星道與黃道關係又為何？視太陽為眾神之始，天學卓越，那麼再請問『日者，眾陽之長，人君之尊』這句，又是典出於何？」

被一個看起來不過十三四歲的小女孩頂得啞口無言，就像唯一一塊遮羞布被當眾扒掉，冉魁榮頓時暴怒，一拳重重地捶在了自己所坐的高臺上。可如此沉重一聲，兩側居然沒有湧現銅甲士，這一點倒是讓顧然多少有些吃驚。

難不成這次會面，冉魁榮完全沒有派人保護自己？或者，因為虎面剛死，調動銅甲士還有一定的困難？

「吾族自有魚面長老掌管天學星象。」冉魁榮知道剛剛失態了，又鎮定下來緩緩地說。

「你看，」張昭昭一點都沒有放低聲量地和顧然說，「我說他什麼都不知道，就是一個祭壇上的擺設吧。」

「小點兒聲，讓人家聽到，又要抓耳撓腮了。」顧然像是在責備張昭昭一樣說著，又抬眼看了看高臺上，冉魁榮強咬著牙表情難看，「所以，酋帥可否為我們引薦一下，讓我們拜訪一下魚長老，那樣就不再勞煩酋帥在這裡陪我們了。」

「不要太得寸進尺小看吾族，這裡可是爾等小子可以隨意遊覽的地方？」冉魁榮怒目盯著顧然，忽然又緩和了一點點，「你憑什麼要印安排你見魚面長老？」

看來冉魁榮還是猜到自己仍有底牌，而且確實該亮出來了。

「大概酋帥還不清楚自己現在的處境。」

冉魁榮盯著顧然，沒有說話。

顧然從懷裡將那張字條再次掏了出來，向冉魁榮示意要登臺給他觀看。連番失態的冉魁榮，此時已經無所謂什麼威嚴，擺了擺手說「印下來便好」，便從高臺上小心翼翼繞開燭火下到地面。

當他看清字條上的內容，表情頓時凝重，隨即把字條揉在了自己的手裡，重新看向顧然，「你這是什麼意思？打算用這麼一張字條要脅卬？」

「這是——」

「哼。」近距離的冉魁榮反倒更有壓迫感，一聲就打斷顧然要說的話，「不要習慣性把人看扁，你早晚會因為自己的孤傲吃虧。卬確實不會參與很多具體事物，但不代表卬不瞭解。比如，你是從羅山過來的，這一點卬清清楚楚。也就是說，死掉的是羅山的冉魁榮。」

「你果然有辦法知道上一座接觸到不動山的是哪山？」張昭昭上前一步來問。

「小女娃，說話即使不想有什麼尊卑之分，長幼之間的禮數還是要有。」

張昭昭吐了吐舌頭，撚了撚自己的頭髮，低聲嘀咕：「我本來就還有一個問題可以問的嘛⋯⋯」

冉魁榮又哼了一聲，擺手道：「這種瑣事妳去問魚面長老。所以顧然，你是什麼意思，到底想要什麼？卬已經厭煩得很了。」

「我們只是讓酋帥知道，酋帥現在的處境並不是那麼高枕無憂，既然羅山的酋帥會被殺害，這邊……所以希望酋帥可以真正知無不言，以便我們把那個傢伙儘快揪出來。只要如實相告，剩下的事，就交給我們來辦。」

「呵，這對你們有什麼好處？世上沒有平白無故的協助。」

「我要找我阿爹，」張昭昭突然說道，「這就是我的目的。酋帥認為夠充分了嗎？」

「哦？」冉魁榮終於找到了自己認知的立足點，放鬆了下來，「妳阿爹？所以就是妳阿爹殺了羅山的冉魁榮？」

「不，不可能。」張昭昭突然低下了頭，不是在躲避冉魁榮的疑問，更像是在躲避顧然。

「沒關係，這並不重要。」顧然補充著說，好不容易步入正軌，不可跑偏。

「很重要……」張昭昭只是低聲嘀咕著，沒有想當場反駁顧然的意思。

終於走到了這一步嗎……顧然不想過多思慮，連忙繼續說：「我們發現，除在下以及昭昭她這個剛剛墜入的女孩以外，天墜後還有另外一名三山穿行者，也就是……」顧然忽然把「殺了羅山冉魁榮的真凶」幾個字給吞了下去，「也就是可以像在下一樣往來於三山之間的人。所以，至少請酋帥告訴我們，在下回到這裡之前，是不是還發生過天墜？還有人在那次天墜時，進來了？」

「你說天墜啊，在你來之前，十山混戰的時候，確實還有一次，也確實還進來過一個人。」

「酋帥肯定？」顧然急切地要確認，「而且只進來了一個人？」

可冉魁榮只是擺出一副毋庸置疑的表情，並沒再繼續回答他的問題。

第二十五章　雲瑟石

「這是羅山趙劍南寫給你的？」

這是冉魁榮對顧然兩人說的最後一句話，隨後他並沒有尋求準確答案，便拂袖從高臺後面出了正殿，只留下金箔倒映著顫動的燭光。

到底是不是趙劍南所為，冉魁榮自然是心裡有數，但以現在的新局面來看，他是動不了趙劍南的。老東西在市井層面是足可以制約元家的一方力量。畢竟他的「趙片」控制著全山平民的欲望，在失去了絕大多數神廟的情況下，老東西的制約更有利於冉家。

冉魁榮出去不久，只見高臺後面有兩名穿著華麗的侍衛走了出來，目測是冉魁榮的貼身侍衛。兩名侍衛讓顧然他們跟隨自己，兩人只好照做。

正殿後面是一處相當周正的狹長院落。

兩名侍衛一前一後帶顧然兩人走過有樹有池有花有亭的殿後長院，穿過一道門後，只見是一處方正的前院。前院有一座相當氣派的緊閉著的大門，門後想必就是冉魁榮的起居地。但侍衛們領著二人向左轉，進了另一條夾道。狹長的夾道，連接著一處又一處的別院，到了第三個院門前，侍衛停下腳步不再引路，讓顧然兩人自行進去，魚長老便在此院，先前就已通報了。

第三間院，院門緊閉，這一點本身就和前兩個院子不同，引路侍衛站到了院門前，說了句「到地方了」就匆匆離開，更是令人對院子裡到底有什麼而起疑。

既然已經到了，再可疑，硬著頭皮也得進了。

顧然把院門推開，而眼前所見還是把他驚到了。

要是說院內的建築，可以用貧乏來形容了。一片碎石粒鋪成的空場，空場盡頭是一座二層的樓閣。而左右只是隔院的圍牆，沒有樹木沒有花草，也沒有除一座二層樓閣之外的可住人的房屋。但這些都不算什麼，令顧然驚呆的是，在碎石粒空場的正中央，一個穿著類似睡衣一樣素白色長衫的人，高抬左膝，獨腳站立。此人右手舉著一根包著金箔點燃的火把，左手則是舉著一根不知是豬還是羊的棒骨，身上只穿了睡衣一樣的長衫，但臉上帶著魚臉的黃金面具。

「魚長老？」顧然帶張昭昭進了院，遠遠地試探道。

魚面像根本沒有看到有人進來一樣，所有注意力都集中在他手中的火把上。他忽然用左手的棒骨在身前揮舞成了一個什麼圖案，隨後用火把燃燒的火苗去燒棒骨。哪怕身在遠處，也能看到棒骨被燒黑了。就像是被燙到一樣，燒黑的棒骨突然就被魚面丟了出去。

顧然和張昭昭一時無言，只好就這麼靜靜地看著魚面單腳站立的表演。

丟出棒骨後，魚面又用火把在身前畫起什麼來，畫得火把冒著黑煙。一番繪製後，無形圖案像是終於畫完了，魚面手持火把，緩緩獨腳蹲下，將火把插入碎石粒的地面裡。隨後左腳也落了地，終於是雙足了，繞過豎立的火把，到了燒黑的棒骨前，又蹲了下來，雙手把棒骨捧起，在眼前認真端詳，黃金面具擋住了他專注的神情。隨後他用極其誇張的肢體動作，在雙手捧著的棒骨前扭動起了脖子。

突然，面具後發出了聲音，夢囈一樣吟唱起來：「天帝有令，來者至二樓盡閱。」

說完，魚面就像脫了魂一樣，突然癱坐在了地上，頭深深地垂了下來，再沒動靜。

看完魚面全程表演的顧然和張昭昭，對視一下，都皺起了眉……

既然人家都從燒焦的棒骨裡讀到天帝下達的指令，兩人自是毫無可期，徑直上了那座二層樓閣。

不過，張昭昭路過癱坐在地的魚面時，還是忍不住從懷裡掏出了一個小銅球，在黃金面具前晃了晃，問：「這個不動羅——」

張昭昭還沒有問完，癱坐的魚面又發出了夢囈聲，哼哼哈哈的，連不成句子，但完全可以打斷張昭昭的問話。

魚面明顯就是不想看，不想回答，或者根本不知道。

無奈的張昭昭只好把不動羅收回去，追上了顧然，往樓閣的抱廈走去。

顧然走在前面，卻也看見張昭昭掏出的正是那個從採石隊的筐上找到的不一樣的不動羅。顧然確實也對那個特別的不動羅有所好奇，如果像張昭昭所說，和自己所用的不動羅不一樣，那它到底是做什麼用的？只是現在，看來只能靠自己，不，只能靠張昭昭去樓裡找到答案了。

雖有不小的抱廈，樓閣的一樓內部卻逼仄得很。並不是因為空間不夠，相反，就估算而言，面積算是相當大的，只是堆滿了不明所以的雜物，像個庫房，局促又壓抑。

走迷宮一樣繞過層層雜物，才找到登樓的梯子。登上二樓，多少讓顧然的心情好了一點點。雖然二樓同樣沒有一點能住得下人的佈置，但至少滿地堆著一卷卷一捆捆的書，上面寫滿了各種與天象有關的記錄。

只是，光線也好，坐的地方也罷，都根本沒有一點舒適的意思。

張昭昭倒是一點沒有在意這些，見到滿地的書卷，立即坐到地上一卷卷展開翻閱起來。

一旦開始看書，這小女孩就如同入了定，外界一切煩擾都暫時與她無關。反倒是顧然枯坐於這藏經閣一般的地方，百無聊賴，無所事事。

於是，顧然乾脆去到遊廊上，呼吸一下沒有霉味的空氣。

魚面此時已不在外面的空場上，顧然依憑著圍欄，發現看不到魚面的表演，只好無聊地看向遠處的大祭壇，那黃金太陽輪孤獨地映照著太陽的光芒。

張昭昭依然悄無聲息地翻閱著，而顧然越是看日照西斜，越不知自己到底在虛度著什麼。不能讓這種情緒蔓延，顧然開始讓自己的腦袋重新轉動起來，不知不覺就琢磨起如何抓到那三山穿行者。

剛剛在冉魁榮那裡得到的資訊，已然相當充分。自己來之前，只有過一次天墜，並且只進來了一個人。以三山眾人對外來者的渴望，無論進來的是什麼人，都會一擁而上哄搶歸為己用再說。引起爭鬥也好，暗藏殺機也罷，那人不可能不留下痕跡。而不動羅不就是張瘋子曾出現過的鐵證嗎？進一步說，除自己以外，有且只有一個三山穿行者的話，那定是張瘋子無疑了。那麼問題只剩一個：到底怎麼才能找，不，抓到張瘋子？此事又如何能瞞過顯然不相信兇手就是阿爹的張昭昭呢？

「顧大哥，你早就知道了的吧？」張昭昭突然在房間裡說話。

正在想如何抓她阿爹的顧然著實被嚇了一跳，回頭去看，只見張昭昭正表情嚴肅地看著自己。

「啊？知道什麼？」顧然一時間竟有些心虛。

「關於為什麼會有雲瑟石出現。」

「這我真不知道。」顧然鬆了口氣，一下靠到了圍欄上。

「真不知道？看來還有假不知道的。」

顧然連忙起身回到了藏書的房間裡，「說說妳看了這麼久，到底看出了什麼門道。」

「發現了很多東西。」張昭昭似乎並沒有抓著顧然繼續追問，畢竟她要講的東西，對自己更有吸引力。

之後，張昭昭講解起來，而顧然也逐漸意識到，這些根本不是光看記錄就能得出的發現，而是經過了她豐富的天學及其他知識的推演。

「講起來可能會比較複雜，首先顧大哥得跟我說實話，而且是只有顧大哥一個人可能知道的實話，這一點在滿屋的記錄中都不可能找到。」

「行啊，妳想知道什麼？」

「關於不動山和現存三山之間的關係。」

「關係？妳不是早就都知道了？」顧然滿臉疑惑地看著張昭昭。

張昭昭撚著頭髮說：「其實，光靠推演我大概也能猜出來，畢竟只要看一看就能察覺出很多對不上號的地方。我只粗略地舉幾個例子，顧大哥也許就能明白。比如，在羅山的時候，元大哥給我講過一點點他少年時期的事，例如他跟老鄭等人的交情，可和元大哥那麼相熟的你，對此事竟然一無所知。再比如，我記得顧大哥曾經可是照州城裡的一號人物，從乙巴達大叔那裡就能知道，可我跟你一起經歷了兩座山了，怎麼看都覺得全城人對顧大哥很陌生。這不奇怪嗎？就連盧姐姐都是先知道你的名號，才說出『原來是殺友進山的顧大丈夫』。」

聽到這句「名言」，顧然有些哭笑不得，但確實意識到，張昭昭接近了一個自己重回很久後才搞明白的問題。

「我一直在琢磨這個問題，直到查閱了魚長老堪稱龐大的天象記錄，才終於明白了。我記得你和我說過，你再次墜入這裡的時間是天授元年。」

「確實，那年武后作為一個女人竟當了皇帝。這一點我沒意見，愛誰的天下誰的天下，男人女人都無所謂，我只在乎自己到底怎麼活下去。反正舉國為女皇帝尋找祥瑞，我就想起原來的照州城，那道光不就是祥瑞嗎？就掉頭回來，故地重遊。」

「那你說墜進來已有三年。這裡也有記錄說，今年已經天授四年了。看來你還幫全山人更新了年號。」

「有什麼問題嗎？」顧然並沒有特別好奇。

「你知道我從外面進來時，是哪一年嗎？」張昭昭自問自答，「天授二年。」

也就是說，外面一年，而山裡已經過了三年之久。

「既然內外存在三倍的時間差……」張昭昭說著，看向顧然，等待他回應自己的計算，然而顧然已經陷入了自己的思緒中。

確實，自己墜入後，很快就發現年號對不上了。

照州城於垂拱三年[6]遭遇天墜，而自己是三年後去的，但發現各山的紀年都到了垂拱十二年。算來，這山裡確實已經過了九年。顧然在回憶中計算一番，點了點頭。可是這個很重要嗎？至少顧然不明白發現這個時間差和眼下的當務之急有什麼關係。

「這就對了，所以顧大哥以前在照州城叱吒風雲的時候，元大哥還是一個十來歲不成器的小孩。」

「他現在也不成器……」顧然心裡因為極其複雜的情緒堵得慌，「別提那傢伙了。」

「顧大哥一定在想這些到底有什麼關係。」張昭昭生硬地打斷了顧然，「顧大哥可知道不動山和三山之間的時間差嗎？」

「這個……」顧然把元望的事擱到了一邊，重新思考起來，「我在三山都各有十來天的停留，在不動山裡的時間加起來怎麼也有一年半了，但具體時間真說不上來，畢竟進了不動山，誰還有心思天天算日子。」

「但現在看來，雲瑟石就是這個時間差造成的。」

「啊？」顧然這下是真有些蒙了。

「這是我的一個大膽猜想。」張昭昭在地板上用手指畫了起來，地板上全是灰塵，畫出的圖案倒是清晰可見，「相對於不動山，三山多出的時間去哪兒了？相對於大唐本土，不動山多出來的時間又去哪兒了？」只見她畫了一個三層的銅壺滴漏，隨後指著最上層的銅壺說，「這裡是時間最多的羅山彭山咸山，而銅壺裡的水就是三山所擁有的時間。然後，時間滴到了下一層，也就是不動山，結果只剩下了二分之一的水，再滴到下一層，又變成了原先水量的三分之一，這就是三層世界的時間關係。水滴落下來，也就是時間，在銅壺壁上留下水銹，你說是不是就是雲瑟石？」

「非常有道理！所以把這些時間滴結出來的東西，碾成粉末還回土壤，作物就會加速生長？因為它們直接獲得了額外的時間？」

「全都連上了不是？」

「妳這個猜想也太妙了吧！」顧然拍著張昭昭的小腦袋瓜誇讚著，但很快話鋒一轉，哼了一聲，「可是，這和我們眼前要解決的問題有什麼關係？妳花費了將近半天的時間，就搞明白了這個？看破一切就能找到那個混……那個三山穿行者？」

「當然有關了。」張昭昭並不理會顧然，從懷裡把採石隊的不動羅給掏了出來，「就是因為搞明白了雲瑟石是怎麼回事，這個不動羅的運行原理我才搞清楚了。」

「算了，妳說吧。」顧然一臉放棄的樣子。

「這個不動羅實際上是用來測算不動山接觸過來時接觸點的位置的，這個你應該猜到了吧？」

「肯定是了，不知道不動山什麼時候接觸過來，採石隊的人是不敢肆無忌憚地上山，還種什麼米囊花的。」

「那麼，你知道你們用的不動羅到底是怎麼測出接觸點的嗎？」

顧然歎口氣，搖搖頭。

張昭昭又從懷裡掏出一張手帕，平鋪在了地板上，「看好了，現在手帕所在的位置。」說完她將手帕拿起，地板上因為灰塵而留下了剛才手帕的形狀，隨後張昭昭把手帕在手裡隨意地團成了一團，將手帕團一手拍回到方才手帕所在的位置，指著拍得扁平的手帕團繼續說，「假設這一團扁平的手帕和原來的手帕都是一個平面的話，手帕上肯定有一個點是沒有動的，是和原來鋪平時的手帕重疊的。」

顧然皺著眉搖頭看著那扁平的手帕團，忽而又呵呵笑出了聲，說：「這不是顯而易見的嗎？不管妳怎麼挪，肯定有重疊的地方啊。」

「可是那個點在哪裡呢？」

「在……」

「拿你們的不動羅就能測出來。你們不都是對著變化的雪山，等著不動羅轉呀轉地停下來嗎？雪山的形狀變化，就跟把這張手帕隨便團一下拍回去一樣的，根據手帕團成的不同形狀，就能推算出那個不動的點的位置，變化的雪山和不動山的接觸點同理。自從你跟我說雪山會變化，接觸回不動山的位置也會變化時，我就明白了你們的不動羅就是用的這個原理。畢竟這些都是我阿爹想出來的，他一定是在沒有進來之前就開始測算，想明白了。」

好像終於說到重點了。

「然而，採石隊的不動羅就不一樣了，我拆開來看過，沒有形狀測繪的結構。直到現在我才終於明白，它測繪的標準是時間，所以它不是靠四周的雪山變化來判斷位置，而是從這座山富裕的時間即將溢出時需要向不動山傾倒，來判斷。」

「很好，然後呢？」

「然後？兩種不動羅的構造都擺在面前了，那麼我們把兩個不動羅結合在一起，豈不是就能做出一個可以測算完整不動山曆的不動羅了嗎？」張昭昭的眼神明顯在說，你顧然動動腦子好不好。

但顧然還是一頭霧水，什麼不動山曆，這又是什麼東西……

張昭昭歎了口氣：「就是可以做出一個預測接下來是哪座山接觸到不動山的曆法。這麼說你懂了？」

顧然一口苦水沒吐出來，「這麼說哪裡明白？況且我們的目的是什麼？我們只要找到那個三山穿行者，逮到他就行，別的我不關心，也沒能力去關心。」

「一開始說是找我阿爹，都是騙人的。」

「我……」

「算了，我早猜到了，可正因為要找到那人，我才要來看他們最詳盡的曆法記錄啊。現在你先看這裡，」張昭昭說著，從海量的書卷中找到自己想要的那一冊，「這裡記載得相當清楚，你看一眼就明白了。你在這裡少說待了一年半的時間了吧，其實只要看一眼人家山上的不動山全曆就知道，你一直只是走著一條線而已。」

「所以……」

「你在不動山時，每次都是見到第一個接觸過來的山，就過去了對吧？」

「是。」

「每當你所在的山接觸回不動山時，你就回去了，也對吧？」

「對。」

「這就是單線。其實在你身處其他山的時候，另外兩山還是會和不動山接觸的，這個你知道嗎？」

「這……」顧然真的不知道，也從來沒想過這個問題。

「所以，你在羅山的守株待兔，真的就是徒勞，你懂了？」

「確實啊。」顧然心裡狠狠地罵了自己一句，「所以那個傢伙後來跑到哪裡去了？」

「按照記錄來看，他應該還在羅山。」

「該死！」顧然捶了一下地板，「那麼他接下來會不會去其他山？」

「這個等我把全曆不動羅弄出來，就一目了然了。」

「好！趕緊弄出來吧。」

張昭昭只是翻了個白眼，撚著頭髮盯著書上的字，不再理顧然了。

第二十六章　運　氣

「顧大哥，現在羅山和不動山接觸了。」這是顧然和張昭昭乾脆在魚面這裡住下後的第四天傍晚，張昭昭告訴顧然的。

「你怎麼知道？全曆不動羅成功了？」

張昭昭就像什麼都沒說過一樣，又埋頭繼續鼓搗著一堆纖細的銅件。

這時候打擾不了張昭昭的，她能忽然給這樣一個提示都是額外照顧了。顧然只好把手裡那半塊不知是什麼花做成的酥餅塞到嘴裡，然後走到樓閣的遊廊，望向樓下的碎石粒空場。

正好又看到了那個魚面。站在空場正中央的魚面，雖然還是佩戴著他的黃金面具，但完全沒有了第一次見到他時那樣做作的表演，而是在認真做著類似於占卜一樣的觀測。顧然看的時候，觀測已經開始收尾，結束之後，魚面把擺在地上不知所以的一大堆銅器收拾起來，統統抱在懷裡，就往樓閣裡走去。

可以聽到魚面在一樓把那些銅器收起來的聲音，隨後就見沒有摘掉黃金面具的魚面上了樓來。魚面完全沒有在乎過二樓還住著兩個外人，急匆匆地繞過張昭昭擺了一地的銅件，就展開了懷裡的書卷開始記錄，急促地往上寫著什麼，就像不馬上寫完，要寫的東西就會被忘掉了一樣。

本來也是不問世事一樣鼓搗著銅件的張昭昭，忽然就起身湊到了魚面身旁去看。

「果然是羅山？」反正魚面也不會有什麼反應，顧然乾脆直接問湊過去看的張昭昭結果。

「果然是。」伸著脖子看的張昭昭，點了點頭。

魚面很快就寫完了，沒有等墨乾，就把書重新卷上，放進了書堆，起身走了，依然沒有理睬過顧然和張昭昭。這麼多天來，要不是最開始他發出了神叨叨的夢囈，甚至懷疑他就是一個啞巴了。

「沒想到魚也有這麼急性子的。」顧然看著魚面走下樓說道。

「人家又不是魚，只是面具……」

「話說，妳剛剛怎麼知道是羅山的？」顧然更關心的是這個。

張昭昭撚著頭髮解釋說：「我看到魚面的觀測結果啊，再根據我記住的接觸順序，粗略估算一下，就能得出了。一點兒都不複雜。」

一點都不複雜……隨後，又不複雜地過了一天零幾個時辰的樣子，魚面忽然又跑到了空場上，觀測一番後，上了二樓在書卷裡再記一筆。

等魚面走了之後，顧然去翻看剛才的記錄。書卷上沾滿了未乾的墨蹟，只見魚面記錄下來的是不動山和咸山接觸了。

在不動山上，一進就必會有一出，從未見過兩次接觸都是進不動山的。現在羅山已經接觸到不動山，而彭山尚未接觸回去，因此兩山都不可能來人，那接下來唯一的出口只能是從不動山到咸山。根據前幾天和彭山的冉魁榮聊的那些就知道，給羅山冉魁榮寫手劄的並不是他，也就是說，和那個混蛋密謀的只有咸山冉魁榮了，而他現在為了繞開顧然的行動軌跡，應該會直接去咸山交差。

這算是他的幸運？

直到第二天一大早，他才明白了所謂的幸運，其實都只是計算。剛剛睡醒的顧然吃驚地發現，張昭昭已經把滿地的銅件都組裝好了。

「不用上樓頂對雪山？」顧然看張昭昭直接在屋子裡給他演示，不由得疑惑地問。

「我不是給你講過了嗎……觀測團起來的手帕形狀，只是你們的不動羅的觀測方法。昨天魚面觀測不也是在空場上就完成了？你有時候真是不長心。」張昭昭人小鬼大地數落著自己的「弟子」，「要不是魚面那麼小氣，根本不告訴我他的不動羅到底什麼結構，我也不會花了足足五天時間才弄出這個全曆不動羅。」

隨後，張昭昭便為顧然演示了剛剛裝好的不動羅的能力。

同樣是多個羅盤，在顧然不解的目光中，時斷時續地運轉著。待全曆不動羅徹底停止，張昭昭終於說話了：「時間還是太緊了，現在這個全曆不動羅只能推算出接下來兩次的接觸。不過，看來運氣終於站到了我們這邊。」

顧然等張昭昭繼續說到底什麼是運氣。

「接下來要和不動山接觸的，是我們現在所在的彭山，這樣我們已經占了先手。如果那個三山穿行者沒有在幾天前又去了咸山，那麼我們就直接能在不動山伏擊到他了，畢竟他不可能還在羅山藏著。且不說完成任務後要立刻跟咸山冉魁榮交差，都這麼久了，羅山三老就是掘地三尺也該找到他了。」

顧然點頭認可張昭昭的這個判斷，問：「那接下來呢？感覺妳的意思不只是這一個先手而已。」

「是的，接下來更幸運的是，不動山立刻又會去接觸咸山。」張昭昭微笑看著顧然。

「哈！運氣終於站到我們這邊了，無論那傢伙現在身處不動山還是咸山，都沒辦法逃開咱們的追捕了。對了，妳這玩意兒……」

「不是玩意兒，是全曆不動羅。」張昭昭立即糾正。

「好，妳的全曆不動羅可不可以把羅山的下一個沖元日時間給預測出來？」

「不能。」

「回答得這麼果斷？」

「不能就是不能，而且也沒有意義，羅山的沖元日去看羅山的曆法，直接就可以推算出來，完全沒必要再造一個不動羅出來。不過……」張昭昭似乎是在心算著什麼，「不過，從這幾天看過的彭山曆法來看，彭山也要到沖元日了。」

「彭山的沖元日有什麼用……」顧然一臉放棄的樣子，「算了，反正著急也沒用，先把眼前能逮著的人逮著再說，畢竟運氣終於站在我們這邊了。」

隨後，就是等待運氣真正到來。再等四天，彭山終於向不動山接觸過去。

看到自己的不動羅給出了接觸點的位置，顧然立即帶著張昭昭趕去，甚至沒跟一直收留自己的魚面打聲招呼，就出了冉家宅邸。

跟羅山如出一轍的是，在彭山的接觸點附近，同樣形成了無人區。然而，在無人區的邊緣，只見元望孤單一人遠遠守望著。

元望身邊沒有其他人，不敢越無人區雷池一步，只是遠遠地默默地望著。顧然仍然沒有理他，硬是在元望焦急的目送下，帶著張昭昭回了不動山。

來到不動山後，他們又在足以隱藏成人的不動山雲瑟石林裡遍尋三山穿行者的蹤影，然而什麼也沒有發現，看來此人已經在上次接觸時去了咸山。

之後，正如張昭昭所預測的，他們在不動山等了三天之後，咸山沉了過來。

眼見咸山投下了歡迎的光柱，顧然卻沒有急於奔入，而是從存放口糧的地方拎出了兩件襖子，給了張昭昭一件。

一股凜然寒氣襲來，讓抵達咸山頭腦發暈的顧然立即清醒。剛剛還因為襖子太長很不願意穿上的張昭昭，也立即把襖子裹得緊緊的。再不合身，但至少暖和。畢竟在這座總不能被太陽照到的咸山，保暖才是第一要義。

總算又能和那個混蛋身處同一山了。顧然深深地吸了一口咸山刺骨的空氣，彷彿這樣就能嗅到那人蹤跡一般。

張瘋子，這次絕不能讓你再跑了。

然後……

是夜間？這不稀奇。街道上杳無人煙？這不對勁。

不是沒有煙，只是沒有人。

四處火光沖天，漫天通紅。隨風飄舞的不是紛紛然的雪花，而是烈火湮滅的飛灰。再看身邊四周，哪兒還有什麼完整的房屋牆壁，遍地殘壁瓦礫。

「這不像是過去了多年的廢墟，而是剛剛被破壞。」張昭昭說話時，牙齒還在打戰。

「不用說也能看出。」顧然望著周遭，若有所思。

遍地灼燒的痕跡，空氣中彌漫著刺鼻的氣味。上一次從咸山離開時，這裡還算平靜，雖然隨處可見殘垣斷壁，但人們的生活還是平靜的。自己不在的日子裡，這裡發生了什麼？顧然拚命回想咸山之前的情景……

忽然從紅彤彤的夜空遠處，傳來了些嘈雜聲。

顧然連忙拉著張昭昭跳過幾層瓦礫斷牆，繞到一間破屋後面，潛伏到一堵牆邊，然後往剛才的聲音方向望去。

聲音雖然愈發吵鬧，但遲遲沒有向顧然他們這邊靠近。

「看來運氣沒站在咱們這邊多久就跑了。」顧然小聲嘀咕著。

張昭昭抿著嘴，不知是冷還是緊張，只是盯著遠處安靜等待。

左手邊一陣清脆的破碎聲，顧然二人立即看向了那邊，只見斷壁夾角處的一堆櫥櫃般的破碎木板抖動起來，互相碰撞地發出些聲響。

既然遠處的吵鬧還沒有靠近，顧然便爬到了木板堆邊，輕輕敲了敲一面還算完整的傾斜木板，向裡面低聲說：「沒事，出來躲吧，這裡面更危險。」

「別騙人！」木板後面的聲音不大，但相當尖利，隱約還能聽到些強忍著的哭啼抽泣聲，可能是嚇得不輕。

「好，不出來，但至少告訴一下在下，咱們咸山這是發生了什麼？」

「他不會是那個……」

木板下面傳出了若有若無的竊竊私語聲。

「幾天前你不就……」

木板下面的聲音還沒說完，遠處的吵鬧聲忽而就近了。顧然連忙輕拍了一聲木板，說了一聲「等一下再說」，便又爬回了張昭昭身邊。

「剛剛是這裡？」「沒人啊。」「管他有沒有人，大元帥不是交代過，只要看到不動山接觸過來，就砸。」「得得，那就砸。」「看一眼有什麼能拿的，再砸。」「看你個腦袋，天天撿垃圾，還沒撿夠？」

隨即便聽到大錘之類的重器開始向本來就殘破的牆壁房屋砸去。

一陣陣悶響，讓木板子抖得更加厲害。

該死的鮮卑人？一共四個人。

顧然把兩隻僅存的偶人左右手拿好，直接翻出斷壁，跳到正在打砸的四人面前。

五人突然面面相覷，全都迷茫不已。舉著大錘還要砸下去的傢伙，呆得差點砸了自己的腳，但更為吃驚的當屬顧然。大搖大擺來砸街道的，並不是鮮卑人。

不管那麼多，先打翻再說。

顧然這樣想著的同時，四個人已經被他放倒在地，爬不起來。

「咸山怎麼回事？」顧然按住一個就問。

「咳！」被顧然死死按住的傢伙拚命咳了兩下，忽然義正詞嚴地撅著腦袋說，「我們可是義軍，你膽敢視大義而不顧？」他的臉就快要被凍在地上了。

「義軍？這又是哪兒冒出來的什麼玩意兒？」顧然更是摸不著頭腦了。

「算了吧，」另外三人艱難地爬了起來，但知道根本不是顧然的對手，都沒有貿然出手，只是緩步移動過來面帶不屑地說，「他這種騎在牆頭上賣友求榮的傢伙，能懂什麼是大義？」

好傢伙，自己又多了新稱號……

「你們知道在下是誰？」顧然按著地上的人，一點沒鬆手。

「當然！」「這不是廢話嘛！」

「咳咳，我們就是瞅見你這個傢伙從不動山過來，才用大義之錘來清除掉你。」

看來是因為他們知道自己是誰，所以即使被瞬間打翻在地，也並未流露出多少恐慌，甚至還敢一言一語地叫囂起來。

「行吧……」顧然按著地上的人，又看了看不敢靠太近的另外三人，微微歎了一口白氣，「你們說受元帥指使？那個元不問會指使你們？」

「元你個腦袋的不問。我們是義軍！別把我們和那些整日盤剝窮人的鮮卑人混為一談。」

這些傢伙剛剛的大義之錘，只是照著殘垣斷壁去砸，真的和鮮卑人用拳頭去搶有很大區別嗎？

「是大元帥，不是什麼元不問的元。」站得最遠的那個義軍志士吼道。

「所以說，不要稱呼元帥、大元帥，是統領。」

「有什麼區別？」

「讓這種牆頭草聽了，誤會了，把我們的大義都餵狗了，這就是區別。」

三名站著的義軍志士反倒自顧自地吵了起來。

顧然更糊塗了，只能皺起眉，不知說什麼好，「好吧，那麼你們的……統領是？」

「當然就是率領我們義軍，一舉推翻冉家暴政的……」

「喂！」一名站著的義軍志士喊了一聲，制止了被迫吃土大放厥詞的義軍志士，自己義憤填膺地說，「根本沒必要和他們這種不動山人說這些。」

「哦？『他們』？看來還有和在下一樣的不動山人？」這算不算幸運？不管咸山怎麼回事，反正剛剛到了咸山，就能直接撞上該死的張瘋子的消息，得來全不費功夫。

「呵呵，多虧了你們不動山人。八天前，我們就一舉攻破冉家宅邸了，現在我們只是逐街清理，冉家暴政不堪一擊。」按在地上的義軍志士一臉自豪。

有這麼簡單？越來越奇怪了。顧然想想冉家那些銅甲士，再想想剛剛幾個義軍志士的本事……

「這和不動山人有什麼關係？」

「天墜再現，捉到新的不動山人，是我們義軍的祥瑞之兆。祥瑞再現，立即起兵。」地上的義軍志士說得更是豪邁。

「哦？捉到？關到哪兒了？」顧然事不關己一樣地淡淡問道。

「喂，他這是要去救他的同黨！」站在一邊的義軍志士突然喊著，但身體一點都沒有往前靠近半步，只是在原地激昂地跳腳。

呵，總算還有腦袋裡不只裝著「大義」的傢伙。

「行吧。」顧然裝作無奈的樣子，依舊按著手底下的義軍志士，但沒有用那麼大的力氣，抬起頭問向一邊的幾個，「那麼你們現在打算怎麼辦？還是用你們的大義之錘把在下砸爛？一地的血漿，可能算不上什麼祥瑞吧。」

「他屈服了。」「少在這裡耀武揚威。」「虛張聲勢必自斃。」「對，我們根本不用出手，就像那些盤瓠人一樣，這些人都會自我毀滅。」

顧然聽得腦殼疼，感覺這東西比彭山的那些祭司念咒還要煩人，甚至開始懷疑他們就是靠這種本事攻克層層銅甲士拿下冉家宅邸的。不過，多少還是從他們嘴裡摳出了點東西。捉到跟自己一樣的不動山人？他們這是把張遂當成昭昭抓起來了。這樣反倒比滿咸山找一個人要容易不少。況且，既然認為那是祥瑞，自然是留了活口，更是一條有利的資訊。

顧然想著，把手鬆開了，放了一直按在手下的義軍志士。

一直被按在地上的義軍志士發現被鬆開，連忙從顧然手下鑽了出去，連滾帶爬慌慌張張跑到了另外三個同伴那裡，然後回頭瞪了一眼顧然，發號施令一樣和同伴說：「我們走。」

四個人竟就這樣在顧然眼前大搖大擺地走了。

「喂！你們的錘子不要了？」顧然忍不住指著丟在路邊的大錘向他們喊。

「大義之錘，無處不在，無所不能。」四個人一齊喊著，頭也沒回，飛快地跑了。

第二十七章　冰　行

等顧然返身回到剛才的破屋，一眼看到張昭昭和另外兩人共坐在一塊還算是完整的蓆子上，相談甚歡。而且，她還披上了一件合身的襖子。

一老一少可能是父子或者爺孫，年少的那個，反倒穿著顧然給張昭昭的襖子，看來他們不只是聊得投機而已。

坐在席上的兩人，只看打扮就知道不過是在城裡最普通的平民而已，普通到和那四名義軍志士幾乎沒什麼兩樣。瞧他們驚惶未定的樣子，看來正是剛剛躲在木板下的人無疑了。

僅存的一堵牆，倒是可憐兮兮地能擋住一陣陣刺骨寒風。

也許是顧然打鬥的聲音本身就又驚動了兩人，他們看見顧然又回來了，都是一臉不知該躲到什麼地方才好的惶恐。

幸好張昭昭已經和他們混熟，及時止住他們衝動躲避的行為，安撫著他們說，顧然和自己一樣，全無惡意。

看來兩人對單薄的張昭昭比較放心，知道她不會傷害到自己。她不會害自己，她的同伴也應該不會。

只是兩人把腦袋低得更深，不敢和顧然對視。

「怎麼樣？看你們聊得很熱絡嘛。」顧然說著，其實更是在看張昭昭換來的這件破破爛爛但還挺合身的襖子。

「你那邊聽起來更熱絡。」張昭昭根本不在意顧然的眼神。

「沒辦法，人家都是拿著大義之錘的志士，當然要熱絡些，才能配得上他們的大義。」顧然在說到「大義」二字時，有意地看了看蓆上兩人的反應。

果不其然，兩人一聽到這兩個字，宛如驚弓之鳥一樣抖了一下。看來他們的大義還真是夠大的了。

「去弄個火盆回來。」老的可能是挨不住寒冷，叫少的去弄火。

少的爬到瓦礫堆裡去翻了翻，真拎出了一個盆子，但找不到什麼可以點火的東西，老的就讓他到旁邊廢墟裡找找看，大不了撿些房梁木回來燒。

顧然看著少的拿著火盆從一個斷牆豁口鑽走後，繼續說：「所以，那些義軍志士都是從哪兒冒出來的？咱們咸山不可能突然一天平白無故冒出一隊手持大義的隊伍吧？要是真能冒出來，我倒是可以放假休息休息，畢竟人多力量大，能從不動山多運些雲瑟石過來……」

「你真囉唆，」張昭昭白了顧然一眼，「那些義軍志士本來就是咸山人。」

「好，繼續。」顧然等著張昭昭說她打聽來的資訊。

「爺爺剛剛說了，他們原來就是同一個組織的。」

「有這麼既龐大，又有能力一舉推翻冉家的組織？」顧然回想了一下剛剛那四個義軍志士，硬要說有什麼特徵，可能只有他們都綁手綁腳，像是幹慣了苦力的壯年，「就算是那些鮮卑人都做不到吧。」

張昭昭沒有直接回答，使勁地搓起來手，乍看像是在取暖，其實更像是在用這個動作提示著顧然，「你應該比我瞭解咸山得多。」

「呃，」顧然忽然真的想到了一個龐大又隱沒於日常的隊伍，就跟剔糞工、賭徒一樣，「冰行？那些冰道上的縴夫？」

張昭昭不再搓手。

看來是說對了。

在咸山這個冰封之地，冰道幾乎遍地都是，這幫給廢墟中散落各地的老爺們連通在一起的傢伙，只是為了把他們的生活必需品運到後，能討來一頓熱乎的口糧吃。這樣一群人，其實有他們自己的組織？不起眼的人群的組織？顧然立即又想到了一個名字，在彭山時就靠著這種線索找到的那個人：盧娘。

原來咸山的盧娘，是這樣的盧娘。然而，即使對盧娘這人瞭解得還相當膚淺，她終究不可能是一個把「大義」這種口號掛在嘴邊來號召隊伍的人。

「行吧，」顧然看向了一老一少兩人，「剛才那幾個義軍志士說，他們是抓了另外一個從不動山過來的人？」

一老一少彷彿在用眼神對答案一樣互相看看，最終老的點頭說是，回答了顧然。

「這就奇怪了，在下不才，但往來咸山也有三年時間了，從來沒聽說過貴山有把不動山過來人當作祥瑞的事。」

「是顧爺，對吧？」老的問。
顧然斜著眼點了頭。
「顧爺有所不知，可能是顧爺在不動山的時候，大概一個月前，那時候冉家老爺還掌管咸山，突然就說三年一遇的天墜又發生了。」
顧然回想起羅山呵真和自己說的，那十枝神樹會告訴盤瓠人一切。
「和顧爺來的時候一樣，咸山特別在意從唐土天墜進來的人。」
這一點倒是沒錯，咸山遍地殘垣就是明證。
「所以這一次也沒有例外，從唐土天墜進來的人，就是咸山的祥瑞。」
顧然點著頭，忽然想起什麼似的說：「在下還有一事不解，不是說冰行已經把冉家暴政在八天前的祥瑞之日一舉推翻了嗎？那他們現在還在巡街是在幹嗎？是在找在下？雖然也合情合理，但看你們這個樣子，怕是沒了冉家暴政的八天來，更是每況愈下。那就奇怪了，明知道不動山還沒有再接觸過來，為什麼還要用大義之錘四處聲張大義？不要說冰行的人認為在下是和祥瑞一起從不動山過來的，抓了祥瑞沒抓到在下。顯而易見的是，他們抓到了祥瑞，是不動山接觸過來時就當場抓到了的。不然，一個人跑到城裡，又不認識到底是誰，大海撈針，更不可能找得出來。」
說到這裡，顧然有意無意地看了一眼張昭昭，張昭昭一臉「別給我惹事」的表情回敬了顧然。
「顧爺所言極是。」老的自然不明白顧然話裡的深意，「八天前，他們抓了祥瑞，攻下冉家之後，就沒一天不在街上打砸……」老的更是一臉苦不堪言，「小的這個家就是四天前給他們砸了的。」說著就要哭出來。

「所以冰行的人這麼熱衷於拆房子，也是缺柴火燒火？」

「顧爺說笑了。」老的厭惡地驅趕著面前亂舞的飛灰，「他們是在挨家挨戶搜找冉家的殘黨。」

「好傢伙，這是要斬盡殺絕？」顧然剛說完，就突然聽到寒風中一陣急促而來的腳步聲，至少有十個人。再看那個老的，剛剛還苦著臉，現在顯然也聽到了腳步聲，卻一下子鬆了口氣的樣子。

「呵！原來剛才那孩子是去冰道上撿柴火啊。」顧然立即明白了怎麼回事。

如果是剛才義軍志士的那種貨色，無論是十個人還是二十個人，顧然並不畏懼，但現在和他們發生正面衝突完全沒有必要。他便一把扯起張昭昭，從左近破掉的矮牆一起跳了出去，三步兩步遠離了破屋，然後翻上一堵視野開闊的牆頭，仔細檢查情況。

衝進破屋的果然是那孩子，以及十來個身材更加壯碩的義軍志士。

「我的居所估計在劫難逃了。」顧然看著那群無頭蒼蠅般的義軍志士，拉著張昭昭往反方向走遠了。只是一躍之後又凍得瑟瑟發抖的張昭昭，抬起頭顫巍巍地說：「那、那我們去哪兒？要麼去元望那裡？」想起那片煉銅作坊，心裡覺得暖和了不少。

「找他!?」顧然心裡一沉，怎麼可能去找他？雖然只是和彭山的元望翻了臉，但只要想到不只是彭山，咸山和羅山的于槫都不見蹤影，就已經猜出，這兩山的元望肯定也在老東西的手段下，把該山的于槫給殺了。只是剛好彭山的于槫在將死之時掉到了不動山讓自己撞見而已。所以，知道真相的自己，怎麼可能還去找那個廢物混蛋？在他們眼裡，自己簡直就跟一個傻子一樣被耍弄！

張昭昭也意識到自己一時失言，縮了一下脖子，只好跟著顧然往不知什麼地方走去。

「情況倒是大概搞清楚了。」可能是為了緩解方才一時的尷尬，顧然在寒風中自說自話，「其他兩山都只是蓄勢待發的盧娘，不知什麼原因在咸山先動手了。」

「可是冰行的行為，」張昭昭回想著剛才那對老少爺孫，「不像是阿姐她的作風。」

「確實不像，但整個咸山就這麼多人，絕不會比另外兩山多哪怕半個，能組織起那麼一撥底層反抗冉家的，只有盧娘一個人。」

「話是這麼說沒錯，但——」

「但，這些和我們沒關係。」顧然直接打斷了張昭昭要說的話，「咸山的冉魁榮現在在哪兒，是不是已經被冰行的人關到大牢裡去了，或者早就被大義之錘給錘成了肉餅，這些我都不在乎；更不在乎所謂的殘黨到底都是誰，都躲到什麼地方去了。我只要把那個被冰行當成祥瑞的混蛋給揪出來，然後帶到羅山去就行。」

顧然說著，忽然意識到自己語氣可能有點過衝，像是為了緩和一下氣氛，一邊向前繼續走著，一邊左顧右盼，像是在找什麼東西。隨即，他就停在了一間同樣殘破得不堪入目的屋子旁邊，讓張昭昭站在原地千萬不要亂跑，自己翻過斷壁鑽了進去。

不知在翻找什麼東西，破房裡並沒有人，只聽得到顧然掀起些木板之類的聲音。過不多時，顧然便又從剛才的地方翻牆出來了。

翻了半天，他手裡只拿著一塊破布。還沒等張昭昭問他弄一塊破布要做什麼，就見他把腰間的兩個偶人卸了下來，往布裡一裹，再往肩上一背，倒真一下子像極了四處流竄逃難的平民了。

這樣一來，顧然的意圖明瞭多了。接下來，他們兩人照著火光最亮的方向而去。

沒走多遠，就到了一棟依舊燃著熊熊火焰、發出嚇人劈啪聲和房梁倒塌隆隆聲的房子邊。燃著火的房子，著實令人害怕，卻聚集著一群覬覦些許溫暖的可悲之人。

顧然和張昭昭自然而然地加入了他們之中，在通紅的火焰旁，找了一塊不算烤的位置坐了下來，無人有心思理睬，也無人有心思多想一下他們從何而來。

沖天火焰的赤紅呵護下，是一個個被大義所解放卻逐漸呆滯的人。

大義為他們燃起的篝火，到了後半夜也就漸漸熄了，所幸那些厚重的房梁屋柱還有著些許餘溫，勉強讓取暖的人們挨到了天明。

只可惜，咸山的太陽永遠只是那麼東倒西斜地歪在天邊，無精打采，給不了人們渴求的溫暖。

「現在該怎麼辦？」和顧然一起走上坊巷間的張昭昭問道。

「我們的線索不多，只知道那個三山穿行者被當作是你，現在在冰行手裡。」

張昭昭點點頭，說：「所以現在去找冰行的人問一問就行了？」

「只能如此。」顧然帶著張昭昭往前走著，腳下的路說是坊巷，左右的樣貌根本看不出一點坊間的樣子，沒有一堵牆、一間房是完整的，就連叫聲陰森的烏鴉都樂於聚集過來，在遙遠微黃的太陽關照下，不必避到陰影裡，就可以肆無忌憚啄食起破屋裡的任何東西。再往遠處望望，即使不是黑夜，天空有了些許顏色，仍舊能看到遍佈咸山的滾滾濃煙，伴隨著凜冽且刺鼻的氣味，「但不能找昨天那種下層打手問，他們屁都擠不出一點了。」

「直接去問盧娘？」

「如果可以，當然是最優選。」

「所以能找到盧娘對吧？就像你在彭山只花了一個時辰，就奇蹟一樣地找到他們。」

顧然望了望天，「我不知道冰行的會場到底在哪兒……冰道倒是隨處可見。」

正說著，繞過前面的巷子，就看到一條橫貫而去的冰道，在較寬的馬路中央。冰不算平，兩側鋪了些沙土，以免冰行的人在拉冰車時腳下打滑。冰道的冰面上有常年滑過冰車所留下的冰轍，冰轍很深，可以借機看出冰道並不僅僅是在道路表面潑水成的冰，而是在路面上挖出的深深水渠。可以說，冰道在咸山，算得上相當震撼一景，寬寬窄窄幾乎覆蓋了整個咸山的大街小巷。只是往日還算熱鬧的冰道上，現在空無一車；曾經被冰車刨起的層層冰花，此時都像細薄的浪花一樣，重新凍回了冰轍兩側，凝固，掙扎。

「其實他們和我一樣，都是拉車運貨的而已。再日常不過的存在，反倒從來沒有留心過。」顧然似乎是說給自己聽的。

「冰行每天都是日出而作日入而息？」路過冰道時，張昭昭問。

「必然啊，妳昨晚不也體會到了太陽落山後的咸山，那氣溫有多可怕？人瘋了，才會晚上還運貨。」

「那到了傍晚，冰行的人肯定都要收車咯？」張昭昭看著冰道繼續問。

「是啊，這又怎麼了……妳的意思是，沿著冰轍就能找到他們的據點？」

張昭昭沒多評價，指著路中間的冰轍說：「傍晚收車開始，四周的車會越聚越集中，最終聚到據點去。所以只要我們沿著冰轍越來越密集的冰道走，一定能找到冰車的歸宿地。」

可能是自己的腦袋被凍木了吧，如此顯而易見的方法都沒有想到，畢竟沿著冰轍走，比在彭山找水渠匯總的滲井要容易得多才是。

正如張昭昭所設想的一樣，他們沿著眼前的冰轍走到一個交叉路口，就看到有另外兩個方向的冰道，與相對差不多密度和深度的冰轍匯合，一齊向另一個方向的街巷聚合而去。而沿著冰車轍走到下一個較大的路口，又見更密集的聚合。

聚合、轉向、再聚合、再繼續摸索前行，最終果然，見到了從三個方面湧來的眾多冰轍，延伸進了一棟破破爛爛的倉房。

倉房看起來毫不起眼，從倉房屋簷上垂下的一根根冰溜，像大大小小長長短短的矛，守在倉房的大門上方。這棟倉房和現在左右的房屋相比，倒是顯得完整了一些，雖然一角的屋頂破掉了，朝街的門窗也東倒西歪，但至少還不是柱倒牆塌的廢墟，保留了最後一丁點尊嚴。

倉房沒有掛任何的招牌，僅從這一點保留下來的尊嚴，同樣能看出這個地方和其他普通平民的居所大有不同，更確定正是他們要找的地方了。

顧然把兩個偶人從破布包袱裡拿出，讓張昭昭跟在身後，自己上前推開了歪斜的倉房大門，走進了倉房。即使倉房的屋頂破開了洞，灑進來不少陽光，仍然是一陣撲面的寒氣襲來。

寒氣自是有原因的，進到倉房裡面就能看到，內部完完全全被冰面所覆蓋，氣溫必然比露天的大街還要低。然而倉房內除了浸骨的寒氣，空無一人。至少開闊的倉房內，放眼望去，除了冰面上仍留有的亂紛紛的冰轍和散亂停靠在倉房兩側的兩三輛冰車外，什麼都沒有。

顧然仍不敢掉以輕心，護著張昭昭，探步走在冰轍上，向倉房的一側走去。停靠的冰車規格完全一致，特別是冰車的寬窄，看起來是為了在外面的冰道上更容易拖曳而定下的規格。冰車的前端是左右兩條麻繩，麻繩和縴夫拖船的繩子沒什麼兩樣，自然就是冰行那些苦力拉車所用。

顧然到了一輛冰車前，用手指在冰車的木板上摸了一下，除了從天花板飄落進來的黑灰，幾乎沒有任何陳年所致的灰塵。看來這裡的冰車在大義之戰前，都是在使用的。

確實空無一人。顧然還不大死心，又趴到冰車下面去檢查，不用說人了，就連曾經往來於冰行的那些貨物也都不存一件。

「一共能存放十輛冰車。」一直站在冰場中央的張昭昭輕輕撚著頭髮說。

顧然看了看倉房兩側，估算了一下每輛車的長度，確實差不多能各放五輛。

「冰行不止十輛冰車？」

「確實遠遠不止。」

「那說明這裡只是冰行的一個支據點而已，我們還得接著找。」

兩個人離開好不容易找到的這一處冰行據點，找了一條看起來可以通往大路上的冰車轍，順著又找到了新的冰轍聚合街口。不多時，又一處冰行據點出現在眼前。

和之前的冰行據點沒什麼本質的差別，倉房一樣的建築，內部一片冰面，左右兩側停放著三兩輛看起來多少有些故障、不能移動的冰車，除此之外一無所有。

那麼只能再繼續找下一個。

終於，顧然他們在找到的第四個冰行據點門前，見到了人。

那人就坐在同樣東倒西歪的倉房大門旁，僅從他坐在那裡的肢體動作就能看得出來，到底是有多沮喪生氣卻又敢怒不敢言。

顧然看到那人時，彼此還有段距離，不過，即便遠遠望去，顧然還是一眼就認出了他。

咸山的何二十一。

第二十八章　狗崽子

「一群狗崽子！」可能是看有人過來了，原本坐在那裡念念叨叨的何二十一罵得更起勁了。

「何掌店。」顧然主動上前打了個招呼。

只是一時間，腦袋裡全是羅山何二十一的那副笑臉……覬覦著自己，盼著自己死去，以便頂替自己。

這個世界未免太過可笑了。

何二十一罵罵咧咧地抬起頭，假裝才發現走來的人。然而，看了一眼走來的顧然和張昭昭，又不禁皺了皺眉。大概他並沒有聽說過顧然，畢竟不是每山的何二十一都和顧然有所交集。「你……你認識我？」何二十一看著顧然腰間掛著的兩隻怪模怪樣的偶人，不禁往後縮了縮。

「羅山的何掌店叫在下向你問好。」

聽了顧然平平淡淡的回答，何二十一倒吸一口涼氣，驚呼一聲：「啊！你是那個該死的鬧得滿城風雨的不動山人？你還有臉跑來……」

說到一半，忽然鎖緊眉又看了看顧然，顧然也欣然讓他仔細看了又看，等待他發現什麼。

「哦不對，你是三年前殺友進山的那個。」何二十一臉上立刻帶有不屑。

「不愧是何掌店，眼力超群。」

「得了吧，少在這兒恭維人，你們不動山人都不是好東西，一個個都是人皮驢子。」

顧然微笑面對謾罵，不為所動地說：「何掌店方才說的狗崽子是哪些人？」

「反正不是你，你是人皮驢子。」

「所以，狗崽子們是？」顧然窮追不捨地問。

何二十一嘖了一聲，仍然鎖死著眉頭，但還是說了：「當然是滿口大義的那幫雜碎。」

「冰行的人？」

「冰行？哈哈！對，就是冰行的那幫炭渣！」

回想羅山的何二十一，雖然和盧娘一夥的關係匪淺，但顯然更希望獨善其身，不想深入參與其中，只是某種互利關係。那麼在咸山多半也不例外。

有了這層猜測，顧然多少可以再往深裡探一探，「所以，冰行砸了何掌店的生意？」

其實他連何二十一到底是做什麼生意的都不清楚。

「砸的是生意嗎？砸的是我對他們的一片熱忱。」一個鐵公雞性格的商人嘴裡竟然說出了「熱忱」兩個字，著實有些滑稽，「我他媽的白白貢獻給那幫狗崽子幾十雙冰鞋、幾十根冰杖，現在倒好，說砸我的店就給砸了，情面呢？我他媽的投入全都當狗屎一樣了？全都他媽的是白眼狼！狗雜碎！」

看起來真是撞對了人。

「你的店在哪裡？」

「呵，怎麼?你是在懷疑我的話?」

「怎麼可能，雖然在下與咸山的何掌店並不相識，但另外兩山的何掌店，那都是在下的老相識。」顧然當然是在誇大，「無論哪座山的何掌店，都是商界奇才，在山中有著自己的一番事業。想必何掌店你同樣獨當一面，掌的不只是一家店而已，而是咸山的一條命脈。」

顧然的話，顯然起了些許的作用。

「確實是他媽的咸山命脈！咸山是個人要用的冰鞋冰杖，全都是從我這裡走的貨。你懂了嗎？」

「那可是個大買賣，在下理解到了。」

「算了，」何二十一顯得疲憊，「我的店就在那邊，你們過去看看，就知道那幫狗崽子都做了什麼好事。」

跟著何二十一離開了眼前的冰行倉房，轉進像是曾經某座坊的坊巷。巷子地上也有冰道，幾乎鋪滿了整條路。三個人都沒有冰上行走的工具，在滿是冰車轍的冰道上行走實在艱難，只好自覺地沿著殘破不堪的牆根走，走了一陣，何二十一就罵罵咧咧地直接翻進了街邊人家繼續帶路。所謂的人家，沒一間是完整的，穿行房屋之間，沒了冰道的阻礙反倒更快。行路中，偶爾會路過破屋裡還有人的，三兩個人坐在蓆子上毫無生機，也不知在等待什麼，見有人從自家廳堂穿過，均呆滯著無動於衷。

又穿過了不知幾個人家，轉了幾個彎之後，何二十一帶著顧然和張昭昭又翻出了牆，回到了街面上。

前面的街道因在坊間深處，保留得相對完整。不過，顧然清楚地知道，這本來就是三年前冉元大戰後咸山民眾居住的典型聚集點，被大戰廢墟包裹下的安全地帶。只是現在看來，所謂的安全地帶從內部破裂了。

「這是我的一家門店而已，呵，現在是碩果僅存的一家了。」何二十一停在了一間還算完整的房子旁邊，指著說。

「何掌店的店果然排面。」顧然從沒想過自己有一天會反過來奉承起何二十一。

何二十一對顧然的話不以為然，逕自推開了店門。

店門打開，同樣是一陣寒風襲來，顧然向店裡望了望，倒不是冰行據點那樣寬闊的室內冰場，店內確實有冰，也是一片冰面在室內，但只有房屋左側一邊，並沒有佔據全部空間。而冰面的右側，則被一個高櫃和一排貨架所隔開。這個高櫃簡直和羅山洛井風巒門後的高櫃如出一轍，顧然甚至懷疑，這高櫃是不是何二十一家祖傳下來的。

和冰行據點被冰車軋得溝壑疊疊的冰面不同，這裡的冰面雖然不大，卻顯出了精心打理的模樣，平整地反射著從破牆外照進來的慘白陽光。

占一半的冰面和右側的高櫃、貨架之間有條供人行走的道路。何二十一便走在那條道上，在貨架前停下了腳步。

顧然和張昭昭跟了上去，見貨架上零零落落還擺有八九雙冰鞋。冰鞋樣式基本一致，都是草繩編成的鞋子，下面固定著像鍘刀一樣的銅片；而冰杖就只是普通的木杖，但在一端嵌進去一個銅頭，看來是在冰面上用得到的設計。

「這都是以前從回鶻人那兒學來的，沒想到天墜之後，反倒用上了。」看得出何二十一為貨架上的冰鞋而感到自豪，但說完之後，大概是看著僅存的碩果，那空了八成的貨架，怒火突然又冒了出來，「現在全給我直接要走了！說什麼為了大義，這是必要的犧牲。犧個腦袋的牲！」

「犧牲不至於，何掌店先息怒。」顧然還是一臉賠笑，「在下要是能幫何掌店討回公道，何掌店樂不樂意助在下一臂之力？」

不愧是商場上的老油子，面對顧然的誘惑，何二十一不僅一點沒被帶動起來，反而更顯警惕。

「何掌店是買賣人，」顧然笑容沒變地說，「那麼咱們不說那些沒用的，只說買賣，我們可否拿情報來換？」

「呵！你剛剛還說是助我一臂之力，現在就要做起買賣了？」何二十一雖然這麼說著，但看到有人要和自己談條件，腦袋立即活絡了起來。

「一碼歸一碼，我們助何掌店討回公道，就看何掌店願不願意和我們做這個交換了。」

「原來還要威逼利誘。」何二十一發現自己並沒有太多立場可以強硬，「你先說，要換什麼？」

顧然笑了笑，用手指試了試冰鞋的銅冰刀，並沒有想像中鋒利的刃，隨即才徐徐地說，「兩雙冰鞋，哦，當然，還有配套的冰杖。」自從知道咸山何二十一是做冰鞋生意之後，顧然就開始盤算要來一雙冰鞋了。畢竟猢猻偶人在彭山被鬼方給踩碎了，現在根本沒有快速移動的工具，於是何二十一的冰鞋成了必需品。

「交換啊……」何二十一拿起了一雙冰鞋，像是要嫁女兒一樣不舍地喃喃自語，「所以沒錢是吧？」突然又抬起眼死死盯著顧然。

顧然淡然一笑，說：「沒錢。我們也可以說是『借』，但那樣豈不是和那些大義狗賊沒什麼兩樣。」

「是狗崽子。」

顧然點頭承認何二十一給那些義軍志士所起的專有名稱。

「先說你能拿什麼來交換。」護著女兒的慈父一樣，何二十一不動聲色地擋在顧然和貨架之間。

「在下剛剛說過，用情報。」

「什麼情報？」

「其他山的情報。」顧然頓了頓，「在下在三山間往來，見到一些何掌店無法見到的事情，在下想來，這些應該對何掌店有極大幫助才是，特別是現在這個局面，想要東山再起，只差在下的一點點其他山的情報了。」

「具體說說。」何二十一毫不鬆懈。

「其他山的何掌店在做的生意。」

「呸！我就是我自己，其他山的何二十一還是何二十八，我幹甚要管他們？他們愛做什麼生意做什麼生意……」現實的瘡痍讓何二十一更是暴躁。

果然是何二十一的一貫思路，羅山的何二十一同樣認為其他山的自己不過就是一個外人，外人的生死和自己只有利益關係。

「洛井風巒。」畢竟那個名字也是羅山何二十一自己起的，先拿名字試一試。

「什麼玩意兒？」

何二十一對這個名字並沒有什麼特別的反應，可能是塵封已久的知識。這倒也沒太超出顧然的預料，既然不能喚醒，顧然乾脆直接把那個蓋了大屋頂，擁有三個熱水池的浴室院講給了咸山何二十一聽。講到最後，顧然還補了一句：「似乎也是從西域的胡人那裡聽來的。」

顧然補充的話多少起了作用，何二十一完全陷入了回憶，一面回憶一面流露出懊悔的神情。看來他是想起了昔日和回鶻人交流時，也聽說過西域的澡堂和天竺的浴室院有什麼不同。大概天墜之後，咸山的異常氣候讓這裡的何二十一不假思索地就走上了冰鞋生意的路。現在被迫停下腳步才注意到，其實路還有很多，每條路都能發財。

「怎麼樣，何掌店？在下這算是無私大奉送了吧。畢竟在何掌店還沒點頭之前，在下已經把貨拱手奉上了。」

「你這是要把我架得不仁不義無法下臺？」

「豈敢豈敢。」

何二十一哼了一聲，說：「借你們也未嘗不可。」

「不是不是，」顧然堆笑著說，「是送給我們。」

「哼！送你們無妨，但你們也得會用才行。我在咸山做這個買賣這麼多年了，從沒見過你這號人買過冰鞋。」何二十一說著，就丟了一雙冰鞋給顧然。

顧然接過冰鞋，卻看不出何二十一此時到底是在存心為難自己還是單純確認，只是知道這個鐵公雞終於說到了自己的坎上……雖然顧然有功夫底子，踩上冰鞋不至於站不起來，但在何掌店用挑刺的眼神盯著的節骨眼上，根本沒信心一上冰就能表現出「會用」。

「我來吧。」張昭昭說著，從顧然手裡拿過了冰鞋，自顧自地坐到地上開始穿鞋。

冰鞋是一雙草鞋下面固定住一片銅冰刀的結構，所以無須脫掉自己的鞋子，把草鞋在鞋外綁緊即可。

張昭昭在那裡綁冰鞋，何二十一斜著頭看得仔細。張昭昭綁得非常快，還會把鞋底往上彎一彎以便更合自己的腳型，看在眼裡的何二十一不由得說：「女娃子，妳本來就是咸山人吧，這可犯規了。」

「剛才你說的可是『但你們也得會用才行』，」張昭昭把「們」字著重地說，「做大買賣的，首要的是一個『信』字，不是嗎？何掌店。」

何二十一被噎得說不出話來，嘖了一聲，只好看著張昭昭穿好冰鞋，從貨架上又拿了一根冰杖，就上了冰面。

冰鞋踩在冰上，用腳尖的冰刀輕輕點了點冰，張昭昭滿意地回頭看向何二十一說：「店裡的冰面真平整。」

何二十一伸了伸手，有氣無力地催促說：「請吧。」

張昭昭又點了兩下冰面，微微屈膝把腰壓低，雙手握住冰杖，將冰杖的銅頭抵在冰面上，看上去並沒費多大的力氣，只是向後一送，張昭昭整個人就如脫兔一般在冰面上滑了出去。可能是冰面過於光滑，只是稍稍用力，張昭昭已經飛也一般衝到了店的另一端，即將一頭撞牆了。

顧然自是捏了一把汗，結果只見張昭昭輕巧地轉腰，把雙腳都橫了過來，幾乎看到一層冰屑霧氣，穩穩停了下來。

看張昭昭一動一停的滑技，就算一心挑剌的何二十一都不禁拍手稱讚。

「怎麼樣，何掌店，我們有資格拿兩雙冰鞋走嗎？」

沉迷鼓掌的何二十一把手停住，微微張嘴看著張昭昭，才從一時的恍惚中反應過來，彼時已經不是那個當初做出第一雙冰鞋、找了友人試滑無數次、最終成功時打心底裡興奮激動的自己，頓覺沮喪。擺了擺手，像是在趕顧然和張昭昭，又像是在驅散那些回憶，無力地說：「拿走拿走，反正到頭來都得是我花錢養著，狗崽子們也好，你們也好，都一樣。」

結果如何，顧然自是早就預料到，不必何二十一安排，自行從貨架上挑了一雙冰鞋和一根稱手的冰杖，叫著張昭昭就走。

張昭昭沒有脫掉冰鞋，直接從冰面下來。穿著冰鞋在地面上走路，像一隻小鴨子，著實有點可愛。

就在顧然帶著小鴨子一樣的張昭昭走出店門時，忽然又回頭問向何二十一：「對啦，何掌店應該清楚如何找到冰行的總據點吧？」

「什麼!?你們連冰行怎麼去都不知道，還敢跟我說什麼幫我找冰行討回公道……」何二十一又把無力的雙眼瞪圓。

「找到了，不就可以討回公道？」顧然依舊微笑面對何二十一，不慌不忙。

「唉……怎樣都行吧。」何二十一又沒了神，「在蘆川上，一直往下游走，出了城就能看到了。」

「謝啦，我們承諾的事，自然也會堅守一個『信』字，照單全辦。」

只聽見身後傳來一聲不屑的哼聲，顧然並不理會，帶著張昭昭出了何二十一的店，在路邊綁上了冰鞋，踏進了街心的冰道。

第二十九章　蘆川江上

又是悶悶的一聲。

顧然趴在滿是冰轍的冰道上，回身看看自己這一次滑出去了多遠，卻發現滑的距離還沒有摔的遠。

張昭昭在坑坑窪窪的冰道上滑到顧然身邊蹲下，無奈皺眉問：「你還好吧……不然，咱們還是別走冰上了？」

顧然連忙爬起身來，但不太敢站著，乾脆坐在了冰上。

他們根本沒走出多遠，就連何二十一也從店裡出來，抱著肘靜默看著。不求他能講一講到底怎麼滑冰，只求別再用那種眼神看著自己了……一陣寒風吹過，顧然感覺坐在冰道上的屁股都涼透了。

「這個冰道確實不好滑，太多冰轍了。」

看似是安慰，但怎麼都覺得表情和那何二十一如出一轍……顧然撐著冰面又站了起來，雙腳剛剛脫離雙手的輔助，踩著冰鞋站到冰道上，立刻又是一個打滑，雙腿前後岔開，摔倒在冰上。

張昭昭知道勸顧然脫了冰鞋也沒戲，只好再從頭教顧然一次。

「你先站好……別這麼站，如果兩隻腳前後用力和走路一樣，保證立刻劈叉。」

顧然重新坐好，等待張昭昭的下一步指示。

「你現在還不能逞能，先轉過身來，雙手扶地，雙膝抵地，然後努力變成單膝。對，這時候雙手要離地了……別、別把胳膊張開……」

顧然咣的一聲又後仰坐在了冰上。

「哦，對了，你試試單膝跪地時，雙手抵在膝蓋上，幫著往上推。冰刀別正直向前，對對，內扣一點兒。可以了可以了，慢點兒用力，保持別往後仰……」

顧然終於又顫顫巍巍地在冰上站了起來，可是雙手空空，感覺無依無靠。

「別亂揮胳膊，把身子壓低點兒，你們打拳不都是要站樁嗎？別和冰刀較勁……」

張昭昭話音剛落，顧然又是一屁股摔了下去。

不過，這一次顧然似乎找到了一點訣竅，並沒有太吃力，便又站了起來。

張昭昭看顧然站穩，找準時機連忙把冰杖遞到了顧然手裡，「好了，現在就差最後一步。」

顧然把冰杖小心翼翼地用雙手握住，將冰杖的銅頭抵在了冰上，可憐得就像剛剛學會走路的小孩。

「對，就是這樣的動作，」張昭昭鼓勵著站穩的顧然，「像撐船一樣像後撐，對對，撐的時候要調整自己身體傾斜的方向，不然又要保持不了平衡摔……」

好的，顧然已經又摔了。摔得何二十一都懶得再看他糟蹋自己的寶貝冰鞋，哼了一聲就回了他的冰鞋店。

「要不這樣，」張昭昭把自己的冰杖也遞給了顧然，「其實兩根冰杖會容易一些，只要你能保證兩隻手用力是均衡的就行，你能做到吧……」

此時的張昭昭問得都沒那麼確定了。

顧然更是煩躁得頭皮發麻，點頭都點得毫無自信……

張昭昭的辦法終於開始奏效，再加上顧然漸漸掌握了基本平衡，左右兩根冰杖像拐杖一樣，讓顧然一點一點可以不摔倒地向前滑行了。

雖然滑得很慢，但總算不再顫顫巍巍，顧然有了些餘力，才向著身後問：「妳不用再去要一根冰杖？」

「別了，何掌店哪還樂意再給一根？一雙冰鞋配一根冰杖，再要一根過來，落單的冰鞋怎麼辦？沒事，我沒有冰杖也能走，你就小心別再摔了就行。」

張昭昭說完，就靈巧地從一側超過了緩慢向前滑行的顧然。顧然在後面看著，感到真是神奇，這個女孩子腳下一雙冰鞋，在坑坑窪窪的冰道上猶如踏著祥雲，輕鬆地左右腳交替優雅前行，自由自在，令人羨慕。

顧然好歹是有功夫底子的人，一旦掌握，很快就能上手。

摔了四五次又轉了三個彎後，基本沒再踉蹌過，雖然還是用兩根冰杖，遠不及張昭昭輕盈，但至少可以自如地滑行，還有餘力說上兩句話。顧然趕上張昭昭，忍不住問她，明明看起來是一個中原人，怎麼會這麼擅長滑冰？

「阿爹教的咯。」

顧然保持著平衡跳過一條冰轍，沒餘力接話。

「我阿爹還在家時，」張昭昭等了等顧然，繼續說，「給我做了一個在鞋底裝輪子的玩具。」

「輪子鞋……妳阿爹真是閒。」顧然這樣說著，心裡想著的卻是，看來跑到咸山的張瘋子更不好抓了，當務之急還是得儘快把滑冰熟悉了……一個走神，踉踉蹌蹌又差點摔出冰道。

在一番波折找路後，兩人轉過三四個路口，豁然開朗的一條江就出現在了眼前。

比起方才的坊巷，一旦鑽了出來，光亮都刺眼了許多。

倒不是掛在天上的那輪放著慘白色光芒的太陽有了什麼起色，而是因為蘆川早已成了一條凍江，冰面已經覆蓋了整條江面，厚實灰白的冰面把天映得更亮，也更沒了溫度。

和羅山、彭山的蘆川畔大不相同的是，另外兩山的江邊即使沒有那些聲色犬馬的船舫，也會有不少漁戶守著這條江捕魚糊口。而在咸山，整條江被冰蓋完全覆蓋，別說打魚，就算在冰面上開個洞釣魚，都是難於登天的事。冰凍三尺非一日之寒，十二年之寒冰凍也早已不只三尺。

咸山的蘆川兩岸，遠比另外兩山要空無得多，站到一條寬闊大江的岸邊，兩岸風貌盡收眼底，高聳矗立的雪山壓向灰白底色的咸山城，冰蓋、雪山共長天一色，倒是有那麼些許的雄渾之氣。

由於冰面厚實，蘆川基本上沒有了河岸的概念，每條冰道幾乎都可以直通川上。

張昭昭和顧然直接滑上了蘆川，向著下游而去。

蘆川的冰面太硬，所以幾乎看不到冰車走過的痕跡。再者，只要街巷裡那些倉房就足夠冰行他們周轉運作，冰車並沒有去總據點的必要。

上了蘆川，又沒了溝壑遍佈的冰轍，顧然感覺輕鬆了許多，冰杖運用得自如了起來，雖然還是很難憑藉單一冰杖滑行。在滑行中，騰不出至少一隻空手來，這一點讓顧然很不自在。

一路向蘆川下游滑去，大概是因為視野開闊了，遠比在街巷裡更能清晰地看到九天來咸山發生了什麼。看著依舊滾滾黑煙四起的蘆川兩岸在眼前掠過，終於到了幾乎不復存在的昔日照州城城牆根下。

張昭昭和顧然直接在蘆川冰上滑行出了城。

出了城，更是一番蒼茫荒蕪之景。常年的嚴寒，讓土地早已沒了活力，只有凍得龜裂的大地，以及遠方漸漸壓近的雪山。

「好像是有什麼東西在那裡？」一直滑在前面的張昭昭放慢了一點速度，回頭和顧然說。

一眼望去，毫無一絲生機可言的冰凍荒原遠處，似乎確有什麼東西停在冰面上，可還太遠，看起來很小，然而既然何二十一說出了城就能看到，那十有八九就是冰行的總據點了。

竟然是在蘆川上而非以蘆川兩岸的房屋作為總據點，這確實很有盧娘一夥的風格。畢竟他們蓄謀已久預以反抗，蓄勢階段就必須盡可能地低調，不能引起城裡各方勢力的注意，是每山盧娘一夥的基本原則，羅山是躲到了洛井風巒的地下，彭山是借助剔冀滲井天然遮罩了外人，而咸山的冰行，乾脆遠離了咸山城。並且，如今看來又多了一層機動性，雖然還看不清楚冰上那是什麼東西，但既然停在冰上，必然要比固定的房屋容易移動得多。

「要不要悄悄靠近？」張昭昭看顧然沒有回答，繼續問道。

顧然試了試用一根冰杖，還是有點難以保持平衡和速度，只好依然雙持著滑行，並有點無奈地搖了搖頭說：「方圓幾里都沒有一棵樹能遮掩，除了爬過去，可能沒有什麼方式能算得上『悄悄靠近』吧。所以妳打算爬過去？」

「大可不必。」張昭昭說完，腳下只是向後一推，輕盈而出，向遠處滑去。

茫茫曠野，唯有一條凍河綿延而向遠山。在滑冰者與遠山之間，那個冰上之物逐漸變得巨大，巨大之下，人就顯得更加渺小。

所謂巨大的，是一艘巨船。

沒有太靠近巨船時，仰頭還能看到巨船甲板上的三層樓閣一樣的船艙，樓閣的前面佇立著一根至少有十丈高的主桅，桅杆上的帆沒有展開，但憑藉桅杆的高度可想而知，那展開的帆該有多麼壯觀遮天蔽日。桅杆下面前端，在樓閣的頂上，有一處巨大的舵輪，在桅杆的背後，是一根在平坦的樓閣頂上幾乎一直延伸到樓閣末端的橫杆。這根粗大的橫杆，看來是為眾人調整展開巨帆後的方向所用。

甲板下的船體，往日吃到水下的部分都暴露在冰面之上，這大概也是船顯得過於巨大的原因之一。巨大的船沒有龍骨，看來從打造出它的那日起，就沒有打算讓這艘船下水，況且天墜後的咸山，只有冰，沒有水。而使整艘船安穩立在冰面上的，是架在船底兩側，如同普通冰車一樣的兩道巨大的紅銅冰刀。紅銅冰刀甚至把整艘船都架了起來，船底實際上離冰面還有些許的距離。

「這船大得有點誇張吧……」漸漸靠近，徐徐仰起頭的顧然不禁驚歎。

「他們是從哪裡弄到的銅？」張昭昭疑惑地問。

「想想羅山的盧娘他們是怎麼弄到那麼多殘破的銅甲，找地方熔了再鑄造就好了。」

顧然給張昭昭解釋著，忽而反倒讓自己明白了什麼。三年前咸山冉元大戰之後，為什麼房梁屋柱都逐漸不翼而飛，最終只剩下沒用的夯土牆和門窗瓦礫……

兩人說著，已經滑到了巨船的下面。

「這……不會根本沒人，早就廢棄了吧？」張昭昭又看了看比自己還要寬上許多的巨船冰刀說。

整艘巨船就如一頭趴在冰面上冬眠的巨獸，兩個渺小的人類來到了牠的巨首下，牠依舊靜默，無聲無息，悄然不動。

「不可能，顯然最近還動過，不然以咸山的氣候，這玩意……」顧然總算能脫下冰鞋，輕鬆地在冰面上漫步，便順腳踢了一下巨船冰刀繼續說，「不然這玩意兒早就凍進河面裡去了。」

張昭昭看了看巨船冰刀和冰面的接縫，才點頭認同了顧然的判斷：「恐怕昨晚還動過。」

「從這裡步行到能點火取暖的房子，蘆川上的冰這麼滑，陸上的路也不好走，估計至少得要半個時辰。」顧然往來時的路望了望，心裡估算著，「如果昨晚上船還動過，現在船附近一點冰刀的痕跡都沒有，只能說明冰行的人還都在船裡，船不是空的。」

張昭昭認可顧然的判斷，兩人又從巨船的底部陰影下走了出來，努力仰頭想看看船上到底什麼情況。

一艘完整的巨船，任誰都不敢冒冒失失找地方爬上去。唐突跳上去兩個人，怎麼都不是什麼明智之選，即便他們兩人滑著冰過來，並沒有人理會。以另外兩山的盧娘來看，她對顧然本身就有一定的成見，這裡又是義軍的總部，他們到底要做什麼都沒有摸清，冒失行動只會自掘墳墓。

稍頓，依然仰著頭的顧然忽然向上喊道：「義軍朋友們請開艙門，我們聊聊！」沒有回應。

顧然又用更洪亮的聲音再喊了一次。

依然沒有動靜。

喊過兩次的顧然也不由得懷疑巨船裡確實沒有人了，但無論有沒有人在巨船裡，既然來都來了，終究還是應該上去看上一眼為好。

一陣刺骨寒風，卷著荒原上的凍土浮塵，在蘆川江面上呼嘯而過。

顧然搓了搓僵硬的手指，懷念了一瞬被彭山鬼方踩爛的猢猻偶人，抓住巨大的冰刀架子，向前一盪就蹬上了一層。就在他尋找接下來可以從什麼地方繼續往上爬時，船底忽然傳來一陣木輪咬合的沉悶聲響。

顧然連忙又從冰刀架子上跳了下來，趕在船底的一處木板徐徐放下前，在滑溜的冰上穩住了身形。

「果然還是有人。」顧然一邊扶住冰刀一邊嘀咕著，同時還在盤算，一會兒上了巨船該如何說明來意，又如何讓對方帶自己去見盧娘。

然而當木板完全放下，看到從船底下來的人時，顧然知道剛剛盤算的東西都不必了。

一個佝僂著背的年邁身影從木質樓梯上緩緩走了下來。

咸山的老鄭自然還不認識顧然和張昭昭，但老鄭那雙雖然年邁但犀利的眼，只看了顧然腰間的偶人，便立即明白來者何人。

老鄭不慌不忙地從木板樓梯上下來，微微把背直起來一點點，「這位難道就是顧少俠？」

「正是在下。」

「那這個女娃娃是？」

「既然老鄭你認得出在下，先讓我們進去再說，外面要把我們凍死。」

「原來顧少俠結識過其他山的小人，那……」

「然哥⁉」老鄭還沒說完，一個聲音就把老鄭打斷，「我就說，一定是然哥！」

顧然一抬頭就看到，元望那腦袋瓜子從船底打開的洞口探了出來。

元望！不見則已，一見到，顧然頓時腦熱，腳下一踏冰就要向元望撲上去。張昭昭立刻拉住了顧然的衣襟，力量不大但十分堅決。顧然的腦袋也隨之降了點溫，只是狠狠地跺了一下腳下的冰，沒再行動。現在完全不是和元望對峙的時候，姑且放他一放。

「喂，然哥！快上來啊，冷得要死啊。」元望還趴在洞口，向顧然使勁招手。

顧然沒有理會元望，跟著老鄭，和張昭昭一起上了去。

原來開關這個木板樓梯門，都是元望在做。元望見人都上來了，就跑去洞口邊的一個木製絞盤邊，像一頭拉磨的驢子一樣，呼哧呼哧地獨自一人推起了絞盤，絞盤轉動起來，木輪帶動絞索緩緩收緊，將剛才放下去的木板樓梯門提了起來。直到木板完全合上，元望立即扣住一根又粗又長的木鎖銷，將絞盤鎖死，地面嚴絲合縫地緊閉起來，一絲寒風也吹不進來。

把門關好的元望，立即像小狗一樣又跑到了顧然的身邊，抹著一腦門的汗問：「然哥，你、你怎麼找到這裡來了？」

顧然完全沒有理睬元望，到了老鄭身邊，單刀直入地問：「你們義軍大本營怎麼這麼慘澹，開個門都只找得到這麼一個廢物？」

「然哥……」元望抓著氈帽委屈地輕喚了一聲。

但顧然依然沒有理他。

「沒想到顧少俠剛來咸山，就把咸山這幾天發生的巨變摸了個清楚。」老鄭說得客客氣氣，根本看不出他內心的意圖和情緒。

「你怎麼知道我是剛剛到的咸山，而不是八天前那次和不動山接觸時到的？哦，因為那次來的人，你們已經給弄走了，確認那人不是我，是吧？」

老鄭微微皺了一下眉，立即又沒了表情，「還請顧少俠前去面見盧娘，細說。」

「確實有太多東西要去問問那個八臂羅剎了。」

當顧然說到「八臂羅剎」時，不僅是一旁張牙舞爪總想再吸引顧然注意的元望，就連一直喜怒不形於色的老鄭，都不禁為之一怔。看來讓他們知道自己已經見識過其他山的盧娘發飆，是有一定效果的。

船艙的最底層實際上並不算寬闊，但懸吊木門正對著的就是上樓的階梯，樓梯和最底層的空間一樣寬，顯然是為了方便船內人馬一擁而出。

來到上一層，船艙的空間大了不少，仍是木板結構，沒有任何的傢俱擺設，應該是人馬集合的場所。

老鄭佝僂著背，帶著顧然和張昭昭跟著元望一起，一層一層地往上走，終於出了巨船的底艙，上了甲板。

或許是顧然見面時的幾句話起了作用，也或許是有元望的在場，老鄭帶他們上到甲板，甚至進了甲板上的樓閣船艙，都毫無遮遮掩掩，不懼顧然二人看出什麼秘密。

可顧然確實注意到了一個極為異樣之處。

從最底層一直爬到甲板上來，走過這麼多層船艙，即使多數都是聚集人馬的空倉，也還是空得有些過分。空得除了他們幾個以外，一個人影都沒見到。而且，不只是沒有一個人影，哪怕一雙冰鞋一輛冰車都沒有見到，畢竟何二十一親口說過，冰行的用具都是由他所提供的，他那裡都被搶空，這邊卻也是個空，這就更加不對勁了。

空空如也……看來遠遠不是最初所想的那般簡單。

第三十章　兩碗湯餅

從船底往上走，越走越明顯，如此一艘冰上巨船，到處都是拼湊的痕跡，即使是甲板上，每一條木頭的顏色和規格都不甚相同，斑斑駁駁。可以說，整艘冰上巨船，除去它的巨大，跟乞丐身上的拼布破衫有一比了。

進了甲板上面的三層樓閣，方才的木料拼貼感更加強烈。走在廊道裡也好，登上樓梯也罷，腳只要踩在地板上，全是吱吱扭扭的即將散架聲。待到二樓時，幾乎是步步驚心，生怕踩塌了。唯獨令人欣慰的是，只要不暴露在外，就不會受咸山嚴寒的摧殘，多少算是一個可以取暖的地方。

這樣一艘巨船，除了能住下很多的義軍以外，恐怕確實毫無他用……

盧娘的房間在樓閣的三層，是船頭一端可以縱覽船前光景的房間。老鄭踩著吱吱作響的地板，先到了走廊的盡頭，輕聲敲了敲擋在盡頭的房門，便自主地推開了。

可能是大面積牆壁直接暴露在咸山的嚴寒空氣下，盧娘的房間反倒沒有那麼暖和。幾人探頭進去時，都打了個寒戰。

盧娘的房間船頭的方向有露天的遊廊，應該是為了視野更開闊所設計的。只是一般情況下，不可能敞開門窗，採光自然沒有那麼好，同樣是昏暗的房間。但只要一進來，還是能看到坐在草席之上、斜靠著牆根的盧娘。

「還以為是誰呢，原來是盛名在外的殺友進山顧大丈夫。」

顧然有意無意地瞪了一眼元望，一直想吸引顧然注意的元望突然被瞪了一眼，只感覺莫名其妙，連忙抓起了他的氈帽。

「盧娘，在下就不兜圈子，開門見山地問了。」

「呵，沒想到顧大丈夫認識我？」盧娘把手撐在膝蓋上，瞟了一眼顧然，「看來其他山的我，沒什麼大出息啊。」

顧然無心和盧娘鬥嘴，徑直說：「現在街上那些義軍志士，是盧娘的手下，還說是冰行聚來的志士？」

盧娘側著臉，房間裡的光線昏暗，看不到她的表情。屋子裡靜默了些許時間，甚至能聽到老鄭年邁的喘息聲。

「原來顧大丈夫不只是殺友進山唯利是圖，還不懂得觀察環境氣氛。」盧娘微微揚起下巴，看著天花板說話，竟多了幾分蕭索落寞之感。

「看來盧娘一夜間變成孤家寡人了。」

「然哥，盧娘她……」

「你閉嘴！」顧然喝了一聲元望，繼續和坐在那裡望著天花板的盧娘說，「所以堂堂冰行，現在就只剩下你們兩個，還有這個廢物。」
元望抓著氈帽，沒敢反駁。
「其實還有不少。」倒是老鄭解釋道。
「那挺好嘛。」顧然心想，大概還有幾個親信的金剛力士留在這裡而已。
「輪不到你在我這裡陰陽怪氣。」盧娘瞪向了顧然。
「在下也實話和盧娘說吧，在羅山和彭山，最近都是因為一些機緣巧合的事情，以及這個廢物，」顧然只是用嘴角指了指元望，「結識了那裡的盧娘。在下平心而論，無論是哪座山的盧娘，自在下眼裡看來，都是一代英傑。」
盧娘只是冷笑一聲，等著顧然繼續把話說完。
「聚來一眾志士，只為了推翻冉家，凡和你們稍有接觸，都能看得出來。但是，越是能看得清楚，在下就越是不明白了：為什麼準備了這麼多年，只有咸山會最先動手？」
「呵，其他兩山的我都那麼窩囊的？」
「看現在這個樣子，並不盡然吧，」顧然有意讓在場所有人都感受那份刺人的孤獨寂寥，「咱們咸山的冰行動手，反倒並不在盧娘妳這個首領的控制之下，不是嗎？」
盧娘咬著嘴唇，一時沒有反駁。
「聽說，只是在下聽說來的，十幾天前，相傳你們一直在等祥瑞的到來。只要天降祥瑞，就是起兵之際。而這個祥瑞，似乎你們早有預設，因為所有人都知道又發生了一次天墜，而且從唐土又墜來了人。

你們等的所謂祥瑞，不過就是從唐土過來的那個人，一個可能拉攏過來給自己運雲瑟石的人。」

「你打聽到了不少東西啊。」

「所以在下就更疑惑了，這一次的天墜，最先和不動山接觸的是羅山，接下來是彭山，但為什麼偏偏是最後的咸山，反倒最先動手？」

「我們咸山又是最倒楣的一個？」

「不是這個問題，以在下對另外兩位元盧娘的膚淺認識，她們都不會對『祥瑞』這種事情正眼相看。可為什麼偏偏咱們咸山，卻要以什麼祥瑞為號？又要等個良辰吉日才會動手，最後還成了最先動手的那個。這一切豈不是都說不通？」

「你來也來了，看也看了，話都說到這個份兒上了，」盧娘緊緊盯著顧然說，「你想要的解釋，不就在你嘴邊？直接爽快說出便是。」

顧然並不喜歡把猜想當成結論說出來，但現在看來，先說為敬未必不是一個讓話題進入下一階段的辦法，「所以你們冰行，內部分裂了？而且信祥瑞一派幾乎挖空了整個冰行？」

「怎麼，你其實是來可憐我的？」

「豈敢，盧娘的號召力和隱忍力在下萬分欽佩，現在發現更值得欽佩的，其實是挑人用人的眼光。」

顧然說著，又撇著嘴斜了一眼元望。

「哦，原來是來嘲笑我的。」

「所以，那個挖空了盧娘你的基業的人是誰？這個人都做了什麼？還有，以在下對咸山冰行的瞭解，即便盧娘妳再有能力，聚來的不外乎是一些身體強壯的漢子而已，赤膊上陣就想要抗衡冉家的銅甲士，其後果在下不敢想像。但是，這人怎麼做到組織起的義軍，真的能用什麼大義之錘敲開冉家宅邸大門，甚至敲得銅甲士全都服服帖帖？咸山眼下一片混亂，連一個銅甲士都沒見到，事實告訴在下，冉家確實是臣服於祥瑞派義軍的麾下了。盧娘妳一定心裡相當不服氣吧？至少現在咸山的樣子，一定不是盧娘妳所盼望看到的。」

「你怎麼屁話這麼多？」盧娘不耐煩地呵斥，「你不就是想找到這個人嗎？」

「找到其實不難，不外乎已經入住冉家宅邸，鳩占鵲巢。」

「那你兜圈子到底為了什麼!?」

「自然是想知道，這個人到底憑藉怎樣的實力推翻了冉家，畢竟知己知彼才能討回公道。」

「哈！你一個殺友進山的傢伙也想要公道？」

「那也是在下想討回的一份公道。」顧然的眼裡彷彿燃起了火光，「還有就是誰將『祥瑞為號』的消息四散傳播開的？」

「能說出祥瑞的，你覺得還有誰？」

「冉家有內應？所以這個人才能攻得下來？」

「當然了，他還借了元家那些鮮卑人的不少力。」說到元家，盧娘也不由得看了看元望，「你是不是更想知道我這邊的這個人是誰了？」

「盧娘明鑒。」

「很好，那我倒是有了要考考你的興趣。」

「請給出提示。」

「提示只有一個，」盧娘忽然看向老鄭，像是在徵求他的意見，「這個提示可以說是虛張聲勢是吧？」

一時間，顧然頓感無從下手，要說長相什麼的，多少還能判斷，而虛張聲勢……無論在哪座山，最不缺的就是虛張聲勢的人。不過，顧然突然就明白了。

「哈哈哈！盧娘妳才真是虛張聲勢的高手是吧？」

盧娘裝作沒明白顧然的意思，自顧自地不言不語。

「是吧？虛張聲勢的人千千萬，但『虛張聲勢是吧』的人，在下只能想到一個。」

盧娘還在等待顧然自己說出答案，畢竟這也是她對他的考驗之一。

「呵真。」顧然說道。

原來剛剛在船底時，老鄭突然嫌棄地皺了皺眉，不是對自己，而是聽到那聲「是吧」，感到反感……

盧娘不知是冷笑，還是呵了一聲，才又說道：「原來顧大丈夫早就心知肚明了，那還千里迢迢找來這裡作甚？果然是專程嘲諷的，呵呵，顧大丈夫還真是有心啊。」

「盧娘妳也不必一直冷嘲熱諷，在下特意來，當然不只是確認義軍頭領而已。」

「這個你也說過了，不用再說一次。還有，都站著不累嗎？」盧娘揮了揮手，不知是放鬆還是放棄了。

最先回應的是元望，他立即念叨著「就是就是」，就一屁股坐到了盧娘對面，拍著身邊的草蓆，招呼顧然也過來。

確實坐下說話更輕鬆一點，顧然直接盤腿原地坐下，張昭昭也一同坐了下來。只有老鄭，說了句「去拿點兒吃的過來」，就低著頭退出了房間。

「現在看來，」顧然面前彷彿多出了一個沙盤供自己比畫，「這麼多天過去了，義軍還在滿大街搜找冉家餘黨，足見呵真已經在咸山稱王了。」

盧娘翻了個白眼，認可了。

「而這個呵真，在稱王之路上，既借助了鮮卑人的力量，又依靠著冉家安插的內鬼。雖然在下和羅山的呵真多少打過些交道，但現在看來，咸山呵真的稱王路，也是他的成魔路了。」

盧娘歎了口氣，不得不承認顧然的判斷。

房門被輕輕敲響，盧娘應了一聲，老鄭端著一個託盤走進了來。託盤上放著兩只碗，碗不算大，但看起來沉甸甸的，裡面盛了些湯湯水水的東西。

見老鄭端了吃的進來，元望很是激動，但一看只有兩碗，又看了一眼坐在顧然身邊的張昭昭，只好默默地把頭縮了回去。

老鄭把託盤恭恭敬敬地放到了顧然和張昭昭面前，說：「兩位一路勞累，小人總算找了一點兒湯餅，姑且充充饑。」

看到湯餅，顧然確實感到了饑腸轆轆。從昨晚到現在，二人沒正經吃過東西，再加上咸山的嚴寒，精神只要一放鬆下來，立即感到周身愈發寒冷，確實正是最需要一碗湯餅的時候。

然而，再看擺到面前的這一碗湯餅……

湯餅做成麵條的樣子，但早就坨到了一起。而所謂的湯，看不到一丁點配料的顏色，透亮得比泉水還要清澈，而且還是冰泉。這碗湯餅連一絲熱氣都沒有，漂在表面的是層層冰碴。

「誰，在下還是第一次吃這麼清淡的湯餅，還是冷淘湯餅。」

雖然語帶嘲諷，但顧然和張昭昭還是雙雙把碗捧了起來，現在果腹遠比美味更重要。只是這一碗帶著冰碴的湯餅，太過於寡淡無味，寡淡得讓盧娘的這間房都顯得更加落寞清冷。

即便越吃越冷，顧然還是堅持把一碗湯餅吃了個乾乾淨淨，「多謝盧娘款待。」顧然這是真心的感謝。

盧娘斜眼看著顧然把空碗放回託盤裡，又仰望起天花板，「行了，接著說你的想法。」

「其實現在的局勢挺明瞭，呵真這樣一個剛剛稱王的人，恐怕是不會讓那些對他最知根知底卻又不臣服於他的人活在世上的。」

盧娘哼了一聲。

「盧娘妳自然不可能是一個坐以待斃的人。在下也開誠佈公地說吧，在下在羅山遇到一點兒麻煩，現在必須要找到你們所傳的那個祥瑞之人才能解圍。這樣說的話，不知盧娘妳是否明白，我們現在是真真正正的同舟共濟。」顧然輕輕用指尖彈了彈所坐的地板，「即使目的不甚相同，但目的地多少不會有太大偏差，在下此番前來，便是懇請借助盧娘妳的力量的。」

等著顧然說完，盧娘微微笑著說：「原來我還有這麼大的利用價值。」語氣比妓館裡的藝妓都軟糯婀娜，但突然雙目如火，又恢復了女武神的常態，「我說你一直在這裡陰陽怪氣，我甚至懷疑你這個傢伙，是從城裡趕來給呵真那個混蛋做前哨的。畢竟出賣過友人的人，是沒有底線的。」

「盧娘息怒，在下句句真心。」

「那好，我問你，我們現在連一碗熱乎的湯餅都拿不出手，你跟我借兵？還說什麼為我們主持公道？我會信這是真心話？即使我親自披掛上陣，你覺得就能殺進重圍，把呵真還有你說的那個什麼祥瑞之人給揪出來？」

「盧娘自然是有這個實力。」

「恭維？」

「只是盧娘妳自己還沒有發現。」

「行吧，你說說看，這是你最後一次機會。如果我不滿意，」盧娘只是向顧然攤了攤手，感覺那柄環首長刀已經在握，而刀刃冰冷刺骨地抵在了他的脖子上，「大概你和這個女娃子都……」

被說到的張昭昭不敢有什麼動作，原本就冷，現在更是咬緊了嘴唇，卻突然搶在了顧然之前說：「阿姐，你不要生他的氣，他總是有話不好好說，現在乾脆我來說吧。」

突然換人，盧娘便微笑地看向張昭昭，但笑容一點沒有變溫柔，「原來女娃子妳也是一個急脾氣，跟著這傢伙夠妳難受的。」

「阿姐一定也收集了不少冉家廢棄的銅甲。」

「也？」盧娘依然微微笑著。

張昭昭連忙看了一眼顧然，確認自己是不是和他思路一樣，結果對方只是挑了挑眉，意思讓她自行發揮就好，張昭昭白眼回了顧然，繼續說：「我可以幫盧娘改造那些廢銅。」

盧娘終於又提起了精神，看了看張昭昭，又看了一眼顧然。

「我幫羅山和彭山的盧阿姐都改造過了，雖然都不是完整的銅甲，但只要加一個氣包，半身銅甲也能有相當威力。所以盧阿姐這裡的力量絕對是夠的。」

張昭昭其實更想把她如何改造銅甲的設計和改良都講給盧娘聽，但剛要講，發現盧娘的眼神又有變化。

「妳剛剛說，你見過羅山和彭山的盧娘？」

張昭昭一下子定住。

「所以，妳又是從哪裡冒出來的呢？」

「我是來找我阿爹的。」

既然如此，張昭昭直言不諱了。況且，貌似顧然也一點沒有要阻攔自己的意思，反正在哪裡都是一個爛攤子。

「阿爹？又多了一個要找的人？」

不過，顯然盧娘對張昭昭的阿爹一點興趣沒有，甚至可以看出，她對顧然這種能從不動山帶雲瑟石過來的三山穿行者都沒有一絲興趣。此時的盧娘只想知道張昭昭所說的改造銅甲，到底能改造成什麼樣，到底能有多強的戰力。

確實三山的盧娘，也都是大同小異了。

和剛剛的態度截然不同，此時的盧娘徹底恢復了精氣神，不再一副懶洋洋的樣子，又要張昭昭講了講到底怎麼改造，什麼樣的廢棄銅甲可以改造之類，然後就安排老鄭帶著張昭昭去他們藏廢棄銅甲的地方，實地講解，立刻著手改造起來。

僅從盧娘的眼神都能看出，這正是重新嗅到了勝利可能性的女武神應該有的目光。

顧然再次認定自己這一步是走對了。

老鄭帶著張昭昭離開了，房間裡便只剩下盧娘、顧然和元望三人。或許是為了不讓氣氛變得太奇怪，顧然又絮絮叨叨地說了起來：「在沒有得到民心之前，不要稱王，況且現在冰行義軍的名聲大受打擊，至少先讓咸山恢復些元氣，抗爭之事，從長計議不遲。」

「行了，你還真是婆婆媽媽煩得要死，怪不得剛剛那個女娃子也是很煩你的樣子。你現在只要清楚一件事就行，只要銅甲真的都能奏效，根本不用你煽風點火，我也會去把呵真那小子給揪出來，好好教訓一番。你說的什麼幫我們討公道，我根本不在意，你愛幫不幫，多你一個少你一個，對我來說沒有區別。而你有什麼目的，我也一點都不關心，也請你不用關心我這邊的事務。」

「然、然哥……要不咱們去看看那個小女娃是不是要幫忙？」元望終於坐不住，又來拉顧然。

顧然再不樂意，也不至於每每都頂元望，遂順勢站了起來，和盧娘說了聲告辭，出了房間。

剛剛出來，元望似乎終於鬆了口氣，卻被顧然再度攔住。

「正好，我有話要問你。」顧然咬牙地說。

第三十一章　退退退退

死在不動山的是彭山的于樽，但另兩山的于樽同樣不見了蹤影。

如果彭山元望所說屬實，天墜後，彭山于樽因為沒了顧然的信兒，已然從當初志同道合的兄弟倒戈成了米囊膏販子，以致於元望那小子得了消息就去把他給捅了，那麼其他山的于樽……即使三山的環境大不相同，但裡面的人都是同一撥人，遇事的反應也頗為相似，咸山于樽同樣墮落成米囊膏販子了吧？

正面回應不就好了，可在顧然的質問下，元望竟是蒙頭蒙腦裝糊塗，沒有一句痛快話。顧左右而言他，就等於是承認了。只是現在還沒餘力理會這個廢物，得到答案的顧然，徑直鑽回甲板下面的船艙，去看張昭昭那邊的情況了。

而元望還是沒頭沒腦地一路跟了下來。

和顧然猜想得差不多，咸山的盧娘一夥把收集來的冉家廢銅存放在了巨船的底倉。不過，當顧然下到底倉去看時，倉中所藏的廢銅，其量之大，還是超乎顧然想像。

在存廢棄銅甲的底倉裡，同樣有他們上來時所走的升降木板樓梯，而倉房的空間遠比那個屯兵出入口要大，估算來看，屯兵出入口大概占了整船底倉的三成，而這邊足以占到六成。

倉房裡除了木板樓梯以及開啟樓梯的絞盤以外，堆滿了支離破碎的廢棄銅甲。如果說羅山城南邊是銅甲墳場，那麼這裡就是銅甲的堆屍窟了。

底倉自然沒有照明，也沒有一面暴露在銅甲堆外的牆面可以固定燈具，待顧然和元望走進來時，只能看到廢棄銅甲所夾的甬道遠端，有幾盞影影綽綽的燈。

「媽呀，然哥，你看那邊的銅甲腦袋還看著我們呢。」

顧然一把甩開撲在自己手臂上的元望，直向那燈光處走去。

只見倉房深處不只張昭昭和老鄭兩人，還有另兩名人高馬大的壯漢。此時，他們聽從張昭昭的指揮，一個用力頂著一堆銅甲，一個從銅甲堆裡小心地往外抽零件。

待顧然兩人走到跟前，他們已經又從銅甲堆裡抽出一塊看起來像是胸甲的厚重銅板，而他們腳邊已經堆了一支銅臂和一條銅腿。

「怎麼樣，能成嗎？」顧然走過去關切地問。

「一回生二回熟，這都第三回了。」張昭昭似乎無暇理會顧然，「鄭爺爺，咱們先把這個銅板打成這種半球。」

老鄭手提油燈，點著頭讓兩名壯漢把銅板往外運。壯漢從顧然和元望身邊走過時，顯得他倆都過於礙事，無聲掠過。

改造廢棄銅甲並不是一件簡單的事，不只是挑些能用的銅板重新打造一番就可以。因為是改造，並且不可能像銅甲士那樣全身是甲，所以就要為專人量身定製才可，不然造一個單臂的半身甲出來，卻沒人背得動，同樣是白費工夫。

在羅山見過的那名金剛力士此時就留在盧娘身邊，算是最大的幸運。從而咸山的金剛力士獲得了一件遠比羅山的更可靠的銅臂半身甲。隨即，張昭昭又設計了四五件品質上乘的銅甲，給了另外幾名有足夠能力披掛的壯漢。

而在身體力氣上，盧娘畢竟還是遠不及壯漢的，因此最終放棄了專為她打造一套銅甲的計劃。

兩天後，盧娘手下的一批氣動銅甲隊打造完成。

盧娘推開自己房間的大門，任憑冷風吹入，邁步站到了可以盡覽船前一切的遊廊上。看看已經登上桅杆瞭望臺上的老鄭，準備就緒。一聲「出發」，伸出一隻手，指向蘆川上游，是咸山城，更是盡頭的冉家宅邸。

桅杆上的巨帆應聲放下，左右舷各有兩名壯漢熟練地將巨帆綁好，而已經穿戴好量身定製銅臂半身甲的金剛力士，此時足可以一己之力，獨自在樓閣頂上掌控巨帆。

巨帆根據老鄭指引的角度，漸漸吃足了風，只聽這艘冰上巨船的船底冰刀連連發出破冰之聲，衝破了兩天未動的冰封，徐徐向前滑動。金剛力士雙腳紮穩在樓閣頂上，單臂推拉掛有巨帆的桅杆圓木橫杆，就如孤舟搖櫓般輕鬆。

過不多時，巨船已經揚帆馳騁在了冰川之上，黑雲壓上一般向咸山城進發，卻又宛若暴雨將臨般悄無聲息。

和不動山接觸之後第三天的咸山城裡又恢復了些基本秩序，街上不再有四處滾滾的黑煙。雖然瓦礫依舊遍街，民眾依舊無家可歸，但至少他們開始相互搭手，重新搭起房子，三三兩兩，有的夯土，有的扶柱，看起來漸漸得以安居。

一艘巨船在冰凍的蘆川上揚帆滑行而過，自然引起眾人的恐慌。不明事由的人，紛紛鑽到或完工或殘破的夯土牆後，有餘力的人，則是壯著膽子趕到蘆川岸邊觀戰。但當巨船駛過眼前時，還是不知所措連連後退，如同蘆川上行過的是食人巨魔一樣。

或許何二十一也混跡在人群之中吧，更或許他還在罵著什麼，就不知是在罵盧娘，罵冰行，還是在罵不作為的顧然了。

蘆川貫穿整座城池，從下游南端一路向上到北端，才算是挺向冉家宅邸。綿延數十里的冰路，即使巨船再快，也需要相當時間。將將走了一半，他們便在巨船上看到遠遠一隊人馬，急行於蘆川冰上，向著巨船攔了過來。

阻攔的人馬，人人腳踩一雙冰鞋，單手執冰杖滑行，另一隻手拎大錘的有之，托長槍的亦有之。只看滑冰的姿態，就知道這一隊都是昔日冰行的人。

一隊人馬，遠遠地停在了船頭一里開外的地方，立即列開隊形。這隊形看上去並沒有攻擊性，每個人都是穿著冰鞋，紮開一個弓步，手指駛來的巨船，一齊連連高喊著：「退!!」

退聲有如一層屏障，向巨船撲來。

開船半個時辰來，站在桅杆瞭望臺上的老鄭第一次回過頭來，看向盧娘。半個時辰一直在遊廊上看著前方的盧娘，手抵在環首長刀的刀鍔上，向前指去，並無一絲猶豫。

巨船隨即衝向了它昔日的同伴。

一排人馬見勢，立即變換隊形，手舉大錘，在巨船必經之路上一齊大吼著等待。

恐怕老鄭是閉了眼的，巨船直接從昔日同伴們的頭上碾過。沒有在巨大冰刀正前方的舊冰行人，紛紛掄起大錘向巨船船底砸去。

本就拼湊而成的巨船，經受著一陣大錘重擊，速度並沒有減慢多少，只是發出了些刺耳的聲音，便呼嘯而過，身後留下的是長長一道破碎開來的木板碎渣和兩道鮮紅血跡。

血跡漸淡，木屑盡散，巨船的底倉再也支撐不住，一聲聲斷裂聲響後，巨船在冰上駛過，形成一道冗長的木屑廢銅如花凋零的軌跡。正因底部遭到破壞，兩架巨大的冰刀也不再穩定，整艘巨船開始發出令人揪心的有如痛苦呻吟一般的木板咬合聲，顫抖著，吱吱作響著，繼續向前。

巨船即行即慢，也即行即晃。

終於，在前往咸山城北端的途中，分出蘆川和開明川兩條大川的分岔口前，巨船轟然前傾，巨大的船頭整個斜向撞到了冰面上。

巨大的冰刀再也支撐不住船體，整個斷裂傾斜。就如再難前行一步的傷患跪倒在地一樣，一頭撞向了地面。隨著隆隆的斷裂聲和刺耳的咬合折斷聲，整艘巨船崩壞瓦解，桅杆連帶巨帆更是支撐不住，挑起橫杆向前一傾轟然折斷。桅杆折斷，整艘巨船頓時馬失前蹄地向右而傾，摔得半壁容貌崩碎，整座冰上樓閣被冰川一口吞沒。

船上的人在衝過舊冰行隊的阻攔後，就都有了準備。老鄭從桅杆上下來，盧娘也從自己的房間出來，除了金剛力士堅挺在樓閣頂上，所有人都集中到了甲板上等候這一時刻的到來。

待到金剛力士破巨船殘骸而出，安然到了蘆川冰面上，算是再度全員集齊，直接向蘆川岸上而去。

巨船崩壞的位置距離冉家宅邸已經不遠。

盧娘一行，一個女人提著一柄長刀，七個壯如耕牛的壯漢穿著或手或腳的半身銅甲，鏗鏘有力地走在殘破的街道上，看熱鬧的一眾人登時化作街上的老鼠一樣，瞬間四散躲了起來。

一個月來，竟是第三次跑到冉家宅邸的大門前了。顧然終於切身感受到天墜讓生而為人的命運更是無常。

但是碩大的宅邸門闕前空場，真的只是一個空場……

非常不好的感覺。更不妙的是，從始至此，只有剛剛一隊舊冰行人來冰上阻攔，一個銅甲士都沒見到。在彭山已經親眼見證，銅甲並不是量身定製，任何人換上一套銅甲都可以戰鬥。占下冉家宅邸的呵真他們，不打算利用？派了人去攔巨船，到了大門口卻是空的，這葫蘆裡又是賣的什麼藥。

不僅門闕前只有蕭瑟寒風，大門也是敞開。

來一齣空城計？

顧然把張昭昭拉緊，隨著大部隊一同進了第一道大門。

無論是哪座山，進到第一道大門內都是一樣，神道、銅像、祭壇、黃金日輪、十枝神樹，一樣都不會少。唯獨大不相同的是，第一道大門後的大祭場，此時竟是鋪滿了凍得堅硬的冰，整座大祭場已然成了巨大的冰場。冰有了生命一樣，不僅在地面上、臺階上、祭壇上蔓延，甚至連每一尊銅像都被冰慢慢侵蝕般，沿腳攀爬，幾乎凍到膝蓋。而黃金日輪，半輪的黃金，半輪的冰，閃耀著時而金紅時而清冷的光芒。

放眼望去，每個角落都透著冰行人來過的痕跡，就如冰行人所經之處必有厚冰凝結一般。

「這……是不是有點太誇張了？」顧然當然指的是冰，但其餘所有人似乎都不為眼前所驚訝，紛紛把隨身攜帶的冰鞋穿上，拿起了冰杖。

顧然歎了口氣，也只好不情不願地把自己的冰鞋綁好，有些丟臉地左右手各拿了一支冰杖。只是還沒等來嘲笑，整個冰場就有了動靜。

不知從什麼角落傳來，忽而就聽冰刀在冰面上滑行的肅殺之聲四起。轉瞬之間，剛剛走上神道的盧娘一行，就被十來名冰上兵士所包圍。看來還是早有埋伏。

「你們想幹什麼？」盧娘向圍來的兵士厲聲質問，「退下！」

「盧娘，妳已經不是我們的頭領，適可而止吧。」十幾個人裡，終於有個領頭的說道。

盧娘聽得咬牙，倒是老鄭適時地滑到盧娘身邊，說：「和他們說不通的，這裡交給小人即可。」老鄭說完，冰杖在冰上一點，人已經向攔在前面的兵士衝了過去。

從羅山第一次見到老鄭，顧然就知道這個駝背的小老頭並不簡單，但畢竟年歲擺在那裡，硬碰硬的比拚，不可能占到一點優勢。不過現在看來，老鄭本身的功夫底子被機動性強的冰鞋加持，早已化為一名絕不可輕視的對手。

就在老鄭衝到一名兵士身前的瞬間，他手中的冰杖成了武器，借著冰上的衝力，只在兵士腹部一點，對方根本來不及反應就已摔飛出去。

「老、老鄭你……」領頭的兵士一聲，已然顯出他即將敗北的事實。

領頭兵士慌忙提起大錘應戰，但沒有冰杖平衡，在老鄭的猛攻下，連連趔趄，眼看就要摔倒。只是其他數人不可能坐視不管，一時間全都向老鄭撲去。

「你們去給老鄭搭把手。」

盧娘簡單地和兩名身披半身銅甲的壯漢交代一聲，自己率先冰杖一點向前滑去。顧然等人一同跟了上去，在老鄭和兩名半身銅甲士的掩護下，眾人紛紛衝破大祭場的重圍，頭也沒回，繼續向前而去。

繞過大祭壇，也就到了冉家宅邸第二道大門前。

這一道大門倒是緊閉，多少讓人覺得比第一道大門要顯得光明磊落。只是，所謂的光明磊落卻把大門閉得太緊，幾人合力都推它不開，甚至紋絲不動。恐怕不是被門閂鎖上，而是已經被地面的冰給凍得僵死。

所有人都有了一致的判斷。金剛力士站到大門前，準備用自己的半身銅甲直接將大門捶破。張昭昭立即趕到蓄勢待發的金剛力士身旁，說因為剛剛巨船崩壞，沒有拿補氣設備，現在應該盡可能節省半身銅甲的氣壓消耗，不然之後若遇惡戰，力不從心。

金剛力士不知如何是好，反倒是另一名身穿半身銅甲的壯漢走了來，說自己一顯身手的時候到了。

這名壯漢所佩戴的半身銅甲與別人不同，當時由於趕工倉促，沒辦法再找出一套可以改造的銅甲拳頭，於是給他打了一雙銅甲腿。這壯漢原本感覺自己可能無用武之地，沒想到第二道門前，自己就排上了用場。

畢竟只有雙腿增強，對於沒怎麼練過腿上功夫的人來說，只能充充門面，自然不必節省氣壓，當用即用便是。

也就是說，要從高牆跳過去？顧然正在想自己也做得到，銅甲腿壯漢已經一聲氣鳴，原地跳起，飛上了大門的門樓，緊接又是重重的一聲落地，顯然已是進到院內。

緊閉的大門轟然顫抖，在大門這一邊都可以看出，大門在被無情地不斷重擊。持續顫抖發出隆隆悶聲之後，大門忽而就被重重地拉開。

時不待人，眾人一言不發地走了進去，只有門背凍死的冰層，以及踢得粉碎的殘骸，在訴說著門內剛剛發生的事情。

第二道門後，也就是冉家宅邸中那些普通的盤瓠人所居住的里坊。

原本這裡的里坊應該是咸山最完整的建築群，但現在看來，和宅邸外面嶄新的殘敗破爛景象沒什麼兩樣，瓦礫遍地，殘破漫野。

放眼望去，沒一間房屋完整，更不見哪怕一個盤瓠人。盤瓠人是被關押到了什麼地方，還是成了義軍口中的殘黨？唯有主幹道上的一條冰道，直往前方，示意著昔日的冰行人還在宅邸的更深處。

第三十二章　祥瑞

是鮮卑人。

當盧娘一行在冰道上滑行深入冉家宅邸的盤瓠人里坊時，終於遇到了第三批前來阻攔的人。

呵真這傢伙果然和元家人勾結在了一起。

如果沒有鮮卑人的援助，就以剛剛所見的那些所謂的義軍志士的本事，萬萬是連第一道大門都攻不破的。

而現在，這幫鮮卑人就像是恭候多時一般，紛紛從冰道兩側的殘垣斷壁間現身，人人都是手持兵刃，前後夾擊攔在了冰道上。

「你們都給小爺我退下！」一直默默跟著悄不作聲的元望，見來者都是元家人，立即跳出來大喊喝道。

只可惜包圍上來的十來個鮮卑人，根本沒有一個人把元家這廢物少爺看在眼裡，不用說對元望有什麼不屑的嘲笑回應，根本就是視而不見，各自拎著自己的兵刃，擺開了勢在必得的架勢。

或許算是幸運，在十來個圍堵上來的鮮卑人中，並沒有看到鬼方的身影。或許元望也是看中了這一點，在自己沒有得到應有的回應下，猛然抽出銅鈹，一馬當先就要衝鋒上去。然而，盧娘立刻攔住了元望，說了一聲「這裡交給他們幾個足矣」，遂示意了一下身邊所剩的幾名半身銅甲壯漢，此役該由他們出場。

除金剛力士以外，包括那名雙腿銅甲的壯漢在內，四名半身銅甲壯漢兩前兩後，向所有圍堵的鮮卑人撲將而去。

同樣的態度，盧娘不打算多做一點停留，面不改色地帶領最後剩下的人馬，衝出重圍，繼續前進。

也許是鮮卑人太過自信可以攔住盧娘一行，接下來的第三道大門，是敞開的。

一個月來，進過兩次冉家宅邸的顧然清楚地知道，第三道門後，就該是冉家的大片花田。只是真的穿過第三道門後，才發現一直以來特立獨行的咸山，又表現出了它與其他山截然不同的一面。

過了第三道門，確實仍是大片的土地樣貌，但不知是因為冰行的入侵，還是自始如此，廣闊的土地上鋪滿冰蓋。冰並不像是人力而為，亦不如最外一層大祭場那樣平整，在冰蓋上放眼望去，能看到一叢叢頑強地從冰縫間長出來的蒿草，蒿草的穗頭頂著一層層白霜冰碴。

此時，一個人，隻影於冰蓋面上，蒿草叢間，等待著。

「鬼、鬼方……」元望說出這幾個字時，牙齒都打起顫來。

鬼方就像根本不顧來者是誰一樣，一見終於有人從大門過來，立即一躍跳起，一手執冰杖，一手拔劍，奮勇直奔而來。管是什麼人，管來者是否想要通過，他只想盡情砍殺，僅此而已。

盧娘見狀，再次發號施令，顧然等人繼續向前，鬼方由她應戰。

話音落，盧娘抽出了環首長刀，冰杖丟到一旁，雙手握柄，紮開步伐。

盧娘真能應付得了那個腦袋裡只有「砍人」二字的瘋子嗎？

一時間，在羅山見過的那八臂羅刹再度現身，氣勢有如天降飛峰，震得顧然和元望都不禁後退半步。

迸射出火星的尖利的一聲，盧娘用長刀格住鬼方猛攻的一劍。

鬼方這一劍竟是實招，顧然多少有些吃驚。

「有意思！」被格住的第一時間，鬼方大笑著喊了一聲，一下撤出了盧娘的攻擊範圍。

是為了試探對手深淺？

撤步時，可能是冰杖點得太過用力，鬼方一下滑出很遠。可他立即控制身形，將冰杖反手頂地，停在冰上。

「再來！」鬼方仍舊在笑。

盧娘不再被動，竟用上張昭昭同樣的滑冰方式，雙腳蹬冰，空出雙手握刀撲向鬼方。見對手主動撲來，鬼方更是激動，冰杖用力一推，自己也提劍躥了出去。

兩人衝力過強，交匯僅僅一瞬，迸出刀劍的一道火光，已然又都錯開衝出。

衝出的盧娘轉腰送腳，掀起一層冰花，剛剛停住，立即又向鬼方衝去。這一次，鬼方動作略慢，冰杖止速和轉身再衝，都遠不及盧娘來得靈活，自己的速度還沒提起來，只能倉促招架，就又錯開。

這次錯開，鬼方立即轉身，甚至不急於用冰杖止速，任由自己向後滑去，只為盯著盧娘轉身。盧娘再度轉身，同時只是又看了一眼的鬼方，立即大笑一聲把冰杖丟掉，轉腳把自己停住，再一送腳，竟是和盧娘一樣在冰上滑行起來。

兩人再次對衝，又是刀光劍影一瞬，初次捨棄冰杖的鬼方，竟就和盧娘不分伯仲而再度錯開。

顧然不禁為盧娘捏了把汗。

轉瞬間，或劈或撩或掃或格，兩人已對衝了四五回合。要是說鬼方的劍，迅猛多變，那麼盧娘的刀，就更是剛猛兇悍，刀刀緊逼，面對鬼方並沒有落得一絲下風。

可是，再對砍下去……眼見鬼方對新的滑法掌握得越來越熟練……

不容再等，元望立即跳了出來，一把將顧然拉住，喊了一聲「走哇」，就一手撐冰杖一手拉顧然，繞開冰上大戰的生死場，不顧一切地往前滑去。

張昭昭不敢怠慢，也立即追了上去。

唯有金剛力士，說了一聲「我去助盧娘一臂」，轉而向冰上大戰的戰區殺去。

身後還是刀劍銅拳鏘鏘亂撞，根本聽不出誰更占了上風，只有那個一邊砍一邊發出滿足笑聲的傢伙，左右前後四處亂竄。

元望、顧然、張昭昭三人僥倖逃過鬼方一人的「圍堵」，這鬼方根本沒有起到一點屏障的作用，只是在等待一個對手，砍到痛快。

沒有回頭的路，只能寄希望於盧娘最後可以勝出，至少可以全身而退了。

冰面雖然遼闊，但再往前滑行不遠，冉家的那座正殿就出現在三人眼前。

同樣的高臺，同樣的崔嵬建築，寒風襲過，獨立於曠野冰場之上，反倒顯得孤傲。孤傲當然也包括空無，二十幾級臺階，冰也好，人也罷，皆無所見，更沒有哪怕一個穿戴銅甲的侍衛，白茫茫一片只剩乾淨。

顧然再回看了一眼盧娘那邊，正見他們三人相互撞到一起，又重重彈開。真不知道，是不是自己把盧娘拖下水了？

「只能上了。」倒是張昭昭更顯堅決，到了臺階前，脫掉冰鞋就上了臺階。

元望看了一眼顧然，似乎有了自知之明，沒多說話，脫了冰鞋追了上去。

把那個大嗓門虛張聲勢的呵真按在地上揍一頓，先結束眼前的鬧劇再說。

隨即，顧然也跟了上去。

就像新來的主人捨不得把舊王朝華麗奢靡的宮殿推掉一樣，正殿沒有受到任何侵害，樣貌和彭山的冉家宅邸正殿沒什麼兩樣，飛簷斗拱漆黑的大殿倒是和白石高臺以及漫野的冰蓋甚至慘白的日頭，成了鮮明的對比。

正殿的大門緊閉，看來沒打算再故弄什麼玄虛。

元望是最先到大門前的，直等到顧然來了，又把開門的重任讓給了顧然。

「然哥是咱們的老大嘛。」元望像是要得到張昭昭的認可一樣，使勁看向對方。

張昭昭卻是一臉不屑，但還是把大門前的位置讓給了顧然。

不過是推門進去……顧然先抬頭看了看正殿屋簷上，沒搭設什麼機關弩機之類，於是伸出手來，去推大門。

確實還是會擔心裡面埋伏著一直沒有見到的銅甲士。銅甲士肯定是現在三人誰也對付不了的。到底有沒有銅甲士，隔著一道厚重的木門根本無法判斷，只能寄希望於呵真這傢伙不要喪心病狂到這種程度，多少還保留著一點當初追隨盧娘的意志。

當然，還有另外一個可能。這座正殿裡根本沒有人，要想找到呵真還得繼續往深處去。

就在顧然想著各種對策同時把大門推開時，一道刺眼的白光從殿內門縫間射出。

光太耀眼，但顧然不敢眨眼，生怕會遭到什麼突襲，努力瞪圓了雙眼來適應那離奇的光線。

待大門完全推開，並沒聽見銅甲士突襲的轟鳴聲，也看清了正殿內為何射出如此耀眼的光。

比起外面廣闊荒蕪的冰場，正殿內更是冰的世界。

地面覆冰幾乎成了咸山的必然，而正殿裡，除了左右數排的頂梁大柱以外，隨處都可見冰，就多少有些怪了。

所謂的冰，不是野外的冰塊，而是穿插在每兩根柱子之間的，和最外層祭壇前神道上立人銅像樣貌一樣的冰雕人。冰雕人各個栩栩如生，面目笑得開懷，手上拿著一盞盞油燈，更是看起來像要活過來一樣。

持著燈，自身又反光，所以殿內才會如此耀眼吧。

而推開門後，更引人注目的，自然是那正對大門的高臺座。

高臺座和另外兩山同樣是雙層的，每層的背後都有屏風，只是這裡的屏風同樣是冰做的，再在冰上貼金箔，表明三名祭司的座次。

也許是怕冰會化，在咸山這邊，高臺座上反倒沒有了一排排蠟燭。或許正是這個原因，他們才雕了少說也有三四十個持燈冰雕人，以便照明。只是冰的照明未免太過刺眼，而且這麼多的冰雕人，只能暴露咸山的盤瓠人實在時間多到閒得發慌：既然土地沒有條件種花，乾脆給酋帥做冰雕供其消遣。

大概因為沒有蠟燭的照明，又因為背後的屏風被金箔覆蓋，只能反射些暗淡的金光，高臺座前倒成了刺眼冰光下唯一有陰影的地方，而在高臺最上層，黃金日輪前，有著一個人影。

冉魁榮的位置上有人，這倒是必然。畢竟推翻舊君王後，總要坐一坐他的王座才行。

當顧然走近去看，那個坐在王座上的，根本不是他們費盡千心要找的義軍頭子呵真……是……元不問？

顧然頓時反應過來為什麼鬼方會在外面，有鬼方守著的地方，更該是元不問盤踞住了才是。怪不得過了冉家宅邸第二道門之後就再不見那些義軍的蹤影，取而代之的全是鮮卑人。更怪不得在蘆川上，那送死一役中全是義軍志士……

尋求這幫鮮卑人的協助，終於還是被鮮卑人反噬。

「伯、伯叔父？」元望不敢相信地盯著高臺座上的元不問。

「呵，你這個廢物還有臉過來？」元不問毫不客氣地對元望嗤之以鼻。

而顧然顧不了他們元家的家務，一步上來直接問道：「你把呵真弄哪兒去了？」

穿著一身獸皮襖子還戴了一頂獸帽、相當保暖的元不問，似乎也不想多理睬元望，俯下身來看著顧然說：「顧俠，你是不是有點太不講禮數？」高臺座上的元不問坐得泰然自若，就像這個座位本屬於他似的。

「你把呵真弄哪兒去了?」顧然再次問道,語氣更加強硬,強硬到元望忍不住上前一步來拉顧然。

元不問看在眼裡,不由得笑了,「年輕人是不是都很心急?」

「然哥他也不年輕了吧……」元望脫口而出,卻被張昭昭踢了一腳。

元望抓著不太保暖的氈帽,悄悄往後退了幾步。

倒是元不問對高臺下幾人的小動作無動於衷,徐徐地說:「年紀這東西,得自己一天一天活下來,才算數,其他人給算的,不算數。」

「你說『都』是什麼意思?」顧然沒有被旁人帶跑,緊盯著元不問,不放過他一絲微小的表情。

「哈哈!顧俠果然名不虛傳,什麼都能讓你小子聽出破綻。那麼,本帥問你,」元不問盤坐在蒲團上,雙肘支著雙膝,雙手抵住下巴,「本帥把盤瓠人的老巢給占下來,你有什麼異議嗎?」

「沒有異議,到底是誰坐在這裡,跟在下都沒關係。在下一點也不在乎。」

「那你一定要找那個矮腳猴,又有什麼深意?」

「所以元帥確實知道呵真在哪兒?」

「那不是廢話,不然那幫冰行的人都是從冰裡冒出來的?」元不問多少有點不耐煩了,「矮腳猴自己跑了,那是他自願讓出的位置。」元不問說著,又冷笑一聲,「況且你覺得本帥想坐在這裡,那個矮腳猴能攔得住?他親自去剿滅什麼殘黨去了,愚蠢至極。」

「那在下有一事不明。」

「問吧。」元不問坐在冰蒲團上擺了擺手。

「那麼多銅甲士，你們是怎麼打敗的？」

「哈哈哈！」元不問突然笑得前仰後合，就是不願回答顧然的問題。

「看來和在下猜測得一樣了。」

「呵，你倒是說說你一個外人能猜出什麼。」

「你們來的時候，冉家這個宅邸就空了。」

「哈！有點意思！」元不問又把雙肘支回了膝上，看起來像是顧然猜錯而放鬆下來，「本帥不是那種自大狂，戰不過的絕不會打腫臉充胖子地說像捏螞蟻一樣隨手就殺。」元不問說得十分輕鬆，正是這種自知之明成就了這位一代梟雄，「你這麼猜，確實能解釋得通那些該死的銅甲士是怎麼被打跑的。不戰而勝嘛，誰不願意呢？可是，你不覺得自己所猜有很大漏洞？」

「請元帥指點迷津。」

「矮腳猴再冒失也不是傻子，如果宅邸已經空了，他們為什麼還要多此一舉來請本帥一同出兵？給你五分[7]時間，你好好把這個漏洞堵回來。」伸出五指的元不問顯得更加高高在上，俯視一切。

7 分，即漢唐以降的計時方式，一晝夜分成「一百刻」，每一刻再分為「六十分」，「一分」即約等於現代的十四秒。因此，此處所說的「五分」大約是現代的一分鐘多一點的時間。

「不必五分時間，因為答案十分簡單。」顧然繼續說，「為什麼呵真要找元帥出兵協助？因為他根本不知道冉家宅邸已經空了。」

「哈！你這麼猜當然簡單，有什麼根據？」

「自然是有的。因為呵真的目的根本就不在於佔領冉家宅邸，他只要元帥把他帶進這裡就足夠了，到底最後誰勝誰敗，元帥嘴裡說的那個冒失鬼矮腳猴，他根本不在乎。」

元不問終於不再是一切盡在掌控的輕鬆，眉頭微皺，陷入了沉思。而元不問的反應，又更是印證了顧然的猜測。看來他們一起殺進冉家宅邸時，呵真流露出了什麼蛛絲馬跡，讓現在的元不問起了疑心。

「他看中的只是找到那個祥瑞。」

元不問把眉頭鎖得更死，探出身子說：「祥瑞？就為了那種東西？本帥信天信地，只信自己，什麼鬼玩意兒的祥瑞，本帥從來不信那種東西能帶來勝利。說到底，那個矮腳猴還是愚蠢至極，興師動眾，可到頭來呢？」元不問高坐在上，擺出一副最終勝者的姿態，「一群拉冰車的苦力，異想天開。」

「他不拿出十足的誠意，元帥你怎肯出兵？」

元不問無動於衷。

「可惜他唯一的誤判是不知道根本沒這必要，甚至他獨自來這裡都能如願把祥瑞擒住。當然了，獨自前來的前提是，他得有十足的把握擒得住人。在下對呵真並沒有那麼熟，不知道他到底有幾斤幾兩的本事。」

「矮腳猴有幾斤幾兩的本事，本帥更不知道。」元不問說得斬釘截鐵，「本帥只知你這巧言雌黃的口才。」

顧然哦了一聲。

「哼，你說得很有意思，但擒住所謂的祥瑞的目的，暴露了你所說的全都不過是臆斷而已。」

「此話怎講？」

「全咸山都在傳『得祥瑞者得天下』，既然矮腳猴的目的是得祥瑞，那他為了祥瑞，甘願把天下拱手相讓，豈不是本末倒置，可笑至極？」

顧然不禁在心裡笑出聲來，原來這個只信自己的元不問真的就是一個固執己見的自大狂，所以才會被「祥瑞」的表面所蒙蔽。在照州城裡，有幾個人還會信什麼天道星運，什麼「得祥瑞者得天下」……還不是為了獨吞一份源源不斷的雲瑟石。有了雲瑟石，再舉兵也不遲。

就在顧然正要繼續往深了挖掘幾天來到底都發生了什麼時，殿外突然一聲爆炸巨響，聲音震得殿內的冰雕人都一同發出了顫抖的呀呀聲。

「嗨呀，我家方方發脾氣了。」漸漸沉寂下來的元不問也隨著爆炸聲忽然來了精神。

聽到爆炸聲，顧然同樣心中一顫，不知是鬼方玩膩了冰上互砍的遊戲，還是他乾脆打算下狠手速戰速決，反正爆炸聲必然讓盧娘和金剛力士處於不妙境地，留給自己這邊的時間不多了。

爆炸聲後，沒見鬼方進來，看來盧娘還有希望……

「好了，看來時間差不多了，本帥也累了。」

元不問說完，反倒是元望又到了顧然身邊，低聲說：「然哥……小弟我感覺不對勁啊。伯叔父他有這麼菩薩心腸？」

「呵，你伯叔父從一開始就沒想讓我們活著出去。」

「啊？然哥你早就看出來了？那為什麼還不趕緊跑……」

「跑？你個廢物腦袋只裝了冰碴吧？進來的時候誰知道是你伯叔父坐在這兒？知道了，也為時已晚。」顧然不情願地拍了拍元望的肩膀。

「嘀咕什麼呢？」元不問搖了搖頭說，「本帥累了，你們自己應該懂點事兒吧。」元不問又掃視了一下三人，「顧俠，把你的那兩個噁心偶人放到冰上，對，廢物你也把那柄破爛銅鈹放冰上，一起踢過來。不要有什麼不切實際的妄想，也體諒體諒本帥冰天雪地的還得一直坐這麼個冰座上陪你們談天說地，挺辛苦的。所以不要再讓本帥費精氣神了。」

元不問的語氣平和，但他身後突然間一點都不平和。

高大的冰高臺座背後，左右竄出不下二十個鮮卑人，在冰座前展開一條向顧然三人的弧線，各個端持手弩，弩箭所對之處，全無一點逃生的死角。

「好大的陣勢……」就算顧然，也不由得驚歎一聲。

殿外又是一聲爆炸，和方才那聲一樣，驚天動地。

有第二聲，說明上一次爆炸並沒有制伏盧娘，或許是一個好消息。只是現在，即使猢猻偶人還在手，也萬萬無法逃出生天。顧然從不會做毫無勝算的爭鬥，於是老老實實聽從元不問的命令，把腰間兩隻偶人都解了下來，不敢輕舉妄動地緩緩蹲下，把偶人放到了冰上，再緩緩站了起來，兩隻偶人各踢了一腳，偶人就在冰上滑了過去，直到穿過手弩隊才徐徐停下。

元望見顧然已經繳械，也不情不願地把銅鈸摘下，放到冰上踢到了手弩隊一邊。

元不問又盯著張昭昭看了許久，確認她並沒有一點戰鬥力，也沒有攜帶武器，放鬆下來說了句：「行了，收拾收拾，該去烤烤火了」，便站起身來。

「元帥且慢。」張昭昭突然雙手高舉地喊道。

自從三人進了正殿，這小女孩就一直沒有說過話，此時突然大喊，元不問又有了一丁點的興趣，重新坐了回來，說：「女娃子，妳是覺得自己被連累了？」

「自願前來，並無怨言。」

「誰，沒想到妳個女娃子還真有幾分骨氣。所以，妳喊本帥的意思是？」

「我只是有一事不明，希望元帥再指點迷津，讓我也死得瞑目。」

「哈哈哈，還真是一個愛說豪言壯語的女娃子。好，本帥就特許妳再問一個問題。就算本帥叫『不問』，也不能不讓人問最後一個問題，妳說是吧？」

第三十三章　螳螂捕蟬

「你太魯莽了！」剛一出正殿，張昭昭就咬著牙低聲責備。

「啊？妳發現了？」

「廢話，那麼明顯一根線……況且就算你放網把元不問給網住，那些鮮卑人不是照樣可以把你射成篩子。」

「就此一搏嘛，就看誰動作更快……」顧然自覺理虧，說了一半便不再強詞奪理。

只有元望還是驚魂未定地念叨著什麼「伯叔父是真的動了殺自己的心」，瑟瑟發抖，喋喋不休。

誰還不是剛在鋼絲火海上走過一遭。

其實張昭昭的問題，切點非常小，小到一點都沒有救命稻草該有的擲地有聲的樣子。

張昭昭只是問了一句，當時元不問是怎麼知道冉家宅邸空了的。聽起來就如廢話一樣，但問題一出，就連元不問自己都愣住了，就像他從來沒想過這個問題一樣，彷彿冉家宅邸空了是再自然不過的事，順理成章，毋庸置疑。

然而，越是順理成章，它的背後就越是可疑。一旦被提醒，元不問自己也立即意識到這個道理。

元不問甚至有些焦躁地開始回憶當時的每一個細節，可惜那已經是十二天前的事，再好的記憶力，也很難回憶起當時根本沒有注意到的細節。

「在咸山，能如此詳細而且迅速獲得消息的人是誰，不必我再說，在場大家都應該立刻想到吧？」張昭昭當時是這樣說的。

「趙劍南那個老東西？」時刻準備發動八爪偶人的顧然將這個名字脫口而出。

元不問聽到顧然說出的名字，也不禁狠狠地啧了一聲。果然老東西到哪裡都不招人待見。

「那麼，把這麼重要的資訊透給元帥之後，他們人呢？直到現在怎麼都沒有現身？據我所知，趙劍南可是一個生意人，絕不會做無利可圖的事。」

元不問當然悟出了其中玄機，不再關心怎麼弄死包括自己姪子在內的眼前三人。

這時，昭昭才終於抛出了真正的重磅一擊。

「羅山的冉魁榮被殺了。」張昭昭逐字說出，石破天驚。

元不問甚至包括元望都是大吃一驚。

「此話……當真!?」元不問把身子完全彈出來問。

「我才是這一次天墜，從唐土過來的人。」

元不問鎖死眉頭盯著冰座下面，已經被自己的侍衛團團圍住逃生無望的小女孩，盯了許久，但沒有主動發一言。

「所以我知道，而且親眼看見羅山冉魁榮的死，並且又能站在咸山的元帥面前講出這件事。」

元不問鼻翼抽搐了一下，想說什麼還沒說出口，張昭昭就直接說出了他想問的：

「可惜唯一能證明這件事的證據在上一山，也就是彭山，被那裡的冉魁榮給銷毀了。」

「所以，彭山的人都已經知道了？」

「或多或少。」

元不問狠狠地捶了一拳自己正坐著的冰，但冰過於堅硬，只有元不問他自己疼得大吼大叫地罵出了聲。

罵聲中，持手弩的元家侍衛都有些不知所措。

但疼痛讓元不問重新平靜下來，雖然依舊怨恨自己為什麼會是在咸山，為什麼總是自己所在的咸山和盧娘一樣在最後最不走運，但他轉瞬還是平靜回來，忽而冷冷一笑地說：「呵，但那又怎樣？那都是羅山的事，和本帥有什麼關係？」

「看起來似乎遙遠，但，」張昭昭故弄玄虛地停頓著，「殺死羅山冉魁榮的人，此時也到了咸山，這一點，元帥還覺得和咸山無關嗎？」

元不問一眼看向了張昭昭身邊的顧然。

「不是他。元帥可以不信，畢竟我們空口無憑。但信與不信的利弊，元帥心裡多少應該掂量得清。」

「廢話少說。」

「殺了羅山冉魁榮的人，就是剛剛顧大哥說過的那個祥瑞。」張昭昭語氣堅定得就像她親眼看見了殺人現場一樣。

直到此時，張昭昭所爭取來的，依然只是一點點的死亡緩衝而已，根本沒有打消元不問當場除掉三人的念頭。顧然手中的線一點沒有放鬆。

元不問把彈出來的身子收回，恢復了雙肘支膝的坐姿，還有下一分就可以要了三人之命的掌控感。

而張昭昭竟還有一個重磅籌碼沒有拋出，這個籌碼就算是顧然都根本沒有猜到，更不用說想到，甚至去利用。

「祥瑞瞭解銅甲的弱點，所以才殺得掉羅山的冉魁榮。」

就連顧然和元望都被張昭昭的「虎狼之詞」所震驚，更不用說蒙在鼓裡的元不問了。

「現在元帥應該明白，為什麼呵真一定要去找到那個祥瑞，甚至連這方寶座都可以放棄。」張昭昭說得言之鑿鑿，「這還不是最可怕的，畢竟呵真在元帥眼裡不外乎是一個愣頭青。元帥最不想見到的是什麼?應該正是趙劍南瞭解到銅甲的致命弱點。趙劍南從給元帥通風報信那天起，一直再沒有現身過，元帥你說可疑不可疑?元帥希不希望趙劍南率先找到那個祥瑞，先挖出祥瑞所知道的東西，然後殺人滅口獨吞真正的『祥瑞』?」

元不問沉默了，張昭昭所說足夠讓他沉默下來仔細權衡得失。雖然現在坐到了寶座上，可謂是一山之王，但殺進來的時候，冉宅空空，那失蹤的銅甲士自然成了永遠的威脅。只要有銅甲士在，就算鬼方都對付不了，這個虧，三年前就已經吃下。而三年後，本以為的不戰而勝，反倒被趙劍南來了個調虎離山……

該死！元不問差點又用拳頭去砸冰，但幸好沒有太過失智，拳頭連舉都沒有舉，只是死死盯著座下那本不起眼的小女孩。

「所以元帥現在有沒有考慮過和我們聯手？畢竟那邊的變數還很多。」

張昭昭面對不下二十支手弩箭，說得輕描淡寫，元不問繼續沉默思索。

有了趙劍南這個變數，元不問更是不能安穩坐在冰座上稱王了。自己現在拿得出手的戰力只有鬼方一個，即使鬼方可以以一頂十，何不借力打力，況且誰知道趙劍南那個老東西還藏了多少棋子沒有出手……

沉默片刻，元不問終於向手持弩箭的眾侍衛揮了揮手，令他們退下了。

與此同時，殿外響起第三次猛烈的爆炸，震得將將要退下的侍衛們都不由得抖了抖手中的弩。

聽到爆炸聲，顧然自然是更加焦急，不過這也證明盧娘一直保持著戰力，不至於被砍殺，至少在爆炸響起前如此……

元不問彷彿這才意識到殿外的戰局似的，揮手叫住一個侍衛指著正殿大門說：「去叫方方停了吧。」

侍衛聽令，就向大門而去。侍衛倒不是有意拖慢，但在顧然眼裡，他在冰上打著滑向門挪去，急得顧然只想大喊「給老子快點」，衝去踢他的屁股。

隨後，顧然等人也就出來了。

出了正殿，因為高度優勢，一眼就能望見方才遠處的戰場。遠遠望去，已然看不到鬼方的蹤影，一旦停手大概就失去了興趣，一點都不想逗留。而冰面上三處焦黑之間，可以望見有兩個人坐在冰上，沒有倒下。

見阿姐和金剛力士至少還都活著，張昭昭這才有心責備起顧然，並和他一起下了高臺臺基。

在下臺階的時候，顧然不由得又偷眼看了看身邊這個小女孩，這個剛剛靠一張嘴，救下自己和元望的小女孩。

帶著她在羅山和彭山跑了個把來月，她竟已經把盤踞在此的各方勢力之間的利害關係拿捏得如此透徹了嗎？而且，剛剛她親口說出了兩個資訊：其一，那個祥瑞是殺死羅山冉魁榮的兇手；其二，祥瑞清楚銅甲的弱點。雖然第二條只是一時胡謅，但顯然張昭昭已然把正在追尋的兇手三山穿行者，和她阿爹張遂掛上了鉤。

不知道這樣去想的張昭昭，對顧然來說到底是好事還是壞事？也只能繼續走下去……

顧然三人下了臺基，連忙把冰鞋重新綁好，滑過去看盧娘他們的情況。

路過冰上焦黑得嚇人的爆炸點，到了盧娘他們身邊，才看到他們的情況並沒遠望時那麼樂觀。

盧娘單手拄著長刀，才勉強跪坐在冰上，沒有倒下，一身保暖的襖子，此時全是被刺破的劍口。看來每一個回合，就算盧娘沒能格擋住鬼方的出劍，還是拚死躲開了。但也有幾道傷口，非常之深，透過爆開的棉絮，看得見下面一道道綻開的血肉。血還在不斷溢出，盧娘身下的冰面都被染得片片鮮紅。

張昭昭看到盧娘的傷勢，連忙先為她止血。

盧娘有氣無力地低聲說了句「謝」，再也說不動話。

再看金剛力士，雖然不像盧娘那樣全身是血，但只看他右臂的半身銅甲，也足以知道剛剛的戰鬥是有多麼慘烈，至少對於金剛力士這一方如是。

金剛力士的右臂銅甲完全爆裂，幾乎看不出原貌。而他的頭髮有一半被燒個乾淨，半身銅甲沒有保護到的軀幹上大片燒焦痕跡，焦黑襖子上又溢出殷紅血跡。金剛力士右臂外側的銅甲幾乎是完全爆開了，不僅沒了銅甲的覆蓋，本來被護住的身軀也是血肉模糊，只可能燒傷更嚴重，反而沒有大量出血而已。看來是鬼方的爆桶在金剛力士面前爆炸，金剛力士靠半身銅甲盡力護住了頭和要害的結果。

顧然和元望一起幫金剛力士把爆開的半身銅甲一塊塊地小心卸下來，才發現銅甲下何止是血肉模糊，處處可見斷開的白骨，骨茬刺出。特別是他的右臂，連骨頭都炸得模糊焦黑，恐怕是徹底廢了。

盧娘兩人見鬼方忽然就走了，而後看到顧然三人沒有帶著呵真一起回來，就知道正殿裡一定發生了什麼，而且並不盡人意，甚至更糟。

顧然知道瞞不過盧娘，也沒必要瞞她，就把剛剛發生的事擇其重點告訴了盧娘。

盧娘抵著傷口，喘著粗氣對張昭昭說了句「真有妳的」，又喘了一喘才繼續問道：「那麼我家那個呵真，有線索找到嗎？」

「有。」扶著金剛力士的顧然說，「說是帶著義軍主力去了開明川外。」

開明川外，那也是相當大的一片區域了，去了能不能找到呵真以及那個祥瑞都不一定……

在把盧娘和金剛力士安頓給終於趕來的老鄭一行後，顧然三人就往開明川外趕去了。

被當作祥瑞的三山穿行者，正被呵真帶隊滿山追捕，而此時，顧然三人又向著呵真可能在的地方追捕而去，這螳螂捕蟬，誰又能保證自己背後沒有一隻黃雀呢？

開明川永遠是獨特的開明川，即使是在白茫茫一片無差別的咸山，它依然是獨特的。因為，整個咸山，只有開明川是沒有凍住的。

在開明川西岸更能望見這番景象，完全是人為之景。

和其他山的開明川外如出一轍的是，對岸沿岸依然全是大大小小擠滿岸邊的水車，而隨著水車的緩緩轉動，整個開明川外隨處都冒著黃色濃煙，惡臭刺鼻。而所謂奇觀，當然就在於水車。咸山是一座冰凍之城，即使是怒流的大川，照樣凍得瓷瓷實實，只有開明川外，為了能讓每一座水車都還能正常運轉，沿岸一排裝上了火爐。

在西岸望去，整個開明川外沿岸，水車的背後，是一排綿延不絕的燒著暗紅色暗火的炭火爐。沒有照明作用，沒有取暖用途，只是為了不讓開明川東岸一邊結冰，永遠在岸邊燒著熱爐炭火，晝夜不停。配上吱吱呀呀或快或慢的水車，以及籠罩開明川外天空的滾滾黃煙，表現著只有咸山人，或者說咸山冉家要與天鬥的倔強，曾經。

時值黃昏，開明川外的火爐綿延，更像是江岸邊上連綿不絕的招魂冥燈，和慘白無力的夕陽形成了鮮明的對比。

只是，顧然三人根本沒心思再去欣賞感懷什麼開明川外景致，看到一座過川大橋，就跑了過去。一方面有岸邊的炭火爐，另一方面煉銅作坊本就沒日沒夜地散著蒸人的熱氣，更何況一旦出了開明川，也就算是出了冰行的運送業務範圍，屬於冉家的勢力管轄，地面自然不再有冰，更沒有了冰道。雖然沒有了冰，路面變得黏膩泥濘，但總比讓人難以控制的冰面要舒服一點，至少顧然是這麼認為的，因此剛到開明川外，他是第一個把冰鞋脫了下來，如釋重負的人。

而張昭昭在脫掉冰鞋後，卻若有所思地觀察起這片泥濘的作坊區。

「有什麼不對？」此時顧然十分願意多聽取一點這個聰明小女孩的看法。

「這裡每棟房子，都太完整了吧。」

「畢竟三年前冉元兩家大戰之後，這裡都是冉家的重地。其他山的開明川外妳也見過，不是都一樣嗎？一直在用的地方還弄得殘垣斷壁，成何體統？」顧然多少有點失望地解釋說。

「不是，你沒明白。」更失望的可能是張昭昭，「我說的是，這裡怎麼沒有接受過大義之錘的洗禮。」

「就是說啊，」元望跟上來搭茬，「小女娃說得對，這裡怎麼一點都沒被那些喪心病狂的義軍志士給砸了呢？他們不是滿大街打砸，找什麼殘黨嗎？」

元望主動要和顧然說話，卻沒得到顧然的回應。自討沒趣的元望只好抓著氈帽左顧右盼，像是真的在找東西一樣，看了又看，才有意大聲嘀咕著說：「不管那些，可是開明川外這麼大，上哪兒去找那個呵真啊？」

這確實是一個問題，踏上開明川外的泥濘土地時，顧然就開始思索這個問題，毫無頭緒。

元望繼續拚命抓著氈帽，突然靈光一閃般指著遠處說：「要不去最大的那個作坊看看？他們那麼多人，總得找一個大點的地方才能擺得開手……是吧？」

「你是打算用『是吧』把呵真釣出來嗎？」同樣沒有思路的顧然沒好氣地頂了元望一句。

然哥終於搭自己的話了！就算被頂，元望還是笑得喜出望外。

「元大哥的提議未嘗不可一試。」張昭昭指著剛剛元望所說那座最大的作坊說，「只有那裡一直在連續不斷地冒煙，必然是有什麼人在幹什麼吧，不妨先去看看。」

顧然認真看向元望所指作坊的煙囪，果然冒著滾滾黃煙，遠比左近的縷縷黃煙要有力，味道也更刺鼻。畢竟是在義軍起兵之後，就算義軍沒有到這裡來使用大義之錘，開明川外也還是處於停擺狀態，留下的只有開明川無心無欲推動的一座座水車，帶動每一座扇輪仍舊旋轉下去，無意義地給熔銅坩堝鼓著風而已。

如此看來，滾滾黃煙冒出，確實變得突兀，理應前去探個究竟。

最大的煉銅作坊，要比旁邊的大不少。它是擠在臨江岸邊的作坊，應該也擁有那座最大的水車，在它左右的煉銅作坊都只有一層，雖然頂子要比一般的房屋高不少，但這座最大的作坊，更高。仰頭望去，在別的作坊頂的高度，它又加蓋了一層，三扇緊閉的用琉璃做隔斷的窗，就是它有二層的明證。

到了門前，三人都不禁皺起了眉，因為門裡正傳出極為刺耳的聲音，像是有蠻力在扭擰摩擦碾壓金屬。

「啊！受不了了，全身汗毛都豎起來了……」元望抱著雙肘，跟著刺耳聲音發起抖來。

顧然當然也受不了一聲聲刺激著自己的皮膚，但多少還有點理智，先是把兩隻偶人都摘下來，準備好了，才悄聲去推作坊的大門。

大門沒有上閂，只輕輕一推就開了，一股帶著銅腥味的熱浪也立即撲面而來。

可能是因為作坊裡的聲音太大，即使是顧然三人都進了來，裡面的人也根本沒有察覺。

作坊裡確實是兩層的建築，不過所謂的二層並不完整，只是屋頂搭得更高些，在四周搭起來腳手架而已。作坊裡的人，就都在竹子搭的腳手架上。人實際上不多，放眼望去一共有五個，少到顧然都沒有一上來就發動進攻，而是想仔細看看他們到底都在做什麼。

作坊裡的五人，看外貌就知道他們並不是那些紅頭紅臉的原煉銅作坊勞工，而周圍放著幾把大義之錘，可見其應該是義軍志士。如此看來，進入這座大作坊是相當正確的。

五人幹得起勁，或者說是費勁，仍舊沒有發現作坊裡已經進來了三名不速之客。五人裡，有兩個高高站在南面的腳手架上，用力拉扯著一根粗繩，繩子連接到懸掛屋頂的一架轆轤車上，而穿過轆轤車的繩子另一頭下端懸掛的是一件完整的銅甲。在懸在空中的銅甲下面，是另外一名義軍志士，他正用長長的杆子勾住銅甲，仔細地調整著位置。

用長鉤杆的義軍志士面前，是一座正運轉著的石碾。石碾的轉力應該就來自於開明川上的水車，兩個滾子一樣的石碾，像是一頭餓獸，仰著頭不停地開合著大嘴，等待且催促著投餵。同時，一塊破碎扁平的銅板從石碾的下端擠出。那個刺耳的聲音也就是因此而發出的。接下來，便是剩下兩人的工作了，他們合力將被碾成板的破碎銅甲搬到軲轆車上。而在作坊的另一端，一個被炭火燒得滾熱的坩堝熔爐，恐怕就是銅板的歸宿。僅僅只是在進門處看去，都能看到坩堝裡滿是熔掉的泛著紅綠顏色的銅水，冒著些許火光，蒸騰著刺鼻的黃煙。

「哇！你們先把那個碾子停一下！受不了了！」元望終於忍無可忍地大喊出聲。

元望一喊，五個專心做事的人毫無準備地為之一震，拿長鉤杆的，更是手中一抖，直接將尚懸半空的銅甲丟進了滾動的石碾裡。

頓時，石碾裡發出一陣更加刺耳的巨響，震得剛剛還在大喊的元望不禁捂著耳朵蹲下，就差就地打滾了。

第三十四章　紅

腳手架上的兩人翻窗子跑掉了。剩下的三人，一個被顧然網住，另兩個也被輕鬆制伏。

到底怎麼回事，都在做什麼，這種問題，顧然知道這些幹苦力的義軍志士根本回答不出個所以然，乾脆問了一個直截了當的問題：「大元帥去哪兒了？」

「大元帥」三個字一問出口，就連元望都不禁投來一個「然哥沒來幾天很懂行嘛」的讚許眼神。

顧然自然懶得理會元望，按住手底下的義軍志士，等待他的回答。

被制伏的義軍志士沒有打算做無謂的抗爭，立刻就用還能動的下巴指了指作坊西面，也就是臨江的牆。

在石碾和熔爐之間，確實有一道小門。

「什麼時候？」

「就、就剛剛離開一會兒。」義軍志士努力擠出一句話，說完只剩一連串的求饒，「放過我吧……放過我吧……」

顧然皺了皺眉，就把自己手下哀號著的傢伙鬆開了。元望見顧然鬆了手，也就一樣放了手下的人，喝令他們快滾。

從地上爬起來的兩人，更不敢做什麼反抗，連滾帶爬跑到被網住的同伴那裡，幫忙把他解出來，再沒敢出一聲，就跑出了作坊大門。

作坊裡總算消停……

顧然又看了看方才被指點的那道小門，外邊除了開明川和水車還能有什麼？

雖說呵真一夥不久前才離開這裡，對於追蹤他們的人來說是一個不錯的消息，但為什麼會是不久前？什麼信號讓他們忽然轉移或者去做其他事了？顧然猜他不透，只能走下去看看。

顧然走去小門邊，打開門閂，推開看了看，又是一股濃烈且熟悉的開明川惡臭撲來。門外直接就是滾滾而去的開明川江水，壓在眼前的則是隨著江水逝去徐徐轉動的巨大水車。

顧然從未如此近距離觀看過開明川東岸的水車，透過小門望去，只見幾乎和人一樣大的水車輪葉片支柱緩緩轉過，發出鑽入骨髓的吱呀聲。

當從小門探出身去，只見沿江一側的作坊牆外，有跟剛才的腳手架類似的牆外竹棧道。這條竹棧道向左綿延深遠，向右被過江大橋阻斷，是一條死路。這樣倒好，呵真一夥的去向一目了然。

看來除了大橋會有一個阻斷，竹棧道應該是貫穿了整個開明川外，而其功用，不外乎就是便於每個作坊有人出來，給自己作坊的水車做檢修。

由於竹子搭成的道面有很多縫隙，足以看到棧道下面的世界……

竹棧道下面，便是一方方為了不讓開明川凍結而晝夜燃燒的炭火爐。炭火爐下面，則是滔滔江水滾滾而過的開明川。天色已入夜，江面上映著層層暗紅炭火，漆黑深邃，無法捉摸。

炭火和竹棧道還有一段距離，不會把竹棧道點燃，但走到竹棧道上，依然能感到腳下蒸騰而上的熱氣。顧然幾人紛紛跳上竹棧道，才感到什麼是真真正正的文火烘烤，暗紅炭火從腳下的竹縫間透上來，感覺自己就如已經上了屜籠的羔羊。

羔羊就羔羊吧。

顧然打著頭陣，在竹棧道上向南而下追趕而去，踩著不知會不會因為太乾而斷裂的道面，身旁掠過或大或小都屬巨型的水車。水車吱呀轉動，就像是一排近距離看戲的巨人又在竊竊私語，腳下的火光映射，更像把這個舞臺搬到了煉獄之上。

而真正的表演舞臺，在綿延不絕的竹棧道上，似乎總也趕它不到。

就在顧然開始感到猶豫，到底一開始選擇的方向是否正確時，他聽到了聲音，在水車的轉動聲下。

他立刻伸手讓緊隨其後的兩人停下腳步。

藉著不動山和炭火的雙重紅光，顧然努力向竹棧道的遠點看去。由於竹棧道並非筆直，而且中間總有高高低低的水車輪軸的遮擋，在竹棧道上的視野實際上非常不好。

顧然站住的位置，往前不遠正是一處沿開明川河道向東的轉彎，並不能看到具體情況，但至少站住以後，能真切地感受到腳下的竹棧道在震動，是有多人在竹棧道上跑動的震動。

看來即將追上呵真一夥了。確實最理想的就是直接在竹棧道上對呵真一行發動奇襲，畢竟以竹棧道的承重能力來看，在這裡是不可能遭遇銅甲士或者穿配著銅甲的其他人。

顧然帶著張昭昭和元望，悄聲探步靠近前面的轉角。
就在他們還沒轉過去的時候，突然就聽到了轉角另一端傳來了大嗓門的喊聲：「你一直在帶我們瞎跑，是吧！」
一聽聲音，顧然立即回頭看向身後兩人，不禁流露出總算找到呵真這傢伙的如釋重負的笑容。隨即，三人轉過轉角，現身在眾人身後。
竹棧道雖然不寬，但總能容得下兩個人並排而行。一旦轉過來，這邊的人多少可以看清大概情況。放眼看去，至少有五六個身材粗壯魁梧的義軍志士，而義軍志士的身後，正是一名身材矮小的傢伙，是呵真沒錯了。但就在看到呵真的同時，另一個在隊伍最前端的人顯得尤為醒目。
顧然他們看到那個人，也就是被呵真吼說帶著他們瞎跑的人，都不禁愣了片刻。那人穿著一身黑衣黑袍，戴著一副黃金面具……看到面具的瞬間，三人更是難以相信自己眼前所看到的事實。
是魚面!?
那個只會用稀奇古怪的東西做占卜的魚面，和呵真的隊伍混跡到了一起？但魚面到底和義軍志士是怎樣的關係，根本還沒來得及看出頭緒，對方就搶先動手打破了剛一照面的僵局。
不分青紅皂白就動手，想必心裡有鬼！
「不要動不動就抄傢伙打架啊！」顧然大喊一聲，雙手搭住撲來的義軍志士。正好還有兩步距離，他借勢向後撤步，往下一按，撲來的義軍志士就被重重按在了竹棧道上。
轟然一聲，義軍志士的後背撞到的棧道面，登時塌了。

是顧然太高估竹棧道，抑或是太低估自己的力氣，已經沒時間去判斷，竹棧道下面就是煉獄一般的炭火爐，掉下去必然萬劫不復。

顧然反應神速，翻身就抓住了還沒塌掉的竹棧道支架，一手把摔下去的義軍志士給拉住。兩人一上一下地一齊往下看了看……炭火爐的火焰，如同煉獄裡的獵狗，瘋狂吞噬掉到嘴邊亡靈一般的棧道斷竹，發出劈里啪啦的咀嚼聲。

或許是因為往下看了一眼，被拉住的義軍志士突然間號啕大哭起來。哭得顧然都覺得單手打滑，連忙用力向前一盪，就像丟一團抹布一樣，把在空中甩著一把鼻涕一把淚的傢伙丟回到同伴腳邊。

沒了累贅，顧然倒也輕鬆不少，遂一翻跳起身。元望反應同樣奇快，他單手護著張昭昭，另一隻手抓緊了身邊的竹欄，樣子多少顯出幾分這個廢物的可靠之處，只是顧然並不想或者無暇理會。

狹窄的竹棧道突然斷成了兩截，本來騷亂不安的義軍志士反倒平靜下來，似乎方才斷開的地方成了一道天塹，不可逾越，安全至極。

呵真像是掐準了時機一樣，此時才扒開擠在他前面的眾多義軍志士，到了天塹邊緣，先向下看了看，臉一下被炭火爐照得通紅，連忙後退半步，抓住左右兩名義軍志士的衣角，才皺著眉抬起頭，看向顧然這邊。

「這位俠士，見面至少先自報一下家門，是吧？」這個時候的呵真倒是鎮定自若得很，「後面那位俠士，是元家人，是吧？元帥現在可安好？」

「安好與否，天帝已明示，何須再問他人？」

天塹對面隊伍另一頭，夢囈一樣的吟唱聲傳來，突然有一根被燒黑的棒骨高舉越過眾人頭頂。

不必猜都知道，那是魚面有話要說。

一直舉著燒黑棒骨的魚面，從人群中艱難地鑽了過來。

為了能讓呵真覺得安心一點，整個隊伍向後退了幾步，給呵真和魚面騰出了站腳的空間。

呵真一臉又怒又怨的表情，魚面卻是不理不睬，透過黃金面具都能看出，即使他有話要講，此時依然只專注於自己手中那根有了些許裂紋的焦黑棒骨。值得慶倖的是，此時的魚面只是手裡拿著根棒骨，而沒有當場把它點燃，獨腳跳舞。

兩腳站地的魚面依然看著自己手裡的棒骨，卻忽然問道：「這位英雄正是顧然顧大俠？」語調依舊如吟唱，而專注於棒骨的樣子，好似那上面的裂紋早已寫清楚了眼前發生的一切。

「正是在下。」顧然管不了什麼吟唱不吟唱，「敢問是魚長老？」

魚面根本沒有理會顧然的明知故問，把那根棒骨捧到了自己的黃金面具前，不計較周遭眾人竊竊私語的聲音，仔細端詳上面的紋路，忽然就又大喊著把棒骨舉起，「天帝有言，前路不歸，諸位退散。」

「都到這兒了，不用這麼裝神弄鬼了吧……」顧然無奈地嘀咕著說，「魚長老剛剛說，你們知道元帥他們的情況？」

可惜魚面整張臉都被黃金面具所遮掩，根本看不出此時的表情，只能緊盯面具裡那一雙眼睛不放，以免他避而不答。

結果，卻是讓呵真攪了局。

「行了行了，明知故問是吧？」呵真不甘心被瘋瘋癲癲的魚面薄了面子，搶著話來說，「轟隆轟隆那麼大動靜，全咸山的人想不知道都難。」嗓門有點太大了，吵得隔著天塹的顧然都開始覺得水車吱呀聲變得悅耳。

「聽說元帥是你邀請一同起兵的？」算了，既然呵真攪局，那就先從他切入。

呵真只是不屑一顧地哼了一聲，不過，這也算是一種默認了。

「我說，你不會不甘心嗎？畢竟那個冰寶座是讓元不問給坐了。」

「不甘心？」呵真仰著頭盯著顧然，面色還是被腳下的炭火爐照著的時候好看一些，「元不問那種人是吧，坐到冰座上，遲早會被凍成一具冰人，不足為懼，也不配被我嫉妒，是吧？」

即使對元望動過殺心，此時的元望也還是站不住了，畢竟那是他們一族的事情。幸好顧然先一步伸手攔住了身後的元望。

「全咸山都已被大義所洗禮，」元望的反應顯然讓呵真更加得意，「大義面前，沒有貴賤。」呵真剛剛說完，他身後的眾多義軍志士便一同高呼起這八個字，震得顧然都怕他們那邊的竹棧道又要塌了。

看來咸山的呵真，遠比那個羅山的精神特產更會煽動人心。要是有可能，還真是該讓他們兩個好好交流一下心得，可惜這個願望永遠不可能實現。

顧然等那些義軍志士宣洩好了突然被帶得高漲的情緒後，繼續問呵真：「用大義洗禮，想必祥瑞是必不可少吧？」

「哈！你這種和元家人混在一起的，也配知道祥瑞!?哦，是盧娘那個不中用的女流之輩告訴的你，是吧？」

「話放尊重一點。」一直站在元望身邊的張昭昭突然跳了出來，咬著牙說。

「誆。」呵真故作被嚇了一跳的樣子，「大義面前，不分貴賤。你反駁得對。但是呢，盧娘她根本不接受大義的洗禮是吧，你說可惜不可惜？」

顧然也幫忙按住張昭昭，不屑地看向呵真，繼續問：「那你們預兆大義降臨的祥瑞呢？也讓在下接受一下洗禮。」

「你也配？」

「度得了眾生萬物，才是真大義嘛。」

這次換呵真一時氣結咬牙切齒了。

「哦？在下算是看懂了，你看看在下說得屬不屬實。」顧然不容呵真打斷，「你們的大義，不知怎麼搞的，忽然就需要有一個祥瑞加持，才能真正名正言順。苦苦等了很久吧，終於這位冉家自己的長老，突然宣佈祥瑞即將降臨。宣佈的時間嘛，我來看看……應該是四十天前的夜間，沒錯吧？」

就連張昭昭都吃驚於顧然竟把時間記得如此清楚。一個準確的時間拋給呵真，自然成了極大的壓力，讓他猝不及防間找不到打斷顧然說話的機會。

「什麼狗屁的祥瑞，真是愚蠢至極，就連羅山的呵真都知道，不過就是又一次天墜，而且還進來人了而已。」顧然繼續說，「十枝神樹的十隻石鳥同時發出紫色炫光就代表了我剛剛說的那些。這也沒錯吧，魚長老？」

魚面的面具讓他彷彿不為任何事所動。

「真是笑掉大牙。」顧然真的笑了幾聲，只是牙都還在，「什麼祥瑞，那不是你們咸山的災害之源？」

「此話怎講？」

「詭，你們的忘性這麼大嗎？引起三年前的冉元大戰，把咸山戰成半個廢城的根源，原來全忘了？」顧然說得多少有些自嘲，「三年過去竟還搖身一變成了祥瑞。」

「呸！你一個殺友進山的小人，憑什麼對我們咸山評頭論足。」

「在下只是講出了事實，你卻連你滿嘴說的大義是什麼都不敢直說，你說可笑不可笑，可悲不可悲？」

「大義就是不惜一切剷除你們所有的惡！盤瓠人，鮮卑人，還有那些為虎作倀的人，統統全部剷除，還我咸山以安寧。這就是大義。」呵真把「大」字說得極重，說得越來越激昂，說得連他的「是吧」都忘了。

呵真越是激動，顧然也就越有掌控感，「這麼大的義，全都建立在你自己的仇恨之上，全都建立在那麼多無家可歸者的痛苦之上。」

顧然本以為自己一句句戳到了呵真的痛處，結果卻看到一絲笑在呵真嘴角閃過。

「然哥，有埋伏！」元望大叫一聲。

顧然猛回頭，看到元望已經一手抱住張昭昭，向竹棧道外一躍，正好落到緩緩轉動的水車葉片柱上，徐徐上升而去。同時，一隊人馬從轉彎處衝了過來，個個手裡拿著傢伙，長槍大錘皆有。

要不是有那個轉彎，肯定早就發現了。當然……要不是有那個轉彎，天塹另一端的呵真一行也早就發現自己了。

來不及等上元望所在的葉片柱，顧然連忙把八爪偶人摘下，胡亂地向撲來的一隊義軍志士射去。距離已經太近，竹棧道又太過狹窄，網根本沒有展開，八爪偶人直接糊在了衝在最前面那個的臉上，讓衝上來的後仰趔趄了一下，延緩了他們一擁而上要把顧然推下竹棧道摔到炭火爐上去燒死的衝勁。而這片刻的空檔，對於顧然足矣，他翻身一躍，跳上了和元望張昭昭所在的同一架水車。

突然多了三個人的水車，搖了搖，但還是被湍急的開明川緩緩推動著。

一隊義軍撲了個空，當然不會就此作罷，轉身就都朝向了水車。正巧顧然從下面徐徐升了上來，他剛一露臉，竹棧道的一排義軍志士就把手裡的大錘長槍一齊招呼了上去。

幸好竹棧道外側還有不算結實的護欄，大錘長槍胡亂揮下，只是先把護欄給砸爛，隨後才是直面已經升上來的顧然。面對打算再次發起攻擊的義軍志士，見他們已經擺好了再次亂捅亂錘的架勢，顧然知道這一戰是避免不了，只好讓爬到了手上的猞猁偶人張開了嘴。

猞猁偶人一口咬住水車架，再借助水車緩緩的轉力，顧然直直飛回了竹棧道上。隨即，一共趕來的十個義軍志士，甚至連猞猁偶人是如何在顧然身上爬來爬去都根本沒看清，就已經被丟進了惡臭冰冷的開明川裡。

沒有摔到炭火爐上，沒有撞到水車上，只是被一個接一個地丟了出去。

到顧然隨手擒住最後一根刺向他的長槍，反向一抖將攻來的人擊倒，一步上前將其丟進開明川以絕後患之後，再看回剛剛的水車，正見元望把張昭昭安穩地放在轉而向下的葉片柱上，然後一躍跳到了呵真他們所在的另一邊竹棧道上。

「別下手太重！」顧然朝元望喊道。

「知道。」

「留著呵真和魚面！」

「知道。」

僅僅兩個「知道」之後，再看對面，站在斷開的竹棧道另一端的，只剩下元望、呵真和魚面三人了。三人中，一人被踩在了元望的腳下，而另一人的黃金面具下，被銅鈸的刃尖死死抵住。

顧然沒有急於跳到元望一邊，而是跳回水車上，一手抱起張昭昭，兩人一同等待水車再轉上來，跳了兩跳才來到呵真身旁。

此時的呵真，反倒顯出了一點骨氣，並沒有像他任何一個熱愛求饒的手下那樣，一時號啕大哭起來，只是仰起頭，盯著顧然而已。

顧然把張昭昭放下，獨自蹲到了呵真面前，盯著他的眼睛說：「你還有狠話要放？」

「你，不對，你們到底有什麼目的？」

「目的？」顧然指了指元望，「這個廢物毫無目的。」

「然哥……」元望適當地把腳鬆開，更專注地看住魚面。

「你們。」呵真說話忽然簡練。

「我們和你們的目的其實完全一樣。」

「大……」呵真還沒說出，顧然連忙擺手。

呵真微微側了一下頭，重新看向顧然，「祥瑞是吧？」

「對，祥瑞。所以，你折騰了十來天，整日滿大街聲稱搜找冉家殘黨，實際上是在找那個祥瑞？終於要找到了？我們確實也在找他，需要他跟我們解釋一點兒事情，甚至要讓他跟我們走一趟。」

「哈！找到祥瑞？」呵真看向一邊的魚面，「能不能找到，去哪兒找到，你問他去。我跟你說，找不找得到那個祥瑞，我已經不在乎了。咸山已經被大義洗滌，祥瑞連錦上添花都不配了，是吧？」

「誰，還不忘你的大義。」顧然指了指開明川裡撲騰著的義軍志士，忽然又想起什麼似的問，「先不說祥瑞，祥瑞在下去問魚長老。話說，這次在下來咸山，其實一直覺得有個地方很奇怪。」

呵真看著開明川裡自己的那些手下，哼了一聲。

「在下到咸山這麼多天，可以說，除了魚長老，一個冉家人都沒見到。哪怕到了冉家宅邸裡轉了那麼大一圈，也一個都沒見到。這是怎麼回事呢？在下倒是願聞其詳。」

「跟台[8]來吧。」仍舊緊握著那根燒黑棒骨的魚面突然接了顧然的問話，然後夢囈一樣說道，「祥

8 同前，上古第一人稱代詞，音為「怡」。

瑞降臨，三山傾覆……」

「跟、跟你走？」倒是呵真更為驚訝，看著魚面的表情就如在問，跟你走，是為了祥瑞，還是為了消失的冉家人？

而魚面沒再多說什麼，自行從元望的刃尖前走開，踏上了前往遠方的竹棧道。

第三十五章　莫大的虛空

是一扇窗。

或者說，是一個用來通風的比頭大得有限的方口子。一路走來，一直是光溜溜的作坊山牆上，突然出現這麼一個空洞，多少有些突兀。在這個通風口邊上，該有的入口，並不是常見的木門，而是銅門。即便是在煉銅作坊區的開明川外，除了冉家直系作坊，絕不會有別的地方敢如此用銅。

魚面在那扇怪異的窗前停下了腳步，看來這裡正是他的目的地了。

然而當眾人走近時，還是發現了更奇怪的地方。那道特別的銅門，多少有一點向外彎曲，是一道由下而上意味不明的弧線。只是所謂的弧線不足以讓人們注意到什麼，而無論是顧然、張昭昭，就連呵真、元望，都不禁認真抬頭看了看銅門另一側的煉銅作坊，到底外貌有無特別。

眾人都對房屋沒有什麼特別的瞭解，但都發出了同樣的驚歎，這才是真正最大的煉銅作坊，不可能再有比它更大的了。如果說顧然他們追過來的那座作坊算是當時最大的煉銅作坊，是一座假二層的大作坊，那麼這裡就是真三層的巨型作坊，層高足以比肩天竺的佛塔。

停在了銅門邊，聽著一座極為巨大的水車發出吱呀聲，眾人只能感受到自己真正的渺小。

「難道在這裡？」呵真看著向外彎出一點弧度的銅門，思索了一下，幾乎是歎息著帶著自嘲笑聲說。

「這個地方是你占卜出來的？」顧然看向魚面，但可惡的黃金面具讓他什麼都看不出來，「是什麼？祥瑞？還是冉家人？」

說到祥瑞時，顧然還是偷瞄了一眼張昭昭，畢竟那就是她苦苦尋找的阿爹。而張昭昭似乎更在意銅門後面到底是什麼，完全沒有注意到顧然的言外之意。

魚面沒有回答，示意讓顧然自己去看。

顧然先去試了一下那扇變形的銅門，如其所料，推它不開，又拉了拉，依然紋絲不動。

看來想要探其究竟，只能通過那個通風口。

通風口透出些昏黃影綽的光，看來裡面是點著燈的。但當顧然把臉湊到通風口時，一股刺鼻惡臭直撲顧然臉上，衝得他連連後退，一下撞到身後的竹欄，差點摔進開明川裡去。

「我！」就在顧然怒目而視，即將破口大罵之際，他突然意識到那股惡臭是什麼……

不知是因為剛剛的臭氣，還是因為魚面本身，顧然朝開明川呸了一下，皺著眉屏氣扒回通風口前，向裡看去。

沒有看到張瘋子的屍體！

很好，或者未必算好，但至少為張昭昭放下一次心。

而透過噴出惡臭的通風口，看到的煉銅作坊裡的世界，是……屍橫遍場的世界。

即使是顧然，也不忍再多看一眼，但是需要看，至少看看到底怎麼回事。

在這座最大的煉銅作坊裡，不僅遍地都是腐敗的屍體，還有諸多或跪或躺的銅甲士。這些銅甲士全用他們苦苦掙扎的肢體語言表述著他們已經死去，而且看來死得相當痛苦。

顧然屏不住氣，把頭扭開大口換氣後，才終於恢復一點氣力，朝向魚面，指著通風口內質問：「怎麼回事!?」

「如你所見。」魚面仍如一尊會動的金面人像一樣，回答著顧然。

「你殺了他們!?」

感覺魚面終於有了一丁點的波動，在黃金面具裡冷笑了一下，但沒有回答顧然，只是示意他認真觀察再下結論，隨後，把許久沒有拿起來的燒黑棒骨端詳一番，不再說話。

顧然哼了一聲，深吸一口氣，重新直視洞中慘劇。

果然有問題。地面泛起厚厚的波浪，這種波浪異常眼熟，立即就能聯想起，出了煉銅作坊區往銅山去的路上。也就是說，地面上厚厚一層，全是重新冷卻凝結的銅水。再看那些銅甲士，果然看出了更多細節。這些垂死掙扎的銅甲士，要麼是腿要麼是半個身子，幾乎淹沒在了冷卻凝結下來的銅水之下。可想而知，當時銅甲和遍地流淌的銅水相融灼燒他們時的痛苦。一切都定格在了生命被抽離的那一刻。

銅甲士相對完整，其他的屍體，多數是被銅水燒得焦黑難辨。不過，也不是通體都被燒焦，多少留下部分屍身，正在腐爛。反正無論是燒焦還是腐爛，都無法判斷死者的身份，唯有在幾具集中的屍體附近，似乎看到了黃金的影子，並不清晰，淹沒在紅綠色銅水波浪之中。

而掙扎的銅甲士們和焦黑的屍體之間，散落著像是被銅甲士們踢翻了的一大堆等身大的不動羅零件，銅環、銅軸、銅半球，邊邊角角淹在銅水下面，有的軟化變形，有的被踩扁踩彎，有的只是零亂在地。

聽到顧然說「你殺了他們」，張昭昭連忙跑到了顧然身邊，硬是要看個究竟。

不管張瘋子的屍體在不在裡面，顧然依然不想讓張昭昭看到如此慘烈的一景，便從通風口離開，俯下身來和她說，裡面已經是一片汪洋銅水。

「銅水？不可能，沒有銅水的溫度。」

顧然有些無奈，只好給張昭昭描述了一遍剛剛所看到的一切。

「怪不得那扇銅門會變形，銅水加溫又擠壓……」張昭昭忽然想起什麼，「這座煉銅作坊這麼大，如你所說，銅水已經蔓延整個作坊，而且還有一定的深度……」

「哦，我明白妳的意思。」顧然說著，又扒回通風口去看，隨後沒有轉過來，只是伸出手指報人數一樣地說，「有四……哦，不，是六個比剛剛看到還要大三倍以上的懸掛熔爐。」

「都是懸掛式的？」

「對，都各自有轆轤車固定懸掛。」

「轆轤車都能看得到？」

「嗯……」顧然仔細排查一遍，「都能看到。」

「熔爐都傾倒了？」

「對，全都傾倒，還有一點兒銅水留在熔爐裡。」

張昭昭又沉思起來，忽而問起跟熔爐並不相干的事：「你說在作坊裡，地面上散落著一大堆等身大的不動羅零件。其實不是被拆散，而是根本還沒組裝吧？」

「有辦法看得出區別？」

「你看看熔爐前，是不是都有或多或少一攤沙子？」

顧然又去看，這一次他不僅看了熔爐前，還盡可能把作坊裡的結構又看了看。熔爐都是架在高大的腳手架上，由於腳手架都是竹子搭乘，基本被燒得不成樣子，即便是調整熔爐傾倒角度的那根銅索另一端的草繩，也都燒得沒了原本的樣子。

「確實有。」顧然肯定地回答。

「所以，這裡是冉家澆鑄不動羅的作坊。」

「澆鑄不動羅？」顧然轉過身來，努力呼吸了些不算惡臭的空氣，「冉家需要這麼大的不動羅？又不是羅山的南垣坊，一個坊的人，共用一個不動羅。」

「如果是那種你們每個人身上都帶的不動羅，冉家確實並不需要，但如果是為了實現某種特殊需求的大型不動羅呢？」

張昭昭說著，看向了魚面。

而魚面，依舊不動聲色，就如一直等待他們繼續推演下去。

張昭昭似乎也並沒有打算要魚面回答她剛剛的問題，而是歎了口氣，「唉，其實大概已經明白了。」

顧然看著張昭昭，等待她的結論。

「所以，魚長老，你可不可以如實地說一下所謂祥瑞降臨那天，到底都發生了什麼？又都是怎麼回事？」

「為什麼不先說說妳自己的看法？」魚面的聲音變得更加空洞，但並沒有了天帝意志播報員的夢囈感。

「好吧，其實我只點出一點來，大家就都該明白了。」張昭昭頓了頓繼續說，「那天發生的諸事，並不是同時發生的。」

所謂諸事，不過就是：祥瑞降臨、冉家清空、趙劍南報信、呵真請元家兵。四件事實有先後，而最先的當然是預說「祥瑞」，能有預說能力或者說是影響力的，只有魚面一個人。

張昭昭說到這裡時，魚面也不得不點頭承認了。

「三山的魚長老都有著深厚的天學知識，因此冉家獨佔預測不動山接觸過來位置的天時。」張昭昭直視著魚長老，「而這次接觸過來的位置，恰好就在冉家宅邸才對。」

魚長老依舊不置可否，但身體可見的微微一顫。

「三年前的冉元大戰，一定讓魚長老堅信祥瑞將是冉家的滅頂之災，所以才迅速把冉家最中堅力量都集中到了這裡，你們冉家另一個重要據點基地，伺機而動。」

由此，先後順序就很明顯了：冉家清空、趙劍南報信、祥瑞降臨、呵真請元家兵，這樣先後發生才是。

魚面依然沒有給出正面的回應，但顧然已經把張昭昭的邏輯聽透。

「所以這些人，就是你殺的！你騙他們集中到這裡，然後一舉燒死！」

顧然心想，至少要魚面說出點什麼。

然而，卻是張昭昭替魚面做了回答：「騙他們集中到這裡，確實是魚長老所為，但後面的發展，恐怕魚長老自己也沒想到吧。」

聽張昭昭這樣說，魚面終於哈了一聲，流露出了一丁點的態度。

一直靜默在旁的呵真，終於按捺不住，猛地撲到了通風口下面，顯然想要親眼看個究竟。顧然要攔也沒有攔住，就見呵真跳起來，雙手把在通風口上往裡看，剛把臉湊上去，就一下摔了下來開始乾嘔。

「到底死了多少人⁉」呵真乾嘔了好一陣子，才仰起頭衝著魚面從牙縫裡擠出這麼一句。

「妳說得沒錯，」魚面沒有理睬呵真，而是接上了張昭昭剛剛的猜測，「就是災害。在眾人耳中的祥瑞，在冉家來說，就是災害，和三年前一樣即將降臨的災害。根本不需要台多說什麼，十枝神樹已經預兆了災害。」

原來是這麼回事……顧然心中不禁唏噓，卻還是有很多問題不解，「原來冉家人對自己的戰力這麼沒自信的嗎？什麼樣的災害還能撼動得了你們冉家的銅甲士部隊？」

「冉家的銅甲士？酋帥早已亡故。群龍無首的銅甲士，又有何用？」

魚面舉著那根燒黑棒骨，有如吟誦天意一樣，說出了令在場其餘三人都呆住了的話。

「冉、冉魁榮早就死了⁉」第一個跳起來抓住魚面叫喊著問的當然是呵真。

魚面不以為然地認真扶正自己的黃金面具，又說了一聲「是」，算是正面直接回應了呵真。

「什麼時候？」呵真依然拉著魚面的黑長袍。

仍舊看不出一點情緒波動的魚面，只是說了一個極為精確的時間：「七百五十二天前。」

「七……」呵真坐到了地上，本想發作，卻又忍著先計算了一番，才終於說得出話：「兩年多啊，兩年多前那個冉魁榮就死了嗎？」

無人回應，則是更強烈的肯定。

「三年啊，從你們冉元大戰作踐了我們咸山開始。整整三年，我都在幹些什麼？為了推翻你們這些盤瓠人，忍辱負重……甚至現在不惜和元……放棄了盧娘，到頭來，其實他兩年前就死了!?」

「等等，這兩年裡，在下也不是沒見過你們咸山的冉魁榮。」

「只有沖元節的時候，在大祭壇見過而已。」魚面說得很肯定。

顧然努力回想，不得不點了點頭。

「面具之下，又有誰分得清？」此時的魚面沒有再拿著他那根燒黑棒骨，甚至都沒有注意到他把不離手的棒骨放到哪裡去了，沒了棒骨，魚面似乎也立即換了一個人似的。

「所以，一直以來都是找了個替身？」顧然盯著眼前似乎不再認識的魚面。

「哦，台倒是從未換過。」

「何以見得？」

魚面在黃金面具下又冷笑了一聲而已。

「好，這個確實並不重要。」顧然向通風口側了側頭，「那裡面還有一屋子死人，沒有個交代。」

「並不是台所做。天墜再現，沒有冉魁榮，也沒有台，一群怯戰疲弱之輩，早已沒有迎接新戰爭的意志。台只是希望他們暫時先離開宅邸，自尋生路。誰能想到他們竟會受人指使，集結於此。」

說了這麼多秘密出來，還是不承認是他殺的人，恐怕那就是真話了。但顧然還是皺起了眉，「等等，你什麼意思？你只是讓他們自行散了？你……」顧然死死盯著黃金面具下那雙眼睛許久，還是什麼都讀不出來，「你……」

「殺他們的確實應該另有其人。」張昭昭忽然說起，「你剛剛不是從那個通風口就能看到所有的熔爐嗎？而且還能看到每一個控制熔爐傾斜角度的轆轤車？」

顧然有些茫然地點了點頭。

「既然眼睛能看到，箭，只要有足夠準頭，也都能悄無聲息地在他們不備之時射中，並擊斷繩索吧。」

「呃，妳的意思是……」

「只要有一個熔爐傾倒銅水，裡面的人一定亂作一團，之後逐一射中即可。」張昭昭說著，可能她腦袋裡已經重現了當時的現場。

一個名字顧然脫口而出：「樊紀？」

不用有誰再認可顧然的猜測，張昭昭已經把事情說到這個份兒上，等於就是肯定的結論。

「所以你勾結了趙劍南那個老東西!?」顧然一把揪住了魚面的衣領，看破他話語裡的謊言般質問道，「這一下全都說通了。你勾結了老東西，還散播祥瑞之兆的言論。明面上，引誘這個傻子呵真上當，暗地裡再讓老東西報信給元不問，煽動元不問參與，保證呵真這個傻子能真的去冉家宅邸大鬧一場。鬧那麼大一場，身在開明川外這邊以為逃過一劫的冉家人，自然放鬆了警惕，然後，就是現在這個慘劇了，對不對⁉」

「少看不起人。」

魚面第一次富有情緒地咬牙回應了顧然的質問。

但也是在突然間，就聽元望大喊一聲「然哥」，顧然和魚面同時被元望左右推開，推開兩人的力量之大，即便是顧然也一下子摔了很遠。

然而，顧然爬起來卻發現，他正要大罵的元望，此時已經被一支有如長矛一樣的巨箭貫穿，釘在了銅門邊牆上。

顧然猛地向箭射來的方向看去，遠遠十丈開外的開明川上，正見一人將一支巨弓架在冰面上。和顧然對視一瞬，那人立即收了巨弓，邁步離開。

「樊紀‼」

顧然向著那邊嘶吼起來，然而樊紀如同無事發生一樣，只是向著對岸而去。

「然……」

顧然身後傳來微弱的聲音，顧然連忙轉身去看，只見被釘在牆上、口鼻已經冒血的元望，雙目渙散地看著自己，口中冒著血泡。

顧然立刻撲到元望身邊，想說些什麼，卻毫無意義……

「然、然哥……」元望嘴裡往外淌著血，但似乎努力攢足了最後一口氣，要說最後一句話。

「你說，你說。」顧然更是泣不成聲。

「于……于概到底是誰……」

問完，元望的頭就垂下了。

沒等到顧然回答。

第三十六章　誰之罪

原來他一直記在心裡，雖然一路上嘻嘻哈哈沒個正形，但他卻一直記在心裡。幾天來的冷漠，一路上的疏遠，早已銘刻在他的心裡。惦記著，疑惑著，不明所以著。

元望不可能再抬起頭，顧然也不可能再把一切的來龍去脈解釋給他聽，更不可能跟他說自己根本恨不起他來。

再去看開明川上，背著巨弓的樊紀正滑著冰遠去。

一看到樊紀的身影，顧然猛然躥起，勢必要跟他決一死戰。但同樣在元望屍體邊的張昭昭立即起身，拚死抱住了幾乎喪失理智的顧然的腰。

「別攔著老子！」

「你冷靜！」

「冷靜得了!?對！他不是妳兄弟，三山的元望，加一起只和妳有一個多月的交集，妳當然能冷靜，妳當然一直冷靜。」

顧然拖著張昭昭又往前走了幾步，差點崴到張昭昭的腳。

「你去，你怎麼追？你連冰都滑不好，能追得上他？」

張昭昭確實說中了顧然的痛點，開明川外一側三成的冰面是融化了的，想要殺到樊紀那裡，只有跳進開明川遊過去。水性再好的人也快不過滑冰的速度。怎麼去追？追只會讓自己變得更加狼狽。

「冷靜一下，樊紀在咸山，跑不掉的。現在你追過去，只能白白送命在他箭下。」

顧然停下了腳步。

張昭昭不敢放鬆，依然死死地抱住他的腰，還扭頭瞪向了魚面，「你還不幫忙拉住他？他要是也死了，就全是你一個人害的。」

「哈！在下還沒那麼不開眼，需要一個裝瘋賣傻賺取地位的人來勸說。」

這樣說著的顧然，算是徹底讓張昭昭放鬆下來。她不再死抱著顧然，突然全身脫力一樣，一屁股坐到了竹棧道上。

「顧俠。」剛剛被張昭昭吼了的魚面，此時走到顧然身邊，語氣平和地說：「台即使再無能，也不可能做出這種喪心病狂的屠殺。」

顧然狠狠地盯著魚面，但並不像再打算從他的黃金面具上看出什麼資訊，只是單純地用目光盯著他，盯了許久。

「可是冉魁榮他早就死了，我、我一生拚死要幹的事，毫無意義是吧？」夢囈一般說話的反倒成了呵真，無視著身邊發生的一切。

顧然無視呵真，依然盯著魚面看，隨後，像是在和自己的什麼和解了，接了魚面的話：「這一筆帳也要算在樊紀那個混蛋的頭上。哦，不，到頭來都算在趙劍南那個老東西的頭上。」

說完，顧然的眼神漸漸恢復堅定，回到元望身邊，幫他合上雙目，雙手扶在元望胸口的巨箭上，輕聲說了一句「辛苦你了」，巨箭頓時被顧然抽出，從牆上，也從元望的身體裡。

元望的屍體癱軟到顧然的懷裡，顧然反手把元望背到了肩上，扭著頭和屍體說：「我們走，這裡沒什麼好待的。」說著便要繼續往前走，把一整個作坊泛著惡臭的屍體留在背後。

「等等，」張昭昭叫住了背起屍體的顧然，「我們是不是完全忘了來時的目的？」

「目的？」顧然只是停下了腳步，卻沒回頭，就似身後的人和事都不再能讓他回頭。

「祥瑞，我們是來找那個祥瑞的。」張昭昭站在顧然背後，像是要喚醒顧然一樣，「那個祥瑞，你還記得嗎？現在就走了，你只會迷失自我。」

「哈！迷失？」顧然依然沒有回身，「現在找到那個祥瑞，我就不會迷失了？」

「你看看呵真，如果腦袋裡只剩自私的仇恨……」

「夠了！」顧然突然就打斷了張昭昭，「找祥瑞，找祥瑞。找到祥瑞，我就不會迷失了？找到祥瑞，元望的仇就一筆勾銷了？找到祥瑞，天下就太平了？」

「你這是強詞奪理，我的意思是，你需要明白自己到底是誰，到底要做的事是什麼，要做的是哪些事，你需要冷靜下來。」

「我現在不冷靜？」顧然終於還是回過了身，眼神冷得使吱呀呀的水車都彷彿靜了下來，「妳覺得我從一開始的目的，不是為了我自己？不是自保？不是妳說的一切能讓人迷失的東西？從一開始，我的目的在妳看來就只能讓人迷失自我。」

一時間，張昭昭無言以對……

「妳這個小女娃，真的很會說漂亮話。」顧然的眼神讓張昭昭感到不寒而慄，「找祥瑞，只是妳一廂情願吧，居然一定要拉上我們。」

「你什麼意思……」

顧然發現自己的話起了作用，一腔惡血直衝腦門，更是口無遮攔地說了下去：「別再裝了，妳從一開始就認定，祥瑞就是妳阿爹。根本沒有別的可能，只能是他，在我之前，進到這裡的唯一的那個人，才可能在三山之間亂竄，才可能給羅山的冉魁榮傳遞其他山的，哦，咸山的早就死了，那只有彭山的那個冉魁榮的手劄。然後，把羅山的冉魁榮釣去胡亭弄死，同樣也只能是妳阿爹。妳阿爹東躲西藏，四處逃竄，害得我背負罵名，害得我追他好苦。一路追到這裡，我無所謂了，我隨他去了。結果現在好了，一心只想找爹的妳，反倒裝起聖賢，還勸說起什麼不能迷失。找祥瑞找得那麼堂而皇之，也真是會裝啊，還要拖上我們，還要美其名日是為了不讓我迷失。」

張昭昭等顧然一口氣說了這麼一大堆之後，才語氣凝重地回他一句：「你理智一點。」

「怎麼？讓我說中，惱羞成怒了？」

「那倒不是，因為那個祥瑞不可能是我阿爹。」

「有什麼不可能的？」顧然的樣子，如同是在等著看張昭昭的笑話。

「因為……」

「因為……」一直在旁邊觀戲的魚面，忽然走來說。

「你又幹嗎?」顧然瞪向魚面，感覺自己即將舌戰群儒。

魚面說話卻不著急，徐徐地說：「因為，我正是她阿爹。」

說完他將黃金面具摘了下來，一張濃眉闊鼻，雙目深陷，熟悉的臉出現，正是不折不扣老得淒涼的張遂的臉。

因為各種事發突然而有些恍惚的顧然，突然間完全清醒回來，盯著眼前這個雖然還穿著黑衣黑袍、手裡還拿著黃金面具，卻連自稱都從「台」換成了「我」的人。腦袋裡無數的線索互相糾纏，彼此干擾，化為了更為紛亂繁雜的樣貌。

「等等，全亂了，這不是全亂了套。」顧然不得不先把元望的屍體放下，重新又看了看張遂，確認這人的的確確就是自己以前所知道的那個張瘋子，「你……你怎麼可能是張瘋子!?你不可能是張瘋子，是張瘋子就說不通了吧。你把面具帶回去!不然全亂套了!不是，所以……」顧然放棄了不切實際的幻想，努力接受眼前的現實，「所以，你是什麼時候假冒成魚面的?」

「呵，假冒?從一開始，魚面就是我，就是我組織起了三老這個體系。」

「果然是……」張昭昭看著那張蒼老而熟悉的臉，雖然之前在種種蛛絲馬跡中就有料想，可當一切成真時，眼淚還是湧了出來，「阿爹……」

「我的昭昭，」這時，摘下面具的張遂彷彿終於恢復了人性，看向了久別的女兒，過往歲月宛若前世般遙遠，心裡只剩無盡的思念和遺憾，「妳長大了……我都有些認不出來了。」

張昭昭抹去眼角的淚水，「是啊，不然彭山的阿爹就該與我相認了，都不用等到現在。」

「更亂了……」顧然抱住了腦袋。

張遂看向顧然，「你的腦袋真是不太好使，如果沒有我，能有不動羅？能有銅甲士？能有現在這裡的所有？」

「不是，那你……一直在三山之間跑來跑去，怎麼糊弄過去那麼多盤瓠人？又怎麼能找到一個替身，在你不在的時候假扮你還一直不露餡？」

張遂把眉頭皺起，無奈於顧然這樣的問題，把頭又緩緩轉向張昭昭，依然皺著眉問：「妳說羅山的冉魁榮被殺了？怎麼回事？」

「這個一會兒再說。」見顧然陷入謎團的旋渦，張昭昭不得不先把阿爹擱置在一邊，轉而給顧然解釋起來，「因為，三山的魚面都是我阿爹本人啊。」

顧然沒能說出話來，只能歪過頭來又去看張昭昭。

「就是說，三山的魚面，本來就是三山的阿爹。唉，再說清楚一點，我阿爹是最初的那批天墜者。所以，現在有三個阿爹。三山的不動羅什麼的，都是三個阿爹分別想出來的，因為都是出自阿爹他的腦袋，所以才都大同小異，看似是同一個人同時傳播開來。這下你明白了？」

「明、明白是早明白了，可是……」顧然就像元望一樣，抓起了腦袋，「可是就更不明白了。」

「說出你的疑問吧……」

「等等，所以妳是什麼時候發現的？」

「不好說，至少應該是在彭山的時候，大概就想明白了，接下來只是驗證而已。」張昭昭頓了頓，撚起來自己的頭髮，繼續說，「所以在你拐彎抹角說我阿爹就是兇手的時候，我沒有生氣，也沒有和你爭辯。」

「我以為妳只是單純不願相信是你阿爹而已……」顧然垂下了眼，「不是，妳阿爹，張瘋子，那是一個認死理兒的瘋子，一個偏要以一己之力把照州城連鍋端的瘋子，怎麼搖身一變還爬到了冉家長老的位置上了？」

「天墜之後，我想清楚了很多事。包括到底怎麼做才能更有效。」

「天墜可真是改天動地……」顧然嘀咕沉吟著，忽然又驚醒一般說，「所以，更不對了啊。」

「你要問，如果三山穿行者不是我阿爹，那還能是誰？」張昭昭早就在這裡等著他一樣。

「是的，還能是誰？那個祥瑞又到底是誰？本以為是妳阿爹殺了羅山的冉魁榮，可是如果三山都有妳阿爹，那就肯定不是他。那麼兇手到底又是誰？」

「這個問題……」張昭昭撚著頭髮看向了元望的屍體，「我確實也有沒想明白的地方，但是元大哥的遺言，讓我往前想明白了一點點。」

「他有遺言？」

「有啊！他臨死前不是在問你于榑到底是誰嗎？」

張昭昭有點無奈，但還是繼續說了下去：「這裡面的問題太多了，要是摻在一起說，越說越亂。所以我先把清晰的部分給你講明白。」

「洗耳恭聽。」

「既然阿爹他不是另一個三山穿行者，那麼有一個問題就不得不重新提出。」

「妳嘴裡的問題怎麼一個接一個的……」

張昭昭沒有理會顧然，繼續說：「為什麼羅山的人知道自己的山被叫羅山？同理，其他山的人為什麼也都知道自己的山獨有的名字？也清楚地知道其他山的名字？而且在你進來之前，名字是不是就已經都定下來了？」

「這……」顧然確實從來沒想過這個問題，就在他剛剛到來的時候，所有人都默認了這些名字，而其他人的默認，也就讓顧然順理成章地直接接受並無懷疑了，「確實……」

「那怎麼解釋呢？所有的山都無法互通的情況下，如何解釋名字的唯一性和共識性？」

顧然只能搖了搖頭，但他突然又明白過來，搶著說：「不對，我都被妳繞進去了。在我之前，就有一個三山穿行者，一直在四處惹事，這不是很確定的嗎？」

「這次還算腦袋靈光。還有另外一個三山穿行者，而且這另外的三山穿行者還不是我阿爹，那麼他是誰呢？」

「是不是妳阿爹並不重要，我只知道這個人就是我們一直追下來的兇手，也是那個祥瑞。」顧然說得十分堅定。

「在來這裡之前，我也和你一樣這麼認為，但在元大哥說完那句話，我忽然想到了另一個可能，或者說，可能那才是關於三山穿行者的真相。那個三山穿行者，必然是存在的，不然太多事情無法解釋。

但他並不是殺了羅山冉魁榮的兇手。」張昭昭有意等待了一下顧然的思維速度，然後繼續說，「因為他已經死了，而且早在羅山冉魁榮死之前就已經死了，而證人正是顧大哥你。」

顧然放棄了思考一樣，搖了搖腦袋說：「行了，別再繞圈子了，直接說出妳的結論。」

「就是你最熟悉的人，不，或者說是你最熟悉的屍骨，在不動山一直擦拭的屍骨，于樽。」

此時顧然完全僵住了，僵直得比看到張遂的臉從黃金面具後面露出來時還要誇張。

「就是因為咸山的元大哥根本不認識于樽，讓我明白過來。」

一個人如果臨死還不能說真話，那是有多可悲，至少元望還不至於可悲到這個程度。有沒有一種可能是，元望不知道自己殺過的人名叫于樽？倒是可能，但畢竟顧然在盧娘那裡時，是把于樽和曾經的米囊膏販子聯繫到一起說的，元望腦袋再不靈光，這樣的聯繫總是有的。既然記掛到了臨死前，自然是根本沒有一個能和于樽聯繫到一起的人了。

顧然再次確定著這樣的事實，不由得又是一聲惋惜懊惱的歎氣。

「可是，只是因為不認識，怎麼就證明于樽他是三山穿行者？」

「因為在這裡，雖然三山互不相通，但畢竟都是完全相同的人，其實做出來的事都有某種內在的一致。比如，你看盧娘，就算在不同山做著不同的組織，但都是一心要和冉家對抗到底。再比如，呵真他……」張昭昭說著，看了一眼呵真，呵真全不在他們的語境之下，繼續獨自夢囈著，「每山的呵真不都在想著怎麼肅清各大家族，還大家以安寧嗎？」

顧然突然回想起，還沒有顯山露水的彭山呵真，其實在二十六神廟是見過的……

「反正就是這個意思，你自己仔細想想能找到太多例子，比如何二十一什麼的。所以，如果彭山的于榑在搞那種米囊膏的勾當，甚至搞到了連元望都知道了，那其他山如果也有于榑的話，怎麼可能一點動靜沒有？你一直認為其他兩山的于榑也是被殺後棄屍，但在你來之前有九年之久的時間，一點痕跡都沒留下，你覺得可能嗎？」

顧然皺著眉，只是在思索。確實，一般來說，時間會抹掉一些人的痕跡，但那是于榑，那個曾經和自己一樣意氣風發的于榑……就連呵真那樣只會呱呱亂叫的人都能鬧出一番動靜，以于榑的能力，怎麼可能什麼都沒做出來。或者說，在這種完全封閉的地方，稍有想法的人多少都會做出什麼揚名全山了才對。

確實奇怪，十分奇怪。

「他又那麼篤定被刺後逃到不動山是安全的……在這裡的任何一個人，在你到這裡的時候，還有誰敢踏入不動山一步？」

想想元望對自己的不動羅是多麼小心，甚至到了無時無刻擔驚受怕的程度，張昭昭所說的一切都變得合情合理了。

「其實如果你還是不信，可以到不動山拿一根他的骨頭到下一座山，立刻就能驗證了。」

「大可不必……」顧然本能地擺手。雖是擺著手，但顧然一下明白過來了，之所以什麼痕跡都沒留下，因為于榑和自己一樣，把自己隱藏了。甚至不止如此，其他特質也都一樣……這一下全都連上了，但顧然還是繼續說著，「可……就算到現在，我還是不能相信于榑他……那可是立志和我一起，不惜任何代價都要剿滅米囊膏的于樽，怎麼可能……」

「怎麼不可能？」忽然，張遂不動聲色地說，「更何況，不惜代價的你，這些年又做了些什麼？」

「我是被老東西捏得死死的，可我還一直在找機會……」

張遂眼中泛著冷光，「那你怎麼知道于樽不是呢？又怎麼敢保證他所在的那些年，遠比你這三年來要惡劣得多的那些年，不會徹底絕望放棄甚至墮落？又怎麼保證其實他不過是趙劍南的一個棄子，隨手用之即棄呢？」

「這……」顧然突然咬緊了牙，沒錯，太有可能被老東西出賣了。只要趙劍南認為沒有用的，或者對自己有威脅的，他都絕不會猶豫片刻……

眼看顧然即將陷入巨大的絕望境地，張昭昭連忙把話題拉回正軌：「而且這不是最核心的問題，問題在於，在你之前的三山穿行者是早就已經死了的于樽，那麼，前幾天的祥瑞又是誰？」

「對呀！」顧然也忽而從迷霧裡跳了回來，轉頭又看向了張遂，一同問道，「那個該死的祥瑞到底是誰!?」

「這個，我也想不出來……」張昭昭也看向了張遂。

只見張遂一臉蒼涼的無奈，語氣平緩地回答了他們的問題：

「那祥瑞不是別人，就是妳啊，我的昭昭。」

第三十七章 冰 葬

咸山城外蘆川上，本是放眼冰川的荒原，如今兩排人馬列隊站開。天是淡薄的陰雲，卻也足以讓晌午的太陽顯得慘白無力。風是蕭瑟凜冽，卷起土地上尚未凍結的塵土。人，卻是各個矗立筆挺不畏嚴寒，只為眼前列隊而成的一條路，從蘆川的冰路，直至遠山，抑或山外的虛無之處。

列隊者皆腳踩冰鞋，手拄冰杖。而冰鞋不為滑行，冰杖則成了最莊嚴的儀杖。忽而，列隊全體，高舉冰杖，由蘆川上游方向，如浪傳遞一般連續用冰杖重擊腳下的冰面，聲音一浪接續一浪，鏗鏘起伏，如冰一樣堅韌。

列隊舞動的冰杖，是冰上的驚濤駭浪，破浪而來的正是遠而又遠，冰上的一葉孤舟。

或者說，「一葉孤舟」全都不對，舟確實是有些舟的樣子，兩頭削尖的獨木舟，但獨木舟沒露出艙槽，原木斫成的蓋子和舟合為一體，更似冰上的一支梭。木舟的底部自然裝有咸山必備之冰刀，因為冰刀，木舟則已不再是普通的木舟，而是冰舟了。

冰舟是華麗的，通體繪以紅漆翔鳥圖案，就如整個冰舟都能騰空飛起。冰舟也不是孤獨的，在它四周共有五人，一同前行而來。
冰舟是無聲的，唯有列隊冰杖聲響徹蘆川，更顯肅殺凝重。
只有列隊的不遠處，有兩個人破壞了渾然一體的畫面。
顧然並不知自己是否受冰行的歡迎，但感覺張昭昭多少應該可以參加到元望的葬禮中去。只是張昭昭說，大概也不必在意那麼多表面的儀式，不如就這樣目送元大哥離去，更有格外的情誼。
從而，兩人乾脆就遠遠地看著，不加入人群之中。
為冰舟領航的，自然是最為冰行眾人所敬重的，唯一的領袖盧娘。這是又過了三天後的晌午，盧娘的傷勢至少已無大礙，獨自一人，在冰舟前靜默滑行，不用冰杖，目不斜視。
隨行護航的，左是老鄭，顯然在三天前的惡戰中也受了不輕的傷，用著冰杖滑行，多少看著有些艱難，但一點不影響他凝視前方的目光，和為元望護航最後一段路的決心。而右側，為冰舟護航的，是之前造成冰行分裂的呵真。此時的呵真，無言無語，靜默得毫無波瀾，只是隨著冰舟的前行而前行，同樣目不斜視，卻像是一種負罪前行，更像是放棄了自我，重歸集體。
在冰舟的尾端，才是冰舟前行的真正動力。只見左右兩名壯漢在用冰杖推行著冰舟。
「那船棺裡，就是元大哥了？」
顧然只是點了點頭。
三天來，顧然是親眼看著冰行的人如何為元望連夜打了這口無上榮譽的船棺，眾人齊心協力毫無怨言。元望終究是他們的元望，他們的同伴。反觀自己，卻只是這樣遠遠地默默地看著而已。

「要是元大哥知道現在這陣勢，一定高興壞了。畢竟很少有這麼多人一同看著元大哥。」

「他壞了之前，氈帽先被抓壞了吧。」

冰舟由盧娘引領，穿入列隊中的冰道，列隊仍舊靜默，只有冰杖擊打冰面的聲響。靜與冰，也許是冰行最高的禮遇。

一旦從列隊中穿出，盧娘便離開了領航的位置，為冰舟讓開了它自己的航線。護航的兩人同時向左右分開，他們的手中各有一根繩子，分開時用力一拉，冰舟上的一葉帆就撐了起來。帆立即吃上了凜冽於蘆川上蕭瑟的風，舟尾的兩名壯漢不再需要推動它，冰舟已然可以自行前進。

此時真就成了一葉孤舟，在眾人目送下，向著蘆川的盡頭，咸山的人們永遠無法企及的遠方，一往直前。只要還有風，元望連同它的船棺，就會一直前行下去，即使穿入雪山，也不會離開咸山，永遠不可能離開，卻也是最無限接近離開的人了。

突然，一陣叫喊嘈雜，撕破了冰行集體營造的靜默。

冰舟揚帆起航剛剛遠去，冰行眾人集體怒目看向嘈雜叫喊的方向。從蘆川上游，一群人烏泱泱哇哇叫著，向這邊衝來。

從冰上衝來的一群人，盡數身著素白長袍，在冰上滑行，倒是和蘆川混為一體，有如從冰下冒出一樣。

冰行的速度，一群素白裝束的人轉眼就到了冰行列隊跟前。

只見是一群鮮卑人，就連他們所戴的氈帽都是素白的了，領頭的自然是那個鬼方。

鬼方沒有用冰杖，冰上滑行技巧看上去比盧娘等人還要嫺熟。可他同樣一身素白裝束，更是顯得他腰間那柄長劍散發著抑不住的威懾力。

白衣白褲的鮮卑人停下之後，鬼方並沒有直接上前，而是在隊伍前面讓開了一個身位。讓開的同時，人群也左右讓出了一條甬道，甬道中一輛冰車椅緩緩駛出，在鬼方身前的位置停下。

坐在冰車椅上的，正是鮮卑人的首領，元不問。

元不問同樣一身素裝，就連兩耳的耳環都褪掉了所有裝飾，只是孤零零兩個銀環。在冰車椅上，元不問雙手在腹前交叉，威嚴中流露出幾絲疲憊。

盧娘做完了元望最後一程的引路人，在鮮卑人烏泱泱從遠處過來時，便已經回到了列隊的另一端，擋在了眾人之間。

盧娘沒有配她的環首長刀，一身的傷也尚未痊癒，但在元不問和鬼方面前，絲毫不顯怯色，一人當關之勇仍在。

元不問看著這樣的盧娘，也不禁敬了她幾分，伸手制止了身後叫嚷起來的元家一眾，凝視著盧娘，說：「本帥姪兒……」

沒等元不問說完，盧娘扭了扭頭，目光所指的遠方正好是那艘揚帆的冰上船棺，緩緩向著遠處的雪山孤零而去，漸行漸遠。

方才感覺還是一往無前的新篇章，此時在元不問的目光下，立刻成了偷偷從人群中溜掉，一溜煙已經逃遠的元望本人了……

看見船棺遠去，元家眾人又是一陣叫嚷騷亂，不過元不問立刻制止了他們，依然凝視著盧娘說：「那給本帥一個交代吧。」

看來之前在冉家宅邸，元不問或許真對顧然和張昭昭動了殺心，可對自己的姪兒，也只是嚇唬一番罷了。

「人都向著山的盡頭去了，安安靜靜地去，不好嗎？還要交代什麼？你把他跟一條狗一樣丟出來，你還來要交代？」

盧娘越說語氣越衝，兩撥人馬頓時劍拔弩張。

這樣的局勢，最開心的可能是鬼方，作勢就要拔劍開砍，結果反倒讓他一時最不感興趣的人給攪和了。

「好了好了，在下給在座所有人一個交代。」顧然站到兩隊人馬之間，張開雙臂說著，「就不說什麼冤有頭債有主，在下現在剛好也要去找那個殺了元望的人討教一二。」

盧娘像是看見晦氣一樣，立刻哼了一聲。

元不問倒是依然沉得住氣，第三次制止了身後的騷動，語氣依舊沒有波瀾地問：「那麼請顧俠明示。」

顧然並不知道這樣做到底算不算是好的機會，他只能憑本能地嗅著危險和機會一路狂奔。

在帶領兩隊人馬從蘆川冰面上回城時，顧然只是在想著三天前那個夜裡，戴回魚面面具的張遂說的最後的話。

「妳就是祥瑞啊，我的昭昭。」

「什麼意思？把話說明白。」

「已經很明白了，昭昭就是我的祥瑞，就是我告訴所有人的祥瑞，就是阿爹我等了足足四十四天的女兒。不，是足足等了七百五十二天的我的女兒。我知道昭昭會來，肯定會來。我的祥瑞。」

張遂說完就把黃金面具戴了回去，不再說什麼，變回了魚面。

此時，確實也不用他再說什麼了。

張遂一直清楚掌握著每一次天墜，並且篤定張昭昭會來找她。畢竟是父女，這個倒好理解，但是，他所等的祥瑞就是張昭昭，多日前那次不動山接觸過來，根本沒有人過來，進一步說就是，這個世上根本沒有另外一個三山穿行者。

結果就是一切問題回到了初始，是誰殺了羅山的冉魁榮，怎麼可能有另外一個人給羅山冉魁榮傳遞其他山的共謀書信……

仍然還藏著一個就連張遂都根本沒察覺到的三山穿行者？不然，所有的一切都無法解釋了。

進了咸山城，再沿蘆川往上走不太遠，眾人也就上了岸。岸上確實還有冰道，但浩浩蕩蕩兩隊人馬擠在冰道上未免不成樣子，從而就算是冰行的人，上了岸也把冰鞋脫掉，走了陸路。唯有元不問，仍在冰車椅上馳騁於冰道。

此刻，無論是誰都清楚地知道顧然要帶他們去哪裡。

街上零散著想要重起爐灶的人們，可見到浩蕩人馬挺進，也都倉皇而逃了。顯然，其中有不少是老東西安插在外的眼線，他們已經來不及隱藏自己，立即趕去通風報信才是此時唯一的要務。
不需去阻攔，誰也跑不出自己所在的山，就算是狡猾如趙劍南這個老東西。
無論如何，都是跑不掉的了，就像那時張昭昭抱著顧然的腰時所勸說的一樣。
不多時，那座無名寺院出現在了眾人眼前。
畢竟是老東西的老巢，唐突間來了這麼多人，不可能不先驚動這裡。
昔日養在別院裡的烏合之眾，現在全都出動。這幫老東西養著的打手，每天都在院子裡練石鎖耍大杆，個個感覺一身的本領，此時總算是有了用武之地，紛紛不畏嚴寒光了膀子，青面獠牙鬼哭狼嚎撲將而來。
可惜的是他們挑錯了敵手。
走在最前面的鬼方，幾乎是不屑地隨便甩了甩手，四五個光著膀子的打手就已經飛了出去，後背重重撞上院牆，頓時癱軟。
只是先頭的幾人被一瞬擊潰，其餘至少二三十號人，立刻沒了方才的士氣，一下子都不再是什麼打手角色，畏首畏尾縮頭縮腦得比普通平民還可憐，有的甚至已經偷偷鑽回自己的院子穿衣服去了，企圖趁人不備混出去。
可顧然知道，即使這些烏合之眾毫不頂用，前面還有一個樊紀，多少是場惡戰。更不用說，樊紀很可能早已躲到什麼暗處，哪怕放個冷箭，也足可以一敵十，先大把消耗敵手一番。
不過，鬼方根本不在乎這些，沒了那些草包打手的阻礙，鬼方徑直率先踏進了位於盡頭的佛院，也就是老東西的藏身之所。

佛院正中是那座七重佛塔，顧然最為擔心的便是樊紀會在塔上。想要爬上塔去，得費不少時間，他要是在上面……

只是塔上空空，白讓顧然擔心一番了。

繞過佛塔，便是烏黑的正殿。

往日裡，正殿的大門必然是緊閉的，但此時竟然敞開著。僅憑這一點，顧然已然察覺大不對勁。可是，在顧然還沒來得及上前一步提醒鬼方小心暗箭中傷，就已經和鬼方一同看到了敞開大門內的景象。

是樊紀，必然是樊紀，即使光線再昏暗，依然能一眼看到他那身一絲不苟的緋色袍衫。

居然打算正面迎戰，還真得敬他是一條漢子。

可再往前走幾步，任誰都能立刻看到蹊蹺。

樊紀是坐在大殿正中央的，背後自然是那個偽善佛似是而非的注視目光，而大殿裡原來不只是他的袍衫是緋色的，就連他所坐的石板地面上，同樣是一片緋紅，緋紅得……這些血是從樊紀身上淌出來的！

竟然……死了!?

顧然不再小心翼翼提防冷箭，幾步就衝進了大殿，迎接他的首先是一股撲鼻腥臭。只見樊紀已然死於亂箭之下，有一支箭甚至當當正正從他穿戴整齊的襆巾上穿進了腦殼，樊紀的表情也凝固在了那一刻，驚異得難以置信的時刻。

看樊紀凝固的表情，顧然已經明白當時發生了些什麼，再看地面上的血，還沒有完全凝結，想來剛死沒多久。

能把樊紀這個箭神亂箭射死的唯一可能，只有老東西把樊紀叫去他的房間，而毫無防備的樊紀根本沒料到大殿裡的所有機關弩並未解除，從而一步入大殿就被亂箭射死。

只有這一種可能了。

該死的老東西，只要自己受到威脅，即便是樊紀，都毫不猶豫剪除嗎？

鬼方也跳了進來，但只是看了一眼死透的樊紀，立即了無興趣地轉身離開。

恰是元不問和盧娘一同進殿時，老東西現身了，就像是一場早已安排好的宴請，到了主人出席的時刻。

「各位英雄，光臨寒舍，老夫有失遠迎，望多多擔待。」老東西是從他的東房出來的。

見趙劍南現身，元不問頓時站不住了。一個箭步衝到了趙劍南面前，伸手就將老東西拎了起來。全無了梟雄的鎮定，把鼻子都頂到了趙劍南的臉上，噴著也顯老去的粗氣，從牙縫裡只擠出了「老東西……」三個字，竟是沒能多說出一個字來。

誰能不理解元不問此時的憤怒。

只是從旁人的角度來看，姑且還算魁梧的身軀拎起一具老態龍鍾的軀體，只能顯得穿著得體沒有反抗的趙劍南，那副即將散架的身體透出任人擺佈的可憐相。

原本看見趙劍南，同樣兩眼冒火的盧娘，此時面對這樣一個羸弱的老人，又看了看坐在血泊中被亂箭射死的樊紀的慘狀，一時間竟也說不出話來。

眾目睽睽之下，又在真凶屍體旁邊，元不問拎著趙劍南卻是無力可使無從發作。咬得牙齒咯咯作響後，只得先把這個輕得有些離譜的老頭子丟回到了地上。

雙腳終於沾地的趙劍南，根本不急於像方才剛剛出場時那樣力爭主持大局，而是像極了一個病入膏肓的老人，顧不上得體的裝扮，弓著腰虛弱地咳了起來，一邊咳還一邊歎著氣。

孤苦伶仃無依無靠的戲碼算是演足……

「行了，老東西。」元不問繼續咬著牙說。

趙劍南緩緩直起了腰，一隻手擋在面前，一隻手摸了摸嘴，又歎了一口氣，才徐徐地面向元不問和盧娘說：「是老夫管教不嚴，鑄下大錯。現在老夫，痛定思痛，清理門戶，給元帥一個交代。更是給天下一個交代。」

把趙劍南丟回地上之時，元不問和趙劍南的對峙就已經有了結果，無論趙劍南所說的交代到底能否讓元不問解得失去姪兒之痛，都已成定局。

元不問又惡狠狠地指著趙劍南的鼻子，咬牙喝道：「滾你蛋的交代！老東西你給本帥記住，你的腦袋就在本帥的刀刃上，早晚會把你這個老東西生剝，祭本帥姪兒。」

說完，甩袖便走，根本不再顧其他任何人還有未竟的清算。

趙劍南只是又深深歎了一口氣，把局面和自己所出的位置完全掌控。

來人要討伐的兇手已經死在了這裡，就在眾人眼前，血都未冷。難道幾方勢力的領袖，各路英雄還要拿他一個老頭子不依不饒？更何況元不問已經率先離場，大局已定。

「顧郎也來了啊。」此時趙劍南好似才看到顧然一樣地說，「小紀他太年輕，一遇到事就會衝動，到頭來竟還想……」趙劍南痛心疾首的樣子，簡直如同養虎為患而後怕，且話裡話外都讓他的顧郎引以為戒。

真是太會演了！然而，這樣的演出下，老東西已經徹底把自己給擇個乾淨。老東西已經把事做到幾乎是當場自斷一隻手的份上，在場的人，誰還能發難，只得各自鳴金收兵。既然氣勢洶洶的人都已經氣焰盡消，趙劍南自然不打算多留他們一刻。

只是客客氣氣開始送客時，趙劍南忽然又叫住了顧然，不適時宜地問：「顧郎，老夫，還活著？」竟然到這個時候還在關心這些！

顧然沒好氣地說了一句「活著，一個個都活得跟尊佛似的」就出了大殿。

趙劍南一點沒有介意，顧然只聽到身後低低的幾聲笑。

該死的老東西，就算再明哲保身，現在的你也還是大傷元氣，要怪還是怪你的樊紀不爭氣，完全做不了你的提線偶人。老東西你早晚會徹底栽在你自己手裡，自食其果吧。

顧然也無他法，只能在心裡說著狠話，無奈地離開了。

接下來的時間又只能交給等待了。顧然一邊百思不得其解地想著，既然根本沒有另外一個三山穿行者……所有問題都變得無解。

進了死胡同的顧然一籌莫展，而張昭昭，則是一點沒有閒著，她不再瞞著誰地去找了她阿爹。當然，讓張昭昭自己去見魚面，顧然還是不會放心的，到頭來還是自己陪她一同去了冉家。

此時的宅邸已然成了一座荒蕪之地。

即便三道大門都敞開，也沒人願意踏入一步，只要在冰面上一路滑行下去，就能直抵宅邸的最底端，曾經幾個黃金面具的居所。

張遂仍舊一本正經地扮演著魚面長老，在接待自己的女兒和顧然時，都沒有摘下他的黃金面具。

顧然當然更想好好打聽一下，看能否推斷出另一個三山穿行者的線索。結果魚面張瘋子只是又把他的一堆天象記錄拿了出來，有理有據地告訴顧然，從照州城天墜之後算起，再從外面進來的人，只有九年前，進來過一個人，三年前也只進來了顧然一個人，再之後就只有前一陣子張昭昭進來。照州城天墜之後，僅進來過三個人，不是三次，而是只有三個人。

魚面張瘋子說得十分肯定，況且拿出了如此多的證據，顧然全然無法再反駁什麼，只是在想如張昭所說的話，于榑給老東西跑腿足足有九年的時間，還經歷了七山盡毀的戰爭，也許最後的死……真是一種解脫了。而自己的解脫又在何時……

「你說羅山的冉魁榮，」魚面張瘋子打斷了顧然的思緒，「他是收到一封自己字跡的手劄，之後如約到胡亭，然後就被殺了？」

「我沒和妳說過吧……」顧然立即看向了張昭昭，張昭昭則撚著自己的頭髮，看到一邊去了。隨即，顧然也放棄了似的，又轉回魚面張瘋子這邊，回了他一聲：「好吧，確實是這麼回事。」

在張瘋子面前，人們說東說西的都和他毫不相干，他只在意自己在意的事情，見顧然給予了肯定，立刻繼續說了下去。

「屍首一定是那個烏面驗的。」

似乎並不是問句，而是肯定的。

不過，顧然還是回想了一下當時的羅山回音壁，肯定了魚面張瘋子的判斷。

「那個不學無術的蠢貨……根本驗不出什麼來。」魚面張瘋子繼續說出他的判斷，「要是換其他人去檢查檢查，可能早就看出蛛絲馬跡，不用兜這麼大的圈子。」

「哈！你還有臉說『兜這麼大一圈』？啊！等等！」顧然倒是一下想起了什麼，「在羅山，當時不也是你坐在高高的寶座上，給其他兩個動物腦袋出謀劃策？」

「此話並不準確。身在咸山的我，怎麼可能為身在羅山的另一個曾經是我的人做判斷？」

「別用你的話術繞人了。哦對了，你還第一個提出什麼餿主意，啰的一下給我鎖了個銅鎖。出餿主意的時候，還真是一點兒不繞啊。」

本以為魚面張瘋子會故作冷靜，結果他卻抓著顧然說的話問：「你剛剛說什麼銅鎖？」

顧然聽張瘋子這麼問，先是哈哈大笑一陣，領取了張昭昭一個白眼之後，才把四十多天前自己在羅山的遭遇又說了一遍。

「我收回剛剛的話。」魚面張瘋子聽完後說道。

「你最好全都收回。」

「即使相隔了十二年，」魚面張瘋子根本沒有理會顧然，繼續說，「看來我的行事方式還是沒有變。」

「什麼意思？」顧然立即正坐回來，等著張瘋子繼續。

「給你上那個銅鎖的用意。」

「願聞其詳。」顧然多少還是有些不痛快的，只要張瘋子說出什麼不著調的話，自己立刻就發作。

「如你所說，把你鎖住只是為了能讓你在羅山的沖元節上做偽證，誣陷害死元不問。那兩個動物腦袋，確實也只能想到這一步，能想到這一步已經很不錯了。但顯然遠在羅山的那個張遂，不可能止步於此。既然提出的人是那個張遂，表面原因蒙混過去，裡層的原因就要揣摩一下了。」

「直接說結論。」

「少安毋躁。」反倒是魚面張瘋子更沉得住氣，「你要知道，無論哪座山的張遂，都清清楚楚每次進來的人有幾個，並很快就能弄清是誰。畢竟十二年來，我和其他的張遂都在苦苦等著我的祥瑞，必然要在第一時間去確認。」

「所以？」

「所以，羅山的張遂一旦知道那封手劄的手跡，肯定首先懷疑是你顧然傳的書，因為這裡只有你可能傳書。」

「但我沒有。」

魚面張瘋子似乎厭倦了顧然並無意義的爭辯，直接一股腦把自己所想的全都給說了出來，根本不給顧然一點打斷的機會。

講述的基礎，在於顧然確實沒有嫌疑，因為所有事情都發生在他身在不動山的時候。那麼結論變得顯而易見了，所謂的從其他山傳來的手劄並不存在，那封手劄就是羅山冉魁榮自己寫的。

顧然聽到這樣的結論愣住了，但確實也沒有其他解釋的可能，畢竟害得他苦苦追了兩山的另一個三山穿行者，根本就不存在。

而接下來，才是更大膽的猜測。

之所以羅山冉魁榮會自己寫一封那樣的手劄，只有一種可能，就是希望顧然為他把手劄帶給其他山的冉魁榮。

「所以才會在不動山接觸過去的時候，在接觸點的位置……原來是在等我？」

「那麼殺冉魁榮的人的特徵就更明確了。」魚面張瘋子根本沒有理會顧然給出的顯而易見的猜測結果，繼續說，「這個人和羅山冉魁榮合謀，打算一統三山的同時，他還能指使得了你顧然，或者說，讓羅山冉魁榮深信他可以指使得了你。這樣才可能讓冉魁榮那個小心謹慎的傢伙跑到胡亭等你。」

「那只有一個人了……可是這些都只是猜測。」顧然狠狠捏緊了拳頭。

「也許羅山的張遂在當時也還沒看透這一層，畢竟他沒有和你這樣面對面捋清全部經過，也並不知道這一次天墜來的是昭昭，更主要的是……不可能真正信任你這個殺友進山的人。」

「呵。」

「但他清楚兇手就在羅山，不可能跑走，所以才執意把你鎖在羅山，要你找出兇手。」

「所以……」顧然當即明白了，他剛剛還想要的鐵證，其實早就擺在自己眼前，「誰想讓我立刻離開羅山，誰就是那個兇手。」

第三十八章　大沖之日

「趙劍南……」

顧然久久咀嚼著這個名字，到頭來竟然還是他。所有或斷或續的線索全都指向了同一方向，始作俑者只可能是羅山的老東西了。

「所以……」

「所以，可能我們兜了這麼大一圈，全都在他的算計之中。」就算張昭昭，也有了一些沮喪。

顧然不知該如何評價現在的張昭昭，畢竟她找到了她阿爹，每座山的阿爹，而自己……

現在不是想自己的時候，既然羅山的其餘二老已經跟著老東西的節奏去找元不問當替死鬼了，如果成功除掉元不問，力量當然完全傾斜，之後羅山格局，自然全由老東西一人掌控。

可兜了這麼大一圈的現在，豈不是……

無論羅山的老東西到底在打什麼主意，肯定不是什麼好主意，而且現在他已經成功地把自己甩掉。

說到底，老東西的計劃中最顧忌的可能還是自己這個不安的變數，現在全都如老東西所願了。

顧然這樣想著，不禁苦苦一笑，沒想到真相揭露時，自己已然無能為力。

「阿爹。」張昭昭忽然叫了一聲。

透過黃金面具都能看出張瘋子的態度頓時不同，轉過頭看向張昭昭，等待她說下去。

「之前在煉銅作坊裡，那些大型的不動羅是？」

「是阿爹我打算做的更全面的不動羅。」

「有多全面？」

「可以預知一切。」方才的陰霾似乎全然消失。

「現在能不能先簡化一下？」

聽到簡化二字，魚面張瘋子立即沉下了臉，即使面對的是他女兒也不例外，但還是勉為其難地問了一句：「簡化到什麼程度？」

張昭昭自然不會理睬阿爹的情緒，直截了當地說：「先簡化出一個能計算羅山沖元日的不動羅來。」

「我的昭昭啊，這不怪妳，妳剛來，對這裡的基本規律不夠瞭解，」這話聽來，就彷彿張昭昭犯了多低級的錯誤一樣，他痛心疾首又不忍把話說得太重，「其他山的沖元日，只能在該山實地觀測才可能驗算得出來，遠在咸山，永遠不可能知道羅山的沖元日是什麼時候。沖元日，是不動山位於太陽和本山之間的沖日現象，在其他山怎麼可能知道……」

「你去觀測羅山和不動山，不就可以了？」張昭昭說。

「道理上是沒錯，但是多年以來，一直就沒有這樣觀測過。現在臨時抱佛腳，是不可能的。」魚面張瘋子愈發苦口婆心。

「但現在必須要知道羅山沖元日的準確時間。」張昭昭說得堅定。

「為何？」

「因為羅山沖元日時，那邊的阿爹會有危險。」張昭昭說得更加堅定。

魚面張瘋子低下了頭，默默把黃金面具摘了下來，又變回了衰老的張遂。濃密茂盛的雙眉被他用兩指緊緊在眉心鎖死，低語著像是在和自己說著：「那個已經不是我了，但確實還是妳的阿爹，同樣是妳的親生阿爹。」

「可是，」顧然試探著想要插入他們父女的談話中去，立刻就遭到兩人同時嫌惡的眼神，但顧然不肯放棄，還是硬著頭皮說下去，「可是，就算準確知道羅山的沖元日是哪天，又有什麼實質作用？」

張昭昭盯著顧然，就像是盯著一個生怕答錯問題慘遭責罵的學徒，沒有說話。

「我的意思是……」顧然說，「我們能不能在羅山的沖元日前趕回羅山才是更要緊的事情吧？」

顧然說完，換張昭昭沉默下來。

天墜於此，張昭昭早就搞明白了基本規則，不動山什麼時候跟哪山接觸，並不會因為人的意志而轉移。所以，到頭來能不能在羅山的沖元日前趕回去，保羅山阿爹的周全，只能聽天由命。這種感覺，張昭昭太不喜歡了，卻又毫無辦法。越是這麼想，張昭昭就越是急躁起來。

眼看就要團圓……

「等等，聽你們剛才說的，」張遂忽然說話，眼神中滿帶關切地打破了無力且焦灼的靜寂，「羅山的沖元日應該也要到來了？」

「確實，憑經驗來算，自進入羅山算起，要不了五十天，肯定就要到沖元日了。現在算來已經過去四十多天了，所以我們能不著急嗎！」

顧然這麼陳述著，句句刺到張昭昭的心裡。

「阿爹，你說『也』？『也』什麼意思？」張昭昭忽然問道。

張遂讚許地看著張昭昭，點頭說道：「是的，『也』，咸山的沖元日是四天後。」

張昭昭聽阿爹這麼說，揪起來頭髮陷入沉思，周圍氣氛為之一斂，彷彿天地萬物都要為她讓路，「這麼算來，曾經計算過彭山接下來的沖元日也應該是四天後。」

「哈！那就基本驗證了我剛才的猜測。」張遂說，「接下來的沖元日，將是一次大沖。」

張昭昭和顧然仍是一起看著張遂，沒有說話。

「呵，對，就算是小子你，也沒經歷過大沖之日。」

顧然撇了一下嘴，無心去反駁什麼。

「上一次大沖之日，還是七年前。而四天後，將是第二次大沖之日。」

「所以，什麼是大沖……」顧然實在忍不住，還是問了出來。

「就是十山都和不動山，全連到一條線上，一同沖日。」

「你不用懂更多。」張遂根本不給顧然思考的時間，「但要明白一點，大沖之日，不動山會和所有山，十山接觸。所以到時候，你們可以從這裡到不動山，然後直接從不動山去羅山。」

不僅張昭昭，即使是方才被無力感牢牢俘獲的顧然，也一同睜大了眼睛看著張遂。

呵！竟還是人算不如天算。真是讓人唏噓。

「要是還趕不及，那就只能說羅山的張遂我命該如此了。」張瘋子自己說著。

「可是，」顧然思索了片刻說，「就算所有山都接觸到不動山，接觸都是單向的，我們到了不動山，也去不了羅山。」

「雙向接觸都會有，只要你用不動羅去定位就可以找到。」

「是這樣……不對啊！你不可能出咸山，怎麼可能知道不動山上的接觸情況？」

「因為上一次大沖之日，讓曾經的十山變成了如今僅存的三山。」

張遂那雙乾枯的眼眸中，似乎飄散著上次大沖之日漫天諸山燃起的熊熊烈火，染紅了冰封下的咸山。

但當大沖之日真正到來之際，顧然才知道，一切依然遠超他所想像。

四天後，即使從未經歷過的顧然，也完全明白了接下來大沖之日將如期而至。

剛剛又經歷了一場義軍混戰的咸山眾民，本是對接下來即將到來的沖元節毫無期待，畢竟操辦祭典的冉家都已經蕩然無存。但當人們不得不仰望頭頂的天空時，七年前最為恐怖的記憶全部揭開。

不只是散發著暗紅色光芒的不動山逐漸向咸山沉來，原本遙遠的其他各山，也都紛紛沉下，就如影射到天空中的諸多映射一般，而這些映射或虛或幻地將天空幾乎占滿，天也隨之暗了下來，暗夜裡彷彿只有不動山。

按常理來說，眾山連珠，各山都不可能離得如此之近，並且佈滿天空，但現在天上的景象卻又擺在眼前，只能硬逼自己接受。仰頭去望，甚至已然能看清其他各山上的景象。

顧然在不動山看夠了各山的映射，一眼就能認出西天一邊的便是羅山。羅山街巷依然整齊，並且各個街巷的交叉口都點起了熊熊篝火。這原本是羅山沖元節的尋常項目，在不動山沖日時，將一捆捆竹子丟進篝火裡，讓爆竹聲響徹整個羅山，以得爆竹助沖之意。

但在眼下的大沖之日，各處所見的熊熊篝火，似乎已然變得不祥。

在羅山不遠處，則是彭山。彭山依然閃耀著金光，不過，恐怕金光的力量早已大不如前。

填補在羅山和彭山之間的，是破碎灰暗的即山和謝山。再看佈滿天空的其他各處，即、朌、彭、姑、真、禮、抵、謝、羅，以及不動山，全已到齊。

無論看哪座山，都能找到一個點映出了不動山一樣的紅光，而在不動山上，確實斑斑駁駁映出了十個或明或暗或藍或綠的點。

或許不需要不動羅就能找到接觸不動山的點了？

但顧然並不敢冒險耽擱一丁點時間，還是讓漸漸緊張起來的張昭昭在地面上等一等，自己爬到了屋頂上，對著四周的雪山打開了不動羅。

不動羅旋轉片刻就篤定地停了下來，果然咸山已經接觸到不動山，接觸點不算太遠。

顧然又抬頭望了望天空。各山的映射比剛剛更近了許多，現在已然完全佈滿天空，沒有留下一點縫隙。

再看看羅山，本來只能看到一處處爆竹篝火將街道連成點狀網，現在點之間還有更小的火點在一列列流動。只是這一條條火點隊伍是哪一批人馬舉著火把在街道間四處奔走，依然看不真切。抑或他們根本就不是一個陣營，只是各條火點還沒碰到一起，一旦相觸，就會立刻開戰。

畢竟一切都是趙劍南那個老東西設下的局，他是不可能讓這次沖元節平平靜靜度過的。

更何況，正趕上大沖之日，只要大力煽動，讓那些頭腦簡單的傢伙鬧更大一場，老東西必然坐收更為豐厚的漁翁之利。

羅山的老東西見到現在的天空，恐怕笑到老年斑都爆出來了吧。

看來接下來將會更加兇險。

顧然看了看張昭昭，焦急在她臉上浮現。畢竟她的阿爹，羅山的阿爹，還在危機的漩渦之中。

而自己呢？

誰殺了冉魁榮，自己如何洗清所謂的冤屈，都已經無所謂了，也沒了意義。但于榑為什麼會成了元望嘴裡的膏商，還有那殺千刀的不共戴天的米囊膏，自己都必須做個了結。不能再像過去三年來，渾渾噩噩，漸漸沒了目標，真成了老東西的傀儡偶人。不過回到羅山面對一切，更是為了那些在羅山的無論是喜歡的還是不喜歡的人。沒有任何人應該在不明真相的情況下遭受一場浩劫，這個世界強加給他們的命運已經夠辛苦了，沒必要了。

所以，該去還是要去。

顧然歪頭看了一眼屋簷下，張昭昭正望著顧然。顧然向她點了點頭，但就當張昭昭也回了一個眼神時，顧然卻並沒有跳下房來，而是一轉身從屋頂跳走了。

毅然轉身的顧然，只聽背後張昭昭一聲「喂！」，沒有回頭，只是默默念叨著：

「算了吧，沒必要一起去冒險，自己也不過是去去就回。」

沒有猢猻偶人，顧然還是能在屋頂跑起來的，只是跳得沒有那麼遠，速度也沒有那麼快，能跳的必然是最相鄰的屋頂而已。

「擔心什麼的更是大可不必，只是接下來會相當兇險，何必一定跟著去呢。」

就在顧然絮叨著，跳過最後一個屋頂到了接觸點附近，踏入那片由冉家和義軍再度構成的無人區，準備跳下屋頂時，卻聽到屋簷下傳來一聲「喂」。

「喂……你怎麼還婆婆媽媽地自言自語自我感動起來了？」

顧然連忙往下看，正看到穿著冰鞋的張昭昭站在屋簷下。

「妳、妳怎麼到的這裡？」顧然多少還是很驚訝，畢竟自己剛把她甩開了。

顧然從屋頂上跳了下來，到了張昭昭身旁。離近了更看到她一臉嫌棄，這表情甚至讓顧然心裡一虛，怕不會剛剛的自言自語全被她聽見了吧……

不過，張昭昭並沒就顧然自我感動的話再發表什麼評價，只是拎出了一個不大的不動羅在顧然眼前晃了晃，解釋了她怎麼也能找到這裡的原因。

盧娘等人，從另外一條冰道紛紛趕來。

「怎麼？你們打算一起來為我、我們踐行？」

在這裡永遠不可能再見元望，有的只是盧娘他們用冰杖點冰。

已然形成的無人區裡，天上的各山壓得更近，一陣凜冽寒風呼嘯而至，顧然不禁連打好幾個寒戰，忙對遠道趕來的盧娘眾人說：「喂……你們可別唱什麼『風蕭蕭兮易水寒』的歌詩啊，太不吉利……」

可是他們這個儀式，和送別元望時有什麼區別……感覺和歌詩相比，更不祥了。

顧然和張昭昭說了一聲「我們走」，就向接觸點邁步而去。張昭昭把冰鞋脫掉，不動羅一丟，就跟著鑽了進去，沒有回頭。

永遠的眩暈！

可一旦抵達不動山，顧然卻根本顧不上一陣上湧的噁心，立刻仰望天空，十山投下的銀光光柱清晰可見，就如每個銀盤下頂天立地的巨柱一樣，各立一處。顧然立即鎖定了羅山那道光柱的方位，直接朝那裡奔去。

在雲瑟石叢林裡穿行，顧然的目光掃過這個大沖之日的不動山。

與平常最不同的自然是，現在的不動山過於耀眼了。所謂耀眼，不只是因為三個發著銀光的山都距離很近，所有的雲瑟石都放著五彩眩光，而是因為天空本身就明亮得漫天耀眼。

在時間不對等的不動山上，一分都不能耽誤，顧然張昭昭全速向羅山的光柱奔去，即便是越過了于樽的屍骨，也沒有去看一眼。

隨即，兩人一頭鑽進了去往羅山的光柱。

「妳不暈嗎？」幾十天來，顧然終於還是問出了這個問題，在他們抵達羅山的一瞬間。

「當然暈了……」張昭昭似乎因為兩次穿行已經沒了大半的精神。

不過，兩個人都知道，現在完全不是停留的時候，而且顧然清楚，即使現在讓張昭昭原地休息，她也是不可能聽的，所以乾脆什麼都沒說，先確定一下落點的位置，再做進一步打算。

然而，還沒等顧然去爬屋頂看個究竟，就聽到身後一聲大喊：「然哥！」

顧然和張昭昭一同回頭，正看到了元望。那個頭頂氈帽、一對誇張大耳環垂在左右臉邊、左手緊握著銅鈸的元望，有如不散的陰魂，從街角走出，怨念的眼神盯著顧然。

剛在咸山送葬了元望，如今看到完好無損的他，顧然竟還不及說什麼，元望已然號叫一聲撲將上來。銅鈸像一道紅色閃電一樣，直奔顧然咽喉刺來。顧然卻根本沒格沒躲，倒是勢在必得的元望硬是把銅鈸刺鋒一扭，從顧然咽喉前劃過，卻因為來勢過於兇猛，直刺進了顧然左肩肩頭。

顧然不禁被刺痛得咧嘴吸了一口涼氣，但依舊沒有半步後退。

「你為什麼不躲？」元望咬著牙盯著顧然問，銅鈸依然刺在顧然肩頭。

其實是因為剛從不動山過來，頭還在暈，根本來不及躲……顧然多少是一身冷汗。

「你不可能真的殺我。」顧然義正詞嚴地說。

「我……」元望低下了頭。

「所以，你鬧這一齣又是怎麼回事？」

「全都是你害的，羅山肯定完蛋了！」

「什麼亂七八糟的……」顧然雖然這麼說著，但大概明白過來，畢竟這個廢物大少爺很容易被看透，他只是因為自己的無能而遷怒於親近之人罷了。

漸漸脫力的元望看見了張昭昭，又把牙咬得咯咯作響，說：「這個小丫頭，怎麼還在？」

「跟她沒關係。」顧然語氣倒是沉著，同時右手握住銅鈹，沒有感到元望施加的阻力，便把銅鈹拔了出來，「是我在問你，到底怎麼回事，發生什麼了？」

「你為什麼這麼久才回來!?」元望的雙手就和他的腦袋一樣全都筆直地垂向地面，全沒了魂一樣地說，「伯叔父他……已經被冉家的那幫混蛋給抓走了！」

「你們感情原來這麼好。」說著，顧然想起咸山元不問在蘆川上送葬元望的一幕，說到底，他們還是血親，元望還是要做元家的家長的。

不過，根本沒時間讓顧然感傷惆悵，他連忙繼續問道：「鬼方他人呢？」

「至少有二十個銅甲士一擁而上，就算是鬼方……」

二十個……冉家這是蓄謀已久下了血本啊，顧然在心裡暗暗想到，嘴上卻說：「我在走之前，不是跟你伯叔父都說得清清楚楚，冉家三老就是要找他當替罪羊嗎？我沒回來，為什麼就不能先去避避風頭？」

「我……」元望委屈得彷彿要哭出來，把臉皺成了乾透的胡餅，「所以然哥，你為什麼現在才回來？」

「這是我能左右的事嗎？」顧然多少對這個只剩一句話會說的元望有些恨鐵不成鋼了。不過，如果元不問會去避風頭，那就不是梟雄元不問了。

「說這麼多也沒用，先告訴我這是哪裡？」

元望低弱地說了一個坊名。

「離你們元寨不遠，先去看一眼情況。」顧然又仰頭看了一下天空，雖然和咸山一樣，其餘諸山都已投影到了天空，但還沒有完成沉下來，看來要等每座山都歸位，尚需一些時候，「離沖元的正點，還有時間。」

第三十九章　解鈴繫鈴

堂堂元寨，蕩然無存。

遠遠看去，那裡已是一片火海。烈焰沖天，滾著黑煙，有如一處超大的爆竹場。

元望見證過元寨點燃的一幕，可再見依然跳起了腳，一頭就往火海裡扎。倒是顧然眼疾手快，先把他拉住，勸其冷靜，先看看情況再說。

幸好元寨內是青石板鋪路，多少還留下了沒有火的空隙給顧然幾人往深處探去，只是兩側的火焰烘烤得著實令人難耐。

青石板路兩側的房屋，在烈火中燃燒坍塌，耀眼的火光，根本分不清哪裡是赭紅大漆的屋體，哪裡是火焰本身。

「人都去哪兒了？」煙熏得顧然眯起了眼。

雖然原本就沒抱太大希望能救出幾個人來，但現在也未免有點太慘了。

元望只是傻傻地看著火海，發呆了許久，被煙熏得鼻涕眼淚齊流，才嘟嘟囔囔地說：「大半都吃著米囊膏，還能跑得動？」

一時間，顧然眼前已經不是一片片火海，而是火星燃起前的場景。幾隊銅甲士闖入元寨，路過每間聚了人的房，進去就是砍殺。那些往日裡耀武揚威的鮮卑人，一個個全都席地而臥，就著爐火，吸食著米囊膏，兩眼迷離應對死前的最後一幕，可能連一聲哀號都未能發出。

和當年的匯陽村有什麼區別？

顧然不禁歎了口氣。

三人繼續往前走，看看能不能有個活口，但很快就到了元寨大屋前，也就是曾經鬼方嘴中所說的那個堂。

大屋的烈火燃盡，只剩下一具焦黑坍塌的骨架，骨架上點點暗光隨著熱風閃爍，而灰燼之下，大屋的門前臺階上，一個身影坐在那裡。

身影頹然，深垂著頭，唯右手緊握一柄長劍，劍尖拄地，支撐住了整個身體，不會傾倒。身影旁是那隻尖耳褐毛的獵貓。獵貓察覺到有人走近，站了起來，呈全身炸毛的攻擊之勢，但那只是虛有態勢的唬人，沒了力氣，更沒了威脅。

不必顧及那隻獵貓，再走近些，也能看到鬼方的敗北之態。

一半的身子已經燒傷，拄劍的手臂上往下淌著鮮血，恐怕是用長劍劈砍時硬生生震破了手臂皮肉。然而，讓人依舊感到恐怖的是，就在鬼方所坐的左右，大屋前的小小空地上，東倒西歪至少十架銅甲，而每件銅甲裡都有一具表情慘狀的屍體。

無論怎麼看，鬼方都是竭盡全力了……

「呸！」

「啊!?」元望一下子跳了起來，「原來還有氣……」謹小慎微地嘀咕一聲。

「老子還他媽的能戰！都給老子……」鬼方一下子抬起了頭，半張臉全是血跡，宛若即將發狂的厲鬼。就連那隻獵貓也再次發出了嗚嗚的警告聲。

幸好惡戰後的身體已經支撐不住他立刻發狂，只是淌血的手向下拄了拄劍鍔，並沒像往日一樣提劍就砍。

「還有其他人嗎？」顧然更關心的是這個問題。

鬼方只是呵了一聲。

「行吧。」顧然自然明白鬼方的意思，不再追問，「那你自己能包紮嗎？」

鬼方又呵了一聲，但緊接著抬起那張厲鬼的臉，說：「現在還沒有人配讓我拓跋方方敗北。」說完後，竟一下站了起來，沒再靠長劍拄地，轉身就要回大屋。

「鬼，不是，方大俠。」顧然卻立刻又叫住了鬼方。

鬼方連頭都沒有回，背對著顧然說：「老子現在還不想砍你。」

「不是，方大俠，小弟想找方大俠借一樣東西，以備不時之需。」

「呵，你以為老子殺他們是靠那個爆筒？」

「怎麼可能？畢竟小弟我遠到不了方大俠的高度。」

「拿去。」鬼方不知從身上什麼地方掏出了爆筒，向背後一丟，腳步不停，進了半是燒毀半是坍塌的大屋。

只有那隻獵貓，依舊擺著架勢，勢必要看著眼前的侵入者離開方可甘休。

接過爆筒的顧然無暇理會獵貓，立刻叫上元望和張昭昭，直接向冉家宅邸趕去。

除去元家寨子慘遭浩劫，羅山的大街小巷並無騷亂。每個交叉路口都已經點起了篝火，一群群民眾圍著篝火準備載歌載舞。篝火旁準備了一捆捆新鮮的竹子。竹子越是新鮮，丟到篝火裡，爆出的聲音就越響。只是現在，竹子還安安靜靜地躺在一角，等待自己爆出最響的那一聲。

圍聚篝火前的一群群人，自然是另有人在組織。組織者一般都是三人，全是黑衣黑袍，有如彭山每座神廟中的冉家祭司一樣。這裡的組織者當然也是冉家的盤瓠人，而篝火前的民眾眼中都或多或少閃現著狂熱，或者說是期待著一次空前的慶典。

從人們的順從和期許來看，必然是冉家三老，當然這其中可能更多是鳥面和虎面的作用，在冉魁榮被殺後的四十來天裡做了相當的佈局。大概已經把沖元節即將迎來新時代之類的資訊，潛移默化地傳遞給了民眾。畢竟，無論是誰，擁有多麼不可戰勝的武力，民眾才是基石，可以令其安穩坐在寶座上的基石。

沒有猢猻偶人的幫助，顧然三人只能儘快從一處處人群中穿過，盡可能地去趕路。有的篝火四周，民眾們已經又唱又跳，甚至擺上了街邊酒席，開懷暢飲起來。汗臭、香料、煙火氣味混雜，人人簇擁扭動，期待著什麼，卻也讓穿行更為困難。

他們要歡慶迎接來的是什麼？三老承諾給他們的又是什麼？新時代必然要有所犧牲，而犧牲卻又是生存在這裡的任何一個人最為司空見慣的。顧然甚至已經不想知道什麼，因為無論是什麼，都是不可能實現的。

終於還是看到了蘆川，也終於到了冉家宅邸的大門前。

此時的冉家宅邸，遠要比彭山冉家宅邸舉辦的閃爍著漫天金光的大夜祭典要熱鬧神聖許多。在宅邸門闕外的碩大空場上，眼下已是人頭攢動，四處篝火，隨時準備在爆竹聲中載歌載舞迎來所謂的嶄新時代。

顧然三人再次費力地從人群縫隙間鑽過，鑽行的過程中，還慘遭許多白眼，甚至是破口大罵。顧然一邊不斷作揖抱歉，一邊小心地不引發任何騷亂地向前走著。可就在即將擠進冉家宅邸的第一道大門時，門內大祭壇方向傳來一陣譁然。

譁然之聲傳到顧然他們這裡，儼然化為竊竊私語的浪潮，所有人都在問著前面發生了什麼。

「看看怎麼回事？」顧然說著，看向了張昭昭。

張昭昭立刻明白顧然要做什麼，一臉嫌惡地看回顧然。

顧然見張昭昭滿臉寫著「我不要」三個字，立即放棄這邊的選項。接著，他倆對視一眼，不約而同地看向了元望。

被兩個人同時看過來的元望，一時間不知發生了什麼。

不等元望不知所措往後退，顧然已經一把將他扯了過來，猛一運勁，元望就被顧然高高舉過了人群頭頂。

「別廢話，給我看清楚了！」

突然被舉高高的元望，一開始還連連掙扎亂動，忽然間肌肉就僵住了。顧然知道他一定看到了什麼，便把元望放了下來。

雙腳落地的元望，看起來有些恍惚。

「看見什麼了？」顧然急切地問。

「呃……兩個銅甲士把……伯叔父押上來了。」

說到這裡，兩眼迷離的元望，突然像是反應過來那個被押上去的人，就是他伯叔父元不問，立即大叫一聲，想要踩著一眾人的腦袋衝上去。

顧然立即把他拉住，低聲說：「你給我穩著點兒……」

「我！」

「既然你伯叔父是被押上來的，說明還活著，只要還活著，自然還有救。你一鬧，被銅甲士看到，你覺得你能打得過他們？」

「不能……」元望縮回了脖子。

「你覺得如果我們暴露，他們不會當機立斷先殺你伯叔父以除後患，再來對付咱們？」

「確實……」元望的脖子縮得更緊。

「所以，你給我安靜一點，不要一捅就著，結果還沒多大響動。」

顧然一邊數落著元望，一邊護著昭昭，三人在新的亂七八糟的罵聲中，進到了宅邸大門內。

進了大門，因為有神道的存在，來參與沖元節大祭並有幸擠到了宅邸內的民眾，不再像外面那樣肆無忌憚地把隊伍擴散開來，而是集中在了神道上。而立人銅像外，依然空曠而神聖。

可惜不能引起騷動，所以急於繼續向前的顧然三人還是不敢走神道外的路，只好厚著臉皮繼續擠。

就在再度把元望舉起，偵查前方情況時，只見元望又在顧然的雙手上亂動起來，慌亂地說：「快快快，放我下來。」

「怎麼回事？」顧然翻著眼睛問自己的頭頂。

「快點把我放下來，快點。」元望著急地低聲說。

顧然連忙把元望放下，問到底看見什麼了。

「看見趙劍南了。」

元望聲音非常之低，但顧然每個字都聽得清楚。

再往前，更難擠。

但從前方大祭壇忽而傳來的聲音倒是讓焦急往前擠的三人安心了些。

聲音有如吟唱，即使看不見，也知道是魚面開始了什麼儀式。既然儀式才開始，就還遠不到宣判以及處刑的階段。

聽到魚面的吟唱，張昭昭忍不住低聲叫了一聲「阿爹」。

顧然顧及不了更多，只有使出渾身解數繼續往前擠。

吟唱聲漸漸成了背景音，而另外一個中氣十足的聲音壓了上來。

「是虎面？」

顧然雖然這樣問著，但只要聽聲音就知道一定是虎面沒錯了。只是身邊的張昭昭忽然哎呀了一聲。

「怎麼了？」顧然連忙問。

「元大哥好像被擠丟了……」張昭昭雖然說著元望的事，但看起來更像是在為自己擔心，擔心接下來要被舉起來偵查的會是自己。

顧然沉吟片刻，低聲說：「算了，也許他只是落在了後面。」

由於距離還很遠，周遭又很亂，並不能清晰地聽到虎面所說的每句話，但或多或少還是聽得到這傢伙在祭典前的一段開場。

然而，虎面的開場太過兇猛，直接就宣佈了為什麼大祭壇上只有三老不見酋帥，因為酋帥被押上來的這個人給謀害了。

宣佈之後，從前往後一陣譁然。

突然而至的一浪接一浪的譁然騷動，顧然見張昭昭難以在人潮中穩住重心，連忙一把抓著她的肩頭，推著她艱難行走著，說不準什麼時候也被沖散。

一個都不能再丟了。

虎面突然一聲吼，竟止住了神道上的騷動。

不過，一席振聾發聵的開場後，接下來換了鳥面繼續。

雖然跟祭壇還有一些距離，但在鳥面斷斷續續的話語聲中，還是能聽出他是在陳述元不問的謀害經過。哪怕在鳥面的講述過程中，元不問仍會不時地大罵反駁，但對在場的民眾來說，這已經不再重要了，他們只想聽到最好理解的真相。

酋帥不見了，兇手就押在面前，這就是最好理解的真相。

此時，已經急得頭頂冒汗的顧然，終於看到了盡頭，再拉著張昭昭往前擠三四層人，也就到了前排。

此刻，一個再熟悉不過的大嗓門從大祭壇方向傳來：

「平常耀武揚威，目無法紀是吧！殺人者償命，悖逆者就地正法！」

竟然呵真也來了！而且還早早擠到了最前列。他可是最麻煩且最容易被煽動的傢伙啊……

呵真借勢喊完，卻並沒有魯莽衝上大祭壇手刃元兇，伸張自己一以貫之的正義。而在他的周圍，又傳來了些和他所喊口號完全一致的聲音——殺人者償命，悖逆者就地正法！

那顯然是呵真的幾個同夥在起哄，畢竟以他們要肅清各大家族的初衷來看，就地正法元不問顯然是他們想要看到的局面。

一旦有人跟著喊起口號，就會有更多的人跟風喊起來。

「殺人者償命，悖逆者就地正法！」

一時間整個神道，密密麻麻的人群全都響徹了同樣的口號。甚至尚未踏進宅邸的不明所以的人們，也都紛紛跟風而喊。

這才是更要命的……三老，至少二老煽動起了呵真，呵真又煽動起了整個民眾，一環緊扣一環，巨車啟動再也剎不住了。

虎面做出了請眾人安靜的手勢，剛剛還此起彼伏的口號聲，由近而遠一下子安靜下來。

「這位勇士，」虎面的聲音清晰入耳，「請問你願意承擔起這一重任嗎？」

放權於民啊！虎面這一手用得狠辣，只要讓民眾的代表來動手，殺死元不問，就更為正義，更為合法，更為順理成章不可動搖。

「當然。」呵真回答果斷。

就在呵真登臺之際，突然右翼一聲號叫。

雖然不知道到底在號叫什麼，但號叫聲的主人必然是元望。他一定打算擠出神道，直接殺上大祭壇去。

不能再拖，否則連元望都保不住了。

顧然沒有冒頭，只是在人群中運出全身氣力，大喊一聲：「且慢！」

聲音響徹，甚至連神道右翼的怪叫聲都隨之停息。此時，只希望元望還沒有冒出頭來，不然還要再費些氣力去救他出來。

「諸位長老所言極是。」顧然還是努力維持著洪亮聲音，洪亮得他周圍的人都被震得連連捂耳，「但今天是什麼日子，諸位長老自然更為清楚。祭祀沖元大日才是當下最該做之事。況且，現在是數年一遇的大沖之日，如若不及時獻祭，恐將觸怒上蒼。」

顧然一氣呵成地喊完話，虎面和鳥面不禁面面相覷，這更是讓全場終於重歸肅靜。

「沖元為重！」

倒是剛剛登臺的呵真，反客為主一般地又喊起了新的口號。喊得義正詞嚴，喊得虎面和鳥面根本不需再有什麼對策，只能順著局面走下去。

「沖元為重。」既然呵真喊了新口號，他的那幾個助威的同夥自然又要喊起來。一時間，神道上也有人跟著喊起了「沖元為重」的口號。

即使沒有剛剛那麼熱烈，終究還是起了作用。顧然腳下不敢停歇，三擠兩擠從神道的左翼擠了出去。張昭昭也想擠出來，顧然連忙讓她暫時留在人群裡，畢竟接下來很多事她並不利於出面。

擠出人群，正是最後一尊立人銅像的外側。立人銅像還能遮擋住顧然的身形，他便側過身去先往大祭壇上看了一眼。

三老都戴著自己的黃金面具站在大祭壇上，閃爍著各色炫光的十枝神樹前。三老中，只有魚面在獨自吟什麼，顯然是為了讓虎面和鳥面在眾目睽睽下交頭接耳不至於太過尷尬。在遠端，可以看見被迫跪在臺上的元不問，雖然只是瞥見一眼，還是能看出鮮卑人的大首領此時身心俱疲。瞥見元不問的同時，當然也瞥見了押著元不問的人。

這人讓顧然不禁大吃一驚，因為竟不是銅甲士或者冉家的侍衛，而是背著一張大弓的樊紀。

既然元望說看到了趙劍南，那麼老東西此刻一定就在近處，絕不會差得太遠。又冒出頭去看了一眼，果不其然在大祭壇的左翼看到了老東西。

老東西雖然遠不在大祭壇的祭祀區域，但他竟享有一把挾軾，讓他可以舒舒服服靠坐在那裡。而他所坐位置旁，甚至還為他立了一扇屏風，為他半是遮掩。這一側還有一面大鼓，鼓前站了不少播鼓和操辦其他儀式的盤瓠人，使得趙劍南更加不顯眼。

呵，這種位置還真是符合老東西的性格。

現在不得不重新去找這個老東西了，畢竟解鈴還須繫鈴人，只有設局的人，才能解得了局。

第四十章　黃金面具

「哦？顧郎？」

當顧然從大祭壇的側面爬到身邊時，趙劍南似乎一點都不驚訝，只是饒有興致地上下打量著他。

看了又看後，趙劍南才又看向了祭壇方向，看著似乎越聊越焦灼的虎面和鳥面，才側著臉和顧然說：「你還真是會導一手好戲。」

「呵，沒有你老東西導得好。」

「畢竟老夫才是傀儡戲班的總領。」趙劍南當仁不讓地笑了笑。

「那種明面上騙人的東西，你也好意思再提？」

「你可別小看那些。」趙劍南還是看著祭壇方向，繼續說，「不過，這是老夫親手指導的戲，不能讓你這小子胡鬧給攪了。」語氣驟然不像剛剛那麼輕鬆。

「你還想要幹什麼？」

不敢貿然行動的顧然還沒有來得及阻止，趙劍南已然招手叫來了一名身邊的冉家侍衛。俯下身的冉家侍衛，聽了趙劍南幾句耳語，便說了一聲「是」，又站了起來。

侍衛默默退下，像是向著那面大鼓方向而去。

「為什麼盤瓠人會聽你指揮？」

趙劍南並不理會顧然的質問，只是側手去開手邊的一個匣子，匣子裡竟閃出金光。裡面正是那副闊耳大眼的黃金面具。

「冉魁榮的黃金面具怎麼會在你手裡⁉」

「呵，你是想說冉魁榮其實是老夫殺的？老夫手裡有黃金面具就是殺人的證據？就算是，也已經晚了。」

顧然回答不上，老東西所說沒錯，僅僅一副黃金面具根本不可能成為說服在場任何一個人的證據，更何況他還是當著冉家人拿出來的。似乎這次的豪賭，老東西早就押中最後的盧彩。

「老夫以為顧郎你會天真地認為剛剛那一嗓子就能扭轉局勢，還打算再衝動地做傻事，現在看來你並沒有那麼蠢。」趙劍南的語氣聽不出一點波瀾，「畢竟盤瓠人現在群龍無首。」

旁邊不遠的大鼓，擂響了。

鼓聲震得祭壇上的三老都把頭轉向了趙劍南這邊，透過黃金面具投來了疑惑不解的目光。

趙劍南在三老甚至遠處元不問的目光下，從幕後徐徐站起，拿起了那個匣子，走上了大祭壇，像極了輪到自己出場的壓軸演員。

獨自留下的顧然，只好把自己遮掩在屏風之後，繼續靜觀其變。

「老夫不才。」趙劍南走到了三老之間，把裝有黃金面具的匣子緊緊抱在懷裡，繼續說，「作為一個外人，受三老委託，姑且在此主持公道。」

魚面只是停了吟唱，沒做什麼反應。虎面同樣站在一旁，算是認可現在的局面。唯有鳥面，在他的黃金面具下不屑地哼了一聲。不過，這一聲大概只有趙劍南聽在耳中。

「方才有人說了，現在是多年難遇的大沖之日。」

所有人都不禁又仰望了一下天空，其餘諸山已經全面壓上，沖日之時即將到來。

該死的老東西，這是要拿自己的話借題發揮？顧然預感不妙，但臺上有一個樊紀已經足夠棘手，更不知這附近會不會還有銅甲士的埋伏，在場這麼多民眾，如果騷亂必然造成過大的不必要傷亡……

趙劍南是時高舉匣子，讓在場全員都看得到匣子裡的黃金面具，以示自己所獲的權威，直到眾人都看在了眼裡，才又把匣子抱回胸前，繼續說：「然而，沒有酋帥主持大典，祭將不祭，更是對上蒼的褻瀆，是逆天行事。這也是老夫走上祭臺的原因。也望三位長老思量，不要鑄下大錯。」

「老東西，你什麼意思？」鳥面第一個反應過來趙劍南所說的一席話意味著什麼，「叫你來，是叫你拿著酋帥的遺物大放厥詞的嗎？」

趙劍南不慌不忙，抱著匣子，微微轉向鳥面，「鳥長老，你剛剛說的酋帥，是薨歿的先帥冉魁榮？」

「廢話！」

「那就是鳥長老的不對。這黃金面具怎就是冉先帥的遺物？這是先祖的遺物，就如鳥長老的這副面具，不也是先祖的遺物，只是現階段由您暫時掌管。」

「你……」鳥面頓時啞口無言。

倒是虎面上前一步接了話：「趙先生所言句句在理。酋帥是先祖太陽所選，黃金面具只是太陽意願的象徵而已。」

聽著這話，鳥面簡直快把眼珠瞪出面具，更是說不出話來。

「話說回來，」虎面又向鳥面逼近半步，「既然在場有這麼多人見證，余倒是有一事不明，一直想問一問鳥長老。」

鳥面被虎面步步緊逼得有些不知所措，根本沒有料想到形勢會發生突變。

「先帥遇刺當晚，你在什麼地方？」

「你、你什麼意思？你是在懷疑吾？」

「非也，殺手正是那個元不問，這是我等一同證實的，自是不會有錯。但余一直不明白的是，為何當晚先帥會忽然去了胡亭？」

「這！這不是因為……」鳥面不敢把冉魁榮收到手劄一事說出來，不然元不問是兇手的結論不攻自破。

「這不是因為在我們冉家肯定要有一個給元不問通風報信的內應？那麼問題就回來了，當時，余和魚長老都在各自宅邸休息，都有侍衛可以證明。唯獨你，當時在哪兒？」

「吾當時在胡亭，為先帥驗屍！」

「所以你當時身在胡亭？」對於鳥面來說，虎面現在的老虎嘴角一定是向上揚起了，「更進一步說，沒有人能證明你沒有去通風報信。」

「虎面，你算計我！」鳥面早已錯失說出真相的時機，此時只有連連後退，想要逃離。

「哈！原形畢露了！」

虎面只是一聲大喊，原本肅靜的大祭壇院兩側傳來了令人聞風喪膽的熟悉轟鳴。牆外冒出縷縷黑煙，已經告訴在場所有人即將發生什麼。還未等在場民眾有所反應，兩名銅甲士已經從左右兩側縱身躍起，跳進了大祭壇院。落地時，自然掀起滾滾塵土，也掀起了在場民眾哀號逃走的大浪。

鳥面同樣意識到了將要發生的事情，本打算去抓最為羸弱的趙劍南當人質，再謀後路，卻發現趙劍南不知什麼時候，早已坐回到了事先為他準備好的屏風後面。

此時的鳥面認清了現實，但連仰天長嘯一聲都沒來得及，已然被飛撲而來的銅甲士按在了地上，就算在遠處的顧然，都能聽到胳膊被生生扭斷的骨折聲。

顧然剛要起身去做點什麼，竟然被趙劍南一把拉住。

「陪老夫看完這齣戲。」趙劍南語氣不容置疑。

只是猶豫的一瞬，按住鳥面的兩名銅甲士已經出手，沉重一拳，將鳥面當場捶斃。沒人下達這個命令，更說明這一切早就是安排好的。

「老東西，你是和虎面串通好的？」顧然知道再出手已無濟於事。

「安靜看戲，總是問東問西就沒意思了。」

真看戲的，是祭壇下的那些民眾吧……並沒有發生大規模騷亂，只是跑掉了三四成的人，還留下了不少，繼續看熱鬧。

「老東西你這次怎麼不問什麼『老夫還活著嗎』這樣的屁話了？」顧然心裡還是急的，但他看到張昭昭在人群中並無危險，也沒有貿然衝上祭壇的意思，稍稍放下了心。

「因為沒必要了。」趙劍南語氣還算平緩，但從他目不轉睛地盯著虎面那邊看的樣子，不難猜到老東西策劃許久一手導演的重頭戲才將開始。

虎面走到了鳥面屍體前，一把將鳥面黃金面具扯了下來，轉過身來，在眾目睽睽之下，一同戴在了自己的臉上。隨即，他轉過頭來，用雙重的動物目光看向趙劍南，依舊中氣十足地說：「趙先生，現在是不是不必再有所猜忌，可指定佘來繼續完成大沖祭典了？」

趙劍南沒有直接給予虎面回覆，只是再次徐徐起身，向虎面緩緩走去。

雙重面具的虎面顯然開始厭煩趙劍南這種緩慢的態度，光從肢體語言就能看出他的焦躁，畢竟天上的山越壓越近，留給他的時間越來越少。但就在虎面即將暴跳起來的時候，卻突然感到自己的脖子上，被什麼冷冰冰的東西抵住。

此時，就連一直被按跪在地的元不問都突然大笑起來，只是這笑聲一點都不愉快，只是對萬物無常的唏噓和嘲諷。

虎面這才剛剛意識到自己究竟在戲中扮演什麼角色。不知何時，那個押著元不問的樊紀已經站在了自己的身後，並用一支箭尖抵在了自己的咽喉上。

「你什麼意思!?趙先生，管管你的狗！」虎面當即向緩步走來的趙劍南動怒。

趙劍南就像掐準了時間一樣，此時才走回到了虎面的身邊，說：「虎長老，老夫真希望你能看看自己現在到底變成了什麼樣子。」

「你！」虎面肯定要說出什麼，但自己的咽喉立刻被抵出了血，不敢再說下去。

顧然無奈地在心中歎了一聲，這可真是趙劍南這個老東西最管用的手段。

「老夫只是一介外人，來參加祭典不過是為你們冉家做個公道人。可沒想到虎長老竟是如此殘忍殺害同胞的人。方才那位勇士所言不錯，」趙劍南語氣痛心惋惜，又看向了祭壇下面，稀疏的人群中，一眼就看到位於前排目瞪口呆的呵真。趙劍南現在恐怕相當滿意，見證人是足夠的，他的目的即將達成，「這位元勇士說出了大家的心聲，妄自殺人者，罪不可恕。」趙劍南說著，又是一副痛心疾首的樣子，「你們冉家還要繼續自相殘殺嗎⁉大沖將至，不怕觸怒蒼天先祖太陽嗎⁉」

「妄自殺人者，罪不可恕！」

這次並不是呵真在喊口號，顯然是趙劍南安排好的，混在人群中的手下開始為他帶動情緒。一時間，稀鬆了不少的神道上，又成了新的口號的海洋，而口號海洋中，就連呵真都被淹沒得手足無措。

一瞬間，一層血霧。

沒給虎面一點喘息的機會，他已經倒在了血泊之中，斷了氣。

趙劍南所在的位置，剛剛好不讓一滴血飛濺到。這自然是樊紀殺人的手法過於精妙的結果，而趙劍南對此滿意至極。

「所以，魚長老此時意下如何？」

「欲加之罪，何患無辭？」魚面後退了一步。

「魚長老實乃識時務者。」趙劍南滿意地讚許了一句魚面。

趙劍南重新走回祭壇中央，這一次直接將黃金面具從匣子裡拿出，高舉起來，面向稀稀拉拉還在喊口號的壇下人等，洪亮嗓音地說道：「老夫不才，蒼天在上，沖元大祭為重，暫以老夫代為效勞。」

像是獲得了眾人的許可，趙劍南將那副本屬於冉家的、象徵著可以與上蒼對話的黃金面具戴到了自己的臉上。

是早有演練嗎？戴上黃金面具的趙劍南，有如生來就是大祭司一樣，自己高亢地吟唱起來。

魚面更像是一尊站在大祭司身後的神像，而剛剛殺了虎面的樊紀，此時還沒有回到依舊爬不起身的元不問身邊，正為大祭司趙劍南清理祭壇現場。

必須採取行動。祭壇上相比剛剛也還是混亂了許多，三五個盤瓠侍衛正在大祭司趙劍南背後清理血跡，慌手慌腳，沒個章法。而虎面的屍體正由樊紀處理。樊紀在不明所以的吟唱和擂鼓聲下，一手扶著襆巾，一手拖著屍體，著實有些滑稽。但滑稽歸滑稽，這終究是現在唯一可以趁亂靠近祭壇中央的機會。

顧然迅速從忙得不可開交的眾侍衛身後穿過，直接來到拖著虎面屍體離場的樊紀身邊。

「小紀。」顧然低聲叫了一下。

和往常任何時候一樣，樊紀是不會對這個「專屬昵稱」有任何反應的，只是冷酷地拖著虎面一隻腳往祭壇外走。屍體在祭壇的地面上畫出一道長長的血跡。

實際上，當顧然走到樊紀的身邊時，他心裡很是絞痛，畢竟咸山那如同長矛一樣的一箭還深深地扎在他心頭。但顧然也在反覆地跟自己說，不同山，已經不同人了。錯誤的認知，只能讓自己的判斷一錯再錯。

「小紀，」顧然又叫了羅山樊紀一聲，「他不值得。」

「他是誰？」樊紀沒有停下腳步，也沒有轉頭。

「當然是那個老東西。」

「你是認為先生沒有能力一統三山？」

「老東西要一統三山？」

「自然。」樊紀依然沒有停下腳步。

顧不得詫異了。老東西吟唱得越來越進入狀態，一旦吟唱完，恐怕那些銅甲士就要為他所用，到時再想做什麼，恐怕都為時晚矣。

盡可能拉攏更多力量，才是此時的最優選。力量當然包括從老東西身邊，抽走樊紀。

顧然再上前一步，跳過地面上新鮮的血跡，又追上了幾步，鄭重說道：「小紀！咸山的你在幾天前死了，被箭射中了腦袋。」

「這什麼意思？」樊紀終於停下了腳步。

趙劍南的吟唱似乎突然頓了片刻。

顧然無暇顧及老東西那邊的反應，緊隨樊紀繼續說：「你覺得以你的弓法，誰可能射得中你的頭？」

「先生的大殿？」

「總算懂了。」

「那又怎樣?」

「老東西他不值得你賣命啊!」顧然苦口婆心地說,「早晚他會把你的命也賣了。」

「先生的深邃,你不可能理解。」

「深邃?事到如今還深邃呢?」顧然難以置信地看著樊紀,「你有沒有主見……」雖然樊紀是不可或缺的戰力,但此時的顧然多少有些放棄。

所幸根本來不及讓顧然感到徒勞而頹然,大祭壇的大門又突發一陣騷亂。

趙劍南的吟唱戛然而止。

唯有鼓聲繼續,有如戰鼓。

一大堆的人馬一股腦撥開人群衝了進來,領頭的則是剛剛還在怪叫、後來銷聲匿跡的元望。

元望先是看了一眼大祭壇,雖然完全看不懂為什麼會有一個穿著趙劍南衣服的人戴著冉魁榮的黃金面具,更看不懂滿地的血跡和疑似虎面、鳥面的屍體,但看到右手邊的元不問仍舊活著,和剛剛並無兩樣,就又放心地大喊了一聲,率領隊伍往前殺來。

搬來的救兵自是盧娘一夥。包括盧娘和元望在內,至少有三十人的龐大隊伍,這其中也包括了那個穿著半身甲的金剛力士。

虎面身亡,銅甲士隊伍已是群龍無首的狀態,接連又是趙劍南成了大祭司,他們更不知該如何是好。此時,見到一隊人馬沖散民眾殺了進來,更是不知所措,愣在了原地。

見狀,趙劍南立即終止祭祀儀式,沒有轉身,只是輕輕地喊了一聲樊紀。什麼多餘的話都沒說,便就從大祭壇的主祭點撤下，繞過巨大卻無用的太陽輪離開了。
樊紀的姓名就如老東西給他的行動暗號一樣，聽到後，樊紀立刻丟下虎面的腳，向著站在神道一邊發呆的銅甲士而去。
他要幹什麼？顧然剛要追上去探個究竟，就看見張昭昭趁亂已經爬上了大祭壇，喊了一聲「阿爹」，跑向了魚面。
再看整個大祭壇以及神道，蜂擁向外跑去逃命的，拎著傢伙向裡殺來討命的，父女突然團聚相擁而泣的，屍體倒在血泊裡露出難以置信表情的，愣著發呆的最強戰力群，以及還有一人開啟了銅甲，從銅甲裡鑽了出來。
那是樊紀找去的那個銅甲士。
他們說了什麼？樊紀又要做什麼？老東西的下一步計劃又是什麼？
還沒等顧然衝去，樊紀已經鑽進了銅甲之中。
無論樊紀打算做什麼，他進了銅甲就已經大事不妙！
不過，元不問不愧是一代梟雄，即使狼狽如現在，他仍能瞅準樊紀遠離的時機，迅速跳下了大祭壇，一溜煙隱匿到慌亂流竄的人群之中。
人流往外湧出著，大門再度一陣騷亂，人群又紛紛往回湧來。人群之後，一個手拎長劍威風凜凜的人，大步走進。
只見鬼方的步伐，一點傷痕累累的樣子都沒有，哪像剛和一群銅甲士惡鬥過，真不知道這傢伙到底是什麼打成的。

然而，本來閒庭信步的鬼方，突然提劍往前方衝來。

場面宛若柴薪，登時被一顆火苗點燃！

刻不容緩，顧然立馬跑去了大祭壇西北一角，張昭昭和戴著魚面面具的張遂還在那裡。

當顧然催促他們立即往宅邸外疏散時，就聽大祭壇的另一角鏘的一聲巨響，刺耳得令人汗毛豎起。

目光追聲而去，神道已如巨劍斬開的草叢，左右倒開人群一片，唯有那金剛力士，銅臂擋身矗立在神道當中。

再看金剛力士，才知道情況一點都不樂觀。

矗立不倒的金剛力士，身體竟已被洞穿。他擋在身前的銅臂，以及銅臂後面的心口，出現了一個巨大的空洞，甚至能看見被他保護在身後的盧娘。

再往後看，那遙遠的門闕屋脊上，釘著一支長矛一樣的巨箭。

瞬間爆發的一幕，跟多日前的場景太過相似，顧然的腦海裡頓時轟然炸響。

長矛箭就是奔著殺進來的盧娘一夥射去的，或者更準確地說，就是為了擊殺盧娘而射。金剛力士為了盧娘去擋這一箭，沒想到竟連甲帶人完全洞穿。幸好盧娘在他身後有段距離，足以用刀去格長矛箭。

一擋一格之後，竟還能釘在遠端的屋脊上，其射力之大，遠超咸山時所見，簡直是恐怖……

大祭壇另一端，一名銅甲士手持巨弓，再次將一支長矛箭架上，隨即，以極為誇張的姿勢滿弓拉開。

樊紀這傢伙……再一箭狙殺，誰人能擋得住？

顧然把兩隻偶人全部摘了下來，但腦袋裡毫無辦法可言。

「有意思！」一個瘋狂的聲音，從神道上傳來。

原本剛剛進到大門裡的鬼方，此時已然手提長劍，繞開矗立戰死的金剛力士，狂笑著向持巨弓的銅甲樊紀衝去。

行不通啊！顧然根本來不及大喊提醒鬼方，箭無虛發的樊紀已然放箭。

鬼方的奔跑速度同樣奇絕，轉眼之間就與樊紀的距離縮短了大半。然而，這個距離，仍舊不能近身，且射出的箭更難反應……

又是一聲弓弦巨響，巨響同時，向前猛衝的鬼方突然站定，沒有躲閃，或者說根本來不及躲閃，拎起長劍直接去格。

鬼方真是瘋了！銅甲樊紀射出的長矛箭，可是能遠端貫穿銅甲和壯漢後釘在屋脊上的……

只見鬼方雙手持劍，大吼一聲，長劍上揚，刺耳而極為短促的摩擦聲，崩出烈焰一樣的火星下，一支長矛竟被鬼方一人格開，直奔上蒼壓下的彭山映射飛去，依舊帶著破空的號叫。

怪物！

顧然內心都不知該為什麼而哀號，只能慶幸此時自己並沒有和這個怪物為敵。

然而，根本不及任何人有什麼反應，銅甲樊紀大喝一聲，第二支長矛箭再度直奔鬼方射出。

兩箭之間，間隔之短，即便是鬼方也沒能再往前奔上幾步。

第二支長矛箭來勢更猛，距離更近，鬼方卻似乎更加興奮。方才揚起的長劍乾脆直接雙手抓握，斜向就照長矛箭砍去。

同樣的大吼一聲，同樣的火星迸濺，但並不是同樣的結果。鬼方只是一劍砍下，竟把長矛箭頭直接砍掉。箭頭轟的一聲，扎進神道的青石板。長矛箭身卻幾乎沒有改變方向，略偏了一點直擊在了鬼方肩頭，毫無阻隔地飛過，一聲巨響下，楔進了神道側邊銅神像的腿中。

而鬼方的整條左臂幾乎已被完全撕斷。

就在鬼方趔趄之際，第三支長矛箭再度射出。同樣咆哮而迅猛，同樣直奔鬼方的心口，鬼方也同樣往前衝了幾步，拖著尚有幾根筋肉相連的左臂。

顧然只能看著，牙咬得咯咯作響，卻發現這一次鬼方沒有再用他的長劍去接，而是突然反手握劍，高舉了起來，劍尖指向了銅甲樊紀。

剎那間，長矛箭正中鬼方心窩。與此同時，鬼方又是一聲大吼，隨即整個人被長矛箭刺中，直飛而出，鏗鏘一聲，被釘在了神道一側另一尊銅神像的腋下。

但同時正見一道紅色閃電，直刺銅甲樊紀而去。閃電速度之快，銅甲樊紀剛是收勢，紅光就硬生生刺進了他有銅甲護體的右腿。

再看釘在銅神像上已經斷氣的鬼方，臉上似乎留下了一抹算是滿意的笑。

一柄青龍長劍，刺穿了不可能擊透的銅甲。

雖然銅甲樊紀和鬼方的三箭交手時間之短，幾乎只是一聲歎息的空檔，但其他眾人依然沒有錯過來之不易的一絲時機。

盧娘提著環首長刀，已經急速殺到銅甲樊紀面前，不留給銅甲樊紀再架起下一支長矛箭的機會，旋身高高跳起劈頭蓋臉就是一刀，正中了樊紀面門。

第四十一章　十枝神樹

又是火星迸濺。

即使是八臂羅刹全力的一刀，砍在銅甲最堅硬的銅盔上，也只有被彈開。

長刀震得嗡嗡作響，盧娘雙臂頓麻。

本應更受震盪的樊紀，根本沒有停頓，抬起沒有受傷的左腿，將剛剛落地的盧娘一腳踢飛。

所幸右腿受傷支撐不力，這一腳沒有發出幾成力氣，盧娘只是飛出一丈多遠，就重重摔在了地上。

見拉開了距離，銅甲樊紀立即去架長矛箭，結果伸手卻抓了個空。

這下子，樊紀也定格愣了一下。隨即，他左右看去，立即望見自己的長矛箭竟成了一捆，從大祭壇上飛離自己身邊。

即便沉著如樊紀，此時也是大為吃驚，不可理解為什麼會發生這樣離奇的事情。不過，再定睛看去，立刻發現端倪。實際上，並非長矛箭自己在飛，而是有一個通體黢黑的人，在抱著那一捆長矛箭跑過大祭壇，往神道上奔去。

這時，同樣沒多在金剛力士屍體邊耽擱的老鄭，也趕到了大祭壇一角。路過所在大祭壇下面的呵真，立刻將他的劍奪了過來，和重新爬起來的盧娘一同，向銅甲樊紀左右夾擊而去。

「啊！是俠盜乙巴達？俠盜乙巴達！」

在萬分憧憬的喊聲傳來的同時，盧娘和老鄭雙雙攻去。

盧娘長刀橫掃銅甲樊紀被刺穿的右腿，沒有意外地再次被銅甲彈開。因為傷腿，樊紀沒有直接用腳去踢開盧娘，而是半轉身照著撲來的盧娘一拳錘擊。盧娘借著長刀彈開的回力，翻身一格卸掉了大部分力的同時，竟露出一絲本不應在疲於招架時該有的笑。一息之間，老鄭從被擊落在地的盧娘身後鑽出躍起，一柄銅劍直刺低下頭來角度正合適的銅盔。

老鄭的劍，平直刺來，角度和銅盔目窗的縫隙完全一致。距離已經極近，劍刺得又準又急，不可能再躲閃開來。

一聲轟然爆炸，就連銅甲樊紀都被轟飛出去半丈，一隻仍舊緊握銅劍的胳膊騰空翻轉飛出。老鄭趔趄趄後退幾步，倒了下去。

幾乎爬不起來的盧娘，在地上拖著被炸開的肚子，爬到了老鄭身邊，才發現老鄭的半個腦袋也已經被削掉。

盧娘不容悲傷，立即翻身取刀，又站了起來。站起的盧娘，一手捂緊腹部，一手拎著長刀，又矗立在了銅甲樊紀正面。

因為有著銅盔遮擋，全然看不出此時銅甲樊紀的表情，只有他的右拳外側，沾滿老鄭的血，一滴滴落到被轟得焦黑的地面。

蕭瑟的一陣風刮過，焦土坑前，盧娘身邊，忽而多了一個手端大槍英姿挺拔的人。

「二兒……」

「盧娘請稍事歇息，這個畜生由小爺我來除。」有了一挺大槍，元望整個人有如脫胎換骨，就連說話都變得像個人了。

盧娘看了一眼元望手中的大槍，發現端槍的後手已經握在了槍桿的末端，槍的長度未免有點短了。這哪是什麼正兒八經的大槍，不過是剛剛樊紀用來射殺他們的長矛箭而已。

「你真的行嗎？」盧娘知道不應該在此刻挫敗元望的銳氣，但她更不忍看到元望白白送死。

「俠盜乙巴達拚死為我竊來的，怎麼可能不行？」

盧娘還想囑咐兩句什麼，但元望已然發動。

見元望一起手，盧娘就又是一陣心慌。在還有一點距離的情況下，元望竟是一個翻身，長矛箭完全握在了左手，朝向銅甲樊紀兇猛地橫掃過去。

在對手正面，特別是樊紀這種高手的正面，起手就是這麼大的動作，破綻百出，簡直就是送死，這小子……

一招出手全在電光火石之間。

還不及盧娘心頭一緊，就見元望的槍頭，毫無意義地橫掃砍去，而且還是一個低位。

完全就是亂來！

銅甲樊紀多少有些失望，不屑地直接出拳去迎元望的腦袋。

以銅甲的力量，只需一拳，元望這傢伙就要比老鄭死得還要慘。

但拳風呼嘯之際，樊紀驚訝地發覺不對。被自己一拳迎面擊打的元望，竟把槍不偏不倚，正中右腿上的那柄青龍長劍。青龍長劍應聲深深敲進了自己的大腿。一陣深邃鑽心的刺痛，連打出去的一拳都失去了力量，只是讓元望迎面撞上了而已。

「哈哈哈，怎麼樣，爽不爽？」滿臉是血元望，卻是大笑著說。

「廢物小子……」盧娘卸了氣力，單膝跪在了地上。

一擊失手的樊紀直接被激怒了。雖然一條右腿用不上力，但不妨礙他直接撲向元望。

「哈哈哈！著急了著急了！」

元望嘴上說個不停，但明顯招架不住銅甲樊紀的攻擊，只能向後連連跳離樊紀的攻擊範圍。

所幸鬼方的劍相當奏效，只要還刺在樊紀的大腿裡，就足夠限制他的移動。攻去幾拳未果的樊紀立即冷靜下來，俯視著狼狽躲閃的元望，止步伺機。

倒是元望毫不退縮，一旦站定，立即又主動攻了過去。

有槍在手，元望的攻擊堪稱兇猛。只是一瞬之間，元望已經照著樊紀刺出了數十槍。每一槍都非虛招，鏗鏘有力，擊得叮噹作響，有如狂暴冰雹一股腦砸向樊紀。

然而，樊紀畢竟穿在銅甲之中，再有力的攻擊，對他都不成威脅。實際上，銅甲樊紀足可以無視元望的亂槍攻擊，直搗黃龍。但他卻偏偏每一槍都去接上。

遠觀之下，在鏗鏘叮噹不斷兇猛碰撞的聲音中，他們一邊暴雨亂槍，另一邊左右雙拳迎擊，比畫得令人眼花撩亂。

只是明眼人都能看出，元望的槍再快，每一招都被樊紀準確無誤接在手中。與此同時，接上三四槍，樊紀總能尋到一個空隙。空隙一旦出現，樊紀就毫不客氣地一拳轟在元望身上。只是轟上的每一拳，卻都帶有了傲慢輕蔑的收力，就像是在用碾壓式的實力，去教育這個拿著長矛箭當大槍耍的小子。

慢慢磨掉元望的自信，漸漸把他磨到崩潰，遠要比一拳擊垮更有意思。

「元大哥！」張昭昭沒有離開大祭壇上，忽然焦急地向元望喊道，「往銅箱下面伸出來的樞軸上刺！斬斷！你知道樞軸是什麼的！拆你的不動羅時，我指給你看過！」

「小丫頭！等小爺我捅死這傢伙，再找妳算不動羅的帳！」元望嘴上喊著，步伐卻立刻變化，不再是方才那般前衝後撤，而是照著樊紀傷腿的方向去探。結果元望帶著哭腔的一聲喊，「繞不過去啊！」

突然，一塊雲瑟石就像開玩笑一樣砸在了樊紀的銅盔上。啪的一下，砸了個粉碎。

「哇！然哥……」沒有停止攻擊的元望，用餘光瞥見顧然丟來的雲瑟石。

雲瑟石粉末弄得眼前戰局更加混亂，卻一點沒有影響到銅甲樊紀。

「然哥，你要是幫不上忙，也別添亂哇。」

元望嘴沒有停地埋頭亂刺，艱難維持著攻勢。

顧然卻也沒有停下，又丟去了一塊雲瑟石，再次正面砸中樊紀的銅盔。

「呸！」元望啐了一口吃進嘴裡的雲瑟石粉末，「一個個的還不如專拆東西的小丫頭。」

然而，顧然繼續著他的作戰，那隻被他丟到不遠處的猞猁偶人，堪堪爬上了那株十枝神樹，將樹上由雲瑟石雕出來的神鳥硬生生給掰了下來。

現在十枝神樹上的神鳥已經丟出了兩隻，站得遠遠的顧然再度操縱那隻偶人往樹的更上方爬去。但就攀爬來說，猞猁偶人根本無法和猢猻偶人比，可以說是相當吃力了，它只能從一枝跳到另一枝上，如果沒有抓住，只好重新來過。

只是一跳一摔，甚至比硬著頭皮想要繞身的元望還要狼狽。

蓄勢頗久的顧然，結果只是把戰局搞得更加混亂。不過，兩人至少一起靠這份狼狽和不停地抱怨，把戰況拖進了看似的僵局。

此時，大沖將至，十山的天空上都深深地壓下了其他山的映射。另外兩山的人們只要仰頭，就能觀看羅山大祭壇上的這一幕。那些只能遠看卻幫不上忙的人，也逐漸陷入了焦急中。

咸山冰行的人們，便是如此。

他們並不想參與任何外人搞起來的大沖祭典，紛紛聚集在蘆川的冰面上，迎接著大沖之時的到來，也一同看到了羅山上的戰鬥。

打心底厭惡顧然的盧娘，不容分說號召起了冰行眾人，列隊於蘆川之上用冰杖擊冰，聲音有如戰鼓雷鳴。在羅山當然聽不到咸山的助威，但畢竟只要看，還是能看到咸山蘆川上的冰行眾人的。

只是羅山的元望也好，還是顧然也罷，根本無暇向咸山回應什麼。

恐怕是因為總被顧然丟雲瑟石而惱怒，銅甲樊紀終於厭煩了戲弄元望，突然提速，不再在意元望的攻擊，直接一掌推在了元望的胸口，順勢向下一按，元望整個人轟然就被重重按在了地面上。

大局已定，即使銅甲樊紀再次被神樹上的雲瑟石神鳥砸中，也不過是最無力的反抗罷了。

「樊紀！」一直坐在地上的盧娘，手捂著腹部大喊起來。

這時，銅甲樊紀一手按住元望，另一隻手指向了盧娘，結果了元望就輪到她，現在好好閉嘴吧。

然而，當樊紀看向盧娘，竟看到盧娘在對著自己微微一笑。

一陣不寒而慄之感湧上樊紀心頭，同時盧娘的身後突然爆閃了一道耀眼的金光。

竟是不知何時，彭山的映射已經沉到了天邊，盧娘的背後。遠超門闕樓閣的巨大彭山映射就在樊紀看去的一瞬，全山金光閃爍。

金光閃爍得過於耀眼，樊紀幾乎是本能地向後一仰，趔趄險些摔倒。

被按在手底下的元望當然不可能錯過這一時機，如泥鰍一樣，立即從銅甲樊紀的手心裡逃了出去。

只不過，剛剛逃脫的元望大喊了一聲：「然哥你幹嗎!?」

話音剛落，便是什麼東西嘭的一聲撞在了樊紀的銅盔上，連帶一塊雲瑟石的粉末嗆得樊紀連咳兩聲。

後撤一步站穩的樊紀，同樣氣急敗壞，一把將扒到臉前的東西抓了起來，拿到手中一看竟是猞猁偶人，偶人的前爪上還夾著一小塊沒有碎掉的雲瑟石，恐怕是神鳥的尾巴尖。彷彿見樊紀低頭看著自己，猞猁偶人微微抬起夾著碎石頭的爪子，向樊紀臉上無力地丟了一下，小塊的碎石頭只是疲軟地在面前滑落。

「夠了！」銅甲裡傳來樊紀一聲斷喝，聲音中裹挾著銅片的震顫聲，彷彿他和銅甲已經融為一體。

銅甲樊紀一把將猞猁偶人捏了個粉碎，丟到一邊，抬頭再看，終於看到了久違了的顧然。

此時，顧然正擋在銅甲樊紀和逃開的元望之間，儼然一股保護同伴的壯烈。

「現在這個樣子，你以為還能做什麼？」樊紀俯視著顧然，就像在看一隻可憐蟲，而手裡還殘存了方才捏碎猞猁偶人的木屑，「都是無謂的掙扎，結果不還是統統死在銅拳下。」

「用這麼一個笨傢伙來打我們，這可不像你的作風啊小紀。無甲一身輕，你要不要試試？」顧然挑著眉說，一臉故作的輕鬆。

樊紀不再理睬連螳臂當車都算不上的顧然，向所有殘黨走近一步。

啪的一聲，原來顧然手中也拿著一隻雲瑟石神鳥，不偏不倚又砸中了樊紀的銅盔。

這種無謂又會輕易激怒對手的反抗，就連一板一眼的樊紀都笑出了聲。

「你還有？」

「對，剛好一手一隻，現在還有一隻。」顧然倒是一點不隱瞞，另一隻手上的雲瑟石神鳥直接丟出，再次砸碎在了樊紀的面前。

「夠了！」樊紀再次咆哮一聲，「你以為你用這種小孩子把戲，我就會同情你？就會放你一馬？就會……」

「小紀，真的，這一切都不值得。」看似玩鬧的顧然，語氣卻一本正經語重心長。

「先生的深邃，你根本不懂。」樊紀說著，而他的情緒就像他背後冒著黑煙的銅箱一樣，蓄勢待發。

「這句話你說過一萬遍了。況且，老東西的深邃？你在逗我笑嗎？他肚子裡只是在想著現在又要棄掉哪顆棋子而已。」

「那一定是咸山的樊紀不如先生的意，做了錯事。」

「不如老東西的意這一點倒真讓你說對了。只要稍微妨礙他，絕對不會手軟，必然連根拔掉。」顧然說著，有意用眼神向樊紀示意，「你看，現在老東西跑到什麼地方去了，都不知道。」

「你！少鬼鬼祟祟往後繞！」樊紀把自己的右手掌心對準了悄悄移動起來的元望。

一旦被發現，元望的小動作全無意義。剛剛對付盧娘和老鄭的招式，要是迎面轟在元望身上，必定頓時粉身碎骨。

話不投機，樊紀決定直接一擊除掉眼前的兩隻老鼠了事。

顧然又大喊了一聲：「小紀！」

最後的掙扎……樊紀露出一絲冷笑。可不知什麼時候，突然多了一樣東西，在樊紀和顧然之間最危險的位置。

是那隻八爪偶人。

就在八爪偶人可以稱之為嘴的地方，銜著一根引火火線。而在顧然的腳邊，不知是什麼時候，丟著一個被掏空的元家人用的爆筒。

一個字也沒再說，顧然動了一下手指，那根導火線被八爪偶人射出，直奔樊紀銅盔而來。畢竟銅甲的躲避遠不如無甲時迅速，樊紀根本來不及任何動作，那根導火線就從銅盔的目窗縫間射了進來。

導火線後面還連著線，線連在那隻八爪偶人的嘴上。

此時，樊紀才終於明白，顧然為什麼那麼執著地用雲瑟石砸自己的銅盔。

那根本不是什麼小兒的遊戲，他是要讓銅甲裡充滿雲瑟石粉，而此時，就靠爆筒的導火線引爆……

一旦出手，顧然就絕不會手軟，手軟只是在褻瀆對手。

他的手指輕輕一勾，那隻八爪偶人猛地向後一跳，拉燃了導火線。

第四十二章　海棠花開

轟然爆炸。

炸的瞬間，元望震得連連後退，一屁股坐到了地上。然而爆炸本身，更是炸得慘烈。銅甲由內而外地多處連續爆炸，膨脹、變形、破裂。

銅甲幾乎是被炸成了上下兩段，而爆開的裂縫淌出滾滾鮮血，以及慘白、鮮紅的內臟。

此時，顧然走到了癱倒在地的銅甲樊紀身邊，幫他將銅盔取了下來。

取下銅盔後，發現樊紀竟還有口氣，不禁為對手的生命力感到敬畏。

「小紀，何苦一定要走到這一步？」顧然對著連面目都血肉模糊的樊紀說。

樊紀雖然坐不起來，卻不失一貫的高傲，仰著頭迷離地看著顧然，咳了半下就大概因為太痛而止住，喘了許久的粗氣，才又說出了聲。

「憑什麼……」樊紀嘴裡也淌出了血，但還是一股氣頂著他繼續說下去，「我武功比你高，對先生比你忠。哪怕為了先生，把米囊膏一點點弄進元家，蛀垮那幫鮮卑人，我都不在話下……」

老東西！元寨出現米囊膏果然也是老東西暗地裡搞的鬼！聽到這裡，顧然的牙已經咬得咯咯作響，但面對著奄奄一息的樊紀，他只有歎息一聲：「蛀垮……所以小紀，你也知道米囊膏的惡，你我就該聯手，把米囊花徹底拔除，小紀你又何必一定要糾結在那個老東西身上……」

「所以憑什麼!?」樊紀根本沒有理會顧然，「就憑你在我還小的時候，背信棄義先跑了，特殊了？就能獨佔先生的信任了？」

顧然忽而才意識到自己其實只是站著說話不腰疼的那個人。天墜之後，所有人都是被囚在了自己的山裡，全都是囚徒，又能有什麼出路……他們的世界就這麼大，只有這麼大，只能在這麼大的世界裡自尋出路。

「也許我不應該……」顧然話還未完，就被樊紀打斷。

「呵呵，你不要再……自作多情。還以為自己能有什麼左右人的本事？噁心得要命。我只是……打心裡看不慣你，就是看不慣你什麼都要管、又什麼都管不好的可笑樣子。」

隨他怎麼說吧，至少現在終於大局已定，不會再有任何棘手的對手。善後的事，就留給事後吧。

顧然深呼一口氣，總算……

「然哥！」突然間，坐在地上的元望又大呼小叫起來。

顧然連忙看向元望。

「別看我哇，那邊那邊。」

沿著元望手指的方向，大祭壇後面，竟是另一個銅甲士走了出來。

「不、不會還要打吧……」元望沒了氣力地癱坐下去，一副任人宰割還想抵抗的樣子。

樊紀同樣看到那個走出來的銅甲士，臉上竟浮現出安然的表情，卻又回看了一眼顧然，不屑地一笑，竟就隨隨便便斷了氣。

銅甲士走到一片狼藉的戰團中央，看著戰力幾乎全失的眾人，停下了腳步。顧然還沒來得及釐清眼前的情況，銅甲裡率先呼喚了一聲：「顧郎。」

「老東西!?」顧然驚訝不已，愣在了原地。

反倒是剛剛放棄抵抗的元望，一聽銅甲裡其實是趙劍南那個老頭子，一下子又大膽地跳了起來，拎起長矛箭刺了過去。

可惜，只聽金屬碰撞兩聲，元望又一次被銅拳無情地擊飛。

「啊啊啊啊啊！」遠遠摔在地上的元望哀號著，甚至打起滾來，「什麼玩意兒？這個銅疙瘩裡裝著個老頭子，我都打不過！」

「樊紀那小子還是鬥不過你啊。」銅甲趙劍南看了看已經被炸得血肉模糊的樊紀，對顧然說著，而元望則完全被他無視。

「老東西……你又來坐收漁翁之利了？」

隔著銅甲也能體會到趙劍南不置可否的態度。

「連小紀，你都不放過？」

「樊紀他可是你顧郎親手殺的。」趙劍南盯向顧然說，「顧郎，從始至終，老夫只看中你一個人，你難道還不清楚？」

「哈！勞煩你這點小把戲，不要翻來覆去地耍了。只要你一說出這種話，就知道絕沒安好心。」

「看來你是決心不打算和老夫一起走了？」

「走？去哪兒？」

「哦……原來樊紀沒和你說過。」

顧然皺著眉，只是在想如何對付這副新銅甲。

「老夫年歲已高。」趙劍南仰望了一下諸山壓來的蒼穹，「只剩下一個念想。」趙劍南的語速緩慢，甚至有著些許惆悵，聽著令人作嘔，「幾年來老夫只盼著——落葉歸根。」

「落葉歸根!?」顧然更加吃驚。怎麼又提起什麼落葉歸根？這和樊紀所說的什麼一統三山根本風馬牛不相及了。

「看來你只看到幾片樹葉，未見漫漫山林。顧郎你最大的問題就是，幹什麼都拿不上檯面。」

顧然一時語塞，再次感到趙劍南這老東西是真的一點都看不懂。

「道生一，一生二，萬物歸一，方可道法自然。」

「什麼文法不通的鬼話？」

銅甲中的趙劍南又望向了那片佈滿映射的怪異壓抑的蒼穹，其他諸山或明或暗壓得更近了，看來大沖之時即將到來。

趙劍南仰著頭，忽而問道：「顧郎，另外兩個老夫，都還活著？」

顧然依舊沒有回應，畢竟這一次老東西連問話的方式都完全不同了。但隔著銅甲，顧然反倒覺得窺見了些許隱藏甚久的本來面目。

「看來都還活著。」銅甲趙劍南望著天，彷彿在和彭山和咸山的自己對視一樣，「另外兩位老夫，肯定也都和老夫一樣，一心想著該如何落葉歸根吧。可惜最後一步還是讓老夫占了先。看來這一次，就連蒼天都站在了老夫這邊，苦心經營終於化一切障礙為己用的這一夜，竟和苦苦等待的大沖之日相重合。先機盡讓老夫一人獨佔，對不住了。」

說完，趙劍南便不再理會在場或坐或臥或生或死的眾人，朝神道外側高聳的圍牆走去。

「喂！老東西，話還沒說清楚！」顧然朝銅甲趙劍南的背影喊道。

銅甲趙劍南只是走著，背後微微冒著黑煙。

「少瞧不起人！」顧然赤手空拳就衝了上去，卻像藤球一樣，在趙劍南前進的步伐中被隨腳踢開。待翻滾在地的顧然再要衝向銅甲趙劍南時，老東西已經走到了圍牆邊，一股黑煙冒出，縱身跳出了高牆。

穿上銅甲，連一個老傢伙都能……

「看來大沖之時，終究還是要發生什麼。」摘掉魚面的張遂走了過來。

「就會說風涼話？」顧然沒好氣地說，正看見張昭昭也跟了過來，「所以……老東西這是要去哪裡？」

張遂看了看天，「那個方向是……去不動山的接觸點。」

「不動山？老東西一身銅甲，去不動山幹什麼？」

顧然也好元望也罷，都更疑惑不解了。

「他剛剛那一番意味不明的話，我也聽見了。道生一，一生二，萬物歸一，方可道法自然，落葉歸根。」張遂又重複了一遍。

「什麼意思？」

「萬物歸一就可以道法自然，還可以落葉歸根……難不成趙劍南他，一直都在等待重現上一次大沖之日的一切？」

「重現上一次大沖之日？上一次大沖之日發生了什麼？」很多事情都是在他重回照州城之前發生的，顧然對自己總不能獲得完整資訊而感到了些無力。

「上一次……」張遂望了望天上漸漸壓得更近的諸山映射，「原本還有的十座山，一夜間，只剩現在三山。」

顧然嘴角抽搐了一下，但忽然又發現了問題，連忙追問：「你剛剛說老東西是打算重現那一晚？」

「很有可能。」

「可重現那一晚，又和什麼『落葉歸根』有什麼關係？」

此時的顧然確實無比在意起「落葉歸根」這四個字了。

「這就是你有所不知了。」

顧然默不作聲，只能看著張遂。

「那一晚，之所以停止了混戰，沒有染燼剩下的三山，」張遂沒有賣關子，直接說出了原因，「是因為當時就像現在這樣，天上全是其他山的映射。在看到一座座山接連焚燒時，隱約中，我們都看到了唐土的映射。」

不僅是顧然，就連張昭昭都情不自禁地又仰望起那些壓得更低的諸山映射，卻並沒有看到一點唐土的影子。

「所以老東西是……想回唐土!?」

「這樣看起來，趙爺爺他一定是認為，只要在大沖之時讓剩下的三山只剩一山，被天墜吞噬過來的照州城就能重歸唯一，唐土也一定能接觸過來，被天墜吞噬過來的照州城就能重歸唐土。『萬物歸一，方可道法自然』。」張昭昭也重複了一遍剛剛趙劍南念出的話，看了看天，又看了看張遂，「所謂落葉歸根……趙爺爺其實是想帶自己所在的羅山照州城一起回歸唐土啊。」

「落葉歸根……」顧然卻只是再次回味著這四個字的分量，「不是！少給那個老東西找什麼冠冕堂皇的說辭！」

「命已落入如此囚境，還在做這種無謂的掙扎……」張遂說起了莫名的話語，「都是可悲的掙扎。如果能有回去的方法，台早已……」張遂突然自稱起「台」，化身回了魚面。

「夠了！能不能回唐土現在根本不重要，另外兩山還有那麼多人！他們不該白白去死！」

顧然立即跳起來要往外衝，卻被張昭昭一把拉住。

「顧大哥……」拉住顧然的張昭昭雖然沒把話說完，但從眼神中也能看出，如果顧然追去，赤手空拳的肉身對付銅甲趙劍南，即便追上也只是送死，也什麼都阻止不了。

顧然看向唯一還能站起來、勉強算是戰力的元望，但此時的他卻嚇得全身打戰，只是念叨著：「不、不動山？要去不動山？」嚇得全身打戰。

「顧大哥，」張昭昭又叫了顧然一聲，但沒有要阻止他的意思，而是指了指樊紀的屍身，「或者可以試試這個。」

對啊！眼前不是還有另一身現成的銅甲嗎？

被張昭昭提醒，顧然恍然大悟地輕拍了一下張昭昭的頭，立即來到樊紀屍身旁。

然而，事總與願違。

一副仍舊淌著黑血的銅甲，已經被炸得多處爆裂……再看了看，給下半身傳動的粗粗細細的樞軸，基本全給炸毀。

「銅箱在外面，基本沒有受損。」張昭昭蹲在銅甲邊，歪著頭捂著鼻子檢查著。

「那有什麼用……」顧然多少有些喪氣，但立即還是採取了行動，不管三七二十一，忍著撲面而來溫熱焦糊的惡氣，把銅甲費力地打開了。隨即，他把半是燒焦半是血肉模糊的樊紀，從銅甲裡掏了出來，借著銅甲上下斷開的裂痕，靠著蠻力又撕又踹，沒一會兒工夫，銅甲就上下分家了。

把銅甲的上半身展開平放到地上，根本沒時間再去在乎裡面黏稠的血漿還有各種粘黏在銅甲內壁的臟器碎塊，直接躺了進去。試了試幾處機關，觸發後，半身銅甲發出刺耳又極不和諧的金屬摩擦咬合聲，磕磕巴巴地合上了。

銅甲多少還是很重的，顧然靠著元望才坐起身來。坐穩的顧然又試了試可以動的機關，伸出手來，抓緊再用力張開，對著空場的掌心卻泄了氣一樣只是冒了一股黑煙，沒有發射出想要的火炮。

「看來這玩意兒用不上了。」顧然說著，又揮了揮拳，銅拳的力度倒是相當可以，揮出的衝力幾乎把自己帶倒，重新坐穩後，歎了口氣，「唉，聊勝於無。」

站起要比坐起容易一些，只是當元望把銅甲的銅盔遞給顧然時，他還是皺起了眉，說：「能不能先幫我擦擦裡面……」

「然哥沒時間了！」

此時的元望突然果斷極了，根本不在乎顧然本能的反抗，就把銅盔扣在了顧然頭上。

銅盔裡似乎傳出一陣乾嘔聲後，顧然勉強說了話，「呸！媽的……行了，我、呸！我去去就回。」

說完，顧然穿掛著半身銅甲，在眾人注目送別下，淋著樊紀留下的黑紅黏稠液體，笨拙地往外跑去。

所幸不動山的時間要比羅山緩慢得多，當顧然忍著那陣令人作嘔的眩暈回到不動山時，正看見銅甲趙劍南還沒做什麼，只是摘掉了銅盔，在做著什麼重大祭典的準備。

一片雲瑟石結晶的林子已經被夷為平地，銅甲趙劍南正仰望著天空上的各山，以及一束束射在平地邊緣的銀白光柱。

「老東西！」顧然先喊停他再說。

「哦？」趙劍南倒還是那種故作的淡然，緩緩回過身來，上下打量許久，盯著顧然露在銅甲下面的褲子才算認出似的說，「原來是顧郎。」

「老東西，你剛剛是不是在掰自己的銅盔？」

「你的眼神真是令老夫羨慕。銅盔嘛，都是原來照州城的物件，正可以同時給彭山咸山，一山送上一半。同時燃盡，不偏頗任何一山，以免另一座山的人，在等待時平添痛苦。」

「那你可真是仁慈。」顧然說著，慢慢向趙劍南靠近。

「另兩山的趙劍南，沒能比老夫先一步盡挫冉、元、盧娘三方，入不得這不動山，願賭服輸，即便是老夫我也是有此覺悟的。」趙劍南看似在自言自語，但擺明就是說給顧然聽的，「所以顧郎，你終於還是打算助老夫一臂之力，帶著羅山一同回去唐土了？那樣甚好，到頭來老夫只信任你顧郎一個人，我們回了唐土，一同……」

「少再拿那些話術來糊弄我，我可不是小紀，不吃你這一套。」

「吃與不吃你能決定？」

趙劍南這個老狐狸已經看出顧然的意圖，不再去弄自己的銅盔，直接戴回頭上。

不能再等。顧然立刻向銅甲趙劍南奔去，只是趔趄地向前撲，看起來根本沒什麼威力。

或許這一拳對於銅甲來說毫無威脅，不過顧然是照著銅箱捶去的，只要擊中，多少能起一些作用。

然而，就在顧然近身起拳時，銅箱冒了一股歎氣般的黑煙，趙劍南已經轉過身來，以銅拳相迎。

銅甲的可怕大概即在於此，即使是趙劍南這樣年老力衰的人，速度和力量都被加持得不容小覷。

「顧郎，你什麼時候才能學會敬重老人？」

雙拳對撞，顧然頓時失去了平衡，應聲騰空飛了出去。

穿著半身銅甲，一旦騰空，上半身由於過重直接倒了過來。顧然還算從容，乾脆順勢翻身倒立，以手為足，觸地旋轉卸掉方才的衝力，再雙拳推地，將平衡完全掌控下來，翻身站穩。

站穩的顧然不給趙劍南一點喘息的時間，立即再度出手，也再度被高高打到了空中。

幸好有半身的銅甲保護，顧然只是舊技重施，倒立旋轉翻身站穩……

萬萬沒想到，自己在不動山無聊中編排的胡旋舞竟在此刻派上了用場。

只不過，真的動起手來，顧然才恍然大悟，老東西把眼前一片雲瑟石都清空，根本不是在做什麼儀式，只是為了防止顧然故技重施用雲瑟石粉引爆，而做的預先準備。

這個老狐狸，早已猜到自己會趕來阻止……

「老東西，你竟要大打出手嗎？平時的體面呢？」

只有硬著頭皮上，不能讓老東西騰出時間再搞小動作了。

顧然第三拳帶著自己整個身體的衝力擊出。銅甲趙劍南卻沒有再去迎擊他的銅拳，而是一擊捶在了顧然的銅盔上。

顧然平直地飛出，一拳震得他兩耳爆鳴，幾乎當場暈厥，銅盔的縫隙濺出的已不知是樊紀還是顧然自己的血。

「不自量力的小子。老夫又如何？難道你不想回唐土？看看你現在都成了什麼樣子。」趙劍南再次轉向了十條光柱的方向，「反正除了羅山，它們都將不復存在。」

面對老東西的質問，顧然腦子裡只有一個念頭：想盡一切辦法拖過大沖之時，不然兩山危矣。

顧然就像是一條餓極了的野狗，被無情的路人反覆踢開，但還是要衝回來討一口吃。不斷往復，甩也甩他不掉。

「他們怎麼動作這麼慢啊！我要是顧然，剛才那一拳早就閃開，反手就是一拳，打得趙劍南滿地找牙了。顧然是喜歡挨打是吧？」一直躲在大祭壇拐角下的羅山呵真，也跑到了元望他們旁邊，忍不住向同樣癡癡望著天空的元望說。

「你懂個屁！」元望一邊給羅娘包紮小腹，一邊硬生生給自己找詞，「這叫以逸待勞，一會兒我然哥抓住機會就是一套拳，把那個老東西捶成餅。」

「顧然他一直被揍到天上去，還能有機會？」呵真還在嘀咕著。

「別吵了！」元望皺著眉，不厭煩地說了一聲，包紮時只是盯著天上的不動山，擔憂著動作緩慢卻明顯一邊倒的戰局。

更看不懂的自然是另兩座山的人。彭山也好，咸山也罷，人們紛紛看著不動山裡兩個人慢動作打鬥，更是不明其意。畢竟剛剛惡鬥的戰場還是在羅山。

「顧郎，老夫已經老了。」

「怎麼？突然開始裝可憐，以老賣老？」

「即使在這副銅甲裡，老夫也不過形同枯槁而已，經不起折騰了。」

「所以？」既然趙劍南停了下來，目標是拖延時間的顧然，自然也停了下來。畢竟銅甲裡的老東西，無論如何形同枯槁，此時此刻，自己拿他一點辦法沒有，如果硬鬥，最後被打死的一定是自己。

「老夫還能再活幾年？羅山還有那麼多可愛的年輕人，他們不必，更不應該受一生的牢獄之苦，不是嗎？」

「你個老東西，別把自己說得那麼偉大！」顧然冷笑一聲，「到頭來，你還不是把對你忠心耿耿的小紀出賣掉，連眼都不帶眨的。」

「樊紀？他終究理解不了老夫，早晚會成為老夫的阻力。」

趙劍南這麼說著，聯想樊紀說什麼先生的深邃是顧然無法理解的，這種態度更是令人唏噓。

「倒是你顧郎，老夫一直只中意於你。」趙劍南繼續看著顧然說。

「又是這套話術嗎？我早就認清你的真面目。什麼重歸唐土，什麼年輕人的未來，你把所有人，只是全都當作狗而已。」

「呵，原本你顧郎該是最好的一條。」

「做你的春秋大夢吧！」

「不動山真是壯麗美妙，特別是在這大沖之際。」

此時，顧然才意識到，自從剛剛開始，老東西就在一步步向十束光柱的方向移動。不好，非常不好。

「所以，留給羅山的時間並不多了。」銅甲趙劍南一邊說著一邊明顯後移，向著身後的光柱退去。

「老東西！」

顧然下意識追了上去。結果，因為跟臨近的光柱離得太近，顧然難以把握撲去的衝力，反倒將兩人一起撞進了光柱。

兩人就這樣一同吸進了山中。

腦海裡跑過無數場景的顧然，再睜眼時發現，世界沒有因為自己而焚燒起來，也沒有墮入虛空無盡的下墜，自己竟是實實在在趴在地上。

顧然翻身坐起，正看到不遠處有銅甲保護的趙劍南。

老東西並沒有借自己倒地的機會先除掉自己？

「顧郎，你每次穿行在各山之間，都是這麼難受？」

或許是因為老東西也才剛剛緩過來，顧然沒有理睬，只是冷笑了一聲。

「還真是難為你了，這麼多年。」

顧然吃力地站了起來，卻又是一陣眩暈。眩暈倒不是因為剛剛的穿行，而是源於自己所在的地方。這裡根本不是什麼普通的地面，僅僅是一小片浮在虛空之中的暗紅土地。而這早已灰燼化的山，竟在虛空中重生出了一片一片完全不連貫的土地，每一片土地都只是飄浮在這片虛空之中，尚未相互連接在一起。一片片浮空的土地，高低錯落，遠近疏密全無規律，唯有四周的雪山已經成型。

「這裡是哪座山？」顧然只是自言自語嘀咕著。

趙劍南卻帶著幾分不屑，直接回答了他：「抵山。老夫花了一點兒時間，分辨出那束光是去哪兒。」

虛空讓顧然有些無力，不過，既然老東西不在不動山，最初的目的便達成了。但總還有什麼地方，讓顧然感到微妙的不對勁。老東西清楚地知道這裡是什麼山，而剛剛墜入抵山時……更像是老東西引誘自己一起墜入的。

「就算隔著銅盔，老夫也能看得出顧郎你現在總算察覺到了。」

「老東西你……」

趙劍南並沒有再理會顧然，站在遠處啟動了銅甲。銅箱一股黑煙後，突然間就高高跳起了。

此時，顧然只能仰望著趙劍南的跳躍，看著老東西跳到了不遠不近另外一片浮空土地上，而自己……少了那雙可以跳躍的銅腿。

遠在另一片浮空土地上的趙劍南，甚至開啟了上半身的銅甲，摘下銅盔，拿出他的不動羅來測了一下。這一定是找到了回不動山的接觸點，只見老東西重新穿戴好銅甲，懶得再跟顧然說什麼，直接在浮空土地上跳躍，最終消失在了遠方。

該死的老東西！到頭來竟還是被他狠狠擺了一道……

不可能跳得了那麼遠的顧然，頓時頹然坐到了原地。

直到此時，顧然才重新思索起來。自己也好，老東西也罷，都是一身羅山的銅甲，到了這裡並沒有引起任何的灰燼化。只能說明，最原始的照州城的一切，確實在曾經化為了灰燼，不復存在，現在飄浮在虛空中的一片片土地，皆是全新的土地，也孕育出了全新之物。

所謂新生，就正如此時的眼前。浮空的土地上，竟長出了一株相當高大的海棠樹。海棠樹的一根根枝幹已然茁壯，樹枝上的海棠花無聲盛開。

而方才銅甲趙劍南的縱身一躍，帶起海棠花瓣，如雪般紛紛飄零，肥沃的嶄新土地上，更是一片淺紅之跡。

像極了對自己所有拚死努力的一份祭奠。

祭奠個鬼啊！顧然只想抽醒自己，現在還不是放棄的時候，即便沒有了猢猻偶人，在一片片相隔甚遠的浮空土地之間跳躍成了最大難題。但總有辦法，總該必須有辦法。至少絕不能讓老東西那麼輕易得逞，絕不能一輩子都被該死的老東西玩得團團轉。

但能有什麼辦法……顧然又看了看虛空中的一片片浮空土地，心中更加急躁，急到不分青紅皂白，狠狠地照著地面捶了一拳。地面雖然浮空但相當堅實，結果這一拳沒帶給顧然一點解脫，反倒震得肩頭的傷口又是一陣刺痛，身體上也……

疼痛，讓顧然靈光乍現出一個近乎瘋狂的想法。

顧然看了一眼剛剛捶打的地方，地面上絲毫痕跡都沒有留下，但他隨即還是站了起來，來到趙劍南剛起跳的位置，同時也看了看他起跳落地的那片浮空土地的位置。

不能猶豫了，彎下腰，背對剛剛趙劍南落腳的浮空土地，又賣力把頭扭過去瞄了又瞄自己後背對應的方向，心裡一點譜也沒有地回頭看著地面。

就算失手墜入虛空也沒辦法了……

顧然大叫一聲，就如在為自己下定決心一樣，啟動了半身銅甲，銅拳一拳擊中了堅實的地面。劇烈的轟鳴爆裂聲把顧然整個人高高彈了出去，讓他全身負荷了巨大的力量。

幸好飛起的角度很合適。只是飛得太高，遠遠越出了斜上方趙劍南剛剛落腳過的一片土地。隨後，又如願以償地重重摔在了上面。

摔在地面上，顧然幾乎又被彈起。所幸半身銅甲把他牢牢鎖住困在地上，同時撞斷了顧然一根肋骨。

但至少成功著陸，並且沒有摔出去。

又暈又疼，但顧然不敢停歇，又立即瞄準繼續飛躍。

遠在其他山的眾人，看著一片虛空中，先是一個人上上下下地跳躍，然後出現另一個人緊隨其後地胡亂跳躍。後面的人，在空中的姿勢過於零亂，有時全身打轉，有時四肢張開無所畏懼，有時則是翻滾得狼狽，每每落地更是連滾帶爬毫無優雅可言。

只是，他每次落地都會立即再跳起，全然不顧周身的疼痛，著實讓人感到些許欽佩。

終於，顧然在天旋地轉的跳躍中，落到了早已看好的、老東西消失不見的那片浮空土地上。

終於抵達此次旅途的終點，顧然翻身站了起來。他先是看了一眼天空，即使是抵山這種早已灰燼的山，天空上照樣可以看到各山的映射。只見不動山裡，趙劍南那個老東西，摘了銅盔，正用緩慢的步伐再度向十東光柱走去。

不動山和十山的時間差彷彿幫了自己一把。

刻不容緩，顧然立即鑽回了不動山。

一旦抵達不動山，顧然再度大叫著「老東西」，強忍全身多處骨折的疼痛，拚命托起半身銅甲向趙劍南衝去。

看來又來不及把銅盔分成兩半丟向咸山和彭山，趙劍南只好重新戴回銅盔，轉身看向艱難跑來的顧然。

「顧郎你竟然還能回來，真是比狗皮膏藥還惹人厭煩。」即使是趙劍南，也似乎失去了故作的耐心。

血。

「畢竟打一開始進你的戲班，就是為了要幹掉你。」顧然咬牙往前趕，說的每個字都滲著匯陽村的

「你就非要阻止老夫，甚至不惜葬送全羅山人的希望？」

「老東西你真能為他人著想？」

「哈哈！」趙劍南不禁笑出了聲。

「不要轉移我的注意力。」

「好，那老夫問你，既然你早在天墜之前就想除掉老夫，那你為何不早動手？老夫記得那時候還沒有樊紀。」趙劍南的語氣中多少還帶著冷笑。

「別自以為是，我要幹掉的只是你一個老東西嗎？」

「哦？原來你和那個于樽還是同一個想法。總是把整座照州城當成仇敵，把養活我們的米囊膏當作萬惡之源，怪不得你這麼不希望羅山照州城再歸唐土。」

「于樽……」顧然聽到這個名字，突然踟躕起來，「在我回來之前，于樽他……」

「他不就躺在那裡，你去問他自己不好嗎？哦，死人是不會說話的，可惜啊可惜。」

趙劍南顯然也發現了于樽的屍骨，畢竟這裡的雲瑟石林已經被他清理。而此時的于樽屍骨……恐怕是因為剛剛紛亂的打鬥，已經被踩得破碎不堪再難復原。

「于樽他不可能是你的走狗。」顧然儘量控制住自己的情緒，此刻誰的情緒失控，誰就會率先敗北。

「嗯？也對……就像你也不可能乖乖做老夫的狗一樣。」

說著，趙劍南反倒慢慢向顧然走去。

他這是眼見顧然的身體已經逼近極限，而天上的諸山映射也壓到了最低，開始漸漸遠離，本次大沖正向著尾聲而去，此時乾脆出手結果了顧然，才能安心去把咸山彭山化為灰燼，重歸唐土。

「趙爺爺！」

突然這不動山裡出現了第三個人的聲音。

劍拔弩張的兩個人一同向聲音的方向看去，只見張昭昭從遠處走來。

第四十三章　歸　途

昭昭怎麼跑到不動山來了？顧然不禁瞪向了天上的羅山映射，雖然沒有剛才看得真切，但還是直勾勾地盯著大祭壇不能釋懷。元望也好張遂也罷，這些傢伙都怎麼搞的，讓昭昭到這麼危險的地方……

「趙爺爺！」張昭昭又叫了一聲，此時她已經到了顧然一邊，一個小女孩在半具銅甲旁邊，顯得更加纖弱瘦小，但她毫不畏懼，仰頭正視著銅甲趙劍南說，「趙爺爺，就算你把所有山都化為灰燼，還是回不去唐土的。」

「哈！妳這女娃子想必就是這次從唐土天墜過來的人。」

「趙爺爺果然神通。」

「可老夫已經厭倦了你們這些拖延的伎倆。」

「趙爺爺不要急，我只想知道趙爺爺為什麼會認為把其他山都化為灰燼就可以回唐土。畢竟我是來找我阿爹的，找到阿爹回唐土，也是我此行的目的。」

「哦？所以妳已經找到你阿爹了？」

張昭昭嗯了一聲，向銅甲趙劍南點了點頭。

「那很好嘛，那妳辛辛苦苦找到的阿爹，怎麼不一起過來？」趙劍南此刻越是和藹，顧然知道其殺意越盛。

「趙爺爺你有沒有想過，你認為的辦法其實是錯的？」

「錯的？」趙劍南的語氣和藹得有如街邊乘涼的鄰家老人，顧然卻心慌無比，「是誰這麼跟妳說的？」

「我阿爹。」張昭昭乾脆地回答，一點都不像是在想辦法拖延時間。

「哦？女娃子，那請問妳阿爹是？」

「張遂。」

雖然張昭昭一上來就亮了一張底牌出來，多少有些魯莽，但趙劍南忽而沉默下來，可見還是起到了效果。只是因為有銅盔阻隔，根本看不出老東西是否知道那個張瘋子就是現在的魚面長老。

「趙爺爺應該明白我阿爹的觀點多少還是有一定說服力的吧。」

「空口無憑。」

「也沒有任何事實可以證明將其他兩山灰燼化，就可以讓羅山回到唐土。」

「哈哈，女娃子，妳又把問題拉回到初始了。」趙劍南說，「上一次大沖之日，女娃子妳還有顧郎都不在，有什麼資格評判？老夫親眼看到了唐土的映射，浮現於天際，就在即山和姑山同時化為灰燼的時候。」

「我阿爹他也是親眼看到的。」

趙劍南沒有回應。

「但是趙爺爺，你也不必灰心。」

顧然不禁看向了張昭昭，對她這句鼓勵之詞表示徹底的不理解。

「想要回到唐土，確實要在大沖之時的不動山裡實現。」

「哦？說來聽聽。」此時的趙劍南正在不動山，聞言立刻有了反應。

「不動羅怎麼使用，趙爺爺應該十分清楚。」

「女娃子，妳最好快點說，留給羅山的時間不多了，」趙劍南的眼中溢出濃稠的殺意，「你們活著的時間也不多了。」

張昭昭依然站在原地，眼神認真至極地說：「既然各山都以不動山為節點，接觸來接觸去。怎麼就不可以推論，其實現在這個不動山也不過是被分支出來的一山之一，也是一座天墜山而已。而諸多分支的不動山，就是唐土本身。

「進一步說，既然在各自的山裡，都是用不動羅對照四周雪山的形狀，來測算那個重疊回不動山的不動的接觸點的位置，那麼在不動山也可以靠不動羅測算出重疊回唐土的不動點才是。」

趙劍南盯著自信的昭昭，面目陰沉地說：「這裡就是不動山，妳可看到四周有用於測算的雪山？」

「不一定必須是雪山吧？說到底，只要平日裡一直在變化，到了接觸回去時又固定不變了的，不就和雪山一樣了嗎？」張昭昭看了看不動山的上面，「就比如，天上那十座不斷移動的或遠或近的山。」

趙劍南和顧然都沉默了。

「現在天上的十山，不正是以映射的形式固定不變了嗎？」

張昭昭說完後，趙劍南的手情不自禁地向懷裡的方向動了動，顯然是下意識想要掏出不動羅來驗證張昭昭所說。

而真正拿出不動羅的是張昭昭，她從懷裡掏出了一隻和銅香囊相仿大小的不動羅來，單手提起不動羅的纖細銅鏈，上下一拉，不動羅立刻就開啟了。

包括顧然在內，所有人都緊盯著那只開始旋轉尋找方位的不動羅。隨即，就在它似乎對準了什麼之後，竟然真的停下了。

「怎麼樣，趙爺爺，我沒有騙人吧？」張昭昭抬起頭，就像無一人武裝，人人宛若赤子一般，在和她一同發現世間本真的秘密。

趙劍南全神貫注看著張昭昭的不動羅，彷彿隔著這麼遠的距離，也能看到不動羅上轉出的數字一樣。

「趙爺爺，你自己看看。」張昭昭說完，把不動羅扣上，直接向趙劍南拋去。

張昭昭拋得精準，銅甲趙劍南只要伸出手來，就可以不偏不倚地接到。

就在拋出不動羅，以及銅甲趙劍南伸出手的同時，顧然毫不猶豫立即啟動了。

已經沒有更好的機會了！

這一暫態，顧然才不會去管接觸回唐土的點到底在哪兒，他只是銅拳捶地，讓身體幾乎和張昭昭拋出的不動羅一同飛出，在趙劍南還沒做出反應的空檔，撲在了老東西的面前。

落地站穩，顧然立即雙手去抓趙劍南伸出來接不動羅的手，用力把他攤開的銅手重新捏回成拳頭，並直接將捏好的銅拳頂到了趙劍南銅盔面前。

直到此時，張昭昭拋來的不動羅才叮的一聲撞到了顧然的半身銅甲上，掉落在地。落地的不動羅摔了開來，但裡面的元件沒有一個重新轉起來。

恐怕趙劍南是真的上了年紀，直到顧然抓住自己的手時，才算有了反應，但之後再做任何反抗都已無濟於事，畢竟在同樣由銅箱驅動的銅臂下，年輕力壯的顧然還有一手擒拿的技巧，足以一時壓制住這個老東西。

「哦?顧郎……」趙劍南抵抗了兩下，但明顯更關注地上摔開的不動羅，它真的一動不動，只是躺在那裡，「所以……那個女娃子，是在騙老夫的?」

「不要裝可憐了!」顧然咬牙說。

「顧郎你真是辛苦，直到現在還在防著老夫。」趙劍南平靜至極地說，「和老夫一同回唐土，有這一身銅甲，就算大唐的天下……」

「你不是雄心壯志要帶整個羅山回歸唐土嗎?你是把羅山的人看成了什麼?『先生的深邃，你永遠懂不了。』」顧然死死壓住老東西，學著樊紀的口氣，「狗屁的深邃!到頭來，你還不是只把羅山的每個人都當成你的提線偶人!狗屁，全都是狗屁!」

「哈哈!不愧是老夫的好徒兒。」

「不要狗血噴人，老子沒和你這老東西學過一丁點的東西!」

「那不盡然，你想想這幾年自己是如何壓制樊紀的，又是如何周旋在各大家之間的，你又是怎麼養著元望那條狗的。」

「老東西你……」顧然瞪圓了雙眼。

「說到底，顧郎你和老夫只能是同一類人。」趙劍南說得更加輕鬆，「放下那些冠冕堂皇的大話，和老夫一同回唐土吧。」

「顧大哥！不要！」張昭昭大喊出口。

顧然自然聽到背後張昭昭的喊聲，但他已然收不了手。顧然一手把老東西的腦袋按死，不讓他再有逃脫的機會，一手將老東西的銅拳捏緊著，抵到了他的銅盔面前。

「顧郎！往後時間還很多！」銅甲趙劍南深知沒能抓住最後的一線時機，竭力大叫，「和老夫一同回唐土不好嗎!?」

不提唐土還好，可此刻，顧然腦子裡猛地湧現出毀滅的匯陽村、禍及妻兒的膏民、葬身不動山的手槫，還有被老東西牢牢牽制的自己。回了唐土又怎麼樣？你還不是繼續用米囊膏害人！

「和你的米囊膏一同下地獄吧！」

緊捏老東西銅拳的手突然鬆開，被捏緊的銅拳猛地舒張，銅拳掌心的兇猛火炮就這樣在老東西的面前爆炸了。

顧然被高高地轟飛，在他即將失去意識之前，安心地看到一具銅甲沒了頭顱，只剩血肉模糊，搖搖晃晃終於倒下。

隨後的事，全無意識。

甚至就連還能醒來這件事，多少都讓顧然驚訝不已。只是驚訝僅僅一瞬，緊隨的是一陣鑽心的劇痛，從右肩傳來，將顧然清醒地拉回了現實。

顧然慢慢坐了起來，看了一眼自己的右臂，果然整條右臂是和趙劍南那個老東西一同去了地獄。疼痛依舊鑽心，不過，顧然心裡多少釋懷了些。

隨即，環視了一下周遭。全是意味不明的銅件和書卷……

原來是回到了魚面，也就是張遂的居所。

也許是聽到自己坐起來時碰到散亂銅件的聲音，此時有了下樓的腳步聲。

可惜露頭的只是沒有戴魚面的張遂。

「昭昭呢？」顧然立即問。

「哦？」張遂倒是慢條斯理。

「哦什麼哦，問你呢，昭昭呢？」

「當然是在樓上。」張遂回道。

聽了張遂的回話，顧然立即站了起來，但右臂疼得他原地搖擺，又一屁股坐了回去。

「你還是先把傷養好再說吧。」張遂並沒打算過來扶顧然，顯得十分冷漠，「就算你現在上去，昭昭她也沒空理你。」

「為什麼？」

「忙著搞她說的不動羅咯。」
「啊?什麼意思?」
「就是字面意思,昭昭她周遊三山獲得的成果。」
「成果?」顧然不太清楚現在皺眉是因為疼,還是因為不解,「哦,等等,這裡是哪座山?」
「還能是哪座山?你一身銅甲,胳膊都燒粘在銅甲上了,其他山的人敢去碰你?」
「所以是羅山?」
「這不是顯而易見的。」
「你的態度真是令人討厭,」顧然說著,又補了兩個字,「至極。」
「哦?剛剛我還和昭昭說,我們這些人裡能帶回唐土的,只有顧然那小子一個了。讓那小子陪昭昭回唐土……」張遂審視一般的眼神,上下打量坐在地上疼得齜牙咧嘴的顧然,「現在看來一點兒都不可靠了。」
「什麼回唐土?」顧然雖然周身依然疼痛,但腦子已經開始運轉起來。
「你這個小子,真是朽木難雕。不然昭昭還要弄什麼不動羅?所有不動羅都是台研製,都到了盡頭。唯有能去不動山的人,才可能有新的突破。昭昭自己不是已經解釋得很清楚了嗎?在不動山,只要把天上變幻的十山當作我們這裡的雪山,就可以測出不動山接觸回唐土的接觸點位置了。」
「那不是用來騙那個該死的老東西的嗎?」
「吵死了你們!」未等張遂再解釋什麼,就聽樓上的張昭昭這樣喊了一聲。

就算身為昭昭她阿爹，張遂也還是不禁縮了縮脖子，不敢再大聲說話，「反正，等昭昭下樓就都明白了。」

而這一等，七八天就又過去了。

張昭昭一直沒有下過樓，只有張遂每日朝夕兩餐地給女兒送上去。顧然則是不敢上樓的，畢竟他什麼忙都幫不上，還會招來昭昭的厭煩。不過，既然昭昭也平安地從不動山回來了，自己也就放心了。

可是，窩在魚面張遂的這個亂七八糟的居所裡，終究是讓人煩悶的。日子久了，手臂一陣陣鑽心的劇痛幾乎沒有緩解，再加上沒有其他人，顧然只好抓著張遂，隨便聊上幾句，給自己分分心。

他們有一搭沒一搭聊著，不知不覺就聊到了多日前的大沖之戰。

「我就有一點一直想不明白。在大沖之日前，我也遇到過另外兩山的趙劍南，他們也在暗戳戳地搞著什麼，甚至或多或少都是在和那個虎面密謀。他們之間沒有傳遞過資訊，還能做到這麼一致，我實在不能相信。」

張遂聽了顧然的疑問，也嘀咕著「確實很蹊蹺」陷入了沉思。

不過，張遂思索了好幾天後，突然找到顧然說：「傳遞資訊的人，就是你啊。」

「啊!?」本就被嚇了一跳的顧然，更是難以理解為什麼給三個老東西傳遞資訊的人成了自己，「你什麼意思？我可什麼都沒做過啊。」

「首先，能在三山之間穿行的人，是不是只有你一個？」

「我來以後，在昭昭來之前，確實如此。」

「其次，你是不是一直在告知每座山的一些資訊？」

「這個真沒有，我只是拉著一車雲瑟石，送一送。之後，幾乎就再沒做什麼事了。」

「你再仔細想想。」張遂看著顧然，但不是在逼問，因為他心裡已經有答案，「那種你自以為無關痛癢的資訊，就比如說，告知三山的元望這次可以印多少惡錢去花？」

「這個有關係？」

「你回憶一下，是誰讓你有印惡錢的念頭的？」

顧然皺著眉回憶片刻，沉吟道：「是老東西……」

「你是根據什麼判斷接下來的惡錢印數？」

「老東西發出的趟片數量……」

「所以一切都是在趟劍南的控制之下，他只要知道自己山的元望又印了多少惡錢，不就知道了上一座山的趟劍南發放了多少趟片？一串數位輕鬆到手，一串數位足可以傳遞基本資訊了，不是嗎？」

「這……」顧然想要反駁，卻無力做到，細思之下只能認可張遂的說法。

反正羅山的老東西已經不在，而另外兩山的老東西又必然親眼看到了，不管之前如何傳遞資訊，之後都不可能再用同樣的方法了。聊到這些，不外乎只是為了殺一殺漫長等待的時間。

而這個時間殺得真是太過漫長，直到第十五天時，張昭昭終於下了樓。

明顯瘦了許多的張昭昭一下樓，立即受到了顧然和張遂的熱情歡迎。

「成功了？」張遂忍不住率先問道。

「當然。」張昭昭得意地一笑。
「現在在羅山，怎麼就知道成功？妳不是說要在不動山去對天上十山的位置嗎？」
「嘿，二十來天不見，少了一隻胳膊的顧大哥還是這麼犀利。」
聽張昭昭嘴裡如此不饒人，張遂歎著氣搖了搖頭。
「所以是理論上的成功了。」張昭昭倒是淡然。
「理論？話說，妳那些理論不只是為了騙取老東西信任編的嗎？居然還當真了？什麼不動山實際上也只是一座天墜山而已。」
「怎麼可能是編的？我明明一直在思考，終於在關鍵時刻得出了結論。」
顧然啞然以對，不知該不該真的聽信於她。
「所以，我們走吧。看起來，」張昭昭拿出另一個不動羅，說，「不動山就要接觸過來了。」
顧然都快忘了不動山是什麼樣子，此時終於找回了一點點真實感。
但張遂忽然沉默，許久之後，面容突變嚴肅，對著張昭昭說：「阿爹不走。」
「為什麼？」
「阿爹走了，羅山這個爛攤子怎麼辦？」張遂無奈又平靜地說。
「阿爹……」
「去吧，女兒，不要為了我困在這裡，請在廣闊天地間自由自在地行走吧。」
說著，顧然和張昭昭就被張遂直接推出了他所住的小閣樓。

張昭昭手裡的不動羅轉動起來，顧然連忙登高去看，果然發現不動山接觸了過來。

「不用去和盧娘他們告別？」在準備回到不動山前，張昭昭忽然又停住了腳步。

「盧娘他們回南垣坊了，對，元望那小子現在八成在元寨。如果現在都去轉一圈，再回不動山又要等十天半個月，說不定就錯過回唐土的機會了。」

聽了顧然的話，張昭昭雖然依舊不舍，卻咬了咬嘴唇，還是一腳踏入了接觸點。

依然是那熟悉的眩暈感，張昭昭還沒徹底緩過神來，就聽顧然說：「我不走。」

「什麼不走？」

「不會回唐土的『不走』。」顧然說得堅定，「既然妳一個人能來，再一個人回家應該不是問題。」

「什麼呀？」張昭昭已經把她新做的不動羅拿了出來，萬分不解地看著顧然，「你是在耍小脾氣嗎？」

「不是。」

「那是捨不得他們？」張昭昭看了看仍舊伏在不動山天邊，巨大銀碗一樣的羅山說。

「確實有關，但不是關鍵。」顧然忽然也嚴肅起來，一臉認真地否認了張昭昭的判斷，隨後抓起一張剛從羅山帶過來的胡餅啃了一口，說，「沒了雲瑟石，」剛說了半句，他才發現胡餅太噎人，連忙又喝了幾大口水，才繼續說，「他們怎麼生活？雖然他們也可以定製一個排班表，只要相互不碰見就行，但那樣還是有很大風險。況且另兩山的老東西，呵，我還得無時無刻地盯著。沒了我，他們絕對會使什麼新的手段，禍及更多的人。所以，我不能走。」

顧然解釋得十分堅定。

堅定到張昭昭確實無法反駁。

「那我來這裡又是……」

「妳知道了妳阿爹還活著，過得人模狗樣還算不錯。而且，還一下子至少有了三個一模一樣的親愛的阿爹，這不是賺大了？」顧然可能覺得剛剛自己太過嚴肅，連忙換了一副嘻嘻哈哈的笑臉。

張昭昭卻沒有搭話，或許是在思考顧然的話，也或許不是。

而接下來，他們又是漫長的等待，甚至等到了咸山再來接觸，他們也沒有進去。再等，他們終於等到了天上十山紛亂擾動的時刻。

「啊！真的會只動，不接觸過來啊！」顧然看著再熟悉不過的不動山天空驚呼道。

「你的觀察力太感人了。」

「誰沒事總往天上看……」

「人沒事就該多把目光投向天空……」

張昭昭讓顧然把他的不動羅掏了出來，等了一陣子，十山都停止下來，便打開了不動羅。

「之前妳丟給老東西的不動羅是假的？」

「嗯，轉兩下就會卡住停下來的那種。」

「真有妳的……」

「彼此彼此。」

「啊，這次看來是真的了。」

顧然提著手裡的不動羅，多少有些驚訝，張昭昭也連忙湊了過來，多少有些因成功而流露的激動。

「三百五十七。」顧然念出了不動羅最終停下的數字。

放下不動羅，兩人便向著正前方走去，默默無語。走了三百五十步，竟停了下來。距離他們駐足之處不遠，是于槫那具被踩碎，卻又被顧然盡力搜集回來一些的屍骨。

「行了，別看了，能否回去就此一舉了。」顧然打破靜默地說。

張昭昭暗自下了決心似的點了點頭，終於還是向前邁出了步子。但剛走了兩步，又回過了頭。

「又怎麼了？」顧然佯裝不耐煩地問。

「你說，那片廣袤的唐土世界，會不會也只是一個天墜山而已？」

「什麼意思……」顧然又找到了那種摸不到頭腦的感覺。

「你看，就算在唐土，人們不也還是和囚徒一樣，離不開那片土地。」

「妳想太多了。」

「不是啊，直到你去了抵山，看到那棵海棠樹，我才忽然意識到的。也許唐土的世界也是被分出的其中一個？甚至有可能早被燒成了灰燼，再又像抵山那樣重新孕育了新生。」

「嘿，真棒。」顧然這樣說著，但一點應有的激動都沒有，平靜得令人感到過分，「那妳快點回去找下一層的不動山吧。別在這裡耽擱時間了，時間不等人，特別是不同層的山之間。」

「你說得對，但回了唐土，我還有好多好多根本沒有搞明白的事情。」張昭昭忽然又開心地笑了，雖然她和顧然所說的根本沒對到一起。好像是決心已定，張昭昭背對著顧然又說了一句：「那我們後會有期。」便向著正前方跑去。

隨即，真的再沒說什麼，就消失在了顧然眼前。

張昭昭，就這樣回去了。

一陣無法形容的情感襲上心頭。

一時間有些不知所措，一時間又非常想擦拭點什麼，但又並不想去撿回破碎的東西來擦了。

也就這樣算了吧，畢竟還有三山，那麼多活著的人，在等著自己。

後記

本來，我是沒打算寫後記的。

畢竟，對於小說作者而言，只要創作出全部文本來就好了。可是本書的編輯戴浩然說，還是希望作者本人能分享一些文本之外的故事。我說，我也不知道除了小說本身，還能說些什麼了啊。戴編思考片刻說，這個你不用擔心，我來擬一份採訪大綱，你照著問題來回答就好了。

聽起來輕鬆多了，我便欣然同意。戴編又是效率極高的人，一份羅列著十大刁鑽問題的文檔很快就霸佔了我的電腦桌面。

面對戴編的連環追問，我不僅汗如雨下，而且深感最瞭解《不動天墜山》的是戴編，而非原作者我了。最後，我終於服氣地對戴編說：「要不……我還是寫篇後記好了……」

可是，後記到底應該怎麼寫呢？我確實又摸不著門道，只好再次去請教戴編。戴編知道現在的我斷然沒有再打退堂鼓的可能，便安安然然循循善誘道：「可以從你的創作初衷說起。」

我如同獲得了方便法門一樣，歡快地創建了一個新的名為後記的文檔。

可是當我看著只有「後記」兩個字的空白文檔時，才忽然意識到，所謂寫一寫創作初衷，其本身豈不是同樣艱難。

又上了戴編的當……

創作初衷，只要一提出來，恐怕十個創作者有八個會拚命撓頭，此刻的我正是其中之一。不過，這樣的問題，其實並不需要他人來提，大概在我寫完這本小說的最後一個字，不，是敲下最後一個標點符號（畢竟標點符號才是文本真正的結尾）時，也會不經意地冒出來：我為什麼要寫這本小說呢？

隨即，我忽然意識到，不知是什麼契機什麼時間點，一句「乾脆寫一本唐代的科幻小說吧」躥到了我腦袋裡，甚至揮之不去。

秉著「來都來了」的決心，竟真就開始寫起了念頭中一閃而過的唐代科幻。

可是……到底要寫一個什麼樣的唐代科幻呢？唐代將近三百年的歷史，是寫初唐、盛唐，還是晚唐呢？科幻，又是要寫什麼樣的設定呢？一系列的問題接踵而來。所幸，我之前完成過《新新日報館》系列、《沉默的永和輪》、《濟南的風箏》這些晚清科幻，雖然從《不動天墜山》的成稿來看，和上述作品還是有很大的區別（據戴編所言，本書除了跟歷史氣質有所貼合，還在科幻之中融入了武俠、懸疑的元素，不過具體是什麼類型的小說，姑且交給各位讀者來評判），但對於當時著手寫作的我來說，多少尋到了一點點創作路徑。

想要寫歷史科幻，對我個人來說，首要是要把握住那段歷史的時代感。於是，我一頭扎進了唐代浩瀚的文獻中去，只有把自己沉浸進去，才能多少把握到一定的歷史感，才能把這種盡可能細節化的歷史感附加上自己所想要的幻想。一切的初始，還是要在想法模模糊糊、尚未成型的時候，發現眼前一亮的一個時期。

唐人善歌詩但更尚武，人人彪悍，即使是被後世認為儒雅的杜甫，也做過跳上桌子喝著酒大罵在座眾人的事，彰顯著自己不羈的真性情。隨即，我確實發現了一個我想要的時間點，也是整個中國歷史中非常特殊的一個時期：武則天稱帝。

特別是武則天為稱帝做準備的那幾年，李唐的天下著實是無奇不有。武后的強勢，令李唐國力蒸蒸日上，卻也造就了酷吏橫行。又因為武家並非名門大戶，從而讓武后痛恨自漢以降根深蒂固的門閥傳統，對人才的選拔做出了極大的改革貢獻，也讓世人有了階級躍升的可能和欲望。卻也是同時，為了讓自己稱帝名正言順，全國祥瑞四起，失去理性。

這樣一個瘋狂又奮進的時代一下子讓我沉迷了。然而，這樣一個大時代，又該如何下手去寫呢？寫長安，還是寫洛陽？長安或者洛陽又要怎麼科幻起來呢？說到底，我更想寫的是科幻小說。不如寫邊塞看看？畢竟初唐的邊塞也是相當有意思的文化符號之一。邊塞還不夠？那麼在邊塞的異世界呢？一個有著武周前期祥瑞特質的異世界？一下子，位於群山之中的照州就這樣憑空出現了。

接下來，就差是一個什麼樣的科幻了。

既然是所謂的科幻異世界，自然要有一個科學原理。量子力學相關的理論，我覺得用起來倒不是不可，卻總有種半懂不懂的偷懶感，還不如……然後，我就看中了一個數學概念：不動點定理。

不過既然要用，我還是應該再研究明白一些。

可就在我每天撓著頭學習不動點定理時，我的一位航空專業的博士朋友出現了。

實際上，他是到我家參加朋友們幫他撮合的相親局……女生和他也是第一次見面。我為大家一人調了一杯古典（Old Fashioned 是我唯一會調的雞尾酒）之後，滿腦子又被不動點世界填滿了，甚至無暇顧及到場諸友究竟是來幹什麼的。

所幸，當時還來了一位元搞應用物理的博士。我便情不自禁地拿著草稿本，畫了象限圖，來討教不動點的問題。

而草稿本剛塞到他手中，他便立即皺起眉，說了一句「拓撲學我不會啊」，直接把草稿本推還給我，將那杯古典拿到了嘴邊。

這……就在我手裡拿著草稿本不知所措時，當晚的主角之一航空博士撞進了我的視野。

「航空航太應該要研究拓撲學吧？」我說出了當晚第一句罪惡的話。

之後，我們竟拿著草稿大聊起了不動點、拓撲學，一邊聊一邊喝一杯又一杯的古典。直至聊到了深夜，直至他一看到畫滿點了線、圓，還有各種公式的草稿本，就立刻哈哈大笑後，我的不動點世界自然也就成了。

只是，好像他和那位原本想要相親的女生互相之間沒能說上兩句話……如今，這位航空博士朋友已經有了女朋友，而且非常幸福（謝天謝地）。

不過，我想說的是，也許是為了感激他對這本《不動天墜山》的莫大幫助，我將他的綽號變成了從始至終貫穿全書的線索，甚至把一個破音字硬念了不常用的發音，只是為了和他的綽號讀起來一致。

那晚之後，我開始了長達九個月的創作，甚至中途刪掉了十萬字。如今，《不動天墜山》的全部故事終於呈現到了大家面前。

希望那個彷彿永恆存在的不動山，可以讓大家感受到一絲愉快。

TITLE

不動天墜山

STAFF

出版	瑞昇文化事業股份有限公司
作者	梁清散
創辦人 / 董事長	駱東墻
CEO / 行銷	陳冠偉
總編輯	郭湘齡
責任編輯	張聿雯
文字編輯	徐承義
美術編輯	謝彥如
國際版權	駱念德　張聿雯
封面設計	朱哲宏
排版	朱哲宏
製版	明宏彩色照相製版有限公司
印刷	桂林彩色印刷股份有限公司 紘億彩色印刷有限公司
法律顧問	立勤國際法律事務所　黃沛聲律師
戶名	瑞昇文化事業股份有限公司
劃撥帳號	19598343
地址	新北市中和區景平路464巷2弄1-4號
電話	(02)2945-3191
傳真	(02)2945-3190
網址	www.rising-books.com.tw
Mail	deepblue@rising-books.com.tw
初版日期	2023年10月
定價	450元

國家圖書館出版品預行編目資料

不動天墜山/梁清散著. -- 初版. -- 新北市：
瑞昇文化事業股份有限公司, 2023.10
528面；14.8X21公分

ISBN 978-986-401-672-3(平裝)

857.7　　112015099

讀小說
Reading Novel